JN034680

トンホン　チョンラティー

Nottakorn 著　ファー 訳

Tonhon Chonlatee

U-NEXT

TONHON CHONLATEE by Nottakorn

Originally published in the Thai language under the title ต้นหนชลธี.
Japanese print rights under license granted by Satapornbooks Co., Ltd.
Japanese translation copyright © 2023 by U-NEXT Co., Ltd.
All rights reserved.

装画　鈴倉温
装丁　コガモデザイン

contents

Tonhon Chonlatee 人物紹介

チョンラティー<チョン>

可愛いものが好きな18歳。
大学進学を機に、片思いをしていた
トンと寮の同室で暮らすことに。

トンホン<トン>

チョンの実家の隣の家に住んでいた
2歳年上の幼馴染。
ワイルド系のイケメンで
やや粗暴なところがある。

ゲム

チョンの親友であり、よき相談相手。

チューンナイ<ナイ>

トンの友人。お調子者で陽気な性格。
アイと恋人同士。

アイヤレート<アイ>

トンの友人でナイの恋人。
クールでドライな印象だが、
ナイへの独占欲は強め。

アンプ

トンの元カノ。7年付き合っていたが、
アンプの浮気が原因で別れたらしい。

プロローグ

「いい天気だ」

華奢《きゃしゃ》な腕がベランダと寝室の間のガラスの引き戸を開けると、チョンラティーの形のいい唇から思わず声が漏れ出た。

今朝は本当に天気がいい。

柔《やわ》らかい光と海からの爽やかな潮風が、この部屋の主であるチョンラティーの気持ちを穏やかにしてくれる。元々今日の気分はよかったが、ますますご機嫌な気持ちになる。

兄のように慕っている隣家のトンと同じ大学に合格したとわかってからこの一週間、チョンラティーはバカみたいに浮かれていた。

なぜならチョンラティーは幼いころからずっと、トンに淡い恋心を抱き続けていたのだから。離れたところからそっと見守ることしかできない片思いではあったけれど。

まだ覚醒しきらない体を伸ばしながら、朝の新鮮な空気を胸いっぱいに吸い込む。そして大学の入学当日のことを妄想したところで、チョンラティーは思わずニヤけてしまった。

数年前、トンがバンコクに引っ越して以来彼の姿を見ていないけれど、これからはまた彼と接触するチャンスもあるだろう。こっそり彼がバスケをプレーする姿を覗き見していた子供のころのような機会がきっと。

(だって、近いうちに僕たちは再会するんだもんね)

切れ長の目と鋭い視線、男らしいワイルドな顔つき、そして……胸に描かれた錨《いかり》のタトゥー。

チョンラティーは彼の姿に想いを馳《は》せた。

「かっこいいな……」

思わず口元から笑みがこぼれる。チョンラティーは体の向きを変えると、部屋の中へ戻って行った。淡いベージュの壁紙の自室は、家具も勉強机も統一感を持たせた色味のものを配置していて、落ち着いた雰囲気にしてある。

チョンラティーは勉強机の上に置いていたノートパソコンを手にすると、そのまま柔らかいベッドの上に腰かけた。

大袈裟《おおげさ》でもなんでもなく、気づけばトンのことを考えている。同じ大学で学ぶことが決まってからは、彼のことを呼吸する度に考えてしまう。だからこのワイルドなイケメンのフェイスブックを毎日チェックしてしまうのは、もう仕方がないことなのだ。

今朝もいつもと同じようにチョンラティーはフェイスブックの自分のページから、検索バーを開いた。文字入力をしなくても検索履歴で最初に上がってくるトンの名前を躊躇《ちゅうちょ》せずにクリックする。

……ほとんど更新されてない。いつもはトンの恋人のタグが付けられた投稿があがっているのに。それを見るといつも胸が痛む。ずっと片思いしていた相手が他の人のものになっているのを目の当たりにするのはつらい。しかも、相手はものすごい美人なのだ。

（片思いで十分だなんて言ったくせに、彼女と自分を比べちゃうなんて……）

チョンラティーは頭を振って、そんな自分の考えを素早く振るい落とした。

それからは画面をスクロールしてトンの写真を見続けた。どの写真が一番好きか考えてみたが、なかなか選べない。ただ一番感動した写真はたぶん、半裸のトンが胸のタトゥーと割れた腹筋を晒《さら》してバスケをしている写真だろう。

周囲よりも際立ってかっこいい男がそこにいた。

（あれ⁉　アンプ先輩とのツーショット写真はどこに消えた？）

チョンラティーは美しく整ったアーチ状の眉根を寄せて、もう一度画面をスクロールさせた。

アンプというのはトンが付き合っている彼女の名前だ。普段であれば目障りなほどたくさんのツーショット写真が投稿されているのに、今朝は写真がない……おかしい。一度気づいた違和感にチョンラティーの好奇心は刺激された。これはもう、頭脳は大人な少年探偵のように調べるしかない。

そうして調べていくと、最終的な答えに行きついた。トンの恋人であるアンプ先輩のフェイスブックに違う男との写真が投稿されていたのだ。そして改めてトンのプロフィールを見返したチョンラティーは、その内容が更新されていることに気がついた。

――居住地　バンコク タイランド
――フリー

――×××がフォロー中

（フリー……フリー……フリー!!!）

ノートパソコンをベッドサイドに置くなり、チョンラティーは喜びのあまり思わず小躍りした。

そうするうちに今の自分がどんな顔をしているのか気になって背後にある鏡を振り返ると、そこにはにやけた半笑いの自分がいた。少なからず、おかしな顔をしている。でも今の自分の表情なんて、どうだっていい。

だって――。

「母さん、トンがフリーになった！」

第1章

「母さん、トンがフリーになった！」

「何よ、チョン。そんな大きな声を出して。ビックリしたじゃない」

「だって、トンがフリーになったんだよ⁉」

「それで？」

「だって母さん！　トンがフリーだよ。片思いの相手が誰かのものでなければ、罪悪感を持たずに想っていられるでしょ」

指でスマホをスクロールしている母親の顔を見ながら、チョンラティーは理由を説明した。

チョンラティーは母とふたりでこの大きな家に暮らしていた。父親が幼いころに亡くなったこともあってか、チョンラティーは母親とは普通の親子以上に仲がよかった。だからトンに片思いしていることも含めて母には何でも話すことができた。

「知ってるわよ。トンのお母さんのターイと話したから。今回はきっぱりと別れたみたいね。ターイさんがトンは荒れてるって言ってたわ。だって……七〜八年付き合っていたそうよ」

「かわいそうに。おばさんに伝えて。トンを連れてきてくれたら、僕が慰めてあげるって」

チョンラティーは母ナームの側《そば》の椅子に座ると、目の前の皿に盛られたリンゴを食べ始めた。

「おばさんに、トンを麻袋に詰めてこっちに送ってって伝えてよ」

「本人と会ってもその調子でね、チョン。あと二、三日したらトンは隣の家に帰ってくるから」

（え、なに⁉　もしトンが今の僕に会ったら、僕がゲイだってバレちゃうじゃん‼）

母から聞かされた衝撃的事実に、チョンラティーは食べかけのリンゴをテーブルの上に落としてしまった。

薄茶色の大きな目で、その発言の主を見つめる。

「母さん、今、何て言った？」

「トンが戻ってくるって言ったのよ。だってあの子の家でしょ。なにをそんなに驚くことがあるの？」

「母さん、それ本当のこと言ってるんだよね？　騙《だま》してないよね？」

チョンラティーは動揺していた。

「騙すわけないでしょ。でもトンは今のあんたに会ったらきっと驚くでしょうね。ピンクのカチューシャを頭から外しなさい。リボンが顔よりも大きいじゃない」

「でも可愛《かわい》いでしょ？」

チョンラティーは椅子から立ち上がると、近くにあった手鏡を手に取り、そこに映る自分の姿を見た。

トンと何年も会わないうちに、自分はすっかり変わってしまっていた。以前はどこにでもいるごく普通の男の子だったはずなのだ。そのころはまだ自分が男を好きだと自覚していなかった。

けれどトンがバンコクに進学してしばらく経ったころ、自分は女性に興味を持てないのだと周囲にカミングアウトすることになった。以来今日まで、それは変わらない。

チョンラティーは普段メガネではなくコンタクトレンズをつけているので、丸くて大きな瞳がいつも彼を可愛らしく見せていた。小ぶりな鼻に小さな唇、白くて透明感のある肌。特に女性らしい服装をしていなくても、全体的に見れば中性的な印象を与える。

「母さんは、トンが僕を見たらゲイだと気づくと思う？」

「わからないと思うわよ。だって何年も会ってないでしょ」

「トンが今の僕を受け入れられないんじゃないか、自分がトンに近寄れないんじゃないかって心配だよ。僕はべつに、多くは望まない。トンに片思いしてる僕を側にいさせてくれればそれでいいんだ」

「私の息子は控えめなのね。もし私なら全力でぶつかるけど。成功するか失敗するかは後から考えればいいじゃない。私はこの方法で父さんを口説いたのよ」

「それは母さんのやり方でしょ。僕とは違う。そんなことよりも、話なんかしてる場合じゃないよ！髪を切りに行ってくる。このまま伸ばしているとますます女の子っぽく見えるから」

そう言うとチョンラティーは大きなリボンの付いたパステルピンクのカチューシャを外した。手で髪を梳《す》いて落ちてきた前髪をかきあげると、満面の笑みを浮かべて立ち上がった。

「どの車で出かけるの？」

「ピンクミルク号だよ」

ピンクミルク号というのは、チョンラティーの愛車であるパステルピンクのフォルクスワーゲン ニユービートルのことだ。

「スピード出し過ぎないでね。危ないから」

「うん。わかってる」


大音量で音楽をかけながら、派手な車がチョンブリ県のビーチ沿いを走っていた。車の持ち主もご機嫌な様子で曲に合わせて歌いながらハンドルを握っている。

チョンラティーは、この道から見える景色が好きだった。片側は海が光を受けてキラキラと輝いているし、反対側を見れば、たくさんの店が立ち並んでいて活気に満ち溢《あふ》れている。

本当なら今日は、家でごろごろしながら韓流ドラマを見るつもりだった。

しかしあと二、三日でトンが帰ってくると聞いたからにはこのままではいられない。髪を切りフェイシャルマッサージをして、新しい服を買うことに決めた。

そしてそれに無理やり付き合わされるのは、他の誰でもない、親友のゲムだった。

チョンラティーはとある家の門の前に車を停めると、エンジンは切らずにゲムに電話した。するとすぐにその家から華奢《きゃしゃ》な女の子が出てきて、ピンクミルク号の助手席に座った。

「思いついたらいきなり誘うんだから。メイクが間に合わないところだったじゃん。ねえ、チョンってばどうしてメガネかけてるの？　メガネをかけたらセクシーじゃないって言ったでしょ？」

シートベルトを締めながら、いつもはコンタクトなのに今日に限ってメガネ姿のチョンラティーを見て、ゲムは不思議そうな顔をした。

「あたしだってコンタクトをした方が可愛く見えるってわかってる。だからこそ大切な人が現れるまで、メガネをかけて隠しておかなくちゃいけないの。ガードは固くしておかなくちゃね」

「誰？　チョンラティー坊やの大切な人って」

「そんなのひとりしかいないよ。逞《たくま》しくて胸に錨《いかり》のタトゥーを入れてる人」

「トンがチョンラティーの大切な人なの？　でも他の人の旦那でしょ？　聞くけど、いつになったら片思いをやめて恋人を作るの？　あんただって超顔がいいし、家もお金持ちじゃん。なんで他の人のものになってる男にこだわるの？」

「もう彼女とは別れたんだよ。トンの母さんがそう言ってたし、トンのフェイスブックのプロフィールも『フリー』に変わってた」

「じゃあ、さっさと口説けば？」

「バカ言わないで！　トンは女の子が好きなんだよ？」

「もう！　今はそんな時代じゃないよ。女が好きだったとしても男を好きにならないとは限らないんだから。あんたってばこんなに整った顔をしてるくせに、貢いでばっかりだよね」

「あたしが貢いでばかりだなんて何を根拠に言ってるの？　貢いだことなんてない。トンにプレゼントを贈った以外、他の男にプレゼントをしたことなんてないもん」

「推しのコンサートやファンミのチケットにはすぐお金出すじゃん。トンへのプレゼントを買う時よりも簡単に財布を開くでしょ」

「ああ……その話は後にして」

チョンラティーはハンドルから片方の手を離すと、ずり落ちたメガネを指で押し上げた。そのまま彼の運転する車は角を曲がり、ショッピングモールの入り口に入った。

「トンを口説くべきよ」

「そんな勇気ないよ……」

ゲムの言葉に、チョンラティーは首を振った。

「そんなんじゃどうしようもない……ねえ、真面目に聞くけどチョン。男はたくさんいるのに、なんであの人にこだわるの？」

「……わからない」

言いながら、ゲムの質問の答えになってないなと思った。チョンラティーはそれ以上語らず、ただ笑みを浮かべながら自分の記憶を辿ってみた。

ふたりの家は隣同士。トンの母親は元々チョンブリ県の出身で、チョンラティーの母親の親友だった。だから当然のように子供である自分たちも友達になって、幼いころから一緒に遊んでいた。その後トンはバンコクに引っ越したから、今ではたまに行き来をするぐらいになってはいるけれど。

トンとは二歳しか離れていなかったので、幼稚園から小学校まで同じ学校に通っていた。

彼は昔からかっこよかった。同年代の中では特別体の大きな方だったこともあり、気づけばトンはガキ大将ポジションに収まっていた。

子供のころのトンとの思い出は感動の連続だ。自分より体が大きい相手にいじめられた時も、可愛らしい顔立ちが原因でいじめられた時も、いつだってトンは自分の代わりにいじめっ子たちに仕返しをしてくれた。

そんなことが何度かあって、それ以来誰もチョンラティーに手を出すことはなくなった。

家族ぐるみで一緒に旅行に行った時も、トンには助けてもらった。旅行先で走り回っていたチョンラティーがハチに足を刺され、歩けなくなってしまったことがあったが、そのときもトンが彼をおぶって両親のところへ連れ帰ってくれたのだ。

その他にも数えきれないほどたくさんの思い出が、チョンラティーの胸には層をなして刻まれている。そのすべてのよい思い出が、この片思いの原動力だ。

「チョン、ちょっとチョンってば！　あそこが空《あ》いてる。停められるよ」

「あー……」

「またボンヤリして」

「ごめん。なんか考えごとしちゃって……ゲムは何か買うの？　あたしはバンコクの寮に持って行くものも見てみる」

「うーん、私は特に買うもの決めてないけど見てみる。それで？　あんたはどこの寮に住むの？　チョンと同じ大学に行けなくてほんと残念だわ……一緒なら部屋をシェアできたのに」

「まだ決まってないけど、母さんにはトンと同じ寮に住みたいって言っておいた。空室があるかわからないけど」

「なんで彼とルームシェアしないの？　そうすればトンを襲うチャンスがあるかもしれないじゃん……って、あら、ヤダ。私、何を言ってるんだろ」

「……ああ、それいい考えだね。ゲム」

チョンラティーは車を降りてから、自分の後ろを歩いている親友を振り返った。そしてふと何かを思いついたように胸に手を当ててうっとりした表情を浮かべた。

「朝、目覚めたら、トンが旦那になってるんでしょ？」

「あんたにそんな勇気があるの？」

「そんなのあるわけないってわかるでしょ。でも一緒に住めたら、もっとトンの近くにいられるんだよね」

「とはいえ、いきなり恋愛対象が男だってバレないようにしないとね」

「うーん」

「私が彼女のフリをしてあげようか？」

「しなくていいよ、天罰がくだるから。それよりねえ、ゲム。あの男の人トンに似てる」

チョンラティーは目を細めて、カフェにいる体の大きな男性を見つめた。ジュースが飲みたくて、こっちに来たけれど、店に入ろうとしたそのときにちょうどこちらに顔を向けている大柄な彼に目が釘付けになった。

鋭い目つき、筋の通ったきれいな鼻、思わずキスしたくなるような形のよい唇。

毎日写真を見ているのだから間違えるはずがない。あれは、正真正銘《しょうしんしょうめい》本物のトンホンだ。

視線の先にいる実物の彼は本当にイケメンで、すごく男性的な魅力に溢れている。筋肉質な体にジャストサイズの白いTシャツとシンプルなジーンズ。そして足元は高級なスニーカーだ。

その一方で、今の自分の姿はというと、韓国風のオーバーサイズのピンクのTシャツにショートパンツ。前髪を留《と》めているのはマイメロディの髪留め。チョンラティーはこんな自分をなかなか可愛いと思っていた。

（違う！　違う！　違う！　今の状態の自分をトンに見られてはいけない。このタイミングで再会すべきじゃない）

「トンが帰ってくるのは二、三日後だって母さんが言ってたのに……やだ、ゲム。あたしはこれじゃダメ」

チョンラティーは俯《うつむ》きながら、ゲムの腕を摑んで引き寄せた。そうして、少し離れたところから訝《いぶか》しげな表情でこちらを見ているトンのことをこっそりと盗み見た。

こっちを見ないで。今は絶対に見つかっちゃダメ。

「チョン。私をどこに引っ張っていくの？」

「ここにはいられない。とりあえず逃げよう」

「何なのよ！」

ゲムはチョンラティーに引きずられながら、ずっと大声で文句を言っていた。トンの視線から逃げ続け、非常階段にたどり着くと、疲れきったチョンラティーは階段に座り込み……ぜいぜいと荒い呼吸を繰り返した。

「本物のトンだ……写真よりもずっとイケメンだよ、ゲム」

「どの人？　私は見る暇もなかった」

「白いTシャツで、怖い顔の人」

「ああ……」

ゲムはカフェでのことを思い出しながら声をあげた。顔は見ていないけれど、その人の特徴をなんとなく思い出したようだ。

たとえ目が悪くても、あれほどの背の高さであればさすがに目に付くだろう。

「あんたたちって電信柱と背の低い道路標識みたいだね」

「トンがあんなに背が高くなってるなんて思わなかった」

チョンラティーは乱れた呼吸を整えようと深呼吸しながら、繋いでいるゲムの小さな手を摑んで、自分の胸に押し当てた。

心臓がまるでライフルを連射でもしているかのように激しく脈打っている。

「あたしの心臓の動きがやばい」

「だからあんたは逃げたの？」

「違う。走ったのは、トンにこの姿を見られたくなかったから。頭にマイメロディ付けてるし、服装も少しあざといもん。トンに見つかっちゃったかな？　もし見られてたら、次会う時にどんな顔をすればいいかわからない」

「ゲイだとバレるのをどうして怖がるの？」

「トンが引っ越す前は、あたしはまだゲイじゃなかったでしょう。男が好きだと自覚したのは彼が引っ越してからのことだし」

「あんたが変わったと知られたくなくて、彼に顔向けできないと思ってるわけ?」

「うん、まあそんな感じ」

「それでどうするつもりなの?　彼はもう帰ってきたんだよ」

「最初に決めた通り、髪を切りに行くよ。男性的な短い髪にして、男性的な印象になる服も買って、家に帰る前に着替える。一緒に服を選んでよ、ゲム。着替えも必要だから何着か買おう」

「いいよ。でも少し休ませて。さんざん引きずり回されたんだから」

「あたしも死にそう……まだ息が苦しい」

ふたりは目を合わせ、親友同士らしく同じタイミングで大きなため息をついた。

トンに見せるために、男らしいチョンラティーに変身しなくては。


フォルクスワーゲン ニュービートルは、高級車ばかり並んでいるガレージの中に静かに収まった。

チョンラティーは自分の家がかなり裕福であることを知っていた。自分たちの一族は県内でいわゆる権力者の側にいる。そのこともあって、家もかなり大きい。

しかし今日ほどこの家を大きく感じたことはない。というよりも、自分の体がどんどん縮んでしまったように感じていた。それはもしかしたら家の前にある車が停まっていたからかもしれない。

……そう、これはトンの車だ。先ほど母から、トンが我が家に手土産持参で訪ねてきたとラインがあったのだ。母はそのまま夕食に誘ったそうだ。

自分の家に忍び足で入るだなんて、誰かに見られたらおかしな光景に見えるだろう。客間からときどき漏れてくる話し声を聞くと、自分でもとてもドキドキしているとわかった。

チョンラティーは壁に貼りついて、しばらくじっとしていた。まだ中に入る勇気がない。

自分に馴染んでいない服装をもう一度確かめてみた。今回もまたオーバーサイズの服だけど、今まで着ていた明るい色合いからグレー、黒、白のモノトーンのシンプルな色合いに変えた。上着と同じ色の黒い長ズボンに短く切り揃えられた髪と合わせると、自分でもとても見栄えがいいと思ったし、元々着ていた服よりは少し男性的になって礼儀正しそうに見える。ただ、どれだけ頑張っても可愛らしいイメージからは逃れられないのだけれど。

チョンラティーは深呼吸をして心を落ち着けた。

「チョン……帰ってきたならおいで。そこで何をこそこそしているの？」

聞き慣れた声に呼ばれ、チョンラティーは顔をしかめた。

母さんはなぜそんなに急いで呼ぶんだ？　まだ心の準備ができていないのに。

緊張のあまり、手が冷たくなってきた。それでも変に思われたくないので、返事をしてリビングに入った。

「はい」

勢いよくリビングへ入ったはいいけれど、トンと目を合わせるのが怖くて、気づけばチョンラティーは自分の足元を見つめていた。

「これがチョンラティー？　ずいぶん大きくなったな。昔の姿が思い出せないぐらいだ。でもおばさんに似て小柄だね」

「ああ……こんにちは、トン」

ソファーに座っている長身のトンに向かって手を合わせて礼をしている間に、頭のてっぺんからつま先までをくまなく見られているのを感じた。トンの低音ボイスに胸がぎゅっと詰まったけれど、我に返ったチョンラティーは、ようやくそこでハッキリと彼の姿を見ることができた。

ついさっき偶然ショッピングモールで見かけて逃げてしまったばかりだけれど。チョンラティーはどうかトンがピンクのTシャツの小柄な子を思い出さないようにと願う。

「あまりご飯を食べないから大きくなれなかったのかもね。トンはこの子のことを覚えている？　子供の時はいつも後ろにくっついて歩いていたでしょ？」

「子供のころの顔はよく覚えています。でも今は……外で会ったらたぶん気がつかないかもしれないな」

そう言ってトンはチョンラティーに笑いかけたが、その笑顔は少し無理をしているように見えた。きっと彼は失恋したばかりだから、陽気に笑ってなんていられないのだろう。

「この子可愛いでしょ？　あげるわよ」

「はい？」

「ちょっ、母さん！」

チョンラティーはその場で動けなくなってしまった。言葉の真意を問いただそうとしてメガネ越しに母親のことを睨《にら》みつける。

（あげるって？　何をあげるの？）

「言い忘れていたけれど、チョンはトンと同じ大学に入るの。この子の面倒を頼むわね。あと一か月もしたら新学期なのに、この子ったらまだ寮を決めてないのよ。トンの寮に空いている部屋はない？あなたと同じ寮に住んでくれたら離れていても私も安心なんだけど。私たちずっと二人暮らしだったでしょ。この子が一人暮らしをするのは心配で……」

（さすが、母さん。お願い、トンの近くにいられるようにうまく協力して！）

「空き部屋があるかはわかりませんが、母がチョンを僕と同じ部屋に住まわせてみたらどうかと言っていました。部屋が広いから一学期の間ぐらい僕と部屋をシェアしたらいいんじゃないかと。母はいつも自分勝手にいろんなことを決めてしまう性格なんですよ。もしチョンが僕と一緒に住んだら窮屈じゃないかな？」

（ターイおばさん、最高だよ。愛してる！）

「窮屈じゃないです！」

思わず大声で答えてしまっていた。ターイおばさんまでもが僕をトンと同居させようとしているのを聞いてしまっては、湧き上がる高揚感を抑えられそうになかった。

「とってもありがたいです。僕も一人暮らしはとても不安だったので」

「それなら、そういうことでいいかしら。チョンは一学期の間はトンと一緒に住んで、慣れてきたらまた考えればいいわ。それよりお腹は空《す》いた？　お手伝いさんが何を作っているか見てくるから、あなたたちは話をしてなさいな。食事の支度ができたら、人に呼びに来させるから」

「はい」

何年も会うことのなかった片思いの相手に会って、まだ興奮が抑えられない。そんなチョンラティーのすぐ側に母がやってくると、近くにいるトンに聞かれないようにそっと囁《ささや》いた。

「私とターイが道を作ってあげたんだから頑張ってね。男、チョンラティー。絶対に逃がしちゃダメよ」

「なあ、チョン。おまえと会うのは久しぶりだけど、どうして背があまり伸びてないんだ？」

「……ああ。トンの背が高過ぎるんじゃないの？」

ふたりきりになった部屋の中で、すぐ目の前にトンが立っていた。こうして向かい合っているだけで息が止まりそうになるというのに、何の前触れもなくトンはチョンラティーの頭に手を載せ、背の高さを確かめてきたのだ。

こんなに至近距離まで接近されたら気絶してしまう……。

しかも、ふたりきりになった途端、トンは自分のことを「俺」と言ったので、その言い方にさらにワイルドな男っぽさを感じてしまった。

（もっと好きになっちゃうじゃん……）

「べつに高過ぎるってことはない。俺の友達はみんな俺ぐらい身長があるし。俺の彼女だっておまえ

より は背が高い……いや、違った。もう元カノだ」

元カノの話をした途端、トンの顔が悲しそうに歪《ゆが》んだことに気がついた。やはりまだ別れたばかりだから、フリーの立場に慣れていないようだ。

チョンラティーが今すべきことは、浮かれた自分の気持ちを鎮めて話題を変えることだった。

「ここまで運転してきて疲れてない?」

「少しな。ナーンから長距離を運転してきて、まっすぐここに来た。友達とナーンに遊びに行ったんだ」

「僕はナーンに行ったことないな」

チョンラティーはひと呼吸おいて話を続けた。

「最初、母さんからトンは二、三日後に帰ってくると聞いてたから、もう家に帰ってきたと母さんからラインが来た時はちょっとびっくりしたよ」

本当はちょっとなんてものではない。それこそ幽霊でも見たのかというぐらいの衝撃だったという方が正しい。

「俺はどこに行けばいいかわからないから、この家で心を癒やすことにしたんだ。海とか自然のあるところに行けば気も晴れるはずだからな」

「うん」

「俺と同室で本当に居心地悪くないんだな?」

「大丈夫だよ」

「きつかったら言えよ。俺は他人と同居する生活に慣れている。変わり者の友人とも一緒に住めたぐらいだからな。それにしても、おまえの家はかなり変わったな。何年も帰ってきてなかったから驚いた」

「うん。本当に何年も会ってなかったね。ターイおばさんが母さんを訪ねてくるばかりで。なんでトンとおじさんは来ないんだろうって毎回思ってた」

「学校の長期休暇になるといつも、親父に海外に連れて行かれてたんだ。でもこの休みは心を癒やすために来た。失恋したからな」

「そのうちにきっと気分もよくなるよ」

「明日から毎日、子供のころみたいに俺の家に話をしに来いよ。そうすればあいつのことを思い出さずに済む」

「ここにはあまり山《カオ(彼女)》がないんだよ。あるのは川と海《チョンラティー》だけ」

そう口にすると、楽しそうにトンが笑った。せっかく散髪してセットした髪の毛が、彼の大きな手によってぐちゃぐちゃにかき回された。

「ぐちゃぐちゃだ。髪を切ったばかりなのに」

「だっておまえがおかしいから」

「僕の何がおかしいの？」

「気にするな。まあ、いいってことだ」

トンはさんざんチョンラティーの髪をかき回した後で、今度は優しく頭を撫《な》でた。

楽しそうな笑みを浮かべる彼の口元で、並びのきれいな白い歯がひときわ輝いて見えた。

（ああ……もう、ダメだよ、ダーリン……。こんな風に優しく髪を撫でられて笑いかけられたりしたら、もう……ダメだって……）

第2章

夕食後、チョンラティーはトンの車に同乗して、彼を家まで送っていった。

久しぶりの帰省でトンが自宅へ戻る道に迷うと思ったわけじゃない。ただ、いろいろな話をして、少しでも長く一緒にいたかったのだ。

敷地内に車を停め、家に向かって歩きながら、チョンラティーはもうひとつのトンの変化に気がついた。ガタイがよくなって大人びた外見に少しの野性味が加わって、ワイルドでちょっと危険な香りのする男へと変化していたのだ。いつの間にか喫煙者になっていたトンの指にはタバコが挟まっていて、そこから白い煙が立ち上っていた。煙が風に流されて漂ってきて、その臭いにチョンラティーは咳《せ》き込んだ。

「ゴホッ、ゴホッ」

「煙たかったか?」

「少し。タバコの臭いに慣れていなくて」

チョンラティーが手で鼻を押さえながら答えた。だがまさかそのひと言でトンがタバコを地面に捨てて足で火を消すとは思いもしなかった。

「おまえが嫌なら、もう吸わない」

「構わないよ。ただ臭いが好きじゃないだけ」

「別に俺はヘビースモーカーじゃない。ただ最近は、なんとなく退屈で気づくと火を点《つ》けてるんだよ」

「もし退屈なら、明日一緒に遊びに行かない？　映画を観に行こうよ」

トンの落ち込んだ様子を見たら、誘わずにいられなかった。イケメンのトンにこんな寂《さび》しそうな顔は似合わない。どうしてアンプ先輩は残酷にトンを捨てたんだろう？

「そりゃいい。いい暇つぶしになりそうだ」

「ねえ、トンはバスケをやるからそんなに背が伸びたの？」

そう言ってチョンラティーは隣に立つ幼馴染の均整の取れた体を見上げた。

そのときふいに、ゲムがトンと自分のことを電信柱と背の低い道路標識みたいだと言っていたことを思い出した。

「たぶんな。それにしてもおまえはちっこいよな。顔も可愛い系だし」

「僕は男だよ」

友達相手には……少しあざといけどね。でも誰かさんに対してはおとなしくしてる。

「ああ。わかってるよ。なんて言ってる間に着いたな。寄っていけよ。しばらく一緒にいてくれ」

「いいよ。特に用事もないし」

返事をしながら、トンがカギを開けてモダンな造りの二階建ての家に入っていくのを見ていた。タ
ーイおばさんが草花を好んでいるからだろうか、あたりから花のむせ返るような甘い香りがした。

「それでおまえはどうやって帰る？」

「歩いて帰るよ。すぐそこだから」

「怖くないのか？」

「何が怖いの？　この辺は危なくないよ。子供のころから住んでるし」

「お化けだよ。家の前の電灯が切れているし、真っ暗だ」

「トンは怖いの？　だから僕を脅《おど》すんでしょ」

チョンラティーは自分が怖がりではないので、少し笑ってしまった。

こういうところに関しては、チョンラティーはとても肝が据《す》わっていた。お化けだろうが、ヤモリだろうがゴキブリといった虫の類《たぐい》だろうが、全く怖いと思ったことがなかった。

「違う。怖がっていない」

「でもこの辺に出るって噂《うわさ》もあるよね。昔このあたりの森には死体が埋められていたって話だから」

「おまえはいつになったら死体の森の冗談をやめるんだ。いつまでも言ってるだろ、それ」

「お化けの話をすると、トンは顔が青ざめるんだよね」

「もうやめてくれ。怖くなるだろ。……おまえのせいなんだから、責任取って俺がシャワーを浴びるまでそこに座って待ってろ。帰るのはその後だ」

「そんなに体が大きいのに、お化けが怖いなんて信じられないよ」

トンに引きずられて強制的に椅子に座らされたチョンラティーはそう言って笑った。

明かりを点けていない部屋の中は暗かった。窓の外から入り込む月明かりのおかげで、かろうじて互いが見える程度だ。

「もう黙れ」

「怖いなら今夜は一緒に寝てあげようか？」

何か考えがあったわけじゃない。それなのに気づけばチョンラティーはそう言ってしまっていた。沈黙がとても気まずい。チョンラティーはトンが口を開くまで、ただ相手の影をじっと見つめることしかできなかった。

「それはいい。で、着替えはどうする？」

「荷物が多くなっちゃうから車を貸してくれる？　今からちょっと家に取りに行ってくるよ。すぐ戻ってくるし」

チョンラティーは何とかお互いが見える微かな明かりの中で手を差し出した。するとトンは手探りでチョンラティーの手の中に車のキーを渡してきた。

温かい手に触れて、心臓が激しく脈打つ。

手のひらのぬくもりにときめいていると、すぐにトンの手が離れてしまった。手の中に車のキーだけが残る。

「電気を点けない？　こんなに暗くしてると物にぶつかって怪我しそうだよ」

「ああ、そうだな。点けるのを忘れてた」

そう呟《つぶや》くと、トンは部屋の照明のスイッチを入れた。部屋が明るくなると同時に、チョンラティーが椅子から立ち上がった。

「じゃあ、行ってくるね」

「チョン」

「はい？」

「すぐ戻れよ。今夜、俺はひとりでいたくない」


それからすぐにチョンラティーは服を二セット持って戻ってきた。一セットはパジャマで、もう一セットは明日着る服だ。

家を出る前に母親にトンの家に泊まることを告げると、彼女は何も言わずに頷《うなず》いて、ゴールデンタイムのドラマの続きを観ていた。

トンの愛車であるレクサスＥＳ３５０のエンジンを切ると急にあたりが静かになった。普段は小型車しか運転しないこともあり、大型車の運転をするのは実は少し気が重かった。けれど今のチョンラティーの機嫌はどちらかと言えばご機嫌な部類だ。車内に車の持ち主のクールな香水の香りとニコチンの匂いが残っていて、そこに彼の存在を感じて嬉しくなってしまったのだ。

トンは既にシャワーを終えていたようで、チョンラティーが戻ると、彼は家の門のところに立って待っていた。

「遅かったな」

「もしかして寂しかった？　たったの二十分なのに」

ハンガーにかけた服を肩に引っかけて下から覗き込むようにして笑いかけると、ただでさえ強面《こわもて》の彼の顔が不機嫌そうに歪《ゆが》んだ。

本当はトンは怖い人などではないとチョンラティーにはわかっている。ただちょっと気が短いだけだ。

「おまえはビール飲むか？」

「いらないよ。トンは好きにして。僕は飲めないから」

トンが動いてくれないので、チョンラティーもまたその場に留《とど》まった。優しい風がそよぐと、目の前の彼からほのかにボディーソープの香りがした。

シャワーを浴びたばかりのトンはパジャマのズボンだけを穿《は》いていて、上には何も着ていなかった。今までは写真でしか見ていなかった、彼の美しい筋肉がすぐ目の前にある。

「早く家に入ろうよ。夜は冷えるから、裸でいると具合が悪くなっちゃうよ」

「俺は頑丈だから、そんなに簡単に具合が悪くなったりしない」

「でも気をつけた方がいいよ」

そう言ってチョンラティーが笑いかけると、トンはくるりと背を向けた。視界から錨《いかり》のタトゥーが消える。

そのままチョンラティーは、トンが家に入っていく後ろ姿を見つめていた。

チョンラティーがこの家に来るのは本当に久しぶりだった。自分の家と比べると、この家はそこまで大きくはなかったが、窮屈な気分になるほど狭くもなかった。親子で暮らす分にはちょうどよい広さかもしれない。相手が常に目の届く範囲にいるのだから。

トンの後をついて室内を進んで行くと、そこはキッチンだった。

「シャワーを浴びてこい。そうすれば寝られるから。バスルームはそこでも二階でも好きな方を使えばいい」

「ありがとう。トンは？　ビールを飲むの？」

「いや。一緒に飲む相手がいないから俺も飲まない。水を取りに来ただけだ。おまえも飲むか？」

「大丈夫。急いでシャワーを浴びるよ。車を運転して疲れちゃったから、早く休めるように」

そう言ってチョンラティーは、明日着るための服をソファーの背にかけ、パジャマだけをバスルームへ持って行こうとした。

そのとき、チョンラティーは低い声に呼び止められた。

「おまえはメガネをかけたままシャワーを浴びるのか？」

「外すのを忘れてたよ」

その場でメガネを外そうとしたチョンラティーだったが、それよりもカウンターに水のコップを置いたトンの動きの方が素早かった。すっと距離を詰めてきて、気づいた時にはメガネが外されてしまっていた。

重度の近視であるチョンラティーには、目の前の人の姿がぼやけて見えた。

今トンがどんな目で自分を見つめているのかわからない。

「本当にきれいな顔だな。オッパイがあって髪が長ければ女に見えそうだ」

そう言うトンに唐突に胸を摑まれ、予想もしなかった出来事に顔が熱くなった。

「またそんなことしたら、怒るよ？」

「何に怒るんだ？」

「女に見えると言われたことじゃないよ。こんな風にしょっちゅう体を触られたら怒るよ。僕は男なんだよ？　子供の時は一緒に抱き合って寝たり、頰にキスしたりしたよ。だって何もわかっていなかったから。でも今はトンと触れ合うことに過敏になっちゃう。少し距離を取った方がいいんじゃないかな」

「そうは言うが、俺の女友達よりもおまえの方がずっと可愛《かわい》らしいぞ」

「ねえ、そうやっていつまでも話しかけられたら、僕シャワーに行けないんだけど？」

「可愛い顔してるくせに短気だな。そんなに浴びたいなら、さっさと行けよ。俺はテレビを観ながら待ってる」

「それがいいよ。僕はシャワーが長いから」

背中を押されチョンラティーがバスルームに入ると、足が冷たいタイルの上に乗ったところで浴室のドアが閉められた。

「おまえは元々いい匂いだし清潔なんだから、そんなに長くシャワーしなくてもいい」

（……いい匂い？　僕がいい匂いだと知っているなんて……匂いを嗅いだってこと？）

チョンラティーは宣言通り長時間バスルームで過ごした。ようやくパジャマを着てリビングへ戻ると、テレビを観ていたはずのトンが椅子にもたれながら、腕組みをして眠っていた。

そっと近づいてみても反応はない。どうやらぐっすり眠っているようだったが、このままにしておいたら風邪をひいてしまうかもしれない。

掛け布団を探しに行こうとした途端、目を閉じたままのトンが低い声で話しかけてきた。

「どこへ行く?」

「掛け布団を探してあげようと思って。寝てたんじゃなかったの?」

「寝てはいない。最近あまり眠れないんだ」

「食事も喉を通らなければあまり眠れもしない。憂鬱《ゆううつ》になる……そんなんじゃ体が持たないよ、トン」

口元に笑みを残しながらも心配していることを伝えたくて、チョンラティーは言った。食事の時から観察していたが、トンは数口食べただけでスプーンを置いてしまっていた。それにつられて、チョンラティーも食べるのをやめてしまったくらいだ。

「タバコを吸ってもいいか? 臭いが少しつくけれど、一緒のベッドで寝ても大丈夫だよな? 嫌なら吸わないが」

「いいよ。問題ない」

チョンラティーは二階に上がっていくトンの後ろ姿を見送った。それからしばらくして、チョンラティーもまた、勝手知ったる我が家のように、トンの後に続いて階段を上っていった。

トンの部屋は階段を上りきって右側にあったはずだ。小さな部屋にはベランダがついていた。窓はスライド式の透明なガラス戸で、カーテンはかかっていない。

「外で吸ってくる」

「一本にしておいてね。体によくないから」

「ああ。そうする」

チョンラティーはベッドの上に座ると、トンがベランダにタバコを吸いに出るのを見ていた。彼の背中はとても寂しそうに見えた。まるで誰かを思い出しているみたいに。

彼はチョンラティーがここにいるのを忘れたのだろうか。もし望めば話し相手になって寂しさを慰めてあげることができるのに。もしトンが独りでいたくないのならここで彼が戻ってくるのを待っているのに。

どのくらい時間が経っただろう。それからしばらくして、ニコチンの臭いを纏《まと》ったトンが戻ってきた。そのときチョンラティーは、広いベッドの片側を自分の寝場所に選んでいた。

「僕はこっち側に寝てもいいよね？　それともトンがこっちに寝る？」

「そっちで寝ろよ。俺はべつにどこでもいい」

「もう寝た方がいい。体を休めてね。これ以上やつれないように」

エアコンが効いてきて部屋の中が冷えたので、チョンラティーは掛け布団をかけて横になった。

「やつれても構わない。誰も心配しないから」

「みんな心配するよ。ターイおばさんだって」

……もちろん僕も。

チョンラティーは言い終えると隣の体の大きな幼馴染に背を向けた。横になってもチョンラティーは目を閉じずにいたので、部屋の電気が消されたのが見えた。それからすぐにベッドのスプリングが揺れ、トンも横になったのだとわかった。

タバコとボディーソープの香りが混ざり合って、息が苦しくなった。

「おまえは誰かを愛したことがあるか？」

眠れずにいると、トンが話しかけてきた。

「あるよ。でも、何も期待しない。だってその人は僕を愛してくれないだろうとわかっているから」

「苦しくないのか？」

「ううん。だって僕は、誰かを自分のものにしたいとは思わないから。片思いで十分なんだ。その人の側《そば》にいられればいい。その人が傷ついた時に慰めてあげたい」

「そんなヤツいるのか？　愛しても相手を自分のものにしたくないなんて」

「……遅いからもう寝よう。おやすみなさい。トン」

「ああ。おやすみ」

会話をやめると、部屋に静寂《せいじゃく》が訪れる。チョンラティーは感情を殺して、無理やり目をつぶった。同じベッドで寝ている人の方を振り向いてしまわないように我慢しながら。

（そうだよ。そんなのあるのか？　相手を自分のものにしたいと思わない愛なんて。ただ側にいられればいいと思っていたのに……）

実際に側にいられたら、今度は抱きしめられたいと妄想するのだ。

こんな妄想をするのは自分にとってもよくないことだと思っているのに。

チョンラティーは自分がいつの間に寝てしまったのかわからなかった。寝苦しくて目を開けると、窓から差し込んだ陽の光が自分の体に当たっていることに気がついた。けれど、朝日を浴びただけでこんなに暑苦しさを感じることはないだろう。しかも窮屈さも感じる。

「トン……」

そこでようやく、寝苦しさの原因が何だかわかった。うつぶせになって寝ているトンの太い腕が自分の体に乗っていたのだ。腕を持ち上げようとすると、相手は不満そうな声をあげてチョンラティーの体を引っ張り、その腕の中に抱きしめた。

「トン、起きて！」

「俺はもっと寝たい！」

「腕が僕の体の上に乗ってて重たいんだよ。トンの腕をどかせられない。ねえ起きて。もうすぐお昼だよ」

チョンラティーは体の大きなトンを力いっぱい揺さぶった。

その時点でトンの目はまだ完全に覚めてはいなかったが、それでも自分を揺さぶるチョンラティーの腕を掴むくらいの気力はあった。そしてそのとき、ようやく相手がチョンラティーであることに気づいたようだった。

「まだ起きたくない。こんなにぐっすりと寝たのは久しぶりだ」

「よかったね」

「ここにいると気が晴れるのかもな」

「それか長旅で疲れたんじゃない？」

「そうか？　そうかもしれない。それで今何時だ？」

チョンラティーの体に乗っていた長い腕がようやく離れ、広いベッドの上を彷徨《さまよ》う。手探りでスマホを探していると、すぐにそれを見つけた。

「もう十時だ。誰がこんなに電話してきたんだ？　アンプか？」

「かけ直す？」

チョンラティーはそう言ってベッドから起き上がった。トンをひとりにしてあげようと思って部屋を出ようとした。

「電話するなら僕は部屋を出るよ」

「いや、今は話したくない」

「そうなの？」

「今日はおまえと映画に行く約束だろ？　シャワーして着替えたらショッピングモールで昼飯を食おう。もうすぐ昼だから」

「何を食べたい？」

「焼肉だな。俺は肉が好きだから」

「いいよ。でも待って。昨夜家から財布を持ってくるのを忘れたんだ。取りに行くから家に寄ってくれない？」

「必要ない。俺が奢《おご》る。断るなよ」

「わかった。じゃあこの次は僕が奢るね。いつがいいかな？」

「おまえが寮に引っ越す手伝いをする日がいい。たぶんその日はとても腹が減るだろうからな。チョンラティー坊ちゃんは俺に何を奢ってくれるかな？」

「トンが食べたいものなら何でもいいよ。でも今は僕のメガネを探してくれると助かるかな。寝起きで目やにがついてるし、近視だから何も見えない」

そう言って微笑むと、トンがその大きな手でチョンラティーの髪を軽くかき回した。

「目やにがついていても、おまえは可愛いな」

トンはそう言って立ち上がると、メガネを探し始めた。


チョンラティーとトンは、正午ごろショッピングモールに着いた。焼肉を食べる前に、観たい映画のチケットを買っておいた。

「実は焼肉を食うのは久しぶりなんだ」

「そうなの？」

唐突にトンが焼肉の話を始めたので、チョンラティーは思わず彼の顔を見た。ビールを飲んでいるので、もしかして酔いが回ったのだろうか。それとも、ただ話したいだけだろうか。よくわからない。

「アンプ先輩に未練があるの？」

今朝の電話のことがきっかけになって彼女のことを思い出したのかもしれない。

チョンラティーの問いかけの答えを探すかのようにトンは口を噤《つぐ》んだ。黙って肉を取り分けて口にゆっくりと運びながら、しばらくしてこう言った。

「かなりな。長く付き合ってたし、アンプと一緒にいる未来も思い描いてた。でも結局、彼女は別の男を選んだがな」

「彼女とはお互いに運命の相手ではなかったのかも。トンはかっこいいから、きっとすぐに恋人ができると思うよ」

「おまえに何がわかるんだよ。チョン、俺はアンプ以上の相手に出会ったことがない」

「僕もアンプ先輩の写真を見たことがあるよ。トンとツーショットのやつ。すごい美人だった」

チョンラティーは平然とした顔で、網の上で火が通ってきた肉をひっくり返しながらそう言った。内心はアンプ先輩への嫉妬《しっと》でどうにかなりそうだったが、自制が利かないほどではない。

「肉が焼けたよ」

「ありがとう」

「傷ついた心を癒やしてくれる人を探そうとは思わないの？　失恋から早く立ち直りたければ、新しい恋を見つけろってよく言うでしょ」

「嫌だ。そんなことはしたくない。彼女を忘れていない状態で、新しい恋人を嫌な気持ちにさせたくない。寂しければ母さんやおまえと話せばいい。それともおまえは何か不満なのか？　たった一日しか一緒にいないのに、もう俺にうんざりしてるのか？」

「トンにうんざりなんかしないよ。トンとならいくらでもお喋《しゃべ》りできるよ。それにもうすぐ部屋をシェアするでしょ。トンはもう寂しくなる暇がないよ。これは自覚してるけど、僕の世話は手がかかると思うんだ」

チョンラティーは微笑みながら焼けた肉をトンの皿に入れた。相手のビール瓶が空《から》になり、追加を注文しようとしていたので、チョンラティーはステンレスのトングで彼の手の甲を叩いた。

「もう、十分でしょ。酔っぱらっちゃダメだよ。僕はトンの車を運転しないよ。車体が長くて運転しにくいんだもん」

「おまえは俺の弟か？　それとも母親か？」

「弟だよ。それとも他人だと思ってるの？」

そう返すとトンは笑った。チョンラティーはトンが悲しい顔をするよりも怒った顔をしている方がまだ好きだ。

「ああ……それならなぜそんなに肉をたくさん俺にくれるんだ？　一緒に食べよう。そうすればおまえも大きくなる」

「いらないよ。ダイエットしているんだ」

お互いに満腹になってきたと感じていたこともあり、肉の入った皿を譲り合った。

その最中に突然、トンの傍《かたわ》らに置いてあったスマホが振動した。ディスプレイに表示された名前を見て、彼の表情が変わる。それだけ見れば、誰が電話してきたのか問うまでもない。

「アンプだ」

トンがそう言ったので、チョンラティーは自分の勘が正しかったことを知った。

「電話に出る？」

「ほうっておけ。俺が話をつけたい時にあいつは俺を相手にしなかったんだ」

「あんまりきれいな終わり方じゃないね」

チョンラティーはわかったように頷き、相手のスマホを手に取って自分の側に置いた。

「僕が預かるよ。そうすれば見なくて済む」

「うーん」

トンは俯《うつむ》いて皿の肉を口に運ぶと、チョンラティーに向き合って感情を抑えた声で言った。

「でもアンプとは、きちんと話して決着をつけた方がいいと思う。スマホを返してくれ」

「……わかった」

言いながらチョンラティーは深いため息をついた。肉を焼く手を止め、再び振動し始めたスマホをトンに手渡す。そのとき見えた着信の表示で、かけてきているのは同じ相手だと確認できた。

「こんなに何回もかけてくるなんて、きっとトンに大事な話があるんだよ」

「うーん。すぐに戻る。ここで待っていてくれ」

チョンラティーは返事をしなかった。何とも言えない気持ちで、向かいに座る背の高い想い人が立ち上がり、姿を消すのをただ見つめていた。
胸が詰まるようで苦しい。
これ以上は何も喉を通ることはないだろう。

第3章

「すぐに戻る」と言って姿を消したトンを待ち続けて約二時間が過ぎたが、まだ戻ってくる気配はない。

一緒に観ようと言っていた映画は、もう半分以上終わってしまっただろう。でも、そんなことは煙と焼けた肉の匂いが充満した店の中でどこにも行けずに待ちぼうけを食わされていることに比べればどうということでもない。

じっと座って待ち続けるなんて、チョンラティーの性格からしたらありえないことだ。普段なら一時間前には立ち上がって会計を済ませ、店を出ていただろう。

だが今日はひとりではない。トンが戻ってくるのを待って、会計を済ませなければならない。

チョンラティーのか細い喉から、情けない声が思わず漏れ出た。

店のすりガラスに反射する自分の影を見つめていると、いったいここに何しに来たんだろうという疑問が浮かんできた。

せっかく食事と映画に来たのに、最終的に自分は鉄板の上で焦《こ》げていく肉を見つめている。

もしもチョンラティーに忍耐強さがなければ、ここまで我慢して待つことはなかっただろう。

「チョン、ごめん」

背後から大きな声で呼ばれて振り向くと、トンが息を弾ませながら走って来た。

「いいよ。急いで会計を済ませて。僕は家に帰りたい」

「怒ってるだろ？　映画のチケットを買い直そう」

何の感情も表さずにいるチョンラティーを見て、トンはバツの悪そうな顔をした。

「怒ってないよ。事情はわかってるんだし。映画は今度にしよう。外で待ってるね」

トンが頷《うなず》くのを見て、チョンラティーは彼が店の入り口の方へ出られるようにと椅子を動かし、体をよけた。

レクサスEX 350がビーチ沿いの道を静かに走っていた。チョンラティーはいつものように静かに道端を見つめていた。ほのかなニコチンとトンの香水の混ざった匂いにクラクラしてしまう。ショッピングモールを出てからずっと、チョンラティーは何を話したらいいかわからず黙っていた。一方、トンもまた、口を開くことはなかった。きっと考え事をしているのだろう。
二時間も姿を消して元カノと電話していたトンが、どのような結論を出したのかはわからない。でもあまりよい結果ではなかったことは確かだ。トンが怒りや悲しみの表情を浮かべていることからも察せられた。

　そっとしておくのがいいんじゃないかと思ったのだが、トンはそうは思っていないようで、彼の方から話しかけてきた。

「チョンは何の香水を使っているんだ？　いい香りだな」

「香水の匂いなんてするかな？　車の中はタバコとトンの香水の匂いしかしないと思うけど」

「いや。俺にはおまえの匂いしかしない。微かだけど、癒やされる香りだ。昨夜俺が熟睡できたのは、たぶんこの香りのおかげだな」

「香水のブランドは忘れちゃった。肌につけるよりも洋服につける方が好きなんだ。肌につけると荒れちゃうんだよね。たぶん僕はアルコールアレルギーなんだと思う」

　チョンラティーは自分のTシャツを摘《つま》んで匂いを嗅いだ。普段から香水をたくさんつける方ではないし、こんなに微量な香りでもトンが気づくとは思わなかった。

「それなら、おまえは酒もダメなのか？」

「元々僕はお酒が飲めないよ。昨夜言ったでしょ」

「今日は本当にごめんな。結局俺はアンプと話がつけられなかった。頭に血が上っておまえが店で待っているのをすっかり忘れてしまった」

「失礼かもしれないけれど、聞いてもいい？　どっちが先に別れ話を切り出したの？　トン？　それともアンプ先輩？」

　車のシートの背もたれに寄りかかって、チョンラティーはトンの横顔をチラッと見た。

「お互いにだよ。堂々巡りだ。アンプはよりを戻したいと言ってきたが、俺が新しい彼氏をどうするのかと聞き返すと、何も答えなかった」

「トンは、まだアンプ先輩と一緒にいたいと思う？　まず自分の胸に聞いてみないと」

「わからない。俺とアンプはしょっちゅう喧嘩《けんか》をしていた。別れる直前は特にひどかった。実際に別れて、ほっとしている部分もある。でも同時に人生で何かが欠けてしまったような気もする」

「トンは混乱しているのかも。それで彼女には何て言ったの？」

「時間をくれと言った。もう少しよく考える時間が欲しい。まだアンプを愛しているなら、自分から会いに行くと」

「それがどのぐらいかかるのかは聞かないでおくね。でも、僕はトンが僕を必要としてくれる限り側《そば》にいるから。たとえ焼肉屋で二時間放置されたとしてもね」

もう一度窓の方へ体を向けて海を眺めていると、背後からトンの低い笑い声が聞こえてきて、思わずチョンラティーも笑みを浮かべた。

「おまえは根に持つんだな」

「基本的には怒らない方だよ。でも本当に腹が立ったら根に持つ」

「おまえを怒らせないように気をつけないとな。この後夕方からバスケをしに行かないか？　この間車で通ったら小学校の時に遊んだバスケットコートがまだあったんだ」

「いいね。夕方くらいになるとたくさんの人が遊んでるよね。見たことがある」

それだけ言うと、チョンラティーは静かに目を閉じた。今はこれ以上会話を続けたくなかった。その気持ちを察してくれたのか、トンはチョンラティーが目を閉じたのを見ると、それ以上話しかけてくることはなかった。


トンが話していたバスケットコートは屋外にある小さな公共のコートだった。平日でも人がたくさん集まってプレーに興じていることが多いのだが、今日はさほどでもなかった。さっきまで降っていた激しい雨がやんだばかりで、コートには水たまりができていたし、雨上がり特有の土や草の匂いがした。

けれどトンはそんなことを全く気にしない様子で、バスケットボールを持つとそのままコートに入っていった。大きな街灯が点《つ》いて、暗闇の中でコートが明るく浮かび上がる。

「こんなにぬかるんでいるのに本当にやるの？」

「そうだ。体を動かしたい。そうすれば頭がスッキリする」

トンは振り返ると、座れる場所を探していたチョンラティーに笑いかけた。

トンの耳と眉に付けているシルバーピアスに明かりが反射してキラキラと光った。

「僕がプレゼントしたピアス、付けてくれてるんだね」

左の眉に付けているピアスはチョンラティーが去年トンに贈ったものだった。彼が眉にピアスを付けていることを、写真を見て知っていたからだ。

よほどしっかり見なければトンがピアスを付けていることを見落とすくらいのサイズだったが、改めてよく見るとそのピアスはトンによく似合っていた。

「これが一番好きなんだ。他のを付けたこともあるけれど、またこれを付けたくなる。なぜかわからないけど」

「気に入ってくれたなら僕は嬉しい。トンに似合ってるもん、ワイルドで」

「俺のどこがワイルドだ？」

「耳や眉に付けてるそのピアスとか、胸のタトゥーとかかな。力強い男っぽさを感じるよね。そういえば、ずっと前から聞こうと思ってたんだけど、錨《いかり》のタトゥーには何か意味があるの？」

「ある。錨は船を海に停めるための道具だろ？　俺はそれを左側の心臓のところに彫った。その意味はひとりを一途に愛するということだ……時代遅れだと思うか？　友人たちからはよくそう言われる」

「そんなことないと思うよ。僕も入れたいな」

「錨をか？」

「マイメロディかな」

トンにはチョンラティーの好きなキャラクターがわからないようで、不思議そうに首を傾げたので、それを見てチョンラティーは思わず笑ってしまった。

（だからって、本当にマイメロディの柄を彫ったらヤバいでしょ）

タトゥーを彫る痛みは、可愛《かわい》らしいパステルカラーのキャラクターには似つかわしくない。

「ナームおばさんに許可が取れたら、タトゥースタジオに連れて行ってやるよ」

「うん。母さんに頼んでみる。トンはバスケをしてきたら？　僕は座って待ってるから」

「え？　ひとりでプレーさせる気か？　おまえもやるんだよ。人が多いと言ってたのに誰もいないじゃないか？」

「雨が降ったんだから誰も家の外で遊ぼうとなんてしないよ、トン以外は」

「おまえだろ。俺と一緒に来たのは」

「僕がいつ来たいって言った？　僕はトンに付き合って来ただけだよ」

チョンラティーは座っていた場所から立ち上がると、ゆっくりとコートの真ん中で立っている男のもとへ歩いて行った。

「は？　また俺が悪いのかよ。それで？　おまえはバスケできるんだよな？」

「できないよ。でもトンに相手がいないから、一緒にやってみようと思っただけ。ただボールを回してシュートすればいいんでしょ？　難しくないよ」

「手加減してやるよ」

チョンラティーは時間を遡《さかのぼ》って、〝難しくない〟と言った自分の発言を取り消したくなった。

身体能力に大きな差がある相手とバスケをしないといけないなんて、はじめから無理だったのだ。

リーチの短いチョンラティーの足では一生懸命に走ってもコートの半分までしか行けないのに、トンの長い足は数歩歩くだけでバスケコートの端から端まで行ける。

こんなの不公平だし、ちっとも楽しくない。

チョンラティーは力尽きてコートの真ん中で座り込んだ。顔が火照《ほて》って額から汗が噴き出したのでメガネを外した。

「たったの三十分でスタミナ切れか？」

「もうムリ。体が熱過ぎて倒れそう」

少しでも熱を冷まそうと、服で体を扇ぎながら顔を上げると、すぐ近くでトンが大きな音を立てながらドリブルをしているのが見えた。

「服を脱げよ。そしたら体の火照りが冷めるから。本当に熱そうだぞ？　体中真っ赤じゃないか。さっさと脱げよ、倒れるぞ」

「脱がないよ。超恥ずかしい」

「なぜ恥ずかしがる？」

「脱がなくても大丈夫。僕は平気だから」

チョンラティーは頑なに服を脱ごうとしなかったが、手は服の裾《すそ》を摑んでさらに激しく扇いでいた。

「倒れるからさっさと脱げよ。おまえが自分で脱がないなら俺が脱がすぞ」

「トンはなんで僕に服を脱げと強制するの？　やめてよ！　僕は脱がないってば」

服の裾を摑んで脱がせようとするトンの大きな手から身をかわして、チョンラティーはそこから逃げようとした。

けれどそんなチョンラティーの体をトンの二本の長い足が挟む。

「おまえがぐずぐずしているからだ。もし本当に倒れたらおまえを担がなければならないし、面倒だ」

イラついた声が大きくなり、すぐにチョンラティーのだぶだぶの黒いTシャツが頭までまくり上げられた。

「おまえが恥ずかしいなら、俺も一緒に脱いでやる」

「トンが脱ぐのは勝手だけど、僕の服は返してよ」

チョンラティーは相手の手の中にあるTシャツを奪い返し、その白い肌を隠そうとして体にあてた。

その様子がおかしかったのか、一緒に付き合って服を脱いだトンにからかわれてしまった。

「おまえはピンクの乳首だから照れているのか？」

「トンは本当にムカつくな」

取り戻した服を着ると、チョンラティーは立ち上がって目の前のトンとは反対の方向へ逃げようとした。

なぜ服を脱がされないといけないんだ？　どうしてピンクの乳首をからかわれないといけない？

「おい、どこ行くんだよ？　チョン」

「飲み物買ってくる。すぐ戻るよ」

「強引に服を脱がせたことを怒ってるのか？」

「怒ってないよ。気にしなくていい」

「待てよ、まだ言うことがある」

「何？」

チョンラティーは振り返って、苛立《いらだ》たしげに真正面からトンの顔を睨《にら》みつけた。そうしてトンの手の中にあるものを見ようとして目を凝《こ》らす。

「メガネ忘れてるぞ」

言うなり近づいてきたトンが、メガネをかけてくれた。


チョンラティーはスポーツドリンク二本と大きな水のペットボトルを一本抱えてバスケットコートに戻ってきた。

バスケをしているトンの体は汗でびっしょりだ。

チョンラティーは最初に荷物を置いたところに座って、スポーツドリンクの蓋《ふた》を開けた。またコートに出るつもりはない。今はただ喉の渇きを潤したかった。

間違いなく、チョンラティーのような人間はスポーツには向かない。

座って応援している方が得意なのだから。

甘くて冷たいスポーツドリンクがゆっくりと喉を通っていく。半分飲み終えたところで、チョンラティーはいったん飲むのをやめてコートに立つトンの姿を見つめた。

片思いしている彼の体を密かに視線だけで愛《め》でる。

トンは本当にスタイルがよかった。彼のワイルドな肉体に何度うっとりしただろう。

彼の体のすべてに触れてみたくなる。胸と腹の筋肉は肉眼で見えているように硬いのだろうか。今この瞬間のトンの体は、たぶんとても熱くて汗でベタベタしてるんじゃないだろうか。

（トンに抱きしめられる人がものすごく羨《うらや》ましい）

ふと我に返り、チョンラティーは頭の中の妄想を振り払った。

決して、誰かに嫉妬《しっと》心を抱くようなつもりじゃなかった。

それなのに、チョンラティーの無意識の妄想は肥大化してしまい、トンの側にいられるだけでいいという考えを忘れてしまう。

自分は惑星のようにトンの周りをただ回っているだけで満足だ。

向こう側から彼がこちらに向かってゆっくりと走って来る。その足音が聞こえてきた時、チョンラティーの弓のように整ったまゆげがわずかに上がった。

トンの頬が赤くなっていた。熱にやられてしまったのだろう。彼は水のボトルを手に取ると、蓋を開けて自分の頭に水をかけた。

「一本五十バーツ。買って運んできた手数料も追加で」

「がめついな。それなら水を返す」

次の瞬間、チョンラティーの真っ黒な髪がびしょ濡れになった。

水のボトルを逆さにして、トンがチョンラティーにかけてきたのだ。濡れた髪から伝い落ちた雫が額に落ちて流れていく。

「びしょ濡れだよ」

「おまえをびしょ濡れにしたかったんだ。メガネにまでかかっちまったな。チョン、見えるか？　ほら、メガネをよこせよ、拭《ふ》いてやる」

そう言われてチョンラティーは、水から逃れるために顔の前に上げていた手を下ろした。それに、視界が悪くなってトンがぼやけてしまうのも嫌だった。

だが思いのほかトンとの距離が近かった上に全くの無防備だったので、水滴のついたメガネは、抗《あらが》う間もなくトンに奪われてしまった。

そのままトンが自分の服を手に取り、メガネのレンズを拭いている姿がぼやけて見える。

すぐにメガネは顔の元の位置に戻された。

「服でメガネを拭くともっと曇るよ」

「いいからかけておけよ。家に帰ったらメガネ用のクリーナーで拭き直せ」

「トンはもう帰りたい？」

チョンラティーはメガネを顔のちょうどよい位置にかけ直しながら聞いた。

そのとき汗と香水の混ざり合った匂いが微かに漂ってきて、チョンラティーは動揺した。すぐ側にある彼の熱が匂いに乗って伝わってきて、それに引きつけられるような気分になった。

「帰ってもいい。今夜おまえはどこで寝る？」

「自分の家に帰るよ。でもトンが僕に一緒に寝てほしいならそれでもいいけど」

「それなら俺と一緒に寝ろ。今の俺はわがままになってるけど、ウザがるなよ」

「言ったでしょ。トンがそうしてほしいなら一緒にいてあげるって」


チョンラティーは自分の車をトンの家の敷地内にある木の下に停めた。

もうすぐ二十二時になるところだった。本当ならチョンラティーは運転し慣れているパステルピンクのニュービートルで来たかった。

でもよく考えてみれば、パステルピンクの車を好んで運転する男性は少ない気がする。それならばと思い、他の車に乗ってきた。

車から降りた途端、ニコチンの強烈な臭いが漂う中で花のよい香りがした。その香りの出どころは自分の頭より高い場所からだ。二階のベランダを見上げると、背の高い彼が唇の端から白い煙を吐いていた。

「またタバコ？　吸い過ぎだよ」

チョンラティーは腕組みをして、叱るように上に向かって大きな声で怒鳴った。けれど、全く威厳が出ない。

「誰がそんなに吸ったって？　大袈裟《おおげさ》だな、さっさと家に入れよ」

「真面目に聞くよ。本当に吸いたいの？　それとも、わざと自分の体を傷つけたいの？　トンはスポーツマンだからこういうものが肺によくないのは僕よりもよくわかっているでしょ？　もしタバコを吸う理由がストレスだとしたら、他の方法でストレスを解消したら？　釣りをしたり、ダイビングをしてサンゴ礁を見るとか。僕が連れて行ってあげるからさ」

チョンラティーはトンに言われた通りにすぐに家に入ることはせず、外から二階を見上げて背の高い相手と話しながら、彼の手元を見つめた。火の点《つ》いたままのそれは燃え尽きて灰になっていた。

「わかったよ。もう吸うのをやめるから家に入れ」

そう言うとトンは手に持っていたタバコをベランダの手すりに擦りつけた。火が完全に消えてから、吸殻をゴミ箱に投げ捨てる。けれど、マルボロアイスブラストの箱を一緒に捨てるかどうかは迷っているようだった。

「夜中に買いに行かなくてもいいように、その箱は取っておいたら？　本当に吸いたくなったら、そのとき吸えばいいよ」

「おまえは俺の気持ちがよくわかっているな。俺が捨てるのを迷っているのもわかったのか」

「トンの目を見てそう思っただけ」

チョンラティーは二階に向かって喋《しゃべ》るのをやめ、二本の指で自分の目を指した。思わずため息が口をついて出てくる。

家に入ると二階に行かないうちに、階段を下りてくる足音が聞こえてきた。その足音の主がチョンラティーはその場で待つようにと命令してくる。

「腹が減った」

長身の彼はそれだけ言うとキッチンに入っていってしまった。チョンラティーにはこれから彼が何をするのか想像できた。

「何を食べるの？」

「インスタントラーメンだな。俺は他のものが作れないから。おまえも食うか？」

「僕はお腹空《す》いてないから平気。でもトンの家の冷蔵庫を見せて。インスタントラーメン以外のものが作れるかも」

チョンラティーは家から持ってきた洋服と身の回りの物を昨日と同じようにソファーの上に置き、トンの後についてキッチンへ入った。

「肉とか野菜とか何か入っているかもな。俺が帰る前に母さんが家政婦に冷蔵庫の中を補充するよう頼んだらしいから」

「本当だ。たくさん入ってる。料理して食べないと腐るよ」

チョンラティーはしゃがんで冷蔵庫の中身を見ながら、簡単に作れるメニューを考えた。

「春雨の炒め物は食べられる？　これだとご飯を炊かないで済む」

「いいな。インスタントラーメンよりもずっといい」

チョンラティーはもう何も言わなかった。必要な材料を冷蔵庫から取り出し、台所のカウンターの上に並べる。そうしていざ料理を始めようとしたのだが、タバコとボディーソープの香りを纏《まと》ったトンが彼の側から離れようとしないのが気になった。

「助手になってくれるの？」

「俺は料理はダメだ。だけど見ていたい」

「油が跳ねるから気をつけて」

「おまえがあれこれしているのを見る方がタバコを吸うより楽しいな」

「言ったでしょ。自分を傷つけなくたってストレスを解消する方法がいろいろあるって。それで決めた？　明日はダイビングをしてサンゴ礁を見に行くか、それとも釣りに行くか」

「映画を観よう。今日のリベンジだ」

トンの提案にチョンラティーは頷いた。

「オッケー、それならトンの電話番号教えてくれる？　今度は自分の財布を持って行くね」

油を熱したフライパンの中に冷蔵庫から取り出した豚のミンチを勢いよく入れた。そして、油の跳ねが届かないところまで下がった。

しかしチョンラティーの側にいてよけるのが間に合わなかったトンに、運悪くそのまま油が跳ねてしまった。

「熱っ！」

「天罰がくだったんだよ。僕を焼肉の煙の中にずっとおいてけぼりにしたから」

跳ねる油から逃げている人にチラッと目をやり、チョンラティーは内心ではざまあみろと思っていた。

「ざまあみろって顔をしているな」

（僕がそう思っていたって、よくわかったね）

チョンラティーは肯定も否定もせず、ただトンに向けてにっこりと笑いかけたのだった。

第4章

トンと同じベッドで一緒に寝ることが本当にいいことなのかどうかはわからない。

寝る時はよかった。お互いに背中を向けた姿勢で寝るから。

でも朝になるとなぜ、大きな腕が自分の体の上に乗っているんだろう。

トンは自分が大柄で重たいということを自覚しているんだろうか。

それだけじゃない。トンの体温や匂いを近くに感じるだけで、チョンラティー自身の体温もおかしくなりそうだった。こんなに近くにいたら、心臓が持たない。

ドキドキし過ぎて、寝起きにいつまでもぼんやりしていられなかった。

チョンラティーは自分の上に乗っている手をそのままにして、寝起きのぼやけた視界の中で相手の様子を窺《うかが》い……まず手の甲に浮き上がっている血管を腕まで撫《な》でた。逞《たくま》しく、とてもかっこいい。

ときどきいびきが聞こえてきたけれども、枕にうつぶせに寝ている人からは安定した間隔で寝息が聞こえてきた。

チョンラティーは体の向きを変え、手をトンの肩に置き、彼を起こそうと決めた。

「もう朝なのか？　アンプ」

「朝だよ。でも僕はアンプ先輩じゃない」

チョンラティーは力を込めて、トンの腕を自分の体からどかせた。そうして起き上がると、ベッドに腰かけた。

ベッドが揺れたので、トンが体をこちらに向けたのがわかった。

「チョンか……昨夜、夢を見た」

「何？　よくない夢？　なぜそんな顔をするの？」

「おまえが俺に抱きついてきて、頬にキスしてきたんだ。鳥肌が立った」

トンは怯《おび》えたような表情をしていて、あろうことか本当に彼の腕には鳥肌が立っていた。

「昨夜食べ過ぎたから、変な夢を見たんだよ」

「たぶんそうだな。おまえが本当にそんなことをしたら、家の前のマンゴーの木の下に埋めてやる」

「そういう脅《おど》し文句ってトンらしいね」

チョンラティーはわざとらしい笑い声をあげた。本当に相手の頬にキスをしたらマンゴーの木の下に埋められるのか試してみたくなった。

「それほめてるのか？　ディスってんだろ？」

「好きなように解釈して」

「逃げるな。こっちに来い」

チョンラティーは大きなベッドから逃げようとしたが、うまくいかなかった。

チョンラティーは体ごと引っ張られてベッドの上に押し戻され、トンの手によって体の向きを変えられて、うつぶせにされた。トンはチョンラティーの足先に体重をかけて乗ってきた。

そしてそのまま片方の手でチョンラティーの体をベッドに押しつけると、もう片方の手で両手首を摑み、チョンラティーの腰のあたりに固定した。

「痛いよ、トン。痛い」

「よく覚えとけよ。俺に逆らうんじゃねえ。さあ言えよ、トンは最高だって」

「信じられない！　最高に自惚《うぬぼ》れ屋だ」

「早く言え。何度も言わせるな」

「わかった、言うよ。トンは最高。世界一だ」

「最初から素直にそう言えば、こんな痛い目に遭《あ》わなかったんだぞ」

トンは拘束していた手を放すと、再びベッドに横になった。

「本当に痛かったんだからね」

両方の手首を撫でながら、チョンラティーは文句を言った。トンに押さえつけられた感触がまだ残っていて手が火照《ほて》っていた。

「大袈裟《おおげさ》だな。俺はそんなに力を入れてないぞ」

「だからって、こんな風にしていいか僕に確認した？」

チョンラティーは目を細め、恨めしそうな目で見つめられても平然としているイケメンの顔を見下ろした。

「俺とじゃれ合うのは嫌だったか？　チョン。もっとメシをたくさん食ってから、俺に向かって来い。

こんなちびっこだと、いつまで経っても俺には勝てないぞ」

「ああ！　そんなに強いなら、僕は一緒に寝てあげなくてもいいよね」

チョンラティーは再び大きなベッドから起き上がったが、今回は体を引っ張られることも、声をかけられることもなかった。だが、部屋のドアを開けようとした時に、トンがぼそっと低い声で言った。

「誰がおまえに謝るかよ」

その言い草のお返しとばかりに、チョンラティーは大きな音を立ててドアを閉めた。


今朝のことが原因で互いにギクシャクしていたが、それでも一緒に食事と映画に出かけた。チョンラティーとトンは言葉を交わすことなく、視線だけで会話した。

けれど不思議なことに、言葉がなくても相手の動作を見ているとお互いのことがわかるのだった。例えばトンが車のキーを持っていたら、車に乗れと言われずともチョンラティーは当たり前のように後について車に乗った。他にも、何も言わなくてもトンは食後にわざわざアイスを買ってくれた。なぜならば今日の昼食が……辛《から》かったから。

実際のところ、互いに最初から本気で怒ってはいないのだとチョンラティーは思っていた。まるで先に話しかけた方が負けというルールのゲームをやっているみたいに。映画を二時間も黙って観ていたから、何とか間が持ったのだ。

しかし映画を観終えた後、トンが家の方向に向かわなかったので、チョンラティーはこらえきれずに先に口を開いた。

「どこに行くの？」

「おまえが先に口をきいたな。おまえの負けだ。チョン」

トンはチョンラティーの声が聞こえた途端、白い歯を見せて笑った。勝利したという満足感のおかげで、ふたりの間のぎくしゃくした雰囲気は消え去った。

「子供みたいなこと言わないで早く教えてよ。どこに連れて行くつもり？」

「みんなが行くところだ。ぶらぶらしたい」

「チャイニーズマーケットだね。いいね。僕もすごく久しぶりだ」

頷《うなず》いてトンの考えに賛成し、続けて言った。

「人が多そうだよね」

「人混みは苦手か？」

「べつに。よくコンサートに行くから、市場の人混みくらい何でもない」

チョンラティーは運転席のトンの方を向きながら答えた。ちょうど同じタイミングでトンもまたチョンラティーの方を向いていた。

ブルーサファイアのような澄んだ色の目と視線が重なり、チョンラティーは思わず笑顔を見せた。

「俺もコンサートに行くのは好きだが、アンプはそうじゃなかった。だから友達とよく行ったんだ。コンサートから戻るといつも喧嘩《けんか》になった」

「今はもう喧嘩する相手がいないから、好きなところに自由に行けるね」

「今度おまえをコンサートに誘うよ。おまえはどのバンドが好きなんだ?」

「何でも行くよ。誘ってくる人次第だ」

「絶対に俺に付き合えよ」

「うん」

チョンラティーは会話をやめようと目を閉じた。それなのに、構わずトンが話しかけてきたので、また目を開けないといけなかった。

「俺と喋《しゃべ》っている時になぜいつも目を閉じるんだ?」

「トンがスピードを出して、車酔いをするから。それに声だけ聞いていればいい」

こんな風に答えたけれど、本当は別の理由だった。目を閉じるのは自分の困惑《こんわく》した顔を隠したいからだ。

アンプという名前を聞く度に、自分がどんな顔をしているかわかっている。

実際に口を曲げて不貞腐《ふてくさ》れた態度を取りそうになるのを必死にこらえているのだ。


サークゲーオチャイニーズマーケットの通りは夕方になると、入り口の門から人が溢《あふ》れている。小柄なチョンラティーは人混みに流され、押しつぶされそうになった。トンとは正反対だ。トンは背の高さを利用して、珍しい店の写真をスマホで撮っていた。

チョンラティーは背が高いトンを本当に羨《うらや》ましいと思った。同時に己のDNAに恨みを募らせてしまう。

このDNAのせいで身長がたったの百六十七センチしかないのだ。

「トンの身長は何センチ？」

チョンラティーはトンを振り向かせるためにTシャツの裾《すそ》を掴んで引っ張り、話しかけた。

「百八十五だ。なんで聞く？」

「何でもない。トンみたいに背が高くなりたいな。クワイバを知ってる？　ここに来たら必ず食べないと」

「そうなのか？　じゃあすぐに行こう、店はどこにある？」

「あと少しで店に着くよ」

トンの矢継ぎ早の口調にチョンラティーは笑った。

「早くしろ。俺は早く食べたい」

「うん。わかった」

勝手知ったる市場の中を、チョンラティーは先に立って歩いた。

そうこうしているとあっという間にクワイバの店に着いた。二人分注文して、受け取ると再び歩き始める。

「熱い……」

揚げたてのクワイバを口に放り込んだトンはそう言って口を開けた。湯気が微かに出ている。相当熱そうだ。

「ジョームーに似てるな。ちょっと違うかもしれないけど……口の中が痛い」

「急いで食べたから舌を火傷《やけど》したんじゃない？　何か飲み物を買ってくるね」

そう言い終えると、トンをその場に残してチョンラティーは進行方向とは別の方向に走って行った。口の中がまだ熱く、トンは熱を冷まそうと手で口を扇いでいる。

トンの鋭い視線が小柄なチョンラティーの後ろ姿を追う。彼の姿が見えているうちは何も感じなかったのに、次第に遠ざかり視界から消えてしまうと、人混みでごった返すこの場所で、自分ひとりだけが取り残されたような孤独を感じた。

トンは突っ立ったまましばらくはそこでチョンラティーを待っていたが、あまりにも戻りが遅いので、つま先立ちになり、首を伸ばすようにしてあたりを見回しチョンラティーの姿を探した。

だがチョンラティーの姿は見当たらないし、すぐに戻ってきそうな気配もない。

懸命に探しながら、気づけばトンは足早に移動し始めていた。

周囲の店には見向きもせず、一心不乱にチョンラティーの姿を探す。今、トンの中は、ここ二、三日で急激に親しくなった隣の家の幼馴染のことでいっぱいだった。

チョンラティーがいると、つらい気持ちが癒やされる気がするのだ。

トンが小柄なチョンラティーの姿を探していると、突然自分の腕が柔《やわ》らかい手に摑まれた。それだけでなんだか嬉しくなって、さっきまでの焦《あせ》っていた気持ちが消えてしまった。

まるで迷子になった自分を見つけてもらってほっとしたような気持ちだ。

「どこへ行くつもりなの？　トンは歩くのが速いから追いつくのが大変だった」

「おまえを探してたんだよ。飲み物を買うのになんでこんなに時間がかかる？」

「ついでだからちまきも買いに行ってたんだ。この店のは美味しいんだよ。一緒に食べよう」

「腕を貸せ。おまえは小柄だからちゃんと捕まえておかないと人混みに紛れて見つけられなくなる」

そう言ってトンはチョンラティーの細い腕をがっしりと摑んだ。

変な状況だな、と思った。こんな感覚はかなりおかしい。けれど、チョンラティーは気づいていないのか、何も言わずに笑うだけだ。

「何を心配しているの？　トンが僕を見失ったとしても僕からはちゃんとトンが見えているよ。こんなに背が高いんだから。自分がめちゃくちゃ目立ってるのわかってる？」

「知るかよ。俺はおまえを離さないぞ」

トンが腕をさらにぎゅっと摑んだので、チョンラティーは口を開けて思いっきり笑った。

「いいよ。じゃあ今日のトンはベイビー・トンってことで。僕にしっかりと摑まって歩いてね。迷子にならないように」

「マンゴーの木の下に埋められたいのか？　チョン、おい！」

ベイビー・トンはさすがにふざけた呼び名だ。でもこんな風にしっかりとチョンラティーの腕を掴んでいると、少し前まで感じていた不安はきれいさっぱりと消えた。

変だな。子供の時はチョンラティーの方が自分にくっついて離れなかったのに、大きくなって立場が逆転したようだ。

「チョン、今夜はどこで寝る？」

ちゃんと確認しておこうと、トンは隣で笑っているチョンラティーに尋ねた。

「家でしょ。今朝トンはひとりで寝られるって言ってたし」

「いつそんなこと言ったんだよ？」

「僕に向かって『誰がおまえに謝るかよ』って言ったでしょ。僕は両方の耳でしっかりと聞いたよ」

「俺だよ」

「何が？」

「俺が今おまえに謝ってるんだよ。この俺が」

トンが言い終わると、手を離さずにしっかりと捕まえていたチョンラティーがまた声をあげて笑っていた。その声を聞くと、トンは急に恥ずかしくなり、掴んでいたチョンラティーの腕から手を離した。代わりにチョンラティーの頭を撫でてから、相手の肩を抱いた。

「先に謝ったから、トンの負けだよ」

「ああ、それでいい。認める。ひとりで寝るのは嫌なんだ」

チョンラティーは満腹のお腹を叩きながらトンの家に入った。今日ふたりはトンの母親からの食事の誘いを断った。というのも、トンがチャイニーズマーケットで買い食いをしまくったからだ。

「腹がいっぱいだ。水も入らない」

「僕もだよ」

チョンラティーはそう言いながらソファーに寝そべった。そのとき、トンが服を脱いでソファーの背に掛けているのが見えた。

彼は普段家にいる時は上半身裸だ。もしチョンラティーが同じように体格がよければ、やっぱり服を脱いで一日中見せびらかしていたかもしれない。

「俺はシャワーを浴びるけど、おまえはどうする?」

「すぐに寝たい。シャワーも浴びたくない」

「そんなに臭いのが好きなら、今夜は床で寝ろ」

「冗談だよ。食べたもの消化したら浴びるよ」

「好きにしろ。ところで俺のスマホを見なかったか?」

「テーブルの上に置いてあるんじゃない。誰かに電話するの?」

興味が湧いて、チョンラティーは寝そべっていたソファーから体を起こすとトンを見つめた。もちろん、誰に電話するか聞くなんて失礼だとはわかっている。

「母さんだよ。アンプじゃない。おまえは心配するな。全部ブロックしたから」

「なぜ僕が心配すると思ったの？」

トンの言い方が気になってチョンラティーは思わず顔をしかめたが、その視線は目の前の錨《いかり》のタトゥーに釘付けだった。

「さあな。俺にもわからない。シャワーを浴びてくる。汗をかき過ぎた」

どうぞ、と促して次の行動を見ていると、トンはスマホを手に取り二階へと上がっていったので、チョンラティーはまたソファーに寝そべった。

しばらくしてカバンに入れてあったスマホが振動している音が聞こえた。手に取ってみるとトンが自分をタグ付けした投稿がフェイスブックにあがっていた。ページを開くと、そこにはチョンラティーの後ろ姿の写真があった。照明と街の雰囲気から、それがさっきチャイニーズマーケットで撮られたものだとすぐにわかった。


ここには山《彼女》はいない。海しかない。海はおまえの名前だろ、チョンラティー

投稿を見たチョンラティーは、すぐさま「いいね！」を押し、コメントを返した。

写真がまっ黒だよ。ベイビー・トン

マンゴーの木の下で眠りたいのか？

返信を見たチョンラティーは口角を上げて笑った。それからしばらくはトンがシャワーを浴びていると思っていたので、スマホを自分の腹の上に置いてだらだらしていた。すると、突然スマホが振動して誰かからのメッセージの受信を知らせた。

チョンだよね？　私はトンの彼女なの
私の友達が、トンがあなたをタグ付けしているのを見たの
あなたはまだトンと一緒にいる？
私たち喧嘩しちゃって、彼にブロックされちゃったの
トンと話をさせて

チョンラティーは大きなため息をついた。
トンに教えた方がいいだろうかと思いもしたが、結局は深く関わらない方がいいという考えに落ち着いた。そこでチョンラティーは、違和感を抱かれず失礼にもならない程度に、返信をした。

今は一緒にいません

トンに会ったら伝えます

そう返信して、チョンラティーはメッセージの履歴を削除した。それが残っていると目障りだったから。

それからチョンラティーは二階に上がり、寝室のドアをノックした。

「トン。一階のバスルームの石鹸《せっけん》が切れていたから僕も二階でシャワーさせて。早く出てきてよ」

「わかった。ちょっと待ってろ」

トンがバスルームから出てくるまでの間、チョンラティーはベランダに出て風を浴びようと思った。外は花のいい香りが漂っていて、そこにいるとリラックスできた。静かで居心地のよい場所にいると、いろいろなことをとりとめもなく妄想してしまう。

今、チョンラティーの頭の中に浮かんでいるのは、トンホン航海士だった。航海士と海は切り離すことができない関係にある。なぜなら錨を海に降ろして船を停泊させるから。

そしてそう、海はチョンラティー自身だ。

錨のタトゥーの意味は、自分たちを離れられないように繋ぎとめるものだと都合よく解釈してもいいんじゃないだろうか。航海士をひとり占めできるのなら、その解釈は間違っていないぞ、とチョンラティーは自分に言い聞かせる。

トンが欲しい。彼をひとり占めしたい。

第5章

三週間後。

白い二人乗り自転車が、トンの家の大きく開かれた門から広い敷地の中へと軽快に入っていった。日が暮れ始めたこの時間、チョンラティーは軽快なリズムで自転車を漕《こ》いでいた。頬を撫《な》でていく風には潮の香りの中に微かな花の香りが混じっていた。

この三週間でこの家の息子と親しくなるのと同時に、チョンラティーはこの家にもすっかり馴染んでしまっていた。

大きな樹の下まで来ると、チョンラティーはそこで自転車を止め、サドルに跨《また》がったまま地面に足をつけた。

「トン。支度は終わった？　早く降りてこないと間に合わないよ。夕日が沈むのを見に行くんでしょ？」

「そんなに焦《あせ》ることか？　夕日なんていつでも見られるだろ？」

「だって、トンが僕を誘ったんだよ。バンコクに帰る前に自然に触れて、いい思い出を作りたいって」

チョンラティーは眉をひそめながら、トンが降りてくるのを見ていたのだが、相手が急ぐ様子を見せなかったので、次第にイライラしてきた。

「そんなにもたもたしているなら、僕はもう行かないよ」

「おい！　おまえは俺の真似して短気になるなよ。本気で自転車で行くつもりか？」

「本気だよ。あそこは車が入れないんだ。それに僕はバイクに乗れないし。自転車を漕げば運動にもなる」

「それならおまえが漕げよ、俺は後ろに乗るから」

「えー！　重いよ」

体の大きなトンが後ろの座席に飛び乗ったせいで、自転車が重たくなった。チョンラティーは倒れないように足に体重をかけて踏ん張った。わざと飛び乗ったに違いない。

トンにはこういう子供じみたことをする一面があるのだ。

「文句を言わずに漕げよ。遅れたら今日はもう諦《あきら》めるんだぞ」

「めちゃくちゃ重いじゃん」とチョンラティーは小さな声で文句を言った。

きっとトンに聞かれているだろうけど構わなかった。それにもし聞こえていなければ、あんなに大きな口を開けてきれいに並んだ白い歯を見せたりはしないだろうから、やっぱり聞こえていたのだろう。

トンの表情は最初にここに到着した日とは全く違っていた。険しかった表情は柔《やわ》らかくなり、声を出して笑う機会も増えた。そして何より、トンの口から元カノの話が聞かれなくなったのだ。チョンラティーがトンをからかって怒らせてばかりいたから、考える暇がなかったというのもあるかもしれない。

「力は出るのか？　ベイビー」

「しっかり掴まってて。飛ばすよ」

どれだけトンが横暴なことを言っても、チョンラティーを怒らせることにはならなかった。なぜならトンが幸せな顔をしているのを見ると、チョンラティーも幸せになれるから。

白い自転車は前に進んでいたが、ひとりで乗って来た時の倍の時間がかかっていた。

後ろに乗っている人の体重がかかっているせいで、チョンラティーは自転車を漕ぐ自分の太ももがパンプアップしていっているのではないかと心配になった。トンは重たいので、二人乗り自転車を漕ぐには相当な力が必要なのだ。

それでも何とかして進もうとしていたが、あっという間に漕げなくなってしまい、家の敷地の外に出る前に自転車を止めた。

「もうムリ。疲れた」

「何だよ。まだ表通りにも出ていないじゃないか」

「だって重たいよ。トンは年上だし、体も大きいんだもん。本当ならトンが漕いで僕が後ろに乗るべきでしょ」

チョンラティーは振り返り、後ろで大笑いしている人の顔を見た。

相変わらずの強面《こわもて》だけれども、チョンラティーからすれば少しも怖いと思わない。

「ひ弱だな」

「それは認めるよ。言い訳はしない。だから早く場所を代わって。時間がもったいないよ」

チョンラティーが自転車から降りようとすると、トンの大きな手に肩を押さえつけられた。

「もうムリだよ。これ以上漕げない！」

「ああ！　わかってる。おまえはそのまま前に乗ってろ。俺が後ろの席から漕ぐから。俺の足は長いから、ここからでも届く」

そう言ってトンは、長い足で自転車を漕ぐことで体格の良さを誇示した。そしてチョンラティーが体勢を整える前に自転車を漕ぎ始めた。

「トン。僕はまだちゃんと座ってないんだけど」

「俺がおまえの腰を落ちないように掴んでいるから大丈夫だ」

後ろの席で自転車を漕いでいる彼に言われて、チョンラティーの体はガチガチに緊張してしまった。トンは片方の手でハンドルを握り、もう片方の手をチョンラティーの腰に回し、座席から落ちないように固定してくれた。

「ウエストが細いな」

「もう手を離して。僕は落ちないから」

チョンラティーは、高鳴る鼓動を打ち消したくてわざと大きな声をあげた。

この三週間、トンに髪の毛をくしゃくしゃにされたり、寝る時に腕を載せられたり、歩く時に腕を掴まれて引きずられたりした。

……でも、抱きしめられるように腕を回されたり、こんな至近距離まで近づいたのは初めてだ。

「本当に細いな」

「トン……離して」

「へえ。ちょっと触っただけでそんなに気にするんだな。俺はおまえに欲情しないから安心しろよ。男相手に意識するなんて鳥肌モノだろ?」

「人に見られたら恥ずかしいよ」

「おまえは俺の弟だ。何を心配してるんだ?」

「もうトンとは話さない。さっさと漕いで。次の十字路で右に曲がって」

「承知しました。チョンラティーさま」

そう返事をしながらトンはチョンラティーの背中に頭を軽くぶつけ、チョンラティーの腰を摑むのをやめた。両手を使ってハンドルを摑み、鼻歌を歌いながら言われた通りに道を曲がった。

今まで狭かった道が少しずつ開けて山の景色が見えてきた。両側の藪《やぶ》がだんだんと海の光を反射してきて輝いて見えた。太陽のオレンジの光を受けて、果てしなく広い海が眼前に広がっていく。その海はこれから太陽を呑《の》み込もうとしていた。

目的地に到着したのでチョンラティーはトンに自転車を止めるように言った。目の前には黒や灰色の石があり、それらの石は一部は丸く、その他は平らや、鋭く尖《とが》った形状をしていた。

「きれいだな。おまえはどうやってここを見つけた?」

「母さんが連れてきてくれた。結婚前に父さんがよく連れてきてくれて、ここで一緒に日が沈むのを眺めたんだって」

「俺も気に入った。家からもそんなに遠くないしな」

「気に入ったなら、またしょっちゅう来れば？」

トンが先に歩いて行くのを見ながら言った。

海から強い風が吹いてきて、トンの薄いシャツが体にぴたっと張りつく。少し長めの黒髪が煽《あお》られて乱れるのを、チョンラティーはただ見つめていた。

「今度来る時はバイクにしよう。山を自転車で登るのはさすがに俺だってしんどい」

「うん」

チョンラティーは素直に返事をした。そしてずんずん先に歩いて行ってしまうトンを追いかけた。彼と違って、チョンラティーは岩の間に滑り落ちないように、慎重に一歩一歩進まなければならなかった。

海風はかなり強かった。チョンラティーが小柄だからなのか、前に進むのは非常に困難でトンとの距離がどんどん開いていった。やがて、かろうじて背中が遠くの方に見えるほどにまでふたりの距離が離れてしまっていた。

そのとき、唐突にトンが振り返った。そしてチョンラティーが遠く離れた場所にいるとわかると、長い足で岩を飛び越えて近くまで戻ってきて言った。

「おまえがいないせいで、俺はひとりで喋《しゃべ》ってたぞ」

「トンは歩くのが早過ぎるんだよ」

「違う。おまえが遅過ぎるんだ」

チョンラティーが風に煽られ倒れそうになった時、武骨な手が細い腕を掴んだ。そのまま半ば引きずられ、支えられるようにしながら、トンの隣に並んで一緒に歩いた。

「あそこに座ろう。僕はいつもあそこに座ってる。もうすぐ太陽が沈むよ」

「ああ」

少し行くと、チョンラティーが話していた場所に着いた。掴まれていた腕が急に解放されてしまったが、ずっと感じていたトンの手のぬくもりが肌に残っていて、まだ腕を掴まれているようだった。

チョンラティーは先に座ったが、トンは手を腰に当てて立ったままあたりを見渡していた。座っているチョンラティーが顔を上げると、その同じタイミングでトンはスマホを取り出して写真を撮った。

「間抜けな顔だな」

「また僕を隠し撮りしたね」

トンが撮るのをやめようとしないので、チョンラティーは手を上げて顔を隠した。

「夕日がきれいだな。今、おまえの写真をタグ付けしておいたぞ」

「撮り直して。もっとカッコよく撮ってよ」

そう言ってチョンラティーはトンに向かって笑いかけ、自分が一番カッコよく見えるポーズをきめた。トンは二、三回シャッターボタンを押した後に、何かコメントを書き込んだようだった。チョンラティーはその様子を見てポーズを取るのをやめ、足を組むと静かに日が沈むのを眺めた。

チョンラティーはこの時間帯の空の静けさが好きだった。しかも今日は隣にトンがいる、スペシャルな日だ。

「後で見るね」

「おまえの間抜けな顔の写真をアップしたぞ。急いで見て『いいね！』を押せよ」

「だからおまえはあまりSNSをやらないんだな。おまえのフェイスブックにはほとんど投稿がない」

「隠し撮りするだけじゃなくて僕のフェイスブックまでこっそり見てたんだ」

チョンラティーが隣に座るトンを仰《あお》ぎ見ると、彼は幸せそうな笑顔を浮かべていた。自分を見てくれているというトンの言葉が素直に嬉しかった。

さっきよりもトンの体が近づいてきた気がした。

「僕は見る専門なの。投稿するのは好きじゃない」

「ありがとな」

「え、何が？」

「俺と一緒にいてくれるだろ。おまえのおかげで俺はだいぶ落ち着いた。今は彼女のことを思い出しても特につらいと思わない」

「彼女とまたよりを戻すの？　前にトンがアンプ先輩をまだ愛しているのか、自分の気持ちを確かめる時間が欲しいって話をしてたから気になって……」

「たぶん戻らないな」

「本当に？」

「ん？」

「いや、何でもない。忘れて」

チョンラティーは軽くため息をつくと、振り返って水平線の向こうに沈んでゆく太陽を眺めた。さっき自分が何を言おうとしたのか、自分でもわからない。いつの間にか、相手に深く関わり過ぎないようにしようという自分なりの決心が揺らいで、想いに歯止めがかからなくなってしまっていた。関わりたい。自分のものにしたい。彼と彼女の繋がりを徹底的に壊してやりたい。

「俺も言いかけてやめることはよくある。チョン、ひとつ頼みがある」

「何？」

「俺には兄弟がいない。だからおまえに弟になってほしいんだ。一緒に誓いを立てるような仲に」

「それは構わないけど……でも僕は聞き分けが悪いよ？」

「そしたら俺はケツをめちゃくちゃ叩くさ。長生きしたければ俺に逆らわないことだな」

トンは声をあげて笑った。そのときトンがチョンラティーの顔の前に大きな手を出してきた。その瞬間チョンラティーは自分の手をその分厚い手の上に重ねた。そしてわかった……。

こういう関係は壊したくても壊すことができないのだ。

太陽が沈むにつれ空の色も変化してゆく。オレンジから、赤、紫へ。そして完全に太陽が見えなくなってしまうと、空は紺色のベールに包まれた。やがて夜空に星が浮かんだ。

しばらくの間、ふたりとも言葉を発しなかった。それぞれが物思いにふけり時を過ごしていたが、やがて蚊の羽音が聞こえるようになると、チョンラティーはトンに向き直り、帰ろうと促した。

「もう帰ろう。蚊が出てきた」

「うーむ」

トンが先に立ち上がり、手を差し伸べた。

「摑まってろ、暗いから」

そしてスマホのライトを使って帰り道を照らし、ゆっくりと足元に気をつけながら自転車を停めた場所まで戻った。

「帰りは僕を後ろに乗せて。暗いから、来た時と同じような座り方をしたら、ふたりとも怪我をするよ」

「誰がおまえを後ろに乗せるかよ。来る時は俺が漕いだんだから帰りはおまえが漕げよ」

「ええー」

「冗談だ。そんな怖い目で見るなよ。おい！　いつまでも突っ立ってないで早く乗れ。そうしたら道をライトで照らしてくれよ」

「うん」

チョンラティーは自転車の後ろに素直に乗り、スマホのライトを手に持って道を照らした。

冷たい風がそよそよと吹いていた。潮の香りが微かに漂う。道路まで出ると道の両側に明るい街灯が点いており、ときどきすれ違う対向車のライトで周囲が照らされたことで、もうライトは必要なくなった。

チョンラティーは背筋を伸ばしてバランスを取りながら後部座席に座っていた。目を細めてスマホで自分がタグ付けされた写真を見る。

それほどひどい写真ではない。太陽の光が肌をきれいに見せ、丸くて大きな茶色の目が輝いていた。でも、驚いたのは写真に添えられた文章だった。

〝トンホン　チョンラティー〟

その短い文章はチョンラティーをドキドキさせるには十分だった。

「トンの友達はスタンプを連続で送ってきてるね」

チョンラティーはあえて気にしないように別のコメントに興味を示した。

変なスタンプをたくさん送ってきたのは、トンの親しい友達のチューンナイという人だと思い出した。

「トンの友達の名前はどうやって発音するの？　難しいね」

「そいつに興味を持たなくていい。変なやつだから。新学期になって、おまえが俺の弟だとわかった途端にこいつはちょっかいを出してくるぞ。他人にお節介をするのが好きなヤツなんだ」

「ナイさんはイケメンだね。フレンドリーな感じに見える」

「こいつには恋人がいる。恋人のアイを見たら、おまえも本当のイケメンがどんな人間かわかると思うぞ」

「……トンもイケメンだよ」

チョンラティーは、本人には聞こえないよう小さな声でぼそっと言った。

そんなことをしているうちに嬉しくないメッセージがスマホに送られてきたので、思わずチョンラティーはトンの背中で思いっきり眉をひそめた。

チョン君　トンと話をさせて
トンにあのこと伝えてくれた？

「僕、眠くなっちゃった」

そう言っていつものようにスマホをズボンのポケットにしまった。さっきのメッセージを、もう一度読もうとは思わなかった。

「もうすぐ家に着く。今夜も一緒に寝よう。明日俺は向こうに帰るから」

「うん。もっと速く漕いで」

チョンラティーは思いきって自分の頬をトンの背中にくっつけると、それから一言も喋らなかった。

アンプ先輩がトンと話がしたいとメッセージを送ってきたことは、本当に伝えなくていいのだろうか。

チョンラティーは、今自分が正しいことをしているのか間違ったことをしているのかをずっと考えていた。

「寝たのか？　こいつめ。落ちるぞ」

トンがチョンラティーの腕を取って腰に回してくれたけれども、チョンラティーは彼の背中に顔をくっつけたまま目を閉じていた。

（……こんな時に自分の行動が正しいか間違っているかなんて、どうでもいい。今この瞬間を大切にしたい）


ガーデンハウスでの最後の夜も、これまで過ごした日々と変わらなかった。

トンが寂《さび》しいという理由だけで、今夜もまたふたりは一緒に寝る。

今、チョンラティーはトンのベッドをまるで自分のもののように占領していた。

いつもはベッドを半分の範囲に分けて寝るのだが、今はチョンラティーがベッドの中央で手足を伸ばして寝そべってベッド全体を占領していた。

チョンラティーは、ベッドの端に立ってイラついた表情を向けてくる上半身裸の男と応酬を繰り広げていた。

「どけ！」

「ヤダ！」

「チョン。どけよ。俺は寝たいんだ。そこをどかないとおまえの体の上に飛び乗るぞ。腕が折れても知らないからな」

「タバコ臭いよ」

「前まで臭いなんて文句を言わなかったのに、今は言うんだな。これは今日の一本目だぞ」

「この間まではそこまで仲良くなかったもん。今は仲良くなったから文句が言える」

伸ばしていた手と足を引っ込め、体の向きを変えて、チョンラティーはいつもの場所に寝転んだ。鋭い目や、錨《いかり》のタトゥーの迫力に負けて反抗する気が失せてしまったのだ。しかし体の大きなトンはすぐに横にならず、そのままバスルームへ消えた。歯を磨く音が聞こえ始め、しばらくすると戻ってきた。

「歯を磨いてもまだタバコ臭いか？」

整った顔が近寄ってきてベッドに飛び乗った。

トンの顔には水滴が残っていた。すぐ目の前に彼の顔があって距離がとても近い。意識すると胸の鼓動が激しくなってしまう。

「ま……まだ匂いはする。でも臭くはないよ」

「近くで見るとおまえの肌は肌理《きめ》が細かいな。柔らかいし」

「なんで僕の頬を勝手に触るの？」

チョンラティーはビクッとしてすぐに体を離した。その予想外の反応にトンは愉快そうに笑った。

「ビクビクするなよ」

「早く……電気を消して寝よう」

チョンラティーはつま先で体の大きなトンを軽く蹴り、早く電気を消すように促した。しかし、トンはベッドの端の方に立っていたが構えていなかったせいで、いきなりチョンラティーの足に蹴られてベッドの上に倒れてしまった。

トンはチョンラティーを怒るのも面倒くさそうにしていたので、チョンラティーは何か言われる前にベッドの端に逃げた。

「わかった。寝ればいいんだろ。明日は俺の荷造りを手伝えよ。寮に持って行ってほしいものがあれば車に積んでおけ」

チョンラティーは「うん」とだけ答えると、いつもしているように体の向きを変え、トンに背中を向けた。

明かりを消した暗闇の中で、時折トンが寝返りを打つ音が聞こえていたが、やがてそれもなくなった。聞こえてくるのは同じリズムで繰り返される相手の寝息だけ。

ボディソープの香りに混じってほのかに香るトンのニコチンの匂いに、相変わらずうっとりしてしまう。

同じベッドで眠る最後の夜なので、トンの顔が見られるように、チョンラティーは思いきって体の向きを変えた。

暗闇に目が慣れてくると、トンが顔をこちらに向けて寝ているのが見えた。

今までもこちら側に体を向けて寝ていたのだろうか。でも今日までそれを確かめる勇気がなかった。

気づけば、チョンラティーは相手の顔の造りを細かく観察していた。

一番好きなのは、今は閉じられて見ることのできない彼の瞳だ。次に好きなのは、きれいに整った濃いまゆげ。

トンのまゆげは美しい。そこで光る眉ピアスがとても魅力的だ。

チョンラティーはその指先で眉ピアスに触れてもいいのかどうか迷っていたが、ついには実行に移した。指先を顔の上にそっと乗せると、顔の高い部分から低い部分にかけて辿るように動かしていく。

最初はまゆげ、次に瞼《まぶた》、そして顔の輪郭に沿って指を這《は》わせ、最後に閉じられている口元で指を止めた。そのあたりから一番強くニコチンの香りがした。

(トンにキスしたい……。タバコは苦いって聞いたことがあるけど、トンの口もタバコみたいに苦いのかな？　一度だけでいい。それ以上は何も望まないから)

以前は、側にいられればそれだけでいい、それ以上は何も望まないと言っていたくせに。

自分の言葉をはっきりと思い出し、チョンラティーは思わず苦笑した。自分の果てしない欲望に嫌気がさしてくる。

この想いはまるで底のないグラスのようだ。いくら水を注いでもいっぱいになることはない。グラスの中の水を飲むことは決してできない。なぜなら注がれたそばから、水は重力に従って流れてしまうからだ。

「一回キスするだけだから、絶対に目を覚まさないでね」

キスすると決めたからには必ずしたい。

チョンラティーは体を動かし、相手のぬくもりを感じられる距離まで近づいた。体を起こし、覆いかぶさるようにしてトンの唇に顔を近づける。自分の吐息で彼を起こしてしまわないように息を止めて静かに顔を寄せると、そっと自分の唇を相手の唇に重ねた。

しばらくの間、チョンラティーはそのまま唇をくっつけていた。なぜなら今までキスというものをしたことがなかったから。

どうしていいかわからず触れていた唇を離そうとしたそのとき——。

熱を帯びた大きくて分厚い手がチョンラティーの背中をいきなり抱き寄せてきた。今まで閉じていたトンの唇が開き、熱い舌先がいきなりチョンラティーの口の中に入ってくる。

「んん……っ！」

突然のことに驚いて、チョンラティーは卒倒しそうになった。

今までに経験したことのない奇妙な感覚の触れ合いのせいで、頭の中が真っ白になる。

熱い舌が絡みついてきて、互いの唾液《だえき》が口内で混じり合う。上唇を吸い上げられたかと思うと、次には下唇を甘噛みされて、何度も何度も繰り返し食《は》まれたそこが痺《しび》れたように痛痒《いたがゆ》くなった。

それからかなり長い時間が経って、ようやくチョンラティーは解放された。その後トンは寝言を呟《つぶや》きながら、重い体の向きを別の方向に変えた。

「すっごく甘い。めちゃくちゃ甘いな……」

これは事故だ……トンは寝ぼけていたんだよね？

第6章

翌朝、あまり眠れないままベッドの上で目を開けたチョンラティーは、寝不足で頭がぼーっとしていた。それでも半身を起こすと、そのままベッドの上に座っていた。

昨夜の出来事はトンが寝ぼけたのか、それともわざとやったのか、どちらだろう？

そのことがずっと頭から離れず、一晩中自分の口に触れていたせいでほとんど眠れなかったのだ。

……僕はトンと大人のキスをしてしまった。

瑞々《みずみず》しい甘さとタバコの苦みが混ざった味がまだ舌の先に残っていて、何とも言えない気持ちになった。

トンが寝ている隙に強引に事に及んだこと以外はすべてがよかった。

「早起きだな」

「ああ……トン……おー……お……おはようございます」

「なぜ、口ごもってるんだ？」

「べつに。昨夜おかしな夢を見たり、変な感じがしたりしなかった？」

チョンラティーは意を決してトンに尋ね、その答えを待ちながら、掛け布団の下に隠した手でシーツを握りしめていた。

「いや。すごく眠かったから熟睡してた。なんでだ？　お化けでも見たのか？　それとも金縛りにでも遭《あ》ったか？」

「違うよ。夢を見たんだ。その夢ではトンがいきなり僕をマンゴーの木の下まで引きずって行って埋めたんだ」

チョンラティーはトンの返事に安堵《あんど》して、適当な作り話を続けた。

「そんなことより、おまえの口はどうした？　腫《は》れているぞ」

「えっと……えっと……えっと……ええええっと」

「いつまで口ごもっているつもりだ？」

「わからない」

手で口を隠した。動揺すると言葉に詰まる自分が大嫌いだ。その上、視線も落ち着きなくきょろきょろさせてしまっている。

「なんでもないならいいが……もしかしてもう昼近いか？」

「まだ朝の六時だよ。何時に出発するの？」

チョンラティーは懸命に自分の気持ちを落ち着かせようとして話題を変えた。このタイミングだと今日の予定についてが自然だろう。

「荷物をまとめてメシを食ってからかな。家に寄るかまっすぐに寮に帰るか考えている。でも今帰っても寮には友達が誰もいないから寂《さび》しい。まず実家に寄る方がいいかもな」

「僕も来週には行くよ。でももしそれまでに寂しくなったら、僕に電話していいよ」

チョンラティーは口を滑らせ、いきなりそう提案してしまった。寂しくなったからって電話し合う男兄弟がどこにいるんだ?

しかしトンはチョンラティーほど特に何かを考えてはいないようだった。素直に頷《うなず》いて、バスルームに消えていく。チョンラティーの提案について、トンは何も答えなかった。

一方でチョンラティーは、トンがキスに気がついてないと知り、安堵した。

そして改めてわかったのは……トンのキスの味は最高だということ。


荷造りを終え、トンはチョンラティーを家まで送ると、彼の母親に別れの挨拶《あいさつ》をした。けれどチョンラティーに対しては、彼の頭を一回かき回しただけで、またなというあっさりとした挨拶を残し、車で去って行った。

首を伸ばして見慣れた車が視界から消えるまで見送ると、チョンラティーはしばらく家の前に立っていた。家に入ろうと体の向きを変えたら、母親が変な目つきをしてニヤリと笑い、からかう気満々の表情で何かを言おうとしていた。

「なあに?　母さん」

「今日バンコクまで追いかけて行ったら?」

「やめておく。少し離れているぐらいがいいんだ。急に一緒にい過ぎない方がいい」

「それでどうだったの？　隣の家の息子を自分のものにできた？」

「母さん……。何もなかったよ」

チョンラティーは頭をぶるんぶるんと振って、逃げるように家に入った。それでもなお母はチョンラティーとトンの話を続けながらついて来た。

「でもうちの息子を何日間もひとり占めしていたでしょ。おかげで自分の息子の顔を忘れそうになったわ」

「トンは寂しかっただけだよ。……ひとりで寝るとあまり眠れなかったんだ」

「そうなのおおおお？」

母は信じられないと言いたげに、大袈裟《おおげさ》に語尾を伸ばした。

「トンは寮でひとりで寝ているんじゃないの？　ここでだけ眠れないって変じゃない？」

「枕が変わったせいか失恋したせいでしょ。両方かもしれないし」

「でももし今夜トンが眠れないという理由であなたに電話をかけてきたら、彼の母親と結納金の話をしないとね」

「何を言ってるの？　もう僕は二階で映画でも観るよ。母さんとはもう話さない」

チョンラティーは頭を振って話を打ち切り、階段を上ったが、母親の声が背後からまだはっきりと聞こえた。

「慣れとは恐ろしいものよ、チョン。私の勘違いではないと思うけれど、心が弱った日に、あなたはもうトンの人生にとって欠かせない存在になったの」

……それは違う。トンの方が僕の人生に欠かせない存在になったんだよ。

小さな声でチョンラティーはブツブツとひとり言を言った。

一週間離れているのもいい。ハートを休ませよう。ここ数日は気持ちが落ち着かなかったから。


……チョンラティーは自分の寝室のベランダから夜の景色を見ていた。

ここ三週間ほど寝泊まりしたトンの家の方を見る。

チョンラティーとトンの家は隣同士なのに、雰囲気が全く違うのが不思議だなと思った。

トンの家は木と花に囲まれていた。家自体はそんなに大きくはなく、小さな二階建ての家でガーデンハウスと呼ぶのにふさわしい。しかし家の敷地自体はとても広く、この家の持ち主の財力を示している。

一方チョンラティーの家はトンの家よりも大きく、モダンな造りになっている。木は多少あるが、敷地のほとんどは芝生だ。彼らの家の間には一メートルほどの高さの白い壁がある。

いろいろ考え事をしていると、ベッドの上に置いておいたスマホが大きな音を立てて振動し、ディスプレイが明るくなってチョンラティーを現実に引き戻した。

ガラス戸をスライドさせて部屋に入り、エアコンの冷気を逃がさないようにしっかりと閉めた。

慌《あわ》てないように部屋に足を踏み入れたチョンラティーだったが、ディスプレイに表示された名前を見た時、自分ではコントロールできないほど心臓がバクバクした。

トンからの電話は普通の音声通話ではなかった。別れて数時間も経っていないのに、彼はビデオ通話でかけてきたのだ。

「このまま電話に出られない！　部屋で電話は取れないよ！」

パステルピンクのたくさんの人形や可愛《かわい》い物で溢《あふ》れている部屋を見ながら、チョンラティーは焦《あせ》った。

サンリオのぬいぐるみを集めるのは個人的な趣味だ。ピンク色の小物で埋め尽くされた部屋は自分がピンクが好きだから。

心を落ち着けた後に、トンと話すにはベランダが一番いいと決め、チョンラティーはまだ振動している携帯を手にして再びベランダに素早く飛び出した。

カメラに映っても大丈夫なように環境を整えてから通話ボタンを押すと、しばらくして怖い目つきのトンが現れた。

「出るのが遅い」

「トイレに入ってたんだよ」

「まだ寝てなかったのか？　今家のどこにいるんだ？」

「まだ寝てはいないよ。ベランダで風に当たっているんだ」

ディスプレイの中の相手に笑いかけた。トンはこれから寝ようとしているところだろう。ベッドの上に腰かけていて、背後に枕が見えていた。

「僕に何か用？」

「ただ、喋《しゃべ》りたいだけだ。……ダメか？」

「いいよ。でも何か変だね」

「ああ！　俺も自分でおかしいと思うが寝つけないんだ。……それに眠くもならない。でもおまえの顔を見て声を聞いたら、眠くなってきた」

「寂しいんでしょ、ベイビー・トン」

「もし今おまえが近くにいて俺をベイビー・トンと呼んだんだったら、ぶっ叩いていたところだ。チョン……おまえはメガネをかけない方がいいぞ。おまえが整った顔をしていることに最近気がついた。イケメンというよりはむしろ可愛いという感じだがな」

そう言ってトンは眉を寄せると、画面に顔を近づけてきた。たぶんチョンラティーの顔をはっきりと見ようとしているのだろう。

「いろんな人にそういうことをよく言われるよ。で、もう寝る？　おやすみなさいって言おうか？」

「まるで遠回しに通話を切れと言ってるみたいだな。俺はもう寝る。とりあえず、おやすみ」

「うん。おやすみ」

そう言うとトンはいきなり電話を切ってしまったが、チョンラティーは話し足りない気分だった。

トンは母さんの予想通りに電話をかけてきた。……でもそれはただ単に自分が寂しいからであって、彼にとってチョンラティーが欠かせない存在になったからというわけではない。

いろいろ考え込んでいたら、スマホのディスプレイがまた明るくなった。気になって確認すると、またトンの写真にタグ付けされた投稿がフェイスブックにアップされていた。

それはビデオ通話の画面をスクショした画像だった。チョンラティーの顔が画面いっぱいに大きく写っており、一方トンは上の方に小さく写っていた。そこには短いキャプションが添えられている。

初めてのツーショット写真

チョンラティーが「いいね！」を押す間もなく、トンの友達のナイという人がまた連続でスタンプを投稿していた。見ていると投稿の最後にあるメッセージが目に留《と》まった。

おまえの弟はとても可愛いな、トン。俺はファンになる。#チーム・チョンラティーのハッシュタグで

そしてトンも短くコメントを返した。

アイの許可を取ったのか？

まだ。あいつに見られたら俺は殺されるだろう……まだ遺言状を書いてないのに

チョンラティーはふたりのやりとりを見て微笑み、「いいね！」を押した。そしてベッドに戻って横になった。

……毎晩のように一緒に寝ていた人が隣にいなくなって、今日は妙な気分だ。

トンが自分の人生にこんなにも自然に存在するようになったことに関して、考えを整理するのは非常に困難だった。

チョンラティーは自分の想いを片思いに留《とど》めようと自身の心に言い聞かせ、トンの側《そば》にいる時は動揺しないように努力した。そうすれば、傷つかないで済むから。

それでもトンを愛さずにはいられないから、これ以上高望みしないように努力した。

けれども何度自分に念押ししても、無理だった。

「どうしよう！」

「信じられない！　あんたが食べないでアイスをひたすらかき混ぜているから、全部溶けてるじゃない。いったいどうしたっていうの？」

「トンを夫にしたい……」

バシャ！

チョンラティーは、親友が飲みかけた水を口から噴き出したのを見た。ゲムは大きな音を立ててむせたので、店中の人間が一斉に振り返ってこっちを見ている。

「前はただ片思いしているだけで満足だって言ってたじゃない」

「ずっと側にいたら、片思いじゃ満足できなくなってきちゃったのよ、ゲム。彼が欲しい。彼を夫にしたい」

「それならもう思いきって行くしかないよ。応援する」

「でもそうしたら兄弟の関係が壊れちゃう……」

チョンラティーは夕陽を見に行った時に交わした、トンと兄弟でいようという約束を覚えていた。

「本当に兄弟のままで我慢できるのぉ？　だってもうすぐ寮で同室になるんでしょ」

「そうだよね」

「真面目に聞くけど、あんたはつらくないの？　側にいるのに見ているだけだなんて。私は片思いをしたことがないから、どんな気持ちか想像もつかないけど」

「つらいよ。でも嫌われるよりは片思いのままの方がマシ。今、トンと仲良くしているのはあたしの存在をトンに認めてほしいから。自分がこんなにトンにハマっちゃうだなんて思ってなかったもん」

「どこまでハマってんの？　エッチしたくなるくらいまで？」

「違う。……こっそりキスしただけ」

「キャー」

ゲムは喉から絞り出すような悲鳴をあげ、信じられないといった顔で目を見開いてチョンラティーを見た。

「どんなふうにキスしたの？」

「あたしからは唇に触れただけ。キスなんてしたことないし」

チョンラティーは唇に指をあてて、ゲムに声のボリュームを下げるように促しながら、小さな声で答えた。

「嘘はついてないよ。ただトンの唇に触れただけ。でも、相手が寝ぼけていたせいで……ディープキスになっちゃったけど」

「うわあ……チョン。あんたがそんなに大胆だなんて思わなかった。こっそりキスできたんだから、トンを夫にするのも簡単じゃない？」

「バカじゃないの！　好き勝手言って。あたしをどんな人間だと思ってんのよ⁉　それにそもそもトンはあたしのことなんて何とも思ってないわ」

「でもトンはあんたを気にかけてるでしょ？　写真をよくタグ付けしてるし」

「特に意味なんてないよ」

「でも、内心では期待しているでしょ？　トンがあんたに気があるんじゃないかって」

チョンラティーはゲムの勘のよさに嫌気がさし、わざと目を逸《そ》らした。

「うん。そうだね。心の奥では期待しているのかも」

「口説いちゃいなよ、トンがあんたに惚《ほ》れるように上手に罠《わな》をしかけるの」

「嫌よ。兄弟関係を壊したくない」

「兄弟は欲しければいつでも見つかるし、何人いてもいい。でも夫の方が大事だよ。そうだ、こうすれば？　口説いていると勘づかれないように口説くの。あんたたちの信頼関係をうまく利用して、トンにさりげなく近づくの。あんたが今やっているぐらいがとてもいいと思うわ。今の関係を保ったまま、あんたはトンが他の女に目移りしないように、一生懸命恋人同士がやるようなあらゆることをするの。そうすれば最終的にはトンはあんたの夫になる」

「媚薬《びやく》を使う方が簡単じゃない？」

「興味があるなら恋愛に効果のあるお勧めの呪術師を紹介するよ」

「もう。冗談だってば。一生懸命に何をするの？　説明してよ」

チョンラティーはほとんど溶けてしまったアイスクリームをスプーンですくって口に運びながらも、耳はゲムの言葉に集中していた。

「簡単な例を挙げると、男はみんな機嫌を取ってくれる人が好きでしょ。だからあんたも大袈裟《おおげさ》なくらいトンの機嫌を取ってみて。トンが食べたいものがあったら食べさせる。トンがやりたいことは何でもやらせる。絶対に怒らせない。まず一緒にいて安心させるのが第一よ。絶対に喧嘩《けんか》しないこと」

「怒らせたことなんてないよ」

「よろしい。次に印象に残るプレゼントをする」

「トンが付けている眉ピアス。あれはあたしが買ってあげたやつだけど、トンはいつも付けてくれてるよ……これでもいい？」

「毎日のように話をしてそれが当たり前になる。急にいなくなった時に人生で何かが足りないとトンに感じさせる」

「へえ。それで他には……？　でもね、最近はほぼ毎日話してるよ」

「トンが自分のものであるという態度を取って、ライバル、その他の人間を近寄らせない!!!」

「何なの？　いきなり大声を出すからビックリした」

突然ゲムが大声で叫んだので、チョンラティーは驚いた。思わずアイスの器に入っていたスプーンを落としてしまい、恨みがましい目でゲムを見る。

「私が教えたこと、ちゃんとわかった？」

あまりわからないと伝えたかったけれど思わず「うん……」と答えていた。

「トンを自分のものにしたいなら、彼をあんたに惚れさせないと」

「簡単に言うね。それができていたらとっくにやってるわ」

「頑張りなさいよ。そうだ、ひとつ忘れてた。やきもちを焼かせるぐらい誘惑する。いつもきれいで魅力的でいること！」

「悪いけど、既にあたしの見た目はきれいだし」

「ムカつく……でもあんたは昔からの友達だし、しょうがないから計画を立ててあげる。この件はきっちりと計画を立てよう。安心して。トンをあんたの夫にする方法はそんなに難しくないから」

「変なことにならないといいけど」

「大丈夫、悪いことはないから。トンの寮に引っ越すのは来週でしょ？　そのときどうするか私が考えてあげる。きっとうまくいくよ」

「あんたの言う〝うまくいく〟方法で、あたしは嫌われないかな……」

「自分に自信を持って。あんたは可愛いよ、チョン。性格もいい。側にいたら誰だってあんたを好きになるよ。トンも例外じゃない」

「そんなこと言われても全く自信ない」

冷房が効いた店内にいるのになぜか汗が流れてきて、箱からティッシュを引き出し、顔を拭《ぬぐ》った。それからテーブルにこぼしたアイスを拭《ふ》き取った。

ゲムの計画で本当にうまくいくのかな……。

第7章

高い山と広がる豊かな自然、見渡す限り続いていた水平線が、いつしか連なる高層ビルへと変わった。

チョンラティーは渋滞中の車内で音楽を聴いていた。午後の熱い日差しが、フィルムを貼った車の窓ガラス越しに入ってきていた。母が自分で運転して、チョンラティーをわざわざバンコクに送ってくれたのだ。

車の中には必要な日用品がぎっしりと詰め込まれていた。ただし、トンと同室なので、山ほど持っている可愛《かわい》いぬいぐるみたちは家に置いてきたが。

チョンラティーはトンと相談して自分の車を大学へ持って行かないことにした。最初のうちはトンが送り迎えをしてくれるというし、バンコクでの運転に慣れるまで自分の車を貸してくれることになったからだ。

トンと母は、バンコクでの運転は地方での運転とは違うから、と全く同じ理由を挙げた。

確かに、オートバイが車の隙間をぶつかりそうになりながら走っているのを見ると、車のサイドミラーがバイクに持っていかれてしまうのではないかとチョンラティーは不安を覚えた。

大型車のサイドミラーは両側とも無事なまま、トンの住む寮に到着した。車を降りたチョンラティーは思わずそこで視線を彷徨《さまよ》わせた。

母親から初めて離れる人間が不安になって周囲を見回すのは当然のことだ。もちろんそんな息子の様子を見た母親が心配することも。

チョンラティーはトンの側《そば》に立っている優しそうな中年の女性に手を合わせて挨拶《あいさつ》した。トンの母親のターイおばさんだ。

ここの寮は大学からそんなに離れていない数階建ての高い建物だった。エレベーターが付いていて防犯システムも整っているし、近くにコンビニもあるので、食べるものには困らない。

「トン、チョンの荷物を運びなさい」

ターイおばさんはトンの腕を軽くつついて急《せ》かすと、背の高い彼は開けっ放しの車のトランクの方へ移動した。

「洋服だけ持ってくればよかっただろ。他の物は俺のを使えばいいんだから」

「母さんが揃えてくれたんだよ」

そう答えた時、トンからうめき声が聞こえた。ターイおばさんにつねられたからだ。

「もっと丁寧な言葉遣いはできないの？　俺とかおまえとか言うのはやめなさい。そしてもっと優しい顔をしなさい」

「言葉遣いなんて子供の時から変わってないし、それにこの顔は昔からだ。チョンだって慣れている」

「言い返すなら、やるわよ」

「は⁉　チョンラティーが来た途端、俺は嫌われ者になるのかよ？」

トンはそう言うと、拗《す》ねた目でチョンラティーを見ながら、旅行カバンをトランクから片手で降ろした。それからリュックサックを肩に背負い、反対の手にいくつか物を持って建物の中に入っていった。残っているのはこまごまとした物と、アイロンをかけた服で、チョンラティーはそれらを手に持つとトンの後に続いた。

トンは本当に力持ちだ。今彼が運んでくれた物を家で準備していた時、使用人たちは二回に分けて運んでいたのに。

「僕はまだご飯のお返しをしていないよ。前に引っ越しの手伝いをしてくれる日にご馳走するって約束したよね」

「ああ、いいぞ。俺の行きつけの店に連れて行ってやる」

「うん」

トンの後ろについてエレベーターに乗ると、会話が途切れ、両側の扉が閉まった。

エレベーター内ではチョンラティーとトンそれぞれの母親の話し声だけが聞こえた。話題は二、三日前に発売されたばかりのブランドバッグの話だ。

チョンラティーにとってふたりの話などどうでもよかった。なぜならトンの体臭と混ざり合ったニコチンの香りに意識を持っていかれていたから。

エレベーターが五階に止まり、部屋の主が先頭に立って歩く。寮の廊下はかなり広かったので、荷物の持ち運びがスムーズにできた。

部屋は五〇五号室だった。チョンラティーは、トンがカードキーをかざして部屋に入るのを待った。それから皆で中に入り、荷物を部屋の片隅に置いた。

「おまえの分のカードキーも頼んであるから、明日にはもらえると思う」

「うん。本当に広い部屋だね」

「そのうち狭く感じると思うぞ……本当は母さんにシングルベッド二つに変えるかと聞かれたが、俺は一緒に寝ても平気だと答えた。ガーデンハウスでも同じベッドで寝てたしな」

トンは少しの間黙って、閉まっている寝室のドアの方を見て言った。

「でも、おまえがもしベッドを分けたいなら、そうするけど」

「そんな面倒なことをしなくてもいいよ。今だってトンとおばさんに迷惑をかけているのに」

そう言うとチョンラティーはターイおばさんに向かって笑いかけた。トンの母親がチョンラティーの家によく遊びに来ることもあって、チョンラティーは彼女とかなり仲がいい。時には、二、三日泊まっていくこともあったし、一緒に海外旅行をしたこともある。

「遠慮はいらないよ。チョンはおばさんのもうひとりの息子みたいなものでしょ。もしトンにいじめられたら、おばさんに電話してきて言いつけなさい」

「俺はいじめたことなんてないぞ」

「そうですよ。トンにいじめられたことはないですよ」

チョンラティーはトンが言ったことを念押しした。母とターイおばさんの顔をちらっと見ると、ふたりは嬉しそうに笑っていた。

「ふたりは気が合ってるわね。もう行きましょう。いちゃいちゃしてて見てられないわ。……うちの子を頼むわね、仲良くしてやって。チョンが間違ったことをしそうになったら注意してね」

「はい」

「もう帰るわ、チョン。帰ってくる時は電話してね。家の者に迎えに行かせるから」

母はチョンラティーを抱き寄せると、しばらく頭を撫《な》でてくれた。それから背中を軽く叩くと体を離した。

「うん、わかった。母さんも家に着いたら連絡してね」

母が頷《うなず》いて帰って行く姿を見て、チョンラティーは寂《さび》しくなり少しだけ泣きそうになった。ふいに幼稚園に初めて通った日の気持ちが蘇《よみがえ》ってきた。けれど今はもう大人だから、弱音を吐くことなんてできない。


「他に何か手伝うこととか、足りない物はないか？　近くにショッピングモールがあるから連れて行ってやる」

「自分で何とかするよ。足りない物があったら後で言うね」

母が去ったドアの方から視線を後ろに向けると、背の高い彼が腰に手を当てて、荷物を見下ろしていた。自分でやると言ったのに、トンはチョンラティーの洋服の入った大きなカバンを引きずって寝室に入っていった。

「洋服ダンスは寝室にある。トイレは二か所。鍋類は揃っているから台所で料理ができる。俺はいつもダイニングのテーブルで勉強して、寝室の勉強机はゲームをする時に使っている。ついてきて、一緒に寝室を確認しろ」

「トンはゲームに力を入れているんだね」

チョンラティーは寝室に入りながらそう言った。寝室は冷房がつけっぱなしになっていてとても寒かった。

机の一角には二十五インチのモニターが置いてあり、電源がつけっぱなしになっていた。

PCゲームセット一式が揃っていて、大きなゲーミングチェアも置いてあった。さっき思わず言った通り、実際にトンはゲームに力を入れているようだ。

「おまえはゲームしないのか？」

「ゲームはできないんだ……。トンはゲームの途中でしょ、続けて。自分で片づけるから。カバンを運んでくれてありがとう」

「気にするな。もし手伝ってほしいことがあったら大声で呼んでくれ。イヤホンをしていると何も聞こえないから」

トンはそう言って、頷いた。

それから彼は後ろを向いて服を脱ぎ、ゲーミングチェアの背もたれにかけてから座ると、真剣にゲームを始めた。

トンが何かに夢中になっている姿はとってもかっこいい。

しばらくして、チョンラティーは長旅と荷物整理でかいた汗をシャワーで流し、洋服を着替えた。チョンラティーが部屋を出入りする度に、ゲームをしているはずのトンが気にしてちらちらと見ていた。

ときどき、何か手伝おうかと聞かれたがチョンラティーは毎回、特にないと答えた。

今はベッドに寝転がってスマホをいじっているが、トンはまだこちらに背を向けてゲームをしている。

チョンラティーはトンの方に体を向けた。心の中で本人から許可を取り、トンの後ろ姿をこっそりと写真に撮ってゲムに送った。

トンと一緒にいる

何してるの?

トンはゲーム、あたしはごろごろしてる

ねえ！　寝て何もしないのはダメ。計画通りにトンの心を動かすようなことを考えて実行して

トンはゲームばかりしていて、他のことに興味がなさそう

あんたはまず彼の側に行ってメガネを外して顔を近づけて、何のゲームをしているのか見せてもらいな。そうしてトンの息を荒くさせ、赤面させるの。実際にそういう反応があったら、彼があんたを意識し始めた証拠よ

なんでそんなことを知ってるの？

小説で読んだ。早く私が言った通りにやって。そして結果を教えて

チョンラティーはゲームとのチャットを終えると、スマホを傍《かたわ》らに置いて起き上がった。ゲムに言われた通りにメガネを外し、立ち上がってトンの後ろに移動する。マウスをクリックする大きな音が聞こえた。自分の顔を相手の端整な顔に近づけると、クリック音がさらに高く聞こえた。そのときトンが大声をあげた。

「何するんだ、チョン。顔を近づけるな。ディスプレイを塞いでいる」

「何のゲームをしているか見たかったんだ」

チョンラティーはさらに勇気を出して近づいたので、チョンラティーの高い鼻がトンの頰にくっつきそうになった。

バシッ！

「ディスプレイが見えない。ヤバイ！　死んだかも」

大きな手で頭を軽く押されると体が少し傾き、顔がディスプレイから少し離れた。トンの顔が赤くなることもなければ、息が荒くなる様子も全くなかった。

チョンラティーは諦《あきら》めて体の向きを変え、広いベッドに戻って寝転んだ。

顔をベッドに伏せて、この計画の首謀者であるゲムにメッセージを送り現状を報告した。


やめようよ。頭を押し返された以外には何も起こらなかったよ

戦いはまだ終わらないわ。諦めるのはまだ早い、チョンラティー

もうやめよう。負けを認めるわ

チョンラティーは画面をスリープさせた。誰とも話したくない気分だった。

トンは絶対に自分を好きにならないだろう。現実に傷ついて、チョンラティーは顔をベッドに埋め

ていた。

眠いし……お腹も減ってきた。

「おまえのせいでゲームオーバーだ。腹減ってるか？　外に何か食べに行こう」

そう言うトンにわき腹をつつかれて、チョンラティーは体を起こす羽目になった。

トンは既にゲーミングチェアにかけていた服を着ていた。ピアスを付けているまゆげを少し上げてアイコンタクトをすると、車の鍵を取りに行った。

「うん。少しお腹が減った」

「友達も一緒に行くぞ。そいつはおまえのファンだそうだ」

「ナイ先輩？」

チョンラティーは外に行くために立ち上がって財布を手に取り、スマホをズボンのポケットに入れた。

「ああ。それとアイも一緒だ。あいつらはいつも一緒なんだ。いいだろ？」

「問題無いよ」

チョンラティーはトンの後について部屋を出ながら答えた。

トンは部屋の前にある靴箱の使い方に始まり、その他寮生活でのいろいろなことを一生懸命説明してくれた。

トンは店までの道を、チョンラティーに運転させた。トンの車の形が自分のものよりも長かったので、はじめは少し運転に手間取ったが、慣れると問題なく運転できるようになった。

それよりもずっと問題なのは大学周辺の道を覚えることだった。

トンの目的はチョンラティーに各場所の位置を把握させることだったらしい。覚えておくのは食堂、チョンラティーが通うことになる経営学部の建物と、トンが通っている工学部の建物だ。それぞれが離れたところにあった。

工学部は大学の門の側にあるが、経営学部の建物は、大学の敷地の奥の方にある。

しばらく構内を運転させた後、トンは今日食事する店までの道を教えた。まだ早い時間帯だったので、カフェの小さな駐車場はまだ空《す》いていた。

「窓際の席に座ろう」

「うん」

彼とチョンラティーの普段の会話はだんだんと短くなったが、嫌な気分はしなかった。会話が短いのはお互いの仕草を見て、相手の意図がわかるようになったからだともいえる。

チョンラティーはトンの後について歩き、窓際の席で向かい合って座った。

「あいつの車の停め方を見ろよ。超ムカツク」

トンは店の外を指さした。駐車場に入ってきて、トンの車の真正面に停めた一台のＢＭＷの動きを指で追った。その口調から、車にいるのはトンの友達のナイ先輩とアイ先輩だろうと、すぐに気がついた。

「おまえは俺の隣に移れ。あいつらは常にくっついていないと気が済まないんだ」

「フェイスブックの写真で見てるからナイ先輩の顔を覚えてるよ。本物は陽気な人みたいだね」

チョンラティーは立ち上がってトンの正面から隣に席を移りながらも、視線はまだ例の車から離さなかった。まずナイ先輩が満面の笑みで車から降りてきて、走って運転席の前に立ち、待ち構えていた。それからしばらくするともうひとりも車から降りてきて、すぐにナイ先輩の肩に手を置いているのが見えた。

「あいつがアイだ」

「イケメンだね。トンの友達はみんな背が高い」

「ナイとアイは友達の中では一番背が低い」

「ナイ先輩たちで背が低いなら僕はどうなるの？」

チョンラティーはちょっと笑った。トンが背が低いと言ったナイ先輩とアイ先輩は、たしかにトンよりは少し低いかもしれないが、ふたり並ぶと同じくらいの長身だった。

「おまえは小柄なだけだ」

「可愛い言い方をするんだね」

「チョン、ちょっと聞いていいか？」

トンがチョンラティーの手を自分の足の上に置いたのを見た。トンは真剣な表情をしていた。

「同性愛についてどう思う？」

「あー」

（まさか僕がそうだと気づいたの？）

「この間少し言ったが、あのふたりは恋人同士だ」

「そうなんだ」

チョンラティーは思わず鋭い目つきのトンとこちらに近づいてくるふたりの様子を見比べたが、一見しただけではふたりが恋人同士とは全くわからなかった。

お互いに寄りかかりながら歩いていたり、いちゃいちゃしたりしている様子を見ると、確かにそうかもしれないと思うけど……。

「ああ。先に言っておくよ。あいつらがいちゃついた時に驚かないように。で、結局おまえはどう思う？」

「僕は気にしないよ。愛し合っていれば性別は関係ないと思ってるから。トンは同性同士で付き合うのをどう思うの？」

そう聞いた時、耳鳴りがするような気がした。相手がどう答えるのかをドキドキして待っていると体が冷たくなってきた。

「おまえと同じで気にしない。愛があれば性別は関係ない」

「男と付き合おうと思ったことはある？」

「ない。今は女が好きだ」

「あ……そうだよね」

チョンラティーはムリに声をあげて笑った。そしてやってきたふたりに笑顔を見せた。

「なんでそんなことを聞くんだ？　俺がおまえを引きずっていつも一緒に寝るから、俺がおまえに対して変なことを考えていると心配してるのか？　そんなこと考えるな。ありえない」

〝ありえない〟という言葉に息が詰まるような気持ちになったが、ナイ先輩の大きな声が遠くから聞こえてきたのでそんな重い空気はすぐに消えた。

「愛するトンよ。やっとやっと会えたな」

「何がやっとだよ。わけわかんないこと言うな」

「やっとはやっとだよ」

「初めまして、チョン。僕はチューンナイ。こちらはアイヤレート。アイと呼んでいいよ。アイは初めての人に会うとあまり喋《しゃべ》らない。でもトンほどバカじゃない。こいつは図体ばかりでかくて脳みそは豆ぐらいしかないタイプの典型的な人間だからな。こいつと一緒にいるなら我慢しないと」

「俺は少なくともおまえみたいに道に迷ったり、夫に夢中になって周りが見えなくなったりはしない。ところで、アイはナーンからいつ戻った？」

「二日前。ナイを迎えに行って連れて帰ってきたばかりだ」

チョンラティーはアイ先輩の柔《やわ》らかい話し声にうっとりした。物静かで、その振る舞いから見ると、礼儀正しい人のようだ。カウンターを叩いてメニューを持ってこさせ、店のプロモーションや今日のおすすめ料理をしつこく聞いているナイ先輩の振る舞いとは全く違った。

でもふたりは一緒にいるといい感じだった。……羨《うらや》ましい。

「チョンが先に選んで。僕がチョンのファンだとトンに伝えろと頼んだけど、聞いた？　顔をもう少し近くで見せて。わあ！　すっごく可愛い」

「ナイやめろ。チョンが怯《おび》えている」

顔を近づけてこようとしているナイ先輩の服の襟《えり》の後ろがぐいっと引っ張られた。不思議なのはナイ先輩が全く抵抗しなかったことだ。ナイ先輩は引っ張られ、チョンラティーの向かい側に素直に座った。そして隣にいるアイ先輩の肩を抱いた。

トンが言っていたように、このふたりは常にべったりとくっついている。

「おまえは何を食う？　チョン」

「何が美味しいの？　トンは何が食べたい？」

チョンラティーは振り返って、メニューを見せて聞いた。チョンブリで過ごした間、ふたりで外食した時にはいつも一緒にメニューを選んでいた。

ふと顔を上げると、アイ先輩のきれいな瞳が自分を見つめていることに気づいてドキドキしてしまった。美しい瞳は何かに勘づいている様子だった。

「やっぱりな、トン。なるほどね」

「やっぱりって何なんだ？　アイ？　ナイみたいにわけのわからない態度をするな」

「違うよ、アイが先に言い出したんだ。俺にはよくわからないけど、でも何かすごいことなんだろ？　だって俺の夫は最高だから」

「つまり……思った通りってことだ」

言い終えるとアイ先輩はメニューに視線を落とした。彼はいつもマイペースで、好きな時に言いたいことを言い、何かに興味があると集中するし、興味がなければ周りを無視してしまう性格のようだ。チョンラティーはトンの友達に気を取られてしまい、しばらくトンに話しかけられても気づけなかった。体を軽く叩かれてようやく自分に声をかけているのだと気がついた。

「チョン、おまえは何が食べたい？　俺はおまえに三回も聞いたぞ」

「あ……これでいいよ」

「俺とまた気が合ったな。じゃあこれを二つ」

トンはチョンラティーと同じメニューを注文してからアイ先輩に話しかけた。アイ先輩は友達や恋人とはよく喋るようだった。一方そのころ、チョンラティーはナイ先輩に質問攻めにされていた。

いったい何なんだよ、この人は。めちゃくちゃお喋りだ！

第8章

夕食後にトンはいつものように運転席に座った。チョンラティーは内心、早く寮に帰りたかったけれど、ナイ先輩が大学のグラウンドでサッカーをしようとトンを誘ったので、一緒についていくことになった。

トンがバスケをするのを見たことはあるが、サッカーをする姿を見たことはない。やがて車はサッカー場の近くに停まった。車内にいる時からサッカー場のナイター照明が眩《まぶ》しかった。

「チョン、座席の下に手を入れて俺のサッカー用の靴下を探してくれ」

「ちゃんと洗濯してある？　汚かったら嫌だよ」

「洗濯してあるに決まってるだろ。俺はナイみたいに汚くないぞ。でも最近はナイも清潔になった。アイがきれい好きだからな」

「トンの友達はみんな魅力的だね。アイ先輩がナイ先輩に話す時にいつも甘えた感じで話しているのがいいね。それで僕はどこまで手を突っ込めば靴下が見つかるの？」

無理な体勢で靴下を探していたからか、話していて苦しくなった。

「もっと手を動かして探せ。俺もどこに入れたか覚えていない」

「トンの車はブラックホールみたいだね。あ、でも、見つけたと思う」

柔《やわ》らかい布が手に触れたので、おそらくこれが靴下だろう。チョンラティーはそれを引っ張り出して勢いよく体を起こしたが、ちょうどそのとき、トンが助手席にいる自分の体の上に覆いかぶさってきたのに気がつけなかった。チョンラティーが満面の笑みで振り返ると、シャープな顔が近づいてきて、離れるどころか触れそうになるほど近くで止まった。

近い。お互いの熱い吐息が感じられるほどだ。

「トン……」

距離が近過ぎてトンの高い鼻がチョンラティーのメガネとぶつかる。レンズが少し曇ってしまったので、チョンラティーは相手の広い胸を押して体を離そうとした。

「俺のソックスは?」

「これだよ。トンは靴と靴下をこうしていつも車に載せてるの?」

トンは体勢を元に戻し、体をまっすぐに伸ばして車の背もたれにもたれかかった。チョンラティーは心臓のドキドキがまだ治まらずに挙動不審になりそうなところを平静を装ってメガネを外し、服の裾《すそ》でさっと拭《ふ》いた。

「そういう時もある」

「今度、整理整頓できるように籠《かご》を用意しようか?」

「今度俺はレンズクリーナーを用意する」

ふたりは同じタイミングで言った。ひとつ言えることは、お互いに自分のことではなく、相手のことに言及しているということだ。

普段の会話と違い、お互いの会話になんとなく照れた感じになった。

「あいつらを待たせてる。降りよう」

この妙な雰囲気をぶち壊すかのように先に話題を変えたのはトンだった。


チョンラティーはサッカーをしたこともないし、ルールもわからない。それでもサッカー場の長いベンチに座っていて飽きないのは、トンがサッカー場を走り回る姿を見られるからだ。

彼の胸に入っている錨《いかり》のタトゥーに見とれていた。

魅力的なトンの顔がチョンラティーを引きつけてやまず、目を離したくなかった。

なぜこんなにも好きなんだろう。彼が欲しい。本当に欲しい。

「うわっ！」

何か冷たいものが首に当たり、ビクッとして妄想から抜け出した。振り返るとアイ先輩が手に炭酸飲料を持っていて、チョンラティーが受け取るのを待っているようだ。

「隣に座らせて」

「どうぞ。アイ先輩はサッカーをしないんですか？」

「やらないよ、暑いから。できる？　できないならやってあげようか？」

アイ先輩の言動を訝《いぶか》しく思い、チョンラティーは眉根を寄せた。でも相手の美しい目がチョンラティーの手の中にある缶を見ていたので、さっき受け取った炭酸飲料のことだと思い、返事の代わりに自分で缶を開けた。

「チョンはトンを好きでしょ？」

「えっ……」

否定できなかった。

「トンがSNSにあげている写真の中で、チョンがトンを見つめる視線は、間違いないと思ってる」

アイ先輩はそう言いながら缶を持ち上げて炭酸飲料を飲んだ。飲む度に喉仏が上下して、それが魅力的だった。でもうっかり好きになってはダメだ。だって隣に座っている人の目はたったひとりを見つめるためにある。他の誰にも関心がなかった。ナイ先輩が転んだけれどもまだ笑っている姿を見て、アイ先輩はニコニコしたり、眉をひそめたりしていた。

「そんなにはっきりとわかるんですか？」

「あいつは今フリーだよ。あいつを好きなら頑張って。難しいことじゃないけど、簡単なことでもないか」

「トンは僕が男を好きだとまだ知らないんです」

チョンラティーは微かに笑った。その間もサッカーグラウンドにいる背の高いトンのことを目で追っていた。

「あいつは本当にアホなヤツだ」

「ただ鈍感なだけです。アイ先輩、聞いていいですか？　さっきレストランで言っていた〝やっぱり〟ってどういう意味ですか？」

「トンを口説くのに成功したら教えてあげるよ」

「それじゃあ、僕には一生わからないかも。トンは僕に全く気が無さそうだから」

チョンラティーは小さな声で嘆いた。相手が微笑みながら自分の話を聞いてくれる姿を見て、スラスラと言葉が出てきてしまった。

「なぜきみはトンに気が無いと思うの？」

「彼は僕を弟としか思っていないから。トンがガーデンハウスに帰ってきた時、僕たちは急接近したけれど、それは失恋したトンに僕が寄り添っていたからです」

「きみはトンが本当に弟としか見ていないと思ってるの？」

「間違いないです」

チョンラティーは自信を持って答えた。隣に座っているイケメンは最初は優しそうな微笑みを浮かべていたが、やがてずるそうな表情に変わった。

「ちょっと触るよ。やっぱりというのが本当なのか確かめたい」

アイ先輩が体を傾けて顔を近づけてきたので、チョンラティーは思わず固まった。彼は相手の瞳に挑戦的な輝きがあるのに気がついた。アイ先輩の長い指がチョンラティーの頬を優しくなぞり、小さな声で英語で数を数えた。

「ワン……トゥー……スリー……」

「アイ。何か飲み物はないか？　喉が渇いた」

いつの間にかトンが目の前にいた。嘘だろ。さっきまであんなに遠くにいたのに。

「おまえの分は買っていない。僕とチョンの分しか買っていないんだ」

「俺はまだおまえの友達か？」

「そうだな」

アイ先輩が喉の奥で低く笑っているような声を出しながら、ゆっくりと離れていった。

先輩の行為はただ顔を近づけてきただけで、やり過ぎでもなくセクハラでもなかった。その仕草は慎重で思いやりに溢《あふ》れていた。

「喉が渇いたの？　僕のを先に飲んでいいよ。今僕は喉が渇いていないから」

チョンラティーは炭酸飲料の缶をトンに差し出した。相手は頭を振って受け取らなかった。

「もうサッカーをやらないのか？　トン」

とアイ先輩が聞いた。

「疲れた。今日はあまり気が乗らない」

「だったら帰って寝ろよ。チョンラティーも眠そうだ」

「それなら俺の代わりにナイの相手をしろ。俺はチョンを連れて帰る。チョン、帰るぞ」

トンはチョンラティーの手から炭酸飲料の缶を取り上げ、それを相変わらずニヤニヤしているアイ先輩の腹に叩きつけた。缶の中身がこぼれ、アイ先輩の服を濡らした。

アイ先輩は体を屈《かが》めてきて、チョンラティーの耳の側《そば》で囁《ささや》いた。

「自分に自信を持って」

「え？」

「早く行くぞ、チョン」

「うん」

チョンラティーの手首はトンの大きな手に掴まれ、引きずられていった。


車内から寮に戻るまでふたりの間には重苦しい空気が漂っていた。チョンラティーが話しかけてもトンが一言でしか返さないので会話が続かないのだ。その上、両方のまゆげがくっつきそうになるぐらい顔をしかめていた。

「トン、髪を乾かしたいんだけどコンセントはどこに挿すの？」

ソファーに座りスマホをいじっているトンの目の前にパステルピンクのドライヤーを差し出した。トンは顔を上げてチラッとそれを見て、目の前にある四角い低いテーブルの上にある差込口を指さした。まるで、そこに挿せと言っているかのようだった。

「何をしているの？」

「インスタを見てる」

「フォローさせて。アカウント名は?」

チョンラティーはヘアドライヤーのコンセントを挿し込んでから床に座り、背中をソファーにくっつけた。けれどもまだ髪を乾かさず、スマホを取り出して、首を伸ばしてトンのスマホを覗こうとした。

「嫌だ。俺の秘密がここに入っている」

「ますます見たい。フォローさせてよ」

トンの長い腕によって高く持ち上げられたスマホを覗こうとさらに顔を上げたが、結局諦《あきら》めた。トンがスマホを見せてくれる気配が全くなかったからだ。

「わかった。嫌ならフォローはしない」

「それでおまえはアイと何を話していた?」

「いろいろ」

チョンラティーはソファーに座りトンに自分の体を近づけてくっつけた。不思議なことにトンはよけなかった。

「俺は妬《や》いている」

「僕のこと?」

と言って自分を指さした。その後のトンの説明を聞いて、チョンラティーは納得した。

以前はいろいろ勝手に自分で妄想したが、トンの話を聞いて初めてわかったことがあった。

「俺は頑固だ。自分の親しい人間に他の人と親しくなってほしくない。アイは俺の友達をひとり奪った。おまえはあいつと親しくなるなよ。あいつをイケメンとほめるなよ。普通に話をするのはいいけど」

トンは喋《しゃべ》りながら別の方向を見ていた。それから手を伸ばし、テーブルの上に置いてあったヘアドライヤーを摑んで一番強いレベルのスイッチを入れて、チョンラティーの顔に風を当ててきた。

「熱いよ」

「頭をこっちに向けろ。乾かしてやる」

「どうして今日はとても優しいの？　髪を乾かしてくれるなんて」

「言っただろ、妬いているって。おまえに優しくしてやらないと。そうじゃないとおまえが俺よりも他のヤツと親しくなるから」

「誰ともトンより親しくはならないよ」

ふいに体を引っ張られ、チョンラティーはトンの膝の上に座らされた。ヘアドライヤーの距離が近くなって、熱い風が頭に当てられる。

「トン理容室でどうだ？」

「いいね」

チョンラティーはトンの行動に戸惑《とまど》ったまま、一生懸命に髪を乾かしてくれている人の顎《あご》のラインを満足いくまで盗み見てから目を閉じた。わからないことだらけだが、とても幸せな気分であることを認めた。

「うっとりしているな、おまえ」

「だってベイビー・トンが最高だから」
もう他のことはどうでもいい。お互いの関係がどうであっても気にしない。
この小さなハートを躍らせて貴重な時間を一緒に過ごし、いい思い出が残ればそれでいい。

授業が始まる一週間前に、チョンラティーは新入生の歓迎イベントに参加しなければならなくなった。

特に何かするわけではなかったが、冷房の効いた部屋で様々な学内のルールを聞いた後に、新入生同士でお互いに自己紹介をするのだ。

イベントの間ずっと退屈だった。というのも内容のほとんどがルールの説明だったからだ。

高校の時から目立つ存在だったチョンラティーは、さほど新しい環境に適応するのが難しいタイプの人間ではない。大学でも先輩や同じ学部の仲間に注目されたが、男といるよりも女友達と一緒にいる方がチョンラティーとしては落ち着くし楽だった。女友達は連絡するために電話番号を聞いてくるが、その際に「チョン、恋人はいる？」などと個人的なことをしつこく聞いてこないからだ。

「さっきチョンを送ってきたのは誰？」

チョンラティーと同じぐらいの背丈の、小柄で化粧っ気が無く髪の長い女子が側にやってくるなり聞いてきた。この子はジーン。そして彼女よりも髪が短く隣におとなしく座っているのはダーダーという。

ジーンとダーダーは高校時代からの友人だった。チョンラティーが彼女たちと知り合ったのは、二人一組の活動をする時にジーンが彼のことを可愛《かわい》いと思い、ペアになったのがきっかけだった。

チョンラティーは彼女に一瞬で自分と同類の女友達だと見抜かれたのだ。

ああ……。

「兄だよ」

そう答えて彼女の隣に座った。

「チョンにはお兄さんがいるの？　この間ひとりっ子だって言ってたでしょ」

「実家の隣の家に住んでいたんだ。今は寮で一緒に住んでる。だから送ってくれたんだよ。三年生」

「同じ学部？」

「違う。工学部の航空学科」

「うわっ！　金持ちの子が行く学部だ。学内で学費が一番高いんでしょ。チョンはいいね。そんなすごい人と知り合いだなんて」

「経営学部もそんなに変わらないよ。金持ちの子だってたくさんいるじゃん」

チョンラティーはジーンの言葉に眉をひそめた。

うちだって金持ちだ……。あえて自慢はしないけど。でも家の懐事情も自覚しなければ。将来事業を拡大したいと考えている母さんの後を引き継ぐために早く卒業しないと。

「それもそうね。でも航空学科は人数が少ないし、卒業後だいたいの人がいい仕事に就いている。もしチョンがあの先輩のいる工学部に行く時は私を誘ってね。その学部に狙っている男子がいるの。すごくカッコいいんだよね」

ジーンはそう言って笑った。大胆なことを言ってるくせに、恥ずかしそうな顔をした。

「ところでチョンのお兄さんの名前は何ていうの？　私も知ってるかも」

「トン。トンホンだよ」

「え、あのナイ先輩の仲間の怖い顔の人？」

「ジーンはトン先輩とナイ先輩を知っているの？」

チョンラティーは周辺を歩いている人々から目を逸《そ》らし、トンを知っているらしいジーンの方を興味を持って振り返った。

「ナイ先輩を知らない人なんていないでしょ。大学の美少年図鑑のWEBページにほとんど毎日掲載されているんだから。彼が笑顔になると世界中の人がうっとりするんだよ。それに最近はイケメンの彼氏ができたからか腐女子のファンもできたって。でも彼氏のアイ先輩の方はとてもおとなしい人で、私のタイプじゃないの」

ジーンは手をぶんぶん振って否定し、息を吸って話を続けた。

「それでチョンのお兄さんはナイ先輩の友達のトン先輩なのね？　実はその人も好きよ。筋肉がすごいし、耳にもまゆげにもピアスを付けててタトゥーも入ってるし、すごいバッドボーイだよね」

「前は口にもピアスしてたけど、外したんだよね。元カノが嫌がったからって愚痴ってたみたい」

「グループワークをする時はチョンと同じグループにしてね。そしてチョンの部屋で課題をやろう」

「そのうちね」

チョンラティーはあいまいに返事をして、リュックを摑んで立ち上がり、時間がきたので会議室に入ろうとした。ところが腕を摑まれて引き留《と》められた。

「どうして嫌そうな顔をしているの？　もしかして、トン先輩はチョンの彼氏なの？」

「え！　違うよ」

チョンラティーは頭を激しく振って否定した。

「こんなに赤くなっているから、絶対にそうだね」

「もうやめて、本当に違うよ。トン先輩は女の子が好きなんだから。ほら、早く会議室に入ろう。遅れて入ると先輩たちに怒られるよ」

チョンラティーは摑まれていた手を離し、逆にジーンの手首を摑んで引っ張り、立ち上がらせた。一方無口なダーダーはジーンがチョンラティーを引きずって会議室に入るのを見ると、ふたりの後についていて入ってきた。


先日の歓迎イベントとは異なり、この日のミーティングはそれほど退屈ではなかった。明日が新学期初日なので、新入生は全員名札を身に着けていた。そこへ上級生が大学のミスとミスター候補、そしてチアリーダーのメンバーを探しに来ていたからだ。

チョンラティーはこういうことにワクワクするタイプの人間ではないが、周りの学生が興奮しているのを見て、つられて自分のテンションも上がってきた。

「どうしてチョンの名札にはハートのマークが書かれているの？　誰が書いてくれたの？」

「知らない。みんなのには書いてないの？」

チョンラティーは顔を上げてジーンとダーダーの名札を見た。それから改めて周りに座っている仲間の名札を見たが、他の人の名札にはチョンラティーのようなハートは書かれていなかった。

「ファンクラブができたんじゃないの？」

「何言ってるの？」

「名札をもらったらちゃんと首にかけて一か月間ずっと身に着けていてね」

前方から先輩の大きな声が聞こえてきたので、チョンラティーは周囲の学生を見るのをやめた。そしてもらったばかりの名札を首にかけた。

「今日は去年のスター《ミスター》とムーン《ミス》の受賞者である二年生が、今年のスターとムーンとポピュラーアワード《人気投票賞》コンテストの参加者を選ぶために来てくれました。経営学部のミスはガーンリウ先輩です。そして側にいるイケメンは、去年学部と大学全体のミスターをW受賞したヌン先輩です」

チョンラティーは各学部のミスが順番に紹介されているのを見ていたが、去年のミスターが自分を見ていることに気がついた。

「チョン。ヌン先輩があんたに目配せしたんじゃない？　彼を美少年図鑑のページで何度も見たことがあるけど、実物はすごくイケメンだね」

「うーん……」

チョンラティーはその迷惑な視線から目を逸らした。

「あれがヌン先輩？　まあ、イケメンだけどね。でもプレイボーイでオシャレな男はタイプじゃない」

トンみたいな大人な男が好き……トンみたいなバッドボーイが好き……トンみたいに優しい人が好き。

つまりトンが好き……そういうことだ。

「チョンはヌン先輩を見ても興奮しないんだね。でもチョンは可愛いから、こういうイケメンにしょっちゅう口説かれているんでしょ？」

「ときどきはね。ジーンとダーダーはミスに応募したい？　推薦してあげるよ」

チョンラティーは話題を変えた。誰に口説かれるとかそういう話題は面倒くさい。

「嫌だ！」

ジーンはダーダーと一緒に頭を振って大声を出して否定した。しかしガーンリウ先輩はダーダーの前に立ってしばらく顔を見つめた後に、他の可愛い顔の女の子たちと一緒にみんなの前に並ぶようにと言った。

チョンラティーは学部のミスになる友達が誕生するかどうか気になった。

スターとムーン候補の選考には約三十分かかった。結局ダーダーは元の席に戻ってきた。そしてジーンに、声が小さかったから選ばれなかったとからかわれていた。でもダーダーは悔しがっていないように見えた。みんなの前に立つように呼び出された時には苦しそうな表情をしていたのに、今はむしろ安心したような笑顔を見せた。

「それではお静かに。これからが重要です。この大学のポピュラーアワード出場者を選びます。うちの学部は一度もこの賞を取ったことがありません。でも今年は絶対に取れる自信があります」

イベントの責任者と思われる女性の先輩がマイクを使って大きな声でアナウンスした。チョンラティーの見間違いでなければ、先輩は自分の方を見ているようだった。

「先輩はチョンの方を見ていると思う」

ジーンは彼の考えを見通した。

「そうじゃありませんように」

「チョンラティーさん。この候補者は投票では決めないことにしました。そしてあなたに決めました。みんなの前に出てきてください」

……言葉が出なかった。口の悪い言い方をすると、胸糞が悪くなった。

「ええっと……誰か反対の人はいますか？」

責任者は気まずそうな顔で会議室を見渡して聞いた。

会議室はしーんと静まり返っていた。周りにいる学生たちがチョンラティーの方を威圧的に見て、席を立たせようとした。

チョンラティーはこっそりと大きなため息をついて、背筋を伸ばして立ち上がり、嫌々前方に向かって歩いていった。

歩いている途中でヌン先輩が自分をずっとニヤニヤして見ていることに気がついた。その目を見たら、相手が自分に近寄りたそうにしているのがわかったが、彼には関わりたくないと思った。

大学に入ったら目立たないように過ごしたいと思っていたのに。

でも結局、人生の煩雑《はんざつ》さからは逃れられないのだ。

第9章

反対する者はいないかと何度も聞いたのに、不思議なことにポピュラーアワードにチョンラティーが選ばれることに反対する者は誰もいなかった。

数十人の人の目の前に晒《さら》され、チョンラティーは緊張で手をブルブルと震わせていた。どうやって断ったらいいのかわからないし、何も考えることができなかった。

心の中で大学のポピュラーアワードは高校時代に自分が三年連続で選ばれた人気者の立場よりもマシであってくれと願った。もし同じであれば、ひどい目に遭《あ》うに違いない。

どこへ行っても人の注目を集めるし、口を開けてご飯を食べようとすると、隠し撮りをされる。トイレに入ろうとすれば男がついてくるし、それ以外にもやきもちを焼く者からイジワルされる。

そんなの嫌だ。

チョンラティーは鼻にずり落ちたメガネを押し上げながら周囲を見渡した。なぜ周りが静まり返っているのかわからない。けれどその沈黙に耐えられずに思わず質問した。

「席に戻ってもいいですか？」

「まだだよ。外に出て話がある」

長身のヌン先輩がチョンラティーの目の前まで歩いてきて、席に戻りたいチョンラティーの腕を掴んだ。

「何の話ですか?」

「僕たちふたりの話だよ」

その答えを聞いてチョンラティーは吐きそうになった。が、そのとき突然別の先輩が割り込んできたので、思わず訝《いぶか》しげな視線を向けてしまう。

「ふざけんなヌン。この子は俺が狙ってるんだ」

「悪いな。この子は俺が予約済だ。ダーリン、外で話をしよう」

「行きません」

「それなら悪いけど、引きずっていくよ」

チョンラティーは自分よりも力の強い人に引きずられて外に出された。背後ではやし立てる声が聞こえる。

冷房の効いた涼しい部屋から外に出ると、午後の日差しを浴びて急に暑くなった。ヌン先輩が学部棟の裏にある木の陰に連れてきたのでそれでも少しはマシだったけれど。

「さっさと話を終わらせてくれますか?　暑いです」

「恋人はいる?」

「それはあなたには関係ないですよね」

「君が好きだ。予約させてくれ」

端整な顔立ちのヌン先輩が全開の笑顔をチョンラティーへ向けていた。体を木に押しつけられていたチョンラティーは、笑顔のまま顔を近づけてくる彼から逃れようとして俯《うつむ》いた。

「予約とか言うのやめてください。僕は物じゃありません」

「ダメだ。こんなに可愛《かわい》い子を他の人に取られたくない。名札を貸して。『ヌンが予約済』と書くから。電話番号も教えて」

「ヌン先輩。僕は強引な人は嫌いです」

チョンラティーは大きくため息をつき、名札を狙って伸ばしてくるヌン先輩の大きな手を振り払おうとしたが、結局取り上げられて何かを書かれてしまった。

ヌンが予約済

ヌン先輩は本当に言った通りに書いていた。

「うわっ！　みっともない。なんでこんなところにペンで書くの？」

「消えないようにだよ。早く電話番号を教えて」

「教えません。怒りますよ。そこをどいて」

チョンラティーはヌン先輩のような人間には礼儀正しく接する必要はないと思った。相手の体を強く押し退《の》けて道を開けさせると、再び会議室へ戻った。そしてカバンを取り、不機嫌そうな顔を隠しもせずにさっさと会議室を出たのだった。

この収まらない怒りを、どこかで落ち着けないと。

チョンラティーは学部の会議室を出た後、木造の長い橋の上を歩いていた。よく見ると、橋の両側には木々に囲まれた深緑の池があった。

微かに涼しい風が吹いてきて暑さを和らげてくれたおかげで、チョンラティーのささくれ立った気持ちも落ち着いてきた。

自然の中でくつろいでいると、カバンの中に入れていたスマホが振動し、着信があることを告げた。

見たことのない番号だ……。

「もしもし。チョンラティーです」

「僕だ。ヌンだ」

「僕の番号をどうして知ってるんですか?」

チョンラティーはかけてきた相手を知ると、急に声が強張《こわば》った。これは個人のプライバシーを侵害しているじゃないか。

「知ってるのは電話番号だけじゃないよ、チョン。君の寮の場所も知っている。機嫌を悪くしないで。僕は君を本気で愛していて、君と結ばれたいんだ」

「なぜ電話番号を知っているのか聞いているんですが？」

「そんなことはどうでもいいじゃないか。明日は新学期初日だから、朝迎えに行くね。八時に待ち合わせよう。すっぽかさないように」

「待って！」

切っちゃった……。

断ろうにも既にヌン先輩が電話を切ってしまったので、チョンラティーは自分のスマホを傍《かたわ》らに置いた。同じ学部の最高にうっとうしい先輩を火を噴いて消し去ってやりたいと本気で思った。

非常にウザく、めちゃくちゃウザく、ありえないほどウザい。

しかし、視界に入った目障りな鳥や灰色の犬に火を噴いて消す妄想に浸《ひた》ろうとしていたところ、スマホが再び振動した。チョンラティーは素早く電話を取り、大声で怒鳴った。

「もうかけてくるな。僕に関わらないでくれ」

「チョン……おまえは薬でもやっているのか？」

聞き慣れた声がしたので確認するためにスマホの画面を見ると、トンだった。一瞬でチョンラティーの不機嫌な顔が真っ青になった。

「あれ？　トン、どうしたの？　少し前にかけてきたウザい人がまたかけてきたのかと思っちゃったよ」

「俺だよ。いきなり怒鳴るから驚いた。ところで今どこにいるんだ？　俺は経営学部の前でおまえをずっと待っているんだが」

「これから食堂へ行こうと思って。ミーティングが終わったらお腹が空《す》いたから何か食べに行くところだよ」

「そうか。それなら俺も食堂へ行く。迎えに行くと事前に言わなくて悪かった。俺も腹が減ったから、おまえを迎えに行って一緒に何か食べに行こうと思ってたんだ」

「それなら食堂で食べようよ」

「そうだな。食堂で待ってろ。急いで行く」

「うん。でも急がなくても大丈夫だよ。僕もまだ食堂に着いていないから」

「気にするな。先に着いたら待っている」

トンは話し終えるとすぐに電話を切った。チョンラティーも首にかけた名札を外し、スマホと一緒にカバンに突っ込んだ。そしてすぐ近くにある食堂へ向かって足を早めた。


「トンは大学一年生の時に、ミスターに応募したことはある?」

チョンラティーは食堂で一緒に食事をしている時にトンに聞いてみた。このイケメンが、イケメンぶりを証明するような賞を取ったことがあるかどうか、興味があった。

「俺はスポーツ選手だ。練習と勉強だけで手一杯で、他のことをする余裕なんかない。そんなことを聞くなんて、まさかおまえがミスターに応募するわけじゃないよな?」

トンは手に持っていたスプーンを置き、チョンラティーの顔を左から右に流し見た。

「なんで？　僕だとミスターになれないと思うから？　遠回しにルックスが悪いと言われてるみたいだ」

「俺はまだ何も言ってない。でもこの大学のミスターの基準は、ナイによると信心深い顔でないといけないらしい。ミスターになった俺の友達のインタが言うには、ヤツがミスターになれたのは、三回目の審査で暇な時は寺にお参りに行くのが好きと答え、手を合わせて経を唱えたからだそうだ」

「トンの友達は変わった人だらけだね」

「そうかもな。それでおまえは何に応募するんだ？」

「ポピュラーアワード。学部の先輩に推薦されたんだけど、でもまだ何をしないといけないか何もわからない」

「何もしなくていい。コンテスト当日はステージの上で、みんながバラを持ってきて投票するのを待つだけだ。でもその前に、思いっきり笑顔の写真を撮って大学のホームページに載せる。それで何もしないで『いいね！』の数が増えるのを待つ。その数も点数に含めるからな」

「それならよかった。だって、ミスやミスターっていうと何だかわからないけれど舞台の上でいろいろやらないといけなくて、面倒くさそうなイメージだったから」

「でもポピュラーアワードの方が人気があるぞ。理由は俺も知らないが。普段こういう話には興味が無いしな。俺はおまえに『いいね！』を押してバラの花を買ってやるさ。ただし、一輪だけだがな」

「ケチだね」

そう言いながら、チョンラティーは立ち上がった。

「なぜだ？　一輪だとおまえが困るのか？　いきなり立ち上がって逃げるなんて臆病者だな」

「べつに困らないよ。立ち上がったのは飲み物を買いに行くから。トンは何が飲みたい？　一緒に買ってくるよ」

チョンラティーは目いっぱい笑顔を浮かべ、わざと怖い顔をしているトンを見た。チョンラティーの問いかけに対して、トンは歯を見せて笑った。

「俺が何を飲みたいか当ててみろ」

「ダブルダークチョコレートフラッペでしょ。いつも飲んでるから」

「お利口さん」

「そのほめ方は犬に言う言い方じゃない？　ねえ、トン。投票用のバラって一輪いくら？」

「二十か二十五バーツぐらいだった気がする。めちゃくちゃ高いよな。俺がおまえに一輪買うだけでも、かなり金をかけてるぞ」

「それなら飲み物代は僕が出すから、トンは出さなくていいよ。そのお金で僕へのバラを買って」

「つまりその金を俺に預けて、バラを買いに行かせるということだな」

「その通り。少ないとみっともないから」

チョンラティーは自分のカバンからティッシュを取り出して手を拭《ふ》き、水を買いに行こうとした。

しかし、ティッシュを取り出そうとしたタイミングで手のひらサイズの紙きれがカバンから落ちてきた。

「何だ？」

トンが素早くそれを拾い上げたので、チョンラティーはそれを見ることができなかった。トンに見せてほしいと頼んだら、相手は目の前でその紙をくしゃくしゃにして捨ててしまった。

「それなんだった？　なんで僕のカバンの中に入っていたんだろ？　なんで捨てちゃったの？」

「ゴミだ。しかも普通のゴミじゃない、腐ったゴミだ。さっさと水を買ってこいよ。俺は喉が渇いた」

「腐ったゴミって？」

「まだ行かないのか？　急げよ」

「うん。すぐ行ってくる」

チョンラティーは頷《うなず》いて、急いで店の方へ歩いて行った。

後でわかったことだが、トンがくしゃくしゃにして捨てた紙には、

〝初めまして。チョン。僕は三年生のモークだ。僕はチョンが好きだ。チョンがとってもとっても可愛いから。もし会ったら声をかけてね〟

と書いてあったらしい。

そしてついに新学期初日になった！

寝坊するといけないので、チョンラティーは目覚まし時計をかけておいた。それはついさっきチョンラティーの耳の側でとても大きな音を立てていたが、あっという間にオフにされた。

すぐに起き上がらなかったのは、目を開けた瞬間にバスタオル一枚のトンが下着を穿《は》こうとしているのが見えたからだ。

神様助けて！　助けて助けて助けて……トンのボディーが超セクシーで、死にそう……。

「目が覚めたなら起きろ」

「まだ起き上がりたくない。今日はどうして早起きなの？」

眠たそうな顔をしてトンに尋ねた。でも本当は目は覚めていて、チョンラティーの視線はトンの背中から腰へと下りてゆく。

気絶しそうだ……これよりあと少し下が見えたら、死んじゃって昇天しそうだ。

「朝の三時に起きて、眠れなくなったからゲームをしていた。おまえのスケジュールを見たが授業は午前中だけだな。それなら俺の車を使え。午後は部屋に戻って昼寝してもいいし。ただ俺の授業は五時に終わるから忘れずに迎えに来いよ。部屋のカードキーをおまえのカバンに入れておいた」

「今週の土曜日に実家に戻って、自分の車を持ってくるからもうトンに迷惑はかけないよ」

「俺は迷惑じゃないが、自分の車に乗った方が楽ならそれでもいい。それでおまえはいつまでダラダラしているつもりだ？」

「トンは支度は終わったの？　僕もシャワーを浴びたいんだけど」

ベッドに寝転んでいるのもいい加減飽きてきた。トンが服を着替え終えたので、今はもう何も見るものがない。チョンラティーは体を起こして、ベッドに腰かけた。

「トンが制服を着ている写真を見たことがあるけど、実物は写真よりもずっとカッコいいね」

「当たり前だ。自画自賛だが、実物の俺はめちゃくちゃイケてんだよ。ところでチョン、おまえ誰かにいじめられたりしていないか？」

「いじめられてないよ」

どうしてそんなことを聞くのかわからず、トンの真似をして眉間《みけん》にしわを寄せながら首を傾《かし》げた。

「もし誰かにいじめられたら俺に言えよ。こらしめてやるから。俺の弟なんだから怖がらなくてもいい。おまえのトン兄貴は超すごいってみんな知ってるから」

「僕は子供じゃないから誰もいじめてこないよ」

チョンラティーは目やにがついていて歯磨きもまだしていない顔で笑った。

トンは子供の時からこんな風だった。幼いチョンラティーがいじめられると、その相手をやっつけてくれていた。そして大学に入ってもチョンラティーをいじめようとする者が現れたら、相変わらずこらしめようとしてくれるのだ。

「もしそんなヤツがいたら、言えよ」

「うん。もしいたら、一番にトンに言いつけるね」

……トンがとても優しいせいで、好きになるのをやめられない。

チョンラティーをいじめる者は確かにいない。でも、ウザいほどちょっかいをかけてくる者はいる。それは寮の前に停めた車に寄りかかって満面の笑みで立っているヌン先輩だ。

ヌン先輩はチョンラティーに無視されて、ムッとした顔をした。

チョンラティーは昨日トンが言っていた、ミスターの基準は信心深くないといけないという話を思い出した。大学の制服をきっちり着ているヌン先輩の頭のてっぺんから足の先まで見ても、それは明らかだった。

ネクタイを締めず、シャツをズボンの中に入れないで着ているトンとは全く違う。でもトンの方がずっとカッコいい。

チョンラティーはトンが早く車を取って戻ってこないかとあたりを見回した。

「愛《いと》しのチョンラティー。制服もとても可愛いね。ところでなぜ僕が予約済と書いた名札を下げていないの？」

「大学に行ったら付けます。今はプライベートの時間なので」

「一年生は朝から晩まで下げていないといけない決まりなんだよ。知ってる？　ところでチョンの部屋は何号室？　今夜、名札がちゃんとあるか確認しに行こうか。もし首にかけてなかったら、僕がかけてあげる」

「そんな意味深な喋《しゃべ》り方をするのはやめてください。言葉でセクハラされているような気がします。いやらしいですよ」

チョンラティーは軽蔑《けいべつ》した目つきでヌン先輩を見た。そしてあえてきつい言葉を選んで、彼を追い返そうとした。

他人に敬意を払わず、いやらしい言葉を投げかけるタイプの人間をチョンラティーは嫌悪している。ヌン先輩にトンを見習えと言いたい。トンの外見は野性的だが、耳障りないやらしい言葉を使うことはない。

トンは最高だ！

「そんなきついこと言わなくても」

チョンラティーの細い腕が大きな手に摑まれ、いつの間にか車に押し込まれた。

「放して。ヌン先輩」

「こういう激しいのも興奮するね。どう？　愛しい人」

ボキッ！

そのとき、ヌン先輩の背後で指を鳴らす音が聞こえた。

チョンラティーにはトンが歩いてきたのが見えていた。だが、それに気がつかなかったヌン先輩はシャツの首を引っ張られて驚いた顔をした。

「チョンは五〇五号室で俺と同室だ。興奮するのが好きなんだろ。手伝ってやろうか？」

「トンホン先輩⁉」

……お互いに顔見知りのようだった。なぜならヌン先輩が振り返ってトンの顔を見ると、青ざめて、急いで手を合わせて挨拶《あいさつ》したからだ。

「そうだ。俺だ。〝ヌンが予約済〟とチョンの名札に書いたのは誰なのかと思っていたら、おまえだったんだな」

トンはヌン先輩の服の首の部分をさらに強く引っ張ると、横に投げ飛ばした。

「チョンは俺の弟だ。もしおまえがまだこいつにちょっかいを出すなら、ただじゃおかない」

「チョンはトンホン先輩の弟？　顔が全く似ていないけど」

「うるさい。俺の弟だとわかっていればいいんだ。ところでおまえはなぜここでウロウロしてるんだ？」

「それは……」

「言い訳を思いつかないなら、余計なことを考えるな。聞くのも面倒くさい」

「たまたま近くを通ったので、同じ学部だしチョンを迎えに行って学部棟まで一緒に行こうと思っただけです。ちょっかいなんてかけてません」

「チョンはおまえと同じ学部なのか？　それならよろしく頼む」

「はい。一生懸命に面倒を見ます」

ヌン先輩は頷いた。そしてトンが近寄って話しかけようとしたのでビクッとして後ずさりした。

「もう行くぞ。腹が減った」

「うん」

トンが車の方へ歩いて行くのを見ていたが、チョンラティーはすぐに後をついていかなかった。なぜならヌン先輩が小さな声で囁《ささや》いたからだ。

「トンホン先輩の弟だってなぜ言ってくれなかったの？」

「トンの弟だと知ったら僕に構わないでいてくれるとわかっていたら、昨日とっくに言ってましたよ」

チョンラティーはそれだけ答えると、トンの後を追ってその場を離れた。

第10章

「言ったでしょ。名札は大切に保管しなさいって。これぐらいのこともできないで、これよりも大事なことを責任を持って行えるの？」

チョンラティーは立ったまま喉を手で掻《か》き、学部の先輩のお説教を聞いていた。

トンに車から降ろされ、名札を新しいものと交換しに行くように言われていたのに、結局こんな風にして十分近く立っていた。

「ええっと……あの」

「一年生のチョンラティー。反論しないで」

ひとつも反論なんてしていない。ただトンが車で待っていてまだ食事もしていないと伝えたいだけだ。だが、この女性の先輩はラップのように立て続けに喋《しゃべ》り、チョンラティーに話す隙を一切与えない。

「あの、僕は……」

「チョン。そんな可愛《かわい》い顔をしないで。そんな顔をしても取り替えてあげないよ」

「そんなつもりはありません。ただ、僕の兄が車で待っていると伝えたくて」

やっと理由を伝えることができた。それでもそこまで言えるのにずいぶんと長い時間がかかった。ずっと車で待っていたトンは怒った顔をして車から降りてきた。

「俺は今日メシが食えるのか？　名札を替えるぐらいでなんでこんなに時間がかかるんだ？」

「キャー……トン先輩だ！　誰に会いに来たの？　どうしてここに？」

「トン。どうして車から降りてきたの？」

彼は自分のところに来たんだと誇示するため、チョンラティーはわざと大きな声で言った。

「おまえがずいぶん長い間戻ってこないから見に来た。それでもう終わったか？」

「名札を交換できないんだ」

弱々しい声で打ち明け、助けを求めるかのようにトンと視線を合わせた。本当のことを言うとチョンラティーだって〝ヌンが予約済〟と書かれた名札を首にかけたくない。だってヌン先輩はかなり大きな字で書いていたから。

「なぜだ？」

トンはチョンラティーに聞いたのではなく、振り返って、体をもじもじとよじらせて照れている先輩に答えを求めた。

「本当は学部の規則でダメだけど、トン先輩のためならすぐに取り替えます」

「え！」

人によって態度を変えるんだ。さっきチョンラティーに文句を言っていたのに、トンに対しては満面の笑みを浮かべて媚《こ》びた声で話しかけている女の先輩の顔を引っ掻いてやりたくなった。

「それならいい。学部の規則は守らないと」

「そうしたら僕は一か月も〝ヌンが予約済〟と書かれたこの名札を首に下げないといけないよ」

「〝トン先輩の弟〟はどうだ？　上から書き直してやる」

「……〝ヌンが予約済〟よりずっといい」

チョンラティーは頷《うなず》き、名札を首から外してトンに渡した。

「他のヤツにはこんなに簡単に名札を渡すなよ」

トンはヌン先輩の名前の上に文字を書くためのペンを目で探した。トンが机の上にあったマーカーを手に取る前に、女の先輩がそのマーカーを摑んで、新しい名札も用意してくれた。

「トン先輩、私はさっきチョンにルールを教えてあげただけなんです。新しい名札をチョンのために持ってきました」

「取り替えていいんだな？」

「いいです。これ……チョンの新しい名札です」

代わりの新しい名札が渡された。トンはそれをムッとした顔で受け取った。

「手間取らせやがって」とクールに相手を非難した。

新しい名札にはチョンラティーの名前だけが書かれていた。目障りなハートマークも、予約済という言葉も書かれていない新しい名札が首にかけられた。これで、一件落着だ。

「腹は減ってないか？　いつもは朝起きたらすぐに食うだろ？」

「少しだけ。大学の近くのおかゆが食べたいな」

「それだと大学の外に出ないといけないな。おまえの授業は何時からだ？」

「一時間後だよ。トンの授業は？　遅れそうならおかゆは今度でいいよ」

「今日食べよう。おまえの希望通りに」

そう言ったトンの男らしい大きな手が頭に載せられると、チョンラティーは目を細めて首をすくめた。

チョンラティーはトンが喉の奥で低く笑っているのがわかった。

それからすぐにチョンラティーの頭はかき回され、髪がボサボサになった……トンがいつも好んでやるように。


チョンラティーの大学初日は、講義の教室を探す面倒以外には特に何も無かった。

先輩たちが授業が始まる約一週間前に新入生ミーティングをしてくれたのは、ある意味正解だったのだと思った。少なくとも講義棟の場所があらかじめわかっていたので、授業初日だったにもかかわらず講義の部屋を探すのに時間をかけずに済んだ。

今までチョンラティーにちょっかいをかけようとしていた大学の男の先輩たちも、今ではチョンラティーの顔を見て微笑むだけになった。こうなった理由はヌン先輩がすれ違う度にチョンを指さして、「チョンはトン先輩の弟で、トン先輩がすごく大切にしているから手を出すな」と言い続けたからだろう。

　毎回……。

　ただし〝トン先輩の弟〟であることには長所も短所もある。長所は、トンに遠慮する人はチョンラティーに絡んでこないこと。短所はトンを好きじゃない人がいちゃもんをつけてくることだ。

　例えばお昼時の食堂で。

　その事件はチョンラティーが布のエコバッグを肩にかけて、友達を待つために食堂で空《あ》いたテーブルを探している時に起きた。

　いきなりチョンラティーの体は強い力で後ろから引っ張られた。すぐに振り返ると、背が高くて全く友好的でない顔をした男性の先輩たちの顔とかち合った。

「おまえはトンの弟だそうじゃないか！　俺はあいつが嫌いだ。おまえがあいつの弟ならつまり俺はおまえも嫌いだ」

「は……はい」

　チョンラティーは怖気《おじけ》づいて瞬きをして、状況がよくないなと判断して後ずさりした。

「へ……へへ。おまえ、チョンラティーっていうのか」

「はい。先輩は僕を殴る気ですか？」

「まさか！　誰がそんなことするんだ。しない、しない。席を探しているんだろ？　俺はトンホンとすごく仲がいいんだ。俺と一緒に座ろう。おい！　おまえたちどけよ。チョンに座らせろ」

　何、これ？　……こわっ。

「いいです。僕は友達と一緒に座ります」

「怖がらなくていい。俺はマックスだ。心臓がバクバクして顔が熱くなってきたぜ。あんたは俺がずっと待ってた運命の人じゃないか？　さっきチョンの顔を見たら、心臓がドキドキした。トンの弟なんてやめて俺の弟になればいい。俺の方がよく面倒を見ると約束する。もう少し親しくなったら関係を進展させればいい」

「結構です」

……どうすればこの状況から抜け出せるのだろう。

「何学部だ？」

「経営学部です」

そう言いながらあたりを見回し助けを求めた。

誰か知っている人が現れるだろう。ここは中央食堂だから人数の少ない航空学科の学生も含めて節約したいいろいろな学部の学生が空腹を満たしに来る。トンは来ないだろうけど……。

「明日俺と一緒にメシを食いに行かないか？　チョンと一緒に食べに行きたい旨い店がたくさんある」

「行きません。ナイ先輩！　ナイ先輩」

ナイ先輩が視界に入った瞬間、満面の笑みでチョンラティーは立ち上がった。

細い目が自分を見てくれますように。お願い……。

「誰か俺を呼んだ？」

「僕です。ナイ先輩」

「あれ！　チョンじゃないか。なぜこんな悪いヤツらと一緒にいるんだ？」

ナイ先輩はマックス先輩に手を取られているチョンラティーのところに来た。

「そんな言い方はないだろ、ナイ。誰が悪いヤツだよ。チョン、ナイを信じるなよ。俺はいいヤツだ」

「俺に畜生と呼ばれないだけでもありがたいと思え」

　ナイ先輩は少しも怖がることなくそう言い返した。それを聞いてチョンラティーは深く息を吸った。

　誰かの足がナイ先輩の顔面を蹴りはしないかと心配した。マックス先輩は仲間を連れてきていて、今の状況は一対六だ。でもナイ先輩は余裕な顔をしていた。

「旦那は今日は一緒じゃないのか？」

「イッツ　ノン　オブ　ユア　ビジネス《お前には関係ない》」

　……この言葉はかなりきついな。

「この野郎、本当にムカつくな」

「やるならかかって来い。俺が誰の子か知らないんだろ。サーさんを知ってるか？　俺の親父だ。どれぐらい偉いか知りたいなら、検索してみろよ。あ、もしかしておまえの家には4Gが届いてないとか？　だから俺が誰の息子か知らないんだろ」

「……」

チョンラティーはマックス先輩たちの顔がハッキリと青ざめるのを見た。

「おい。まだチョンを放そうとしないのか。俺とやる気か？　俺が電話をワンコールするだけで親父に繋がるんだが」

「親に言いつける子供みたいだな。自分で戦えないから親父を使って脅《おど》すってか」

マックス先輩が歯を食いしばりながらそう言った。

だが、自分の手首を掴んでいる力が弱まったことに気がついて、チョンラティーはその手を振りほどいた。

「怖がってないと言えよ」

「覚えてろよ」

「そんなの知るか。腐ったゴミには関わりたくない。チョン、メシを食いに行こう」

ナイ先輩はチョンラティーの背中を押して、自分の前を歩かせた。そして後ろからつかず離れずでついてきた。

しばらく歩いた後、チョンラティーは後ろを振り返り、気になっていることを聞いた。

「ナイ先輩のお父さんは偉い人なんですか？」

もしかしたらナイ先輩の両親も、チョンラティーの両親のようにどこへ行ってもみんなから下にも置かない扱《あつか》いをされるような偉い人なのかもしれない。親のことを人から知られ過ぎていたチョンラティーは、周囲から注目されたくないので、いつも身構えて目立たないように振る舞っていた。

「違う。俺の父はカオマンガイを売っている一般人だよ。ああやって脅しておいて、ヤツらが本当のことに気がついた時にはもう遅いってわけ。だから今回は俺が一番賢いんだが……トンと友達になるんじゃなかったな」

「どうして？　先輩とトンは仲がよさそうなのに。腐ったゴミはトンの口癖でしょ」

「あいつはバカだ。いつも俺の口癖を真似する。だからあいつとは話したくないんだ」

「バカじゃないですよ。トンは周りのことに興味がないから、世の中を知らないけれど。そういうところも彼らしくていいと思います」

　チョンラティーは早口でトンをかばい、一呼吸置いてこう言った。

「マックス先輩たちをあんな風に騙《だま》して、大丈夫なんですか？」

「平気だ。元々仲が悪いから。もっと仲が悪くなっても構わない。あいつは大学二年生の時にバスケでトンに負けてからずっと根に持っているんだ。ところでチョンはトンがバスケをしているのを見たことがあるかい？　とんでもなく強いよ。あいつは体を使うのが得意だからね。でも頭は五歳で成長が止まっているらしい」

「子供の時は試合をしているのを見たことがあるけれど、最近ではひとりで練習している姿しか見てないです」

　チョンラティーは照れ隠しで頰を手で掻いた。トンが地元のバスケットコートで練習していたあの日の姿を思い出していた。

　足はスラッと長く、筋肉がモリモリで表情は真剣そのものだった。ナイ先輩が言うところの〝とんでもなく強い〟というのはよくわかった。

「大学対抗のスポーツ競技会で見られると思うよ。決勝に進むだろうから」

「はい。その時に見ます。そういえば、アイ先輩はどうして一緒じゃないんですか？　喧嘩《けんか》でもしたんですか？」

「いや。アイとインタがトンを落ち着かせるために連れて行った」

ナイ先輩は一呼吸おいてそう言った。

「トンの元カノがトンの顔を二回連続で引っぱたいて、あいつが怒り狂ったんだ」

「アンプ先輩が来たんですか？」

「うん。俺はアンプを引きはがして無理やり車に乗せてから別行動だからよくわかってないんだ。痴話喧嘩は面倒くさいな」

「アンプ先輩は何しに来たんですか？　仲直りしに来たんですか？　ふたりは元サヤに戻りそうですか？」

チョンラティーは立て続けにそう聞いていた。握りしめた手が汗でびしょびしょになる。

「ああ！　チョンが嫉妬《しっと》している」

「いや、違います」

「照れなくていい。今回は完全に別れるだろうな。アンプの浮気が原因なんだから」

「アンプ先輩と新しい彼氏の写真を見たことがあります。トンと別れてから新しい彼氏と付き合い始めたと思っていましたけど、浮気していたとは思いませんでした。だからトンが実家に戻った最初のころいつも悲しそうな顔をしていたんですね」

「違うんだ。新しい彼氏じゃなくてただの友達だそうだ。さっきアンプに聞いたけど、新しい人と付き合いたてのころはその男に夢中だったと認めた。トンよりもちやほやしてくれたそうだ。でもしばらく付き合ってみたら、彼は自分に対してだけでなく他の女のこともちやほやしていたと気がついたんだって。つまり新しい男は浮気者だったわけだ。その話を俺が全部トンに話したら、おまえは余計なことを知り過ぎだと怒鳴られた」

「絶対に誰にも言わないで、ここだけの話にします。だからナイ先輩は話を続けてください」

「いいよ。誰にも言わないのなら。そういうわけで彼女はトンが恋しくなって、あいつのところに戻ってきた。ペプシよりも水の方が体にいいと初めて気づいたみたいだ。トンはバカだけど、浮気したことはないからね。でもトンは復縁する気はなかった。アンプもトンと同じぐらいわがままでカッとなりやすくこらえ性がない。熱い人間同士がぶつかると爆発する。アンプがトンを罵《ののし》る声と顔を引っぱたく音が学部棟に響き渡った。とんだ悪女だな」

ナイ先輩は生き生きと話を続けた。アイ先輩が話し相手にならないから、溜め込んでいたんじゃないだろうか。

「それでトンは何て言ってました？　叩かれて口から血が出ていませんでしたか？」

「ふたりの会話をこっそり聞いた限りではトンは縁を切りたがっていた。口から血は出てなかった。でも、指の跡《あと》が顔にくっきりとついていた」

「とてもかわいそうですね」

「その通りだ。慰めに行きたいか？　アイにどこにいるか聞いてやるよ。ついでにアイに俺がここで待っていると伝えないとな」

チョンラティーは頷いた。ナイ先輩はスマホを取り出し電話をかけ、アイ先輩に一方的に話し始めた。

「今、寮にいる。あひるを忘れた。急いで来い。裏から？　いや正門からだ。わかった」

アイ先輩とナイ先輩は暗号を使って会話しているのではないだろうか。一生懸命に聞いていても何を話しているのか少しも意味がわからない。

ナイ先輩。暗号を解いてタイ語字幕を付けてください。

チョンラティーが心の中でそんなことを思っていると、一方的にまくし立てていたナイ先輩は言うだけ言って電話を切った。

「トンは工学部棟の裏にいる。必ず正門から入ってくれ。他の門は修理中で閉まっているから」


チョンラティーは工学部棟に小走りで向かった。午後は蒸し暑く、熱風が顔に吹きつけてきた。おかげで汗びっしょりになってしまった。髪もびしょびしょになり、汗が頬を伝って垂れてきた。

工学部棟の裏に近づくと、微かにタバコの臭いが漂ってきた気がした。チョンラティーはトンがそこにいるに違いないと思い、足を早めた。

予想通り、トンはそこにいた。壁を通り過ぎたところの、むき出しのコンクリートの階段の上に座り、タバコを手に持っているトンの姿が見えた。

右側にはアイ先輩が離れたところに足を広げて座っており、あたりの景色を見ていた。左側には、髪をきちんと撫《な》でつけた端整な顔の男性がいた。その男性はシャツのすべてのボタンをきっちり留《と》めており、お行儀がよさそうだった。彼がトンの言っていた信心深い系のミスター、インタ先輩だろう。インタ先輩がすることはすべて、もし顔がよくなければたぶん絵にならないだろうから……。

〝気にするな。それ以上余計なことは考えたくない〟と言わんばかりのインタ先輩のクールな態度をSNSに投稿したら、「いいね！　シェア！　99回」と書かれそうだな、とチョンラティーは内心でそう思った。

トンはチョンラティーと目が合うと、持っていたタバコの火をすぐに消した。アイ先輩とインタ先輩が立ち上がり、階段の横にあるスロープを降りてくる。

「いいところに来た。トンを頼むよ」

「はい」

チョンラティーはアイ先輩に返事をした。大きな手がチョンラティーの肩を二、三回ポンポンと叩いて、ふたりの先輩は去っていった。

チョンラティーは鬼に取り囲まれたような圧倒された気分だった。トンの友達はみんな彼と同じくらい背の高い人たちばかりだ。

類は友を呼ぶと言われるが、それには背の高さも含むのだろうか。それとも他のことを言っているだけなのか、よくわからなくなってしまう。

「授業は無いのか？　なぜここに来た？」

「無いよ」

「そういえば、おまえの授業のスケジュールを今朝見たんだったな」

トンは思い出したばかりのように小さな声で言って、そして黙り込んだ。

「ナイ先輩からトンの話を聞いたよ。大丈夫？」

そう言うチョンラティーの鼻先をニコチンの香りが掠《かす》めていった。

大学はガーデンハウスとは違う環境だけれど、チョンラティーにとってのトンはガーデンハウスにいたころと少しも変わらない。

「ナイのヤツは何でも知っているな」

「引っぱたかれた跡を見せて」

チョンラティーは体をトンの長い足の間に入れると、トンよりも階段の低い段に座った。そして目を逸《そ》らすようにして俯《うつむ》いている彼に自分の顔を近づける。そこに痣《あざ》を見つけて慰めるために顔に手を伸ばそうとしたが、できなかった。

「痛い？」

「今は痺《しび》れてる」

「どこが痺れているの？　顔？　それとも心？」

「両方だ。もう終わったことだから何も言うな。俺もあいつにかなりきついことを言ったからな。これぐらいやられて当然だ」

「トンは僕をいつも助けてくれるでしょ。僕がトンを助けられることは何かないかな?」

チョンラティーは手でトンの膝を掴んで揺らした。そして膝を押した反動で自分の体がトンから離れた。

「側《そば》にいてくれるだけで十分だ」

「確かトンは午後に授業があるんだったよね?」

「新学期初日に授業になんて出ないぞ」

「それなら焼肉を食べに行こうよ。僕が奢《おご》るから」

チョンラティーはトンよりも先に立ち上がって、目の前にいる人に手をさしのべた。

「彼女と付き合っていた時は焼肉食べられなかったんでしょ。僕と一緒なら、したいことも、食べたいものも何でも自由にさせてあげる」

「さっきまでアイとインタと一緒にいても気が紛れなかったが、おまえに焼肉に誘われたら……俺はさっきあった嫌なこともどうでもよくなった。わかるか? おまえといると俺は気が楽になる」

トンはその手を差し出してチョンラティーの手を掴んだ。互いの手の大きさの違いは明らかだったけれど、互いの手のぬくもりはさほど変わらなかった。

「トンは僕と一緒にいると気が楽になってくれる。僕もトンといると安心するよ」

「ベイビー・チョン」

「え?」

チョンラティーはトンの呼びかけに驚いて、思わず顔をひきつらせた。認めるよ。照れてるって。すごく照れてる……。

「お返しに呼んでみた。可愛らしくておまえにぴったりの呼び方だ……知ってるか？　おまえはたくさんの人に好かれている。ポピュラーアワードは絶対に逃さないだろう。俺がバラを渡さなくてもおまえはたくさんもらえると思う」

「でも僕はトンからもらいたい。買ってよ。焼肉代の代わりに」

「俺からもらいたいっていうなら、買ってやるよ。でも今日のメシは俺に奢らせろ。わざわざ俺の学部まで慰めに来てくれたしな」

そう言ってトンはチョンラティーの手をしっかり摑み、立ち上がる時に支えとして使った。

そのときふたりの背の高さはほぼ同じだった。トンが階段の二段下に立ったからだ。そしてトンが振り返って言った。

「もしおまえが女なら、俺はとっくにおまえを口説いていた」

「僕は女の子じゃないよ」

……好きになったり、口説いたりしちゃダメなの？

「そんなにビックリするなよ。おまえが男なのはわかってるし、俺も男だ。俺が言ったことは忘れろ。さっき叩かれたから、それでおかしくなったんだと思ってくれ」

「そんな冗談は二度と言わないで。何だか嫌な感じだ」

「ああ。短い足で頑張って俺についてこいよ」

「うん。わかった」

トンは背を向けて長い足でチョンラティーの前を歩き始めた。

チョンラティーはトンの広い背中を見つめながら、一歩引いた方がいいのか、それとも居心地のいい存在として側にいた方がいいのかわからずにいた。

第11章

チョンラティーは狭く汚いトンネルの中で銃を構えて立っていた。

前方で点滅する電球を見ていると頭に血が上ってくる。両手に武器を持ったままこのトンネルの中を長い間、走り回っていた。

チョンラティーは何かが現れるのを待ち、ぜいぜいと荒い息をしながらその場で立ち止まった。

しかし、何も出てこないので小走りで先に進む。トンネルを抜けると、すぐに広場にたどり着いた。

そこへ無数のゾンビが目の前に現れた。チョンラティーは思う存分銃を撃ちまくってそれらを次々と倒していく。

「めちゃくちゃ多いな」

「トンは後ろの方を撃って。僕は前の方を撃つから」

チョンラティーはトンにそう言ったが、実際トンの姿は画面には映っていなかった。しかし、それには構わず、自分が撃った銃の音と狙っているゾンビの頭部に集中していた。

ゾンビを狩るゲームを始めたのは、焼肉を食べた後だった。チョンラティーもトンもふたりともまだ部屋に帰りたくなかった時に、たまたまＶＲゲームセンターの前を通りかかったのだ。面白そうだったので、チョンラティーはトンを引きずって中に入った。たまたま入っただけなのに、チョンラティーとトンはこの中にもう二時間もいた。

「先に死んだ方が、今度夕飯を奢《おご》るんだぞ」

「心配ないよ。トンの方が先にゾンビにやられるに決まってるからね。ゲームにさえ初心者だってバカにされてるんじゃない？　もっと頭に狙いをつけないと」

「実はおまえもゲーム好きだな」

「話しかけないで。気が散るから」

ゾンビに顔に爪を立てられ、チョンラティーは不機嫌な声でブツブツ言った。そしてトンのことは気にしないと決めた。

「You Died」というメッセージが画面に出た時、初めて我に返った。

「ゲームにハマる人の気持ちがわかったよ。別世界に入り込むようなものだからだね」

VRゴーグルを頭から外しながらチョンラティーはトンに言った。内心はあと一時間くらいプレイしたいと思ったが、先に死んでしまったトンから、もういいやめろ、と言われてしまったのだ。

「僕があいつを撃ったのを見た？　頭に命中した」

「おまえが何かに集中していると、面白いな」

「だって楽しいもん」

チョンラティーはトンの言葉に呆《あき》れ、肩をすくめた。チョンラティーは歩幅を広げるように相手の後を追いかけて店を出ると、トンと肩を並べて歩いた。

「部屋に戻りたいか？　それともまだどこかへ行くか？」

「すぐに帰ろうよ。もう夕方で渋滞が始まるから」

「恋人を作ろうと思ったことはあるか？　チョン」

トンがいきなり聞いてきたので、周りを見回していたチョンラティーは、つまずきそうになった。

恋人を作るだなんて想像もしていない。トン以外の人を好きになるなんて考えたこともないのだ。

「ないよ」

「好きな人はいないのか？　彼女を探せよ。おまえは小柄で女の子みたいに顔が可愛《かわい》いが、彼女がいれば誤解されて男に口説かれないで済む。あるいは筋肉をつけるとかな」

「どっちもしたくないし彼女は欲しくない。筋肉作りについては運動場を一周しただけでも息が切れそうだから無理だよ」

チョンラティーは頭を振って否定した。ちょうどそのときチョンラティーが愛用しているボディクリームを扱《あつか》う化粧品店の前を通りかかった。目立つ造りのその店の店頭からは人々を誘うようないい香りがしていた。

そこでチョンラティーはトンの服の袖を摑んで引っ張った。

「トン、家からクリームを持ってくるのを忘れたからここで買っていい？」

「おまえは女みたいだと言われたばかりなのに、クリームを買うのか？」

「普段はあまり塗らないけど、冬場は風が強いから肌が乾燥するんだ。すぐに戻るから店の前で待っててていいよ。買いたい香りは決まってるし」

そう言ってチョンラティーは目を細めた。

お湯でシャワーを浴びるようになったせいで乾燥し始めた腕をトンに見せると、神殿にいる白蛇ほどではないが腕の表面が白くなっていて、明らかに肌が乾燥しているのがわかった。

「俺も一緒に行く。化粧品の店にいったい何があるのか興味があるしな。色も香りも全部同じなのに、女たちは店に入ったらいつもなかなか出てこない」

「同じじゃないよ」

チョンラティーは先に店に入った。クリームのテスターを二つ手に持ち、トンに香りを嗅がせた。

「例えばこの二つのクリームの香りは違うよ。匂いを嗅いでみて。こっちは爽やかな香りで、もう一つは甘い香りだ。僕はこのブランドが好きなんだ。母さんがいつも甘い香りのクリームを使っていたから。これは母さんのお気に入りの香りなんだ」

「それでおまえはどっちの香りを使っているんだ？」

「こっちだよ」

そう言うとチョンラティーは水色の容器のクリームを二つ手に取ってトンに見せた。

「この香りの印象は？　この香りを嗅ぐと、どう感じる？」

「なんか……力が抜けそうだ」

素晴らしい！

「セクシーな香りってこと？」

チョンラティーは勢い込んでトンに唾を飛ばしそうになったので、慌《あわ》てて手で口元を隠した。チョンラティーが使っているクリームは、相手を夢中にさせるようなミステリアスな香りなのに、なんで力が抜けそうという表現になるのかはわからないが。

「でもいい香りだ」

「それじゃあ会計してくる。トンは何もいらないよね?」

チョンラティーは照れ隠しのために咳払《せきばら》いをしてトンに何か欲しいかと聞いたが、彼が首を振ったので、その場から離れて支払いに行った。


結局渋滞にはまってしまい、寮に戻ったのは思っていたよりも遅くなったので、夕飯を寮の一階の店で簡単に済ませた。

ゲームで負けたトンが当然のように夕飯を奢ってくれた。よく考えてみると今日のトンは一日中チョンラティーに食事を奢っている。朝食のおかゆに昼食の焼肉、そして夕飯は目玉焼きを乗せたレバーのガパオだ。

「俺はこの後七時からバスケの練習がある」

トンは大学の制服を脱いで、籠《かご》に入れた。トンがチョンラティーの方を向いて水の入ったコップを差し出したので、錨《いかり》のタトゥーがよく見えた。

「大学でやるの? 僕も一緒に行ってもいい? 部屋にひとりでいても何をしていいかわからないし」

「おまえはやらないで見ているだけか？」

「うん。ダメなの？」

「いいぞ。でも見てるだけは飽きないか？　練習は夜の九時か十時まで続くから……こうしないか？もしおまえが途中で飽きたら、先に車で帰れ。練習が終わったら俺は友達に送ってもらう」

「夜の十時でしょ。全然待てるよ。本を持って行って読んでるから」

「それなら好きにしろ。着替えが終わったらすぐに出かけるぞ」

トンは寝室に行き、バスケットのユニフォームに着替えてすぐに出てきた。手には靴下を持っていた。

チョンラティーはネクタイとベルトを外しただけで、革靴をサンダルに履《は》き替えた。本を一冊手に持つ。これだけでトンのバスケの練習を見に行く準備ができた。


高校と大学はかなり違うとチョンラティーは思った。自分の通っていた高校ならこんな時間になれば扉が閉められて静まり返っているはずだ。でも大学の構内はこの時間でもにぎやかだった。散歩している人、自転車に乗っている人、ジョギングしている人から、囁《ささや》き合っているカップルまでいた。

「こいつはチョン。俺の弟だ」

そうトンのバスケ仲間に紹介されたチョンラティーは、一斉に視線を向けられて委縮してしまい、思わずトンの大きな背中の後ろに隠れた。

「おまえが投稿した写真を見て可愛いと思ってたけど、実物はものすごく可愛いな。どうりで、まだコンテストをやっていないのに、今年のポピュラーアワードがもう決まっているという噂《うわさ》だ」

「誰が選ばれるんだ？　いつもの年のように、また医学部のヤツらか？　それでコンテストはもうやらないのか？」

「おまえの弟だよ。天然ボケもいい加減にしろよ」

トンの友達は笑いながらツッコミを入れた。その同じタイミングでトンがチョンラティーを振り返り、両方の手でチョンラティーの頬をぷにぷにとつねった。

「トン、痛いよ！」

チョンラティーは声をあげて逆らうと、トンの両方の手首を掴んだ。抗議しようとしてトンの顔を見上げたが、すぐに目を逸《そ》らした。トンが優しげな愛情深い目で自分を見ていたからだ。けれどそれはほんの一瞬のことだった。ピアスを付けた眉が文句をつけたそうに跳ね上がった。

「こいつはちっともイケメンじゃないぞ」

「でもおまえの弟が可愛いことは否定しないだろ？」

トンの友達は筋肉質なトンの腕を取ると、バスケコートの方へ引きずっていった。

「練習するぞ。チョン、また後でな」

「うん」

チョンラティーはトンが手を離したばかりの自分の頬を確かめるように両手で触りながら、友人たちと一緒に小走りでコートに向かうトンの姿を目で追った。

しばらくするとトンがいつものように上半身の服を脱いでいるのが見えた。手に持ったボールを地面に叩きつけた瞬間、トンの表情が険しいものに変わった。

チョンラティーはトンをこっそり眺めるのが大好きだった。だから応援席に上がることにした。彼の姿がよく見える場所を見つけると、チョンラティーは腰を下ろした。

トンは足が長いから軽く走るだけでプレーできてしまう。十歩走るだけでも、コートの半分までいく。周りのメンバーは彼についていくだけで息切れしていた。

コートの中のトンはとても魅力的だ。トンの間が抜けていて時折お茶目になるイメージは、流れ落ちる汗と共に消え去った。

彼のことをずっと見ているだけで飽きなかった。トンがボールをカットし、シュートを決める瞬間は、毎回入りますようにと祈ってドキドキした。

ロングシュートは入ったり外したりしていたが、至近距離でのシュートは絶対に外さなかった。レイアップする時は毎回高くジャンプし、ダンクを決めた後には、ゴールリングの端に摑まり体をかっこよく揺らした。

トンはその動作を何度も繰り返したが、チョンラティーがスマホで写真を撮れたのはたったの一度だけだった。

チョンラティーがコートの方を見ていない時も、バスケットボールを叩きつける大きな音や、声援がずっと聞こえていた。チョンラティーは撮ったばかりのトンの写真をタグ付けしてＳＮＳにアップロードしていた。

キャプションを何と書こうか考えながらふと顔を上げると、こちらを見ているとんでもなく強い視線に気がついた。トンはこちらを見て微笑んでいたが、自分にボールをパスされるとチョンラティーから目を離した。

いきなりナイ先輩の言葉が頭に浮かんだ。

ああ！　とんでもなく強い！

この普段あまり使わない表現は、今撮ったトンの写真の雰囲気によく合っていた。そこで久しぶりの投稿にその言葉を書き、スマホを側《そば》に置いた。それからはスマホを見ないつもりだったのに、画面が明るくなりアンプ先輩からメッセージが送られてきたことに気がついた。


トンのことが好きなの？

付き合ってるの？　ちょっと会わない？　チョン君

答えるべきか無視するべきか迷って、チョンラティーはじっと考え込んだが、最終的には自分が丁寧だと思う言葉を選んで返信した。

会うのはやめましょう。僕はトンの弟以外の何者でもありません

それならお願い。トンを返して

チョンラティーはメッセージを読み終わるとスマホをミュートにしてスリープさせ、自分の側に置いた。両方のまゆげがほとんどくっつきそうなほど、眉間《みけん》にしわを寄せた。聞いた話ではアンプ先輩の方がトンを捨てたのに、図々しく返してくれと言ってくるなんて。

勝手なことを言って!

徐々にイライラしてくる気持ちを振り払うようにチョンラティーは頭を振った。ふとコートの方を見ると、練習は終わっていた。トンはチョンの方をじっと見て大声で叫んだ。

「チョン、飲み物を買いに行こう。喉が渇いた。菓子を買ってやるから付き合ってくれ」

……そのおかげでチョンラティーは頭痛の種であるアンプ先輩の話をひとまず忘れることができた。

チョンラティーはパジャマを着てバスルームから出てきた。お気に入りの香りのボディクリームを塗ったことで機嫌が直った。いい匂いのする自分の腕に顔を寄せてその香りをずっと嗅いでしまう。するとそれを見たトンが広いベッドの上で髪を拭《ふ》きながらからかってきた。

「腕を食うか? 包丁を持ってきてやるよ」

「いい匂いだから嬉しくて」

「おまえがバスルームのドアを開けてからずっといい匂いがしていた。塗ったんじゃなくて、それで体を洗ったのは間違いない……」

「匂いが強過ぎる？　眠れない？」

チョンラティーは腕を下ろし、自分の寝る位置へ移動した。

トンがこの香りのせいで眠れなくなるんじゃないかと心配になった。寝床に匂いがつくのを嫌がる人もいることを忘れていたが、トンの返事を聞いてチョンラティーはほっとした。

「俺は頭を枕につけた瞬間に寝落ちする。電気を消せよ、眠い！」

「トン、僕の寝場所に入ってこないで。もっとそっちに行って」

チョンラティーは、自分が普段寝ている場所に大きな体が横たわったので、力いっぱい手でそれを押しやった。そのまま相手に背を向けてベッドに横になる。

「おまえはいつも俺に背を向けて寝るんだな。恥ずかしいのか？」

「そんなことないよ。僕はこっち側に体を向けた方が寝やすいんだ。ところでどうして僕が背を向けているって知っているの？　トンはこっちを向いて寝ていたの？」

「うーん、ときどきおまえの方を向くと、いつも俺に背を向けて寝てるからな。寝相がいいからひと晩中同じ姿勢で寝てるし」

「僕が朝起きると、トンはよく足や腕を僕に乗っけているよね。あれすごく重いよ」

「だから最初にベッドを別々にするかと聞いたのに」

「僕はそのためにベッドを買ったり部屋の模様替えをしたりなんて面倒なことはしたくない。もう寝よう。眠いんでしょ」

チョンラティーは無理やり会話を打ち切り、電気を消した。

暗闇の中でベッドに横になったトンの影が見えた。聞き慣れたエアコンの音に混じってトンのいびきが聞こえる。チョンラティーの体から発するクリームのよい香りが、トンの体臭にかき消されていく。

自分の体の匂いはあまり気にならないけれど、近くにいる人の匂いは逆に気になるものだとわかった。人は相手から出るフェロモンで恋に落ちると聞いたことを思い出したが、確かにそうかもしれない。なぜなら今チョンラティーは、鼻先をくすぐる匂いにうっとりしているからだ。

「俺はもう平気だ。アンプに会っても何ともない」

トンは静けさの中で唐突に話しかけてきた。相手が何を言おうとしているのか見当がつかなかったので、チョンラティーは聞き返した。

「うん。それはいいこと？　悪いこと？」

「たぶんいいことだろ。俺は新しい恋をすべきなんだろうか」

「そんなのトン次第でしょ。僕にはわからない」

チョンラティーは不満な気持ちを押し殺して、短く答えた。

「でも俺はもう愛が何なのかわからなくなった。アンプとは長い付き合いだったから、今さら誰かと新しく始めるにはどうすればいいかわからない。それに口説き方もわからない」

「トンが誰かを愛したら、どう口説けばいいかは自然にわかるよ。もう考えないで。寝よう」

「おまえは恋人がいたことがあるのか？　愛について詳しそうだけど」

「ないよ。でも愛が何であるかはわかってる」

急に眠気に襲われ、チョンラティーは目を閉じた。小さなことにこだわり、眠れないなんてことはない。この環境で眠ることにはもう慣れてしまったから。

トンが好きだ。近くにいると愛《いと》しくて自分のものにしたいと思ってしまう。

でも結局は心が折れて、自分のいるべき場所に立ちすくむ。それを「片思い」と言う。

「恋人がいたことがないのに恋愛がわかるって……変なヤツだな」

「ただ愛しているだけだよ。でも相手と付き合える立場にいないだけ」

チョンラティーが目を閉じると、トンの規則正しい寝息が聞こえてきた。あたりは静まり返っている。お互いの匂いのせいで、恋する雰囲気が生まれてきた。

お互いへの感情がどうやって生まれて、どう変化していくのか説明がつかない場合もあるし、本人が気がつかない場合もある。


浅い眠りについている時に、体に熱が伝わってきた。誰かが寝ている自分の体を触っているようだった。耳元と首の付け根に誰かの顔が近づくのを感じる。チョンラティーが目を開けると、部屋は真っ暗なままだった。

でも自分の体に起きた違和感は現実のものだった。

「うう……」

という唸《うな》り声が聞こえた。チョンラティーの体を押す力がさらに強くなったが、押されている体の部位は腕から腰に移動していた。

「本当にちっちゃいな。最近どうしておまえをますます可愛く感じるんだろうな。おまえのクリームのせいか？　いい匂いで落ち着かなくて眠れない」

それはトンの声だった。そしてトンの手は……チョンラティーの臀部《でんぶ》へと移動した。

「体が柔《やわ》らかいし、肌もすべすべだ……もっと触らせてくれ」

熱い手が足の付け根を摑んだ時、夢うつつの状態だったチョンラティーの意識がハッキリと覚醒し、自分の身に何が起きているのかを把握した。

そしてこれが夢ではないと確信した。トンは手をチョンラティーの短パンの中に入れて……チョンラティーの足の付け根を撫《な》でている。

自分の身が危険なことに気がついたチョンラティーは、体の向きを変えると大きな目で自分の上に覆いかぶさっているトンを見つめた。そこで相手は動くのをやめたが、彼の手はそのままチョンラティーの足の付け根に置かれたままだった。

セクハラの現行犯だ……。

「何をしているの？」

「俺は……」

「なぜトンは僕の足を触っているの？」

言われて急に意識を取り戻したかのようにトンはチョンラティーの足から手を離した。チョンラティーが鋭い目つきで暗闇の中を見ると、苦虫を噛みつぶしたような複雑な表情を浮かべているトンの顔が見えた。

「俺にもわからない。ただ触りたかっただけだ。驚かせたなら、悪かった」

「……何をするつもりだったの？」

「俺は……わざとじゃないんだ」

そう言うとトンは起き上がり、ベッドから降りた。どうしたらいいかわからないようで、トンはそのまましばらくそこに立っていた。チョンラティーはそのとき彼のため息を聞いた。やがてトンは部屋を出ていった。

ひとり残されて、自分の身に何が起きたのかわからないまま、チョンラティーはただ呆然《ぼうぜん》としていた……。

第12章

高級マンションのとある一室。その部屋のドアが眠たげな目をした者の手によって開けられた。異様に眠そうなのは、深夜に電話の音で叩き起こされたからだ。

トンが電話をしてきて、部屋に入れてくれと頼んできたのだ。そして顔を合わせるやいなや、ナイの口から汚い言葉が出てきた。

「トン、このクズ野郎。俺は寝てたんだぞ」

「俺はいったいどうしたんだろう?」

トンはリビングの真ん中にあるソファーに横になった。気分を落ち着かせて、夜中にチョンラティーの足を撫《な》でた理由を一生懸命に考えたが、いくら考えても理由がわからなかった。この問題の答えはたぶん……。

「俺は頭がおかしいんだと思う」

「おかしいなら、医者に行けよ！　朝の四時に俺の部屋に押しかけてくるな。眠いんだよ！」

ナイがトンに向かって叫ぶと、ちょうど寝室から出てきたアイがその言葉に身をすくませた。それからアイはソファーまでやってくると、ナイに膝枕をしながらその肩にキスをしてなだめた。

だ。

「何があったんだ?」

アイはトンが部屋に来た理由を尋ねた。急に起こされたので、まだ頭が少しぼんやりしているようだ。

「俺は頭がおかしくなった」

「おまえはおかしいんじゃない。バカなんだ。このバカ、話せよ。何があった?」

ナイはトンに早く話すように自分の足でトンの足を蹴って催促してきた。

「俺がチョンと同室なのは知ってるよな?」

「まさかあの子を襲ったとか言うなよ!」

トンの言葉を聞いた瞬間、ナイは完全に目を覚まし、目を大きく見開いた。アイの膝枕から飛び降り、バカな友達であるトンの顔を凝視した。

「さっさと説明しろ……」

「俺はあいつに何もしていない。でも最近自分がどうなってしまったのかわからない。チョンがとても可愛《かわい》く思える。あいつからとてもいい匂いがするから……あいつが寝た時に匂いを嗅いでみたら、いい気分になって無意識のうちにあいつの足を撫でていた」

「信じられない。俺ならさっさとヤッてるね」

「まず話を聞け……こういうことだ。あいつが目を覚ました時に俺はどうしていいかわからなくなって、悪かったと言って部屋を出てそのままおまえのところに来たってわけだ」

「チョンとセックスしたいとか?」

トンとナイが黙っていたので、アイがいきなりそう言った。アイはソファーに寄りかかりながら友人の悩む顔を見て、からかったことを反省すると、トンを優しい眼差しで見つめた。

「違う。俺はただ……ただ……よくわからない。俺は男だ。チョンも男だ。あいつとセックスしたいとは思わない」

「俺の友達は本当のバカだ。おまえは本当に気がつかないのか？」

ナイは信じられないという顔をしてわざと大声で笑った。

「何に気づくんだ？」

「チョンが……」

「ナイ、こいつに言わなくていい。自分で気づかせろ」

アイはナイの体を引っ張り、座らせた。彼は恋人の耳元で何かを囁《ささや》いた。そしてナイもわかったというふうに頷《うなず》いた。

「何が言いたいんだ？　俺は何に気づかないといけないんだ？」

「おまえはチョンのことが好きなんだ」

アイがそう言うと、トンは黙った。トンはそう言われてもにこりともせず、むしろアイに殺意を込めたような目を向けた。

「冗談を言うな。俺はあいつを好きじゃない」

「おまえがチョンを好きじゃないなら、なんであの子の写真を毎日SNSにあげる？　なぜあの子の体に触りたがる？　それに誰かがチョンを口説くと、あからさまに嫌そうな顔をするだろ。ナイがチヨンに話しかけた時もそうだった」

「そうだ。やきもちを焼いている」

ナイもアイの言葉に同意した。普段はアイに反発してばかりなのに。

「あいつは俺の弟だ。しかも俺は男だし」

「俺も男だし、ナイも男だ。でも何の問題もなく愛し合っている。恋や愛に性別は関係ない。気にするなんてナンセンスだ」

「俺はチョンのことを好きじゃない……」

トンの声がなんとなく小さくなった。自分が何を考えているのか自信がなくなった。

「好きじゃないならそれでいい。誰もおまえに強制はできない。それで……チョンをひとり部屋に残して出てきて大丈夫なのか？」

「もう少ししたら帰る。でも一緒に考えてくれ。あいつに何て言えば、俺が変態だと思われないか」

「あの子を気にしているんだな。わかった！　好きじゃないなら信じてやってもいい」

ナイはぶつぶつ言い、それ以上何も言わなかった。もしもアイがトンに自分で気づかせろと言わなければ、朝まで説教を続けていただろう。

「余計なことはいいから、早く一緒に考えてくれ」

「寝ぼけていたと言えばいいだけだ」

「あいつは信じるのか？　……だって俺は寝ぼけていなかったし、ただ、我を忘れていただけだ」

「チョンはたぶんわかってくれると思う。俺が彼と話した限り、チョンは冷静な人間で余計なことは考えない。理解が早い。おまえにお似合いだよ。おまえの大事な弟として」

と皮肉を言った。アイは何かを聞こうとしたが、やめた。

「俺はあいつに誤解されたくない。本当に嫌なんだ。あいつが俺に不信感を持ったらどうしたらいい。以前と態度が変わったら困る。あいつは俺を警戒すると思うか？」

「さっさと帰ってしっかりと話し合え。こんなの大した問題じゃない。それともここで寝て、朝になったら帰るか？　寝るならソファーで寝ろ。俺は部屋に戻って寝る」

アイは立ち上がって伸びをした。首を振って肩のこりを和らげ、意味ありげに眉をぴくりとさせて目の前にいる友達に聞いた。トンはアイの予想通りに答えた。

「今すぐに帰った方がいい。早く話し合いたい」

「そうか。頑張れよ」

アイはトンの分厚い肩を強く叩いて送り出した。真夜中の侵入者がドアを閉めて出ていく音を聞くと、ナイを寝室まで引きずっていった。

「アイ。トンは大丈夫だろうか」

「知らない。自分には関係ない」

「他人事じゃない。俺の親友だ。あいつはバカだから、フォローしてやらないと」

「それならまず、あいつがチョンを好きだと認めさせろ。フォローするのはそれからだ。どうだ？」

「ああ……」

「とりあえず寝よう。眠過ぎて瞼《まぶた》がくっつきそうだ。おまえぐらい目が細くなってしまった」

「そうしよう……アイ‼」

その後しばらく何やら話をしていたふたりだったが、やがて言葉少なになり……そこから先はふたりだけの甘い時間を過ごした。


チョンラティーは寝室を出ると食卓に座りため息をついた。

トンが部屋を出ていってから、チョンラティーは寝室で約三十分かけて気持ちを落ち着かせた。なぜトンがあんなおかしなことをしたのか状況を整理しようとしたが、いくら考えてもよくわからなかった。そして最終的にはトンを探しに寝室を出た。けれど居間は空《から》っぽでトンの気配すら感じられなかった。

あまりにも静かなので、いろいろ考え込んでしまう。するとそのとき、部屋のドアが開いてトンの大きな体が入ってきた。

ふたりは食卓で顔を合わせ、互いにテーブルの端と端で向かい合った。

「どこへ行ってたの？」

トンが口を固く閉ざして何も話さないので、チョンが先に口を開いた。

「ナイのところに行ってきた。だけど、おまえと話した方がいいと思って戻ってきた。……さっきの俺がおまえの足を触ったことだ」

「うん」

何を言っていいかわからないので頷くしかできなかった。エアコンが効いているのにもかかわらず、じっとりと汗が滲《にじ》んだ手をテーブルの下に隠し、手のひらを擦った。なぜ汗が滲むのかはわからない。

「俺に悪気はなかった。ただ触ってみたいと思っただけで、それ以上のことは特に何も考えていない。すごく変な話かもしれないが。つまり俺は……俺は……」

「僕に対して特別な気持ちはないの？」

チョンラティーはありったけの勇気を振り絞って、気になっていたことを聞いた。特別な関係になっていないのに、手を出されたことに対していい気分はしなかったから。

チョンラティーは答えに期待していたけれど、トンの返事は期待していたものとは真逆だった。

「いや、俺は何も考えてなかった。ただおまえの足がおまえの頰と同じぐらい柔《やわ》らかいか知りたかっただけだ。でも安心しろ。俺はおまえをそんな風に好きじゃないし、兄弟以上の感情はない」

「それじゃあ正直に言うけど、何ともないと言われても信用できない。これからも一緒のベッドで安心して寝られるかどうか心配だよ」

正直なところ……傷ついた。

「もう二度とこんなことは起こさないと約束する。俺もなぜあんなことをしたのか自分のことが理解できない。でも、もうしないと約束する」

もう……どうでもいいや。

「僕に近づいてくるのが男ばかりなのを気づいたことはある？　何て説明すればいいかな。僕は男が近づいてくると敏感に反応しちゃうんだ」

そう言ってチョンラティーは自分のうなじを撫で、遠回しに自分は男が好きだと伝えた。

「つまりおまえは同性に対して自分が魅力的だから、俺がおまえを触ったと言いたいのか？」

「そうじゃない」

「じゃあ、何だ？」

「ここから引っ越して一人暮らしをしようと思う」

「ダメだ」

トンの顔から血の気が引いた。そのまま椅子の背もたれに寄りかかって黙っていたが、しばらくするとまた話し出した。

「何を怒っているんだ？　俺は謝っただろ」

「怒ってないよ。でも僕はゲイだ」

とうとう言ってしまった。

「……おまえ」

「ごめんね。ずっと騙《だま》していて。それに実は僕はずっとトンが好きだった」

長い沈黙があった。それにチョンラティーは耳鳴りがして、ほとんど何も聞こえなかった。

息苦しかった。

でも今の状況を受け入れられた……。

「そうしたら俺は何て言えばいいんだ？　俺もゲイだと言えばいいか？　どうすればいい？　このこ

とを最初から言わなかったおまえを怒ればいいのか？　それとも落ち込めばいいのか？　いったいどうすればいい？　俺はどうしていいかわからないよ、チョン」

チョンラティーはひどく冷静だったし、言い返すこともなかったが、漆黒の大きくて丸い目には失望と混乱の色が浮かんでいた。

「僕は出て行かないと」

「おまえの好きにしろ」

突き放すようなトンの冷たい態度に、チョンラティーは目頭を押さえた。

涙がこぼれ落ちないように必死でこらえる。

打ち明けたらこんな結果になるだろうということはわかっていた。そして泣かないようにしっかりしようと思っていたのに、結局は自分の気持ちを抑えきれなかった。

長い沈黙の後、チョンラティーは思いきって立ち上がった。一方、トンは何も言わずに黙って座ったままだった。チョンラティーが寝室に戻り身の回りの物を荷造りしても、居間に戻りお別れを言ってもトンは無視した。

チョンラティーは一言だけ彼に言った。

「二、三日以内に実家の使用人に荷物を引き取りに来させるから取っておいてね。僕に怒って捨てたりしないで」

別れの時はちょうど夜明けだった。

今朝の太陽は美しくもなければ、温かみもなかった……。

第13章

チョンラティーにとって運がよかったことに、今日は午前中しか授業がなかったので、午後はイチゴシェイク入りのグラスを持って、ゲムの部屋に逃げ込んだ。そのときチョンラティーは、自分の前髪をゲムの私物のリラックマのゴムで結んでいた。

本来ならグラスの中身はシェイクではなくやけ酒のビールであるべきだろうけど、以前ビールを口にした時の苦みがあまり好きではないので、ビールはやめて甘い飲み物にした。

「あんたのせいで私は授業をさぼってこんなに退屈してるんだけどわかってんの？　チョンラティー！」

キンキンと喚《わめ》く声が机とお揃いの椅子の方から聞こえてきて、床をじっと見ていたチョンラティーは視線を上げた。目の前のゲムは制服を着ていた。見慣れない姿だったが、結構似合っている。

チョンラティーはゲムが何かのコンテストの話で愚痴るのを何度も聞いていて、飽き飽きしていた。トンの部屋を出てから、周りへの関心がだんだん薄れてきているのを感じていた。授業が全く耳に入らなかったくらいだ。タクシーを呼んでゲムの大学に行くように伝えた時には、もう頭が働いていなかった。授業があったゲムをさぼらせてまで自分を迎えに来させたので、彼女は今こんなに文句を言っているのだ。

「しんどいの。嫌な気分だよ。ここに来る前に偶然トンとすれ違ったけど、あたしの顔を全く見ようとしなかった」

チョンラティーはそう言って大きくため息をついた。グラスを持ち上げシェイクを飲もうとしたが、そのときの状況を思い出したら飲む気が失せた。

授業の後に学部棟を出たところでトンに会った。相手は自分のことを絶対に見たはずだ。でも声をかけてこなかった。そしてわざと別の方向に顔をそむけた。

「トンはたぶんショックを受けたんだよ。それにしてもなんで急に打ち明けたの？　せっかくずっと隠してきたのに」

「ずっと黙ってることにもう我慢できなかったから」

「それであんたはどうするつもり？　今はもう顔も合わせられない。荷物もまだ部屋に残っているんでしょ？」

「うーん、母さんには引っ越したいと言って使用人に荷物を取りに来るように伝えたし、車も持ってくるように頼んだ。でも新しい寮に入れるのはたぶん明日だよ。だから今日はここに泊めて」

床から立ち上がって、大きなベッドの上に体を横たえると、柔《やわ》らかい枕を抱きしめた。

「さすが金持ちの子供はやることが違う。私もあんたを泊めてあげるのが当然だと思ってる？」

「だって、どうしようもないでしょ。ねぇ、トンはまたいつかあたしと話してくれると思う？　それとも関係はずっと壊れたままになっちゃうかな？」

「私はトンを知らないから何とも言えないわ。でも今言えることは、あんたは死んだように寝ていないで、立ち上がりなさいってこと。そんな状態見ていられないよ」

「何が見ていられないの？」

チョンラティーはそう聞きながら寝返りを打ってゲムの方を見た。相手はベッドの側《そば》に立ち、手を腰に当ててチョンラティーを見下ろしていた。

「前髪が伸び過ぎて目に刺さりそうだし、レンズの大きなメガネが顔を半分隠している。唇を見せて。ええ！　可愛《かわい》い唇の皮が剝《む》けるほど乾燥しているじゃない。ちゃんとお手入れしてるの？」

「たまにはしてるよ。今は憂鬱《ゆううつ》だから面倒くさくて」

「失恋したっていいじゃない。また他の人を好きになればいいのよ。でもその前にまずは自分を好きにならないと。ほら起き上がって顔を洗ってきて。気持ちが晴れるようにお手入れに連れて行ってあげる」

ゲムはチョンの腕を摑んで立たせた。そして無理やり洗面所に顔を洗いに行かせた。

「あたしがきれいになったら、トンは後悔するかな？」

「後悔するかどうかはわからないけれど、もしあんたがきれいになったら、間違いなくプレミアムクラスの男が寄ってくるよ」

「夫を持つように応援してくれるんだね」

「トンより百倍素敵な新しい彼氏を探しなさいよ」

チョンラティーを洗面所に行かせることに成功したゲムは、満足げに笑った。

チョンラティーは近い将来、トンとのことを思い出に変えて、トンよりも心から好きになれる人に出会えればいいと願った。

でも今は気が重くて仕方がない。


鏡を覗くとその中にチョンラティーのイメチェンした姿が映っていた。

レンズの大きなメガネを外し、コンタクトレンズを付けた。小さな顔が露《あらわ》になり、薄茶色の丸い目が顔の中でより際立って見えた。額を覆い隠していた真っ黒な前髪を短く切って形を整え、髪の色のトーンを少し上げたので、以前よりも肌が健康的な色に見えた。自分がいい方向に変わったと思った。

「今の髪の色はあんたに似合ってるわ。真っ黒だった時は肌の色が不健康そうに見えてたもの」

「確かにいいね」

そう言ってチョンラティーは頷《うなず》いた。確かに前よりも満足している。

やっと鏡の中の自分から目を逸《そ》らし、まだ髪を乾かしているゲムに聞いた。

「今夜は何を食べようか？　お腹が空《す》いてきちゃった」

「なんでもいいよ」

「なんでもいい、はやめてよ。あんたの大学の近くの店を知らないから、紹介して」

「大学の隣のステーキ屋にしよう。まあまあ美味しいから。ところであんたの携帯鳴ってない？」

ゲムは髪のセットを終えたチョンラティーがまだ立ち上がりもしないのを横目で見て、振動していたのがチョンラティーの電話だと指摘した。案の定着信が入っていた。
「トンだ。なんでかけてきたんだろう?」
「出なよ。そうしたらわかる」
「出ない。今は声を聞きたくない。後でラインすればいいから」
言いながらトンのコールが切れるまで待ち、おもむろにアプリを開いてメッセージを送った。

僕に電話してきて何の用?

どこにいるんだ?

友達と一緒だよ

おばさんが、明日使用人が荷物を取りに来ると連絡してきた

トンは都合が悪いの?

彼は画面上のメッセージから目を離さずに、深くため息をついた。

都合は悪くない。本当に引っ越すんだな?

うん。母さんにはプライベートが欲しいから、一人暮らしをしたいと言った

おまえがおばさんに何と言ったかは気にしていない。でも俺は……

トンが〝でも……〟という言葉を書いたまま数分が過ぎた。どれだけ待っていてもトンが〝でも……〟の続きを書かないのでチョンラティーの方から返信した。

でも　何?

気にするな。今夜は友達のところに泊まるのか?

うん

チョンラティーは舌打ちした。結局、心配しないで、と送ろうとしたメッセージを削除した。トンは自分のことを心配してなどいないだろう。それで会話が終了したと思い、スマホをズボンの

ポケットにしまった。

「結局まだ連絡を取り合っているんだ」

ゲムはそう言いながら首を振って髪を乾かした。

「連絡は取ってるけど、前とは違う。トンはただ明日うちの使用人が荷物を取りに来ることについて電話してきただけ」

「何を期待していたの？　そんなガッカリした顔をして」

「べつに。さぁ、ご飯に行こう」

チョンラティーは口元に笑みを浮かべ、何でもないと頭を振って否定した。ただ、内心ではトンの「でも……」という言葉が引っかかっていたけれど。


夕食が終わるとチョンラティーはゲムの寮に戻った。明日の朝はゲムに大学まで車で送ってもらうことになった。ここからチョンラティーの大学まではかなり離れていたし、渋滞に引っかからないように夜早めに寝て翌朝早く出ることにした。

犬のぬいぐるみを抱き締めながら、チョンラティーはパステルカラーのベッドに仰向《あおむ》けに寝転がった。

今夜はいつものように横を向いて寝なかった。白いパックを顔に付けて寝ているゲムの方を向いても、トンに感じていたような戸惑《とまど》いを感じない。

「ゲム」

「あと十分待って。パックがしわになるから」

ゲムはお釈迦様のように片手を上げてチョンラティーを制した。けれど、もう片方の手でスマホをいじっていた。

それ以上話しかけるなと言われたので、チョンラティーは体の向きを変えた。天井を見ながら寝転んで、スマホを手に取ると画面をスクロールした。

フェイスブックを見なければよかったと思ったが、スクロールをしてトンとの思い出がたくさんある自分の最近のタイムラインを見てしまった。最近驚くほど増えたフォロワーの数よりもそっちの方がチョンラティーにとっては大事だ。

フォロワーのほとんどが同じ大学の人たちだった。

チョンラティーが最初に見たのはトンをタグ付けした写真だった。あの日のバスケットコートの思い出が蘇《よみがえ》ってきた。バスケットコートで獰猛《どうもう》な顔をしていたトンの写真だ。チョンラティーがこんなにもトンを好きになったのも不思議なことではない。

次に見た写真はトンとビデオ通話をした時のものだ。あの日は通話ボタンを押す時に死にそうなほどドキドキした。次の二枚の写真はトンにタグ付けされたものだ。

でも自分が岩の上に座っている写真を見たら急に胸が苦しくなった。偶然振り向いた瞬間に撮られたものだ。

そこに写っているチョンラティーの瞳には、隠しきれないほどの愛情が溢《あふ》れていた。

この写真をトンが見直したら、複雑な気持ちになるだろう。本当は削除してしまいたい。でもこの写真を投稿したのはトンだ。チョンラティーが削除できるのは自分が投稿したバスケットコートの写真だけ。

それに消したからといっても意味はない。

タイムラインから消したとしても、チョンラティーはすべてのことを覚えている。

「パックが終わった！　私に何か話があるの？」

ゲムが弾みをつけてベッドで体を起こすと、白いパックが顔から落ちた。しかも大声を出されたので不意を突かれて、チョンラティーは体を跳ね上げさせた。スマホが手から落ちる。

「何よ。これぐらいのことでそんなに驚いて。それで何の話？」

「忘れた。電気を消してもう寝よう」

チョンラティーは落としたスマホを拾い上げて枕元に置いた。部屋の主の方を見ると彼女は立ち上がって電気を消しに行き、またベッドの元の位置に寝転んだ。

チョンラティーとゲムはすぐには眠りにつかず、互いに大学生活の話をした。ゲムは話題が豊富でチョンラティーは楽しく聞いているうちに眠りについてしまっていた。

スマホが明るく光り、二、三度振動した。誰かからのメッセージが届いたようだったがぐっすり眠っていたせいで、チョンラティーはそれが夜中の三時頃に届いていたことに、全く気がついていなかった。

一緒に暮らしていた時、俺はおまえにおやすみと言ったことがあるか？
おやすみ、チョン

パステルピンクの派手なフォルクスワーゲン ニュービートルが経営学部の前に停まっていた。たった一晩ですべて手配をしてくれた母の秘書に感謝しないといけない。というのもゲムの車でチョンラティーが大学に着いた時、例の車の鍵と新しい寮の部屋の鍵を秘書から手渡されたからだ。いろいろな人たちに不思議そうに見つめられているチョンラティーを残して、秘書と実家から来た使用人たちはあっという間に去って行った。

チョンラティーは服でパンパンになっているリュックサックで顔を隠し、体を縮こまらせながら停まっている車の方に移動した。そして体を素早く運転席に滑り込ませると、車を運転して学生用の駐車場に向かった。

黒服に身を包んだマフィアのような険しい顔の男たちから、パステルカラーの車の鍵を渡されているところを見られていませんように、とチョンラティーは願ったが、その願いは叶わなかった。チョンラティーが教室に入った瞬間、そこにいた学生たちが立ち上がって散り散りに逃げていったからだ。周囲の学生たちが微妙な笑いを浮かべて去って行く。きっと今までチョンラティーについて噂《うわさ》していたに違いない。

チョンラティーはわざと彼らに気づかぬふりをしてカバンを机に置き、先に来ていたジーンとダーダーに笑いかけた。ジーンは変な顔をして何も喋《しゃべ》らなかったが、ダーダーがチョンラティーに話しかけてきた。

「イメチェンしたの？　髪色も違うし、コンタクトにしたのね。前よりもずっと可愛いよ」

ダーダーがこんなに長く喋るのは珍しい。そしてもっと不思議なことにダーダーはさらに話を続けた。

「チョンの家はマフィアだってみんな噂しているよ。でも私は興味がないからチョンも気にしないで聞き流しておきな。気にしなければ何の問題もない」

「うちは造船所なんだよ。だから作業員はあんな風に荒くれた感じに見えるだけで、マフィアじゃないよ」

チョンラティーはダーダーに笑いかけながら席に着いた。家業が何であるかを隠すつもりはなかった。でもほとんどの人は噂を信じてしまう。本当のことを聞きに来ようとなんてしない。

確かに母が仕事をする時はマフィアみたいだけど。

「チョンは実家に戻っていたの？」

今度はジーンがにっこりして聞いてきた。詮索好きの質問が始まった。

「帰ってないよ。家から車を持ってきてもらっただけ」

「そうなの？　今朝トン先輩が学部に来たけど、チョンが一緒じゃなかったから実家に帰ったのかと思った。いつもトン先輩がチョンを送ってくるでしょ？」

「トンが来た？　何しに？」

チョンラティーは眉をひそめた。教科書とノートと筆記用具を取り出し、机の上に置いた。

「実はトンの寮から引っ越したから、今日は送ってもらわなかったんだよ」

「そう……」

ジーンとダーダーはわかったというふうに頷き、それ以上は何も聞いてこなかった。でも逆にチョンラティーの方から説明を加えた。

「ひとりの時間が欲しくて引っ越したんだ。ほら、講義が始まるよ。教授が入ってきた」

自分の気持ちを押し殺すようにチョンラティーは無理に笑った。講義の内容に集中し、トンのことを忘れようと努力した。


やがて昼時になった。チョンラティーはジーンとダーダーと一緒に食堂までゆっくりと歩いて行った。ここでふたりと昼食を食べてから、午後の授業に戻ろうと思った。

メガネをコンタクトレンズに変えたからかもしれないが、以前よりも周りがよく見えるようになった気がする。

そして、初めて自分が周囲から見られていることに気がついた。チョンラティーはわざと冷静な顔をして動揺を隠した。

いつも通り混んでいる食堂の中で席を確保するため、チョンラティーは二階のベランダの片隅に空《あ》いていたテーブルを選んで腰かけ、ふたりの女友達に先に食事を買いに行かせた。

そのままチョンラティーは、座っている自分の左側にあるきれいな緑色の芝生の上に芸術学部の銅像が置いてあることに気づき、ぼんやりとそれを眺めていた。

しばらくの間ボーッと見ていて気がつくと、さっきまで空いていた向かい側の席にイケメンが座っていた。背の高い彼の黒髪は切れ長の鋭い目によく似合っていた。制服の長袖を肘《ひじ》のあたりまでまくっていたので、腕いっぱいに描かれた「THE HAPPINESS」というタトゥーの文字が目に入った。

「すみません。そこは空いてません」

チョンラティーは丁寧にそう言った。ひそひそと話す声が聞こえてくる。

「俺はナ、チョンのことが好きだ。国際学部の一年なんだけど、電話番号を教えてくれる?」

「ええっと……教えません」

チョンラティーは冷静な声で答えた。おそらくひそひそ話の話題の中心は国際学部のナに違いない。目の前にいる男がイケメンであることはもちろんだが、普段国際学部の学生はこの中央食堂をあまり利用しないのだ。国際学部にもっと静かで落ち着く食堂があるから。

「ええ⁉　なぜ?　友達にこう言えと言われたんだけど」

「友達に頼まれたの?」

「違う。欲しいのは俺だ。もう一度やり直しだ。えっと。ナです。チョンが好き……です。電話番号をくれ……ませんか？」

彼の「です」は、不自然だった。普段はあまり言ってないんじゃないだろうか。それに態度も滑稽《こっけい》で、そんな言い方をされてチョンラティーは思わず笑った。

「ナは僕の電話番号を知ってどうするの？」

ナは席を立とうとしないので、チョンラティーは脱力して椅子の背にもたれ、話を続けざるをえなかった。

目の前の相手は確かに自分のタイプだ。悪そうな態度だけど、実はトンと同じで猫みたいにおとなしくなるタイプだろう。

トンのことを考えると口元から笑みが消えてしまう。

ただ恋しいという気持ちだけが残っている。……もうご飯を食べただろうか。

「電話して口説かせてくれる？　俺のことを好きなヤツはたくさんいるよ。チョンも俺を好きになってくれない？」

「は？」

チョンラティーは今日初めて思いっきり笑った。ゲムにこの場所に一緒にいてほしかった。

何だこいつ？　人を口説いておいて、自分は人気者だから電話番号を教えないといけないと言って自分を売り込むだなんて。

「チョンは何を笑っているの？　俺は真面目だよ」

「ナは面白いね。でも電話番号はあげない」

「じゃあ俺の番号をあげる。俺に電話をかけて口説いてよ」

「それでいいの？」

今度は思わず大声で笑った。今までも口説かれたことはあったけれど、こういう口説かれ方は初めてだった。

「僕に口説いてほしければ、電話料金を払ってくれる？」

「いいよ。うちはとても金持ちなんだ。俺だけにかけるための新しいスマホを買ってあげようか？」

「そこまでする？　でも今は僕とナは友達でいる方がいいと思うよ」

チョンラティーはニコニコしながら穏便な断り方をした。

「それでもいいよ。でも俺はチョンのことを簡単に諦《あきら》めない。実は以前チョンとすれ違ったことがある。そのときチョンはメガネをかけていて、いかつい顔の人の後ろを歩いていた。だからその人がチョンの恋人かと思った。でも友達に違うと聞いたから、チョンを口説きに来たんだ。メガネを外してイメチェンしていたから最初は誰だかわからなかったけれど、とても可愛いよ」

「ナは自分の顔が強面《こわもて》じゃないと思っているみたいだね」

可愛いとほめられたことは特別なにも感じなかったが、でも〝いかつい顔の人〟という言葉が引っかかった。

「俺はそんな顔じゃない。で、友達なら一緒にご飯に行ってもいい？」

チョンラティーがナの問いに答える前に、座っているテーブルがバンと音を立てて叩かれた。太い血管が浮き上がった手と長い指を見て、チョンラティーはそれが誰の手なのかわかった。

トンだ……。

「おまえに話がある。ついて来い」

「ナは友達のところに行って。僕は兄と話がある」

チョンラティーは立ち上がり、感じよく断った。そして幅の広い背中に関心を向けた。

「トンは僕に何の話があるの？」

「おまえときちんと話をしろとナイに言われた。俺はおまえの邪魔をするつもりはない」

「わかった。じゃあ先に行って」

チョンラティーはトンが前を歩いている姿を見て唾を飲み込んだ。

後をついて行ったが、ほどほどの距離を空けた。


トンは中央食堂を出て、大学構内の小さな店に入っていった。店内には多少客がいたが、ほとんど空席がなかった中央食堂と比べると、さほど混んではいなかった。

チョンラティーは手でチノパンを擦りながら、落ち着かない様子でトンが料理を頼むのを見ていた。

「僕に話があるんじゃないの？」

「食いながら話してはダメか？　おまえはメシを食ったのか？」

「まだだよ。さっき友達と食べようとしてたけど、ここに来たから」

「さっき一緒に座っていたヤツはおまえの友達か？」

「違う……電話番号を聞かれただけ」

チョンラティーは後半だけ声を落として答えた。トンは驚いた様子で目を大きくした。

「最近はみんなオープンにしてるから。だから僕が男に口説かれてもおかしくはない」

「そんなのどうでもいい。食いたいものを頼めよ。おまえの顔を見てたらイラついてきた。誰に言われてそんな髪の色にした？　なぜコンタクトに変えたんだよ？　元通りメガネをかけていた方がよかったのに」

「誰かに言われたわけじゃないよ。自分が変えたかったから」

もごもごしながらそう言い、チョンラティーはトンの手からメニューを取り上げて、自分の食事を注文した。そうして店員が注文を復唱した時に、またトンと同じものを頼んでしまったことに気がついた……。

「昨夜俺は酔っていた」

「え？　なぜそんなことを僕に言うの？」

「おまえにメッセージを送っただろ。酒のせいだ」

「僕は……朝からスマホを見ていない」

チョンラティーは瞬きをした。手をズボンのポケットに入れスマホを取り出してメッセージを確認した。

一緒に暮らしていた時、俺はおまえにおやすみと言ったことがあるか？

おやすみ、チョン

「俺は酔っていただけだ。わかったか？」

「うん」

チョンラティーはスマホをズボンのポケットにしまい、また手で腿のあたりを擦り続けた。

「昨夜は眠れたか？」

「うん。横になって友達と喋っていたら知らないうちに寝ちゃってた」

「女友達か？　男友達か？　おまえが一緒に寝たのは」

「女だよ」

「さっきおまえは電話番号をあの幼稚な顔のヤツに渡したのか？」

「あげてない」

「よし」

チョンラティーはトンの胸のあたりから視線を逸らし、店員が持ってきた皿を見て、受け取った。水の入ったボトルの蓋《ふた》を開けようとしたが、トンの動きの方が早かった。ボトルを摑んで蓋を開け、氷の入った二つのグラスに水を注ぐと、片方をチョンラティーに差し出してきた。

「ありがとう。それでナイ先輩はトンに僕と何の話をするようにと言ったの？」

「もう忘れた。とりあえずメシを食え。メシを食い終わったら学部まで送ってやる。夕方は寮までうやって帰る？　迎えに来てやろうか？」

「大丈夫。家から車を持ってきてもらったから」

「そうか……」

チョンラティーはトンがスパゲッティーを口に運んでいるのを見ながら、ずっとまだズボンを手で擦っていた。

「トンは心配しなくていいよ。自分のことは自分で何とかできるから」

「誰がおまえの心配をするんだよ。俺は心配などしていない」

「ああそうだよね。トンは心配なんかしてないよね」

チョンラティーは肌がズボンと擦れて痒《かゆ》くなってきたのでズボンから手を離すことにした。そしてその手で自分の皿のスパゲッティーを食べ始めた。

トンはチョンラティーのことを心配していないとハッキリ言った。

急いで食事を済ませよう。そうすれば、ものすごく気まずい気持ちでトンと一緒に座っていなくてもいいから。

第14章

チョンラティーが新たに住むことになった寮は大学の前にあった。室内はチョンラティー好みのインテリアが配置されていて、部屋に戻ると一日の疲れが癒やされた。

新しい寮の部屋はトンの部屋ほどは広くないが、この部屋には一人暮らしで快適に過ごせるよう十分な家具が備えつけられていた。中でも一番のお気に入りはベッドの上に置いたぬいぐるみたちだ。

リュックを床に置き、柔《やわ》らかいベッドに寝転んでいい香りのする清潔なシーツに顔を埋めていると、今にも眠りに落ちてしまいそうになる。もしシャワーもして、コンタクトも外し、食事も済ませていたなら、本当にそのまま寝ていただろう。

恥ずかしいほどの音を立てて腹の虫が鳴いたので、チョンラティーはベッドから起き上がった。大学の周りにどんな食事の店があるか前もって調べておくべきだったと思った。

濃い色のスラックスを脱いで膝上丈の短パンに着替えると、チョンラティーは財布とスマホを手に取った。

この寮にはエレベーターが無かったが、チョンラティーの部屋は二階なので外に出るのも苦ではなかった。歩いて階段を降りればいいだけのことだ。

「チョン」

背後から呼ばれ、振り返ってみると見覚えのある人がいた。国際学部のナだった。家が金持ち。そしてかなりのイケメンだ。

「あれ？　ナはこの寮に住んでいるの？」

「違うよ。友達に会いに来たんだ。チョンはここに住んでいるの？」

「うん」

そう言ってチョンラティーは笑った。すると階段を降りる時、チョンラティーよりも背の高いナが後をついてきた。

ただし背が高いと言ってもトンよりはずっと低いが。

どうして事あるごとにトンのことを思い出してしまうのだろう？　自分が傷つくだけなのに……。

「今日この寮に引っ越してきたばかりなんだ」

「どこへ行くの？」

「何か食べに行こうと思って」

「一緒に行こう。これは絶対に運命だ。最初は友達に会いに来ないつもりだったけれど、神様のおかげでここに来た。でも来て本当によかったよ。チョンに会えたから」

「大学は狭いから偶然会っても不思議じゃないよ」

ナの言葉を聞いて、チョンラティーは喉の奥で笑った。目つきは鋭いがナは素直そうで話しやすかった。

ナがさらに何かを言おうとした時、低い声がふたりの会話を遮《さえぎ》った。

「運命？　むしろ悪縁じゃないのか。俺も偶然だけど。この寮に用があって来たら、突っ立って口説き合っているヤツらがいる。遠慮してくれよ。こっちは一人身だ」

「トン？」

チョンラティーは眉をひそめて寮のドアに寄りかかり立っている背の高い彼の姿を見た。こうして見比べてみると、トンの方がナよりも圧倒的に大柄だ。大袈裟《おおげさ》なほど筋肉質というわけでもないが、スポーツマン特有の健康的な筋肉が無駄なくついている。トンがよく服を脱いで体を見せたがるのも納得だ。

「ああ、俺だ。久しぶりだな」

「お昼に会ったばかりだけど……」

チョンラティーは戸惑《とまど》った。大学の隣にある寮に住んでいるトンに会わなくて済むように、母親に大学の前の寮に住みたいと頼んだのに。

でも避ければ避けるほど会ってしまうのだ。

「チョンの兄か？　この人だ。俺がチョンの彼氏だと思っていたのは。でも違うんだよな？」

ナがチョンラティーの肘《ひじ》を軽くつついてきたので、チョンラティーはここでは自分とトンのふたりだけが見つめ合っているのではないことを思い出した。

「うん。こちらはトンです。実家の隣の家に住んでいたお兄さんだよ」

「こんにちは。トン先輩。僕はナです。今、チョンを口説いてます」

うわっ！

思わず飲み込んだ自分の唾液《だえき》でチョンラティーはむせそうになった。ナは自分に自信がある人間だとは知っていたけれど、ここまで大胆だとは知らなかった。

「知るか。チョンはメシを食ったか？　俺はまだ食ってない。メシに行こう」

トンはナを思いっきり無視してチョンラティーの腕を摑むと、ナから引きはがした。

「僕はチョンと一緒に食事に行くところです。車でホテルのレストランにディナーに行こうかと考えていたところで」

「大学の近くだとありがたいな。レポートがあるから食事の後に急いで部屋に戻らないと」

「それじゃあ今日は大学の前で食べてもいい。チョンは何を食べたい？　大学前の店で食べたことがないんだ。安い食べ物しかないだろ。でもチョンが食べるなら付き合うよ」

ナは少し困ったように手で短く整った髪をかき上げた。そしてチョンラティーに向かって笑いかけ、白くてきれいな歯を見せた。

「チョン……この自惚《うぬぼ》れ野郎と本当に付き合う気か？」

トンはチョンラティーに囁《ささや》いた。顔がどんどん険しくなっていく。

「いつ僕がそんなことを言った？　僕がトンの代わりにナを好きになってはダメなの？　トンは心配しなくていいよ。本当に恋人を作るなら、自分で選ぶから」

「俺はあいつの面《つら》が嫌いだ」

「僕は嫌いじゃない。ナは楽しい人だよ」

「こいつと関わるな。そしておまえも俺の弟を追い回すな」

トンはチョンラティーの腕を摑んで自分の方に引き寄せ、呆気《あっけ》に取られているナに向かって中指を立てた。

「は？」

「俺がこれ以上ムカつく前に行くぞ、チョン」

「先輩はなぜ俺にムカついているの？」

とナが尋ねてきた。

「僕にもわからない！」

トンはチョンラティーを引きずって連れていった。ナがチョンラティーの名前を呼びながら後をついてきても無視して、チョンラティーを自分のレクサスに無理やり乗せた。

トンがいつもの運転席に着くと、高級車は素早くその場を去った。

トンに向かって叫びたかった。

癇癪《かんしゃく》が悪化してるよ！


夕食は大学の近くにあるショッピングセンターのボンチョンチキンを食べて簡単に済ませた。

死ぬほどお腹がいっぱいなのに、アイスクリーム屋にも連れていかれた。

「もう満腹だよ。部屋に戻ってレポートをやりたい」

「俺はアイスが食いたい」

「アイスを食べるのを見たことがないけど」

「おまえとずっと一緒にいたから、甘い物を食べる癖がついたんだ」

トンは眉根を寄せてチョンラティーを睨《にら》んだ。隣のテーブルにいた子供たちが怖がって、ひそひそ声になっている。

「また僕のせいにする……アイスが来たよ。さっさとたくさん食べて」

チョンラティーは店員が注文したアイスを一皿持ってきてテーブルに置いたのを見たが、四人で食べるような量だった。

「一緒に食べろよ。そのつもりで頼んだんだ」

「じゃあホイップクリームとチェリーは僕にちょうだいね」

好物を目の前にして、お腹がいっぱいだったはずなのに甘いものは別腹だった。手に持ったスプーンでアイスをすくい、口に入れようとしたそのとき、手首が摑まれた。

「おまえはチェリーの茎を口の中で結べるか？　それができるヤツはキスが上手だとよく言われるだろ」

トンはそう言うと、ピアスを付けた眉を上げて挑発的な表情をした。そしてもう片方の手を使ってアイスの上に乗っているチェリーを摘《つま》み上げると口の中に入れた。

しばらく口をもごもごさせながら舌を動かしていたトンだったが、やがて口を開けると結ばれた茎を分厚い舌の上に載せて見せた。

トンのキスが上手なのは知っている。キスしたことがあるから……。

「くそ！」

思わず汚い言葉が出た。ほとんど忘れていたあの晩のことを思い出し、急に顔が火照《ほて》った。

あれは絶対に秘密にしないと。絶対に口に出してはいけない。

「どうした？　具合が悪いのか？　顔が赤いぞ」

「何でもない……僕はチェリーの茎を結んだことがないから、やってみようかな」

そんなに強い力で摑まれていなかったので、チョンラティーはトンの手を簡単に振り払った。

ホイップクリームのてっぺんに載っていた、一番茎の長いチェリーを選んで摘み上げた。チョンラティーはまず甘い実の部分を食べ、全部飲み込んだ後に赤い色の茎を口の中に入れた。

結んで結んで、頑張って結ぼうとしたが、トンと違って輪にはならなかった。

「なんでできないんだろう。涎《よだれ》が出るだけだ」

唾液が口の端に溢《あふ》れてきたので、口の端を舌で舐《な》め取りながら、時折音を立てて吸った。それからチェリーの茎を噛んで口から取り出し、本当にできないことをトンに見せた。

「下手くそ」

そんなことわかってるよ……。いつものようにバカにされたので面白くなかった。

「チェリーの茎を結ぼうとしている姿を他のヤツに絶対に見せるなよ」

トンは周りに聞こえないように異常に小さな声でそう言って、慌《あわ》ててアイスをスプーンですくうと勢い込んで食べた。

「どうして？」

「エロいから」

「ハッキリ言うんだね」

チョンラティーは茎をトンに投げつけた。トンに対して初めて失礼なことをしたが、彼は体を少しよけただけで、また姿勢を戻してアイスを食べ続けた。

「おまえが俺の寮に戻ってくればまた一緒に暮らしてもいいぞ。もう平気だから」

「嫌だ。僕はトンが好きだと言ったでしょ。僕は僕を好きでない人と一緒には暮らせない」

「面倒くさいな」

「あの日僕はトンが怒って、もう二度と話ができないんじゃないかと思った。それに翌日はすれ違っても僕の顔を見ようとしなかったでしょ」

「あのときは怒っていたが、今はもう気にしてない。部屋が広いからひとりだと寂《さび》しいんだ」

「さっさと恋人を見つければ？　そうすれば僕も早く諦《あきら》めがつく」

そうは言ったけれど、チョンラティーは何も感じていないわけではない。でもわざと平然とした顔をしていた。

トンはチョコレート味のアイスをスプーンですくって、無理やりチョンラティーの口に入れてきた。

「気に入る人にまだ出会えてない。俺に恋人がいないうちはおまえも作るなよ。俺に付き合ってひとりでいろ」

「そんなのありなの？　変じゃない？」

「急いで食え。寮まで送ってやる」

トンは話を終わらせるとスプーンを置いて、チョンラティーがアイスを食べているのを見つめていた。

「明日学部に迎えに行くから一緒に昼飯を食いに行こう」

「どういう立場で誘われているの？」

「俺の弟だろ」

「それなら行きません」

「ムカつくな」

トンの声が次第に大きくなっていく。手のひらを顎《あご》に当てて怖い目でチョンラティーを凝視した。

「おまえは誰と昼飯に行くんだ？」

「ジーンとダーダーだよ。今日何も言わずにトンとご飯に行ったから、耳がおかしくなるほど、ジーンに文句を言われた」

チョンラティーもトンの真似をして顎に手をやり、相手に顔を近づけて丸くて大きな目でトンの顔を凝視した。結局、トンの方が先に視線を逸《そ》らした。

「だから明日ふたりにご飯を奢《おご》るって言ったんだ。それだけだよ」

「ああ……それなら夕飯は誰と食う？」

「学部の友達と大勢で行くことになってる。大学の側《そば》のパブみたいなお店らしいよ」

「おまえは酒が飲めるのか?」

「未成年だから飲めないよ。それにちょっと飲んだことがあるけど苦かったし。だから飲むのはやめておく」

そう答えてチョンラティーはトンから体を離し、自分の椅子の背もたれに寄りかかった。

「それならいい。腹いっぱいだろ？　支払いをしてくる」

「僕が払うよ」

「気にするな。俺が無理やり連れて来たんだから俺が払う」

チョンラティーはテーブルの伝票に手を伸ばしたが、結局はトンに持っていかれて支払いを済まされてしまった。

ただの兄弟なのに毎食奢る必要あるの？


トンが車で寮まで送り届けてくれた時、予想外のことが起きた。なぜかトンが車を停めて一緒に降りてきたのだ。そしていきなりこう言った。

「おまえの部屋が安全かどうか見せてくれ」

チョンラティーは急いで自分の部屋の状態を思い浮かべた。たぶん問題は無いだろうし、トンもそこで自分に手を出してこようとは考えてはいないだろう。

引っかかったのはベッドの上にぬいぐるみがたくさん置いてあることだ。トンに見られるのはちょっと恥ずかしい。

「来ちゃダメ」

「最近は俺に反抗ばかりするな。以前はいつも俺の言うことを聞いていたのに」

「僕が何のことで反抗した？」

「さあな。とりあえずおまえの部屋を見せろ」

トンはチョンラティーの首に太い腕を回してがっしりとホールドした。そして勝手にチョンラティーのポケットから鍵を取り出すと部屋番号を確認した。

「二〇四か。止めたってムダだぞ」

「ちょっと！　どうしてそんな人になってしまったの？」

トンに体を引きずられて足が絡まりそうになりながら、チョンラティーは大声で叫んだ。

「だよな。なぜ俺はこんな人間になっちまったんだ？」

「トンがわかっていないのに、僕にわかるわけがないよ」

チョンラティーはブツブツ言ってトンを自分の部屋に入れないようにしたが、止められなかった。

部屋の鍵が開けられると、彼の頑丈な腕から力が抜けた。チョンラティーは服を整えてまだブツブツ言いながらトンの後について自分の部屋に入った。

次の瞬間、部屋の電気が点《つ》けられて室内が明るくなった。この部屋で一番目立つのはベッドの上に置いてあるぬいぐるみたちだった。チョンラティーは最初トンが目の前の可愛《かわい》らしいぬいぐるみたちにショックを受けるかと思っていたのだが、少しも驚いていないようだった。トンは自分が座る場所を確保するためにマイメロディのぬいぐるみをどけるとベッドに腰を下ろした。

「おまえのベッドは柔らかくて気持ちいいな」

「なぜぬいぐるみを投げたの？　部屋を見たならもう帰って」

「嫌だ。今帰るとひとりでいないといけなくなる。眠気がきたらすぐ帰って寝るさ」

「……」

チョンラティーはずっと黙って突っ立ったまま、知らんふりをしているトンの顔を見た。トンはまだぬいぐるみを触っていて、ぬいぐるみに話しかけるふりをしていた。

ああ！　可愛いね。めっちゃ可愛いね‼

「ここにいちゃダメか？」

「大声を出さないならいてもいいよ。僕は明日提出のレポートをやらないといけない」

「ああ……邪魔はしない」

トンがぬいぐるみで遊んでいる様子を見て、チョンラティーは服を手にバスルームに入った。レポートを始める前にすっきりしたかった。部屋に戻ると、さっきまで座っていまいましい態度を取っていたトンが、今度は体をベッドの真ん中に横たえていた。一定のリズムで寝息が聞こえてきて熟睡していることがわかる。

「トン。起きて」

チョンラティーは近寄って彼の体を揺らしたが、トンは起きないどころか体の向きを反対に変えて寝続けた。

「トンが僕の部屋でこんな風に寝るなら、僕がトンの部屋から引っ越してきた意味がないよ」

チョンラティーはふわふわのタオルで髪をさっと拭《ふ》くと、トンの近くに座った。彼の顔を覗き込むと、しっかり閉じられた瞼《まぶた》を縁取る長いまつげが見えた。

「悪い癖だ」

指先でトンの整った顔の輪郭をなぞり、額にかかっている前髪をかき上げた。チョンラティーはトンの体に触らずにはいられなかった。指先が左の眉のピアスに触れた。トンが結んだチェリーの茎を口から覗かせた姿を思い出すと、体が急に熱くなってきた。

「トンは本当に意地悪だ。でも今でも僕にとっては最高の存在であることに変わりはない。僕はトンが好きだ。大好きだ」

トンがまた体の向きを変えたので、チョンラティーはトンの整った顔を触るのをやめた。それから諦めて立ち上がりベッドから離れると、明日提出のレポートをやり始めた。


二時間かけて明日提出のレポートを終えると、もう夜遅いことに気がついた。それにものすごく眠い。

しかし一番の問題は、トンがまだベッドで寝ていたことだった。しかも熟睡したままだ。

トンを起こす勇気のないチョンラティーは、枕を持ってきてテーブルで寝ることにした。彼をそのままベッドで寝かせておくために。

チョンラティーは手を伸ばしてトンの頭の横にあるもう一つの枕を取ろうとしたが、ベッドの端から枕を持ち上げようとする暇もなく、体を引っ張られてベッドの上に投げ飛ばされ、その勢いでベッドの上で一回跳ねた。あっという間のことで呆気《あっけ》に取られてしまう。

「俺は帰る。おまえは寝ろ」

「僕を投げたの?」

「ああ。寝ろ」

大きな手がチョンラティーの顔に触れた。さっきコンタクトから替えたメガネが顔から外されると、大きな手で髪をかき回されてぐちゃぐちゃになった。

「メガネはここに置いておくぞ」

「うん」

「本当に帰る」

「うん」

「俺は帰る……本当に帰るぞ」

トンは手で自分の首を触った。真面目な顔で帰るという言葉を強調する。そして体の向きをドアの方に向け、帰るようなそぶりを見せた。

「トン」

チョンラティーはトンを呼び止めた。でもトンは振り返らず、その場で立ち止まる。

「気をつけて運転してね」

「ああ。鍵はかけておいてやる」

扉が閉まった時、鍵がかかるカチッという音が微かに聞こえた。部屋に静寂《せいじゃく》が訪れて、真っ暗な闇に包まれたが、チョンラティーは少しも眠れなかった。タバコと香水の移り香がシーツに残っていたから。

その香りはベッドの上のいくつかのぬいぐるみにも移っていた。チョンラティーは全く迷わずにぬいぐるみを胸に抱きしめ、顔を近づけて匂いを嗅いだ。ベッドに残った匂いが消えてしまうのが惜しいとでも言うかのように。

第15章

店の活気にチョンラティーは落ち着かなさを感じていた。夕方に同じ学部の友達と待ち合わせをしたレストランに入った時、チョンラティーはすぐに知り合いがいないかとあたりを見回した。パステルピンクの愛車は表に停められていた。待ち合わせの時間をだいぶ過ぎていたので、チョンラティーは急いで来たのだが、今夜はどうも自分が一番遅かったようだ。そのせいで罰ゲームが課されてしまった。

遅刻した人に飲ませる一杯のカクテル……。

チョンラティーは会場まで走って来たことによる体の火照《ほて》りを冷ますように、オーバーサイズのクリーム色のTシャツの裾《すそ》で自分の体を扇いだ。そうして渡された手の中のドリンクを目にすると、嫌そうに眉間《みけん》にしわを寄せた。そのカクテルは色が層になっていた。一番下はレッド、次にピンクが重なり、一番上は透明になっている。

匂いを嗅いでみると、まるで怪我した時に手当てに使うアルコールのような匂いがした。

「アルコールが入ってるの？　僕は飲めないよ。なんでこれを頼んだの？」

そう言ってこめかみを指で掻《か》きながら長テーブルに目をやり、自分の座る場所を探す。テーブルの周りには知っている顔ばかりがいた。新入生が全員来ているからだが、中には高学年の先輩も数人いた。

「先輩の命令だ。飲めよ、チョン。遅刻と名札忘れの罰で二杯だな」

同じ学年の友達が大声で叫んだので自分の首元を触って確認した……本当に名札を忘れてる。

最初の一杯にまだ手をつけていないうちに、二杯目のブルーの飲み物が運ばれてきて、目の前に置かれた。その場にいる数十人の目がプレッシャーをかけてくる。

「飲んだことがない」

「このカクテルはアルコールが強くない。どんなに酒に弱くても酔わない」

「うん。じゃあ少しずつ飲ませて」

「ダメだ。一気に飲め。そうでなければもう一杯増やすぞ」

……これはいじめられているんだなと思った。さっさとシャワーを浴びてすぐに来ればよかったんだけど。

結局断りきれず、チョンラティーは一杯目の赤いカクテルを手に取った。少し飲んでみると、アルコールはそこまで強くはなかった。甘みを帯びた液体は飲み込むと舌の先に爽快感が残った。カクテルの量はさほど多くなかったので、そのまま一気に飲み干すことができた。続けてチョンラティーはブルーのカクテルを飲んだ。

「ああ、お腹が熱い」

チョンラティーは手で自分の腹を撫《な》でた。急激に熱が体中に広がり、変な感じがしたがそのまま歩いていってダーダーの隣に座った。

「チョンはまだご飯を食べていないんでしょ?」

「まだだよ。昼ご飯を食べる暇がなかったんだ」

そう答えてダーダーから食事が盛られた皿を受け取った。

一方、ジーンはあちこちのテーブルに挨拶《あいさつ》をして回っていた。

「チョン。絶対に酔うよ。空《す》きっ腹に飲んだから」

「さっき酔わないって言ったのに……」

チョンラティーは文句を言った。熱が全身に広がったように感じて、体のあちこちが痒《かゆ》くなってきた。

「アルコールを飲んで酔わないわけがないでしょ。すごく酔うかほとんど酔わないか、早く酔いが回るかどうか個人差があるだけよ」

ダーダーはちょっと笑った。親しくなると、ダーダーはよく喋《しゃべ》るようになった。笑顔がとても可愛《かわい》い。

女の恋人を作るなら、ダーダーみたいな人がいいな。

「でも車で来たんだ……」

「チョンが酔ったら私が寮まで送ってあげる。まずご飯を食べて。水をたくさん飲めばアルコールが薄まるわよ」

チョンラティーは軽く頷《うなず》いて、ダーダーがご飯とおかずを取ってきてくれる様子を見ていた。けれど数口食べただけで、どんどん頭が重くなってきた。

ふらふらして……なんだか周りのすべてのことが、楽しくなってきた。

「ジーンのところへ行くね。彼女みたいにいろんな人に話しかけたい」

まだ頭がフラフラするけれど、それでもチョンラティーはなんとか立ち上がった。きっとこれはさっき飲んだ二杯のカクテルのせいだ。視線が定まらないし、息も苦しい。自分をコントロールできなくなってきた。

黒い短パンを穿《は》いているチョンラティーの長い足が椅子から降りた。チョンラティーはジーンのいるテーブルの方に歩いていき、ジーンと同じ椅子に無理やり座った。

「何の話？　楽しそうだね。話に入れてよ」

「チョンは酔ってるの？」

「たぶんね。そのフライドチキン食べたい。ちょうだい」

チョンラティーはジーンの手からフォークを取り上げ、皿に盛られたフライドチキンに突き刺そうとしたが、その皿は別の人に持っていかれてしまった。

よく見るとこのテーブルに座っているのはほとんどが上級生だった。だが気がついた時にはもう遅かった。このテーブルに来るんじゃなかった。先輩たちに必ずイジられるだろう。

「踊れよ。そしたら食べていい」

「それならいらない」

「踊ってよ、チョン君。見てみたい。さっきジーンも踊ったんだ。ちょっと体を揺らすぐらいでもいいから」

「本当なの？　ジーン。さっき踊ったの？」

隣に座っている友達を振り返り、確かめてみた。

「うん。少し踊ったよ。私もお酒を飲んだの。ちょっといい気分だよ」

そう言ってジーンはグラスを持ち上げると、チョンラティーに見せて微笑んだ。彼女のグラスに入っているのはお酒というよりも緑茶のような色に見える。

「どんなふうに踊ったの？」

「頭と体をスローバラードのテンポに合わせて揺らしただけ」

「それぐらいならできるかも。でも僕、踊ったことがないんだけど」

チョンラティーは困ったように眉を曇らせたが、立ち上がって、頭と体を音楽に合わせて揺らした。確かに楽しかった。まるで自分が解放されたような気分だ。そうしていると自分の世界に入り込めた。

「めちゃくちゃセクシーだな」

同じテーブルについている男のひとりが話しかけてきた。

「うわ……めちゃくちゃヤリたいと言ったらひどいか？　チョン君、今夜僕の部屋に来ないか？」

「それはダメでしょ？」

「俺の部屋に行こう……」

「……僕はお腹が空いてるんだよね」

チョンラティーはずっと体を揺らしていた。

誘いの言葉にチョンラティーがかすれた声で答えると、背中に人が寄りかかってきて、足の付け根をゆっくりと撫でられた。酒臭い息が首にかかり、気分が悪くなる。

とにかくこの場から逃げたかったが、背中に寄りかかった人にがっしりと腰を摑まれてしまった。

「俺と一緒に来いよ。可愛がってあげる」

「クッソ！　放せ」

チョンラティーは顔をしかめ、相手の拘束から逃げようともがいた。

そうしてしばらくもがいていると、突然大きな音が聞こえた。それと同時に誰かに体を引っ張られ、もうひとりの人の硬い体にぶつかった。

顔に痛みを感じた。特に鼻筋に。

「この野郎！」

この声、そしてタバコの香り。アルコールと、クールな香水の匂い……そして最も大事なポイントは、いつも近くにあった彼の匂い。この香りは、気分の悪くなるような匂いじゃない。

「トン⁉」

「チョンラティーは俺の部屋以外には誰の部屋にも行かない。チョンは俺のものだ。それでもチョンに触るヤツは、今みたいに一回殴られただけじゃ済まないぞ」

力強い声で宣言され、周りに響き渡る声は一瞬でその場の混乱を収めた。

酔いが完全に醒《さ》め、トンの肩に担がれた時には背中に電流が走った。

絶対に聞き間違いではないよね？　チョンは俺のものだというあの言葉は。


時はこれより数分前まで遡《さかのぼ》る。

経営学部がミニパーティーをしているレストランのバルコニーにはタバコの煙と臭いが充満していた。

トンは自分がいつからなぜここにいるのか、もう覚えていなかった。ただチョンラティーが店に入ってきたのを見るなり、目でその姿を追いかけながらきつくタバコを吸い込んだ。

「最近吸い過ぎだろ。もうやめたら？　タバコは体によくないぞ」

説教する低い声がして、口にしていたタバコを長い指に取り上げられた。その様子からすると同じテーブルに最初にやってきたのは間違いなくインタだ。

「なぜこの店で待ち合わせなんだ？　前に不味《まず》いと言ってたよな？」

「気分転換のためだ」

トンはそう答えながら、友人のひとりであるナーイが頭を振りながら店に入ってくる姿を見た。その後をナイとアイがついてきている。

「気分転換のつもりか、それともバカが再発したのか？　おまえは行き詰まったら友達を呼びつけて無理やり一緒に過ごさせるんだな」

ナーイは席に着いた途端、長々と説教を始めた。するとナイが入ってきて彼の肩を押して無理やり座った。

「バカ野郎……たまに食事に付き合うぐらいで文句を言うな。俺はおまえたちとしばらく一緒にメシを食っていないだろ」

友人たちが全員揃うと、トンは平然とした声でそう言った。

アイは手元に引き寄せたメニューを見ていて、周りの友人たちのことは気にしていないようだった。イラついているその様子に、ナイと喧嘩《けんか》したんだろうということは容易に想像がついた。

ナイの方は誰かをイライラさせていることに全く気がついていないようで、テーブルの上に手をつき前のめりになった。そうしてトンの顔を指さすと、笑いながら大声でこう言った。

「おまえが俺たちをここに呼び出した理由がわかった。店の中で経営学部がパーティーをしているから最愛の弟を見張りに来たんだろ」

「中で経営学部がパーティーしてるって、なぜ知ってる？」

足を組んで貧乏ゆすりしているナーイが、不思議そうな顔でそう聞いた。

「さっき二年生で学部のミスに選ばれたガーンリウさんとすれ違ったんだよ。彼女の腕の毛の薄さに俺は相変わらず感動した」

「そんなに感動したのか？　だからずっと立ち話をしていたのか」

アイは注文を終えるとメニューを閉じた。従業員が注文を復唱したが、全く聞いていない。アイはナイの腕を引っ張って席から立ち上がらせた。

「ちょっとナイをこらしめてくる」

「好きにしろ。俺の分も一、二発やっといてくれ。俺もこいつにムカついてるから」

トンは平然とした声で言った。煽《あお》るようなことを言ったせいで、トンはナイに睨《にら》まれた。

「まあ、見てろよ」

ナーイはニヤニヤしながらそう言った。トンはしばらくしてふたりが戻ってきた時にはきっと、ナイは目を真っ赤にしているだろうし、アイは満面の笑みを浮かべているだろうと予想した。

「それでおまえは弟を見張りに来たのか？」

ナーイが聞いてきた。

「そんなことはない。これはただの偶然だ」

「偶然が多いな。昨日は偶然中央食堂で会った。チョンの寮で偶然に会った。一緒にメシとスイーツを偶然食いに行った。あの子の写真を偶然毎日ＳＮＳに投稿している。偶然が多いな」

「おまえは何が言いたいんだ？　ナーイ」

言いながら新しいタバコに火を点《つ》けたトンは会話をしている相手を見向きもせずに、首を伸ばして店内に視線を注いでいた。

トンたちは喫煙可能な屋外のテーブルに座っていたが、室内は禁煙だ。

店内に人が増え始めたので、トンは目当ての相手を探すことが難しくなってきた。

「ここまでやってるのにおまえはまだ認めないのか、トン？　嫉妬《しっと》してどこでも追いかけ回しているくせに」

「俺はただあいつが心配なだけだ。あいつは俺の弟だからな」

「バカな上に意地っ張りで、人の意見を聞こうとしない。まだだ！　まだあるぞ。この二、三日異常なほどタバコを吸っている。禁煙したんじゃなかったのか？　チョンがおまえの部屋を出て引っ越して以来、イラついているだろ」

「おまえたち、俺がチョンを好きだとか言うのをやめろ。俺はあいつを好きじゃない」

ナーイとインタが目配せし、大きくため息をついた。

「おまえがチョンを好きになったと認めた時、チョンの気持ちがおまえから離れていたらどうする？」

トンは大きくため息をついた。自分とチョンラティーの間で起きたことは誰にも話していなかった。

あの夜、トンはナイとアイに相談に行ったのだ。ふたりは何でも知っているから、すぐにすべての事情を理解してくれた。

「大変だ。ヤバイ、大変だぞ……」

ナイがけたたましい声で叫びながら、驚いたような顔で走ってテーブルに戻ってきた。大変なことが起きたことを喜んでいるようにも興奮しているようにも見える表情だったが、このおかげで、ナイはアイにこらしめられるために引きずられていかなくても済んだようだ。

「何が大変なんだ？」

「チョンが酒を飲んで踊ってる。顔がめちゃくちゃ真っ赤だ」

トンはまるで尻にバネが付いているような勢いで席から立ち上がったが、しかしすぐに座り直す羽目になった。肩の片側をアイに、もう一方をナイに押さえつけられたからだ。

「何すんだよ？　放せ」

「ナーイ、インタ、こいつの目を覚まさせろ」

ナイは抵抗するトンを無視して他のふたりに声をかけた。

ナイはトンのおかげで自分がアイのお仕置きを免《まぬか》れたことが嬉しくて、喉の奥で低く笑った。しかも現実に起きている事件は、だんだん面白くなってきている。

トンは苦しそうだった。最愛の弟のところに行けなくて……これはめちゃくちゃ面白いことになったとナイは思い、トンに言った。

「いいぞ。俺はこの瞬間を待っていたんだ。おまえの大事な弟のところへ行きたいんだろ？　トン」

「ああ。昨日あいつは酒を飲まないと言ったから、本当に飲まないか確かめに来たんだ」

「あれ？　さっき俺たちには偶然会ったと言ったのに平然と俺たちを騙《だま》したな。ナイ、アイ、こいつの体を押さえておけ……。あの子は楽しく飲んでるのに、なぜ邪魔しに行く？　そもそもおまえに関係ないだろ？」

「だってあいつは……」

トンは口を開けたまま途中で言葉を止めた。アイとナイの拘束から逃れようともがいている。ナイはトンを押さえながら言った。

「おまえが自分のチョンに対する気持ちをハッキリさせないなら、ここから動いてはいけない。おまえはチョンが他のヤツに口説かれるのを心配して狂犬のように追い回し、チョンがおまえと一緒に暮らさないことに不満を持っている。認めるか？」

「あいつの母親に頼まれたんだ」

「想像してみろ。ある日、他の男がチョンを口説いて、お互いに好きになる。そしてその男がチョンの面倒をよく見るようになり、チョンの母親がおまえに頼んだようにその男にチョンの面倒を見ることを頼んだとしたら、おまえはその男がチョンと付き合うことを認めるか？」

答えはその場にいた全員が睨んだ通りだった。

「ダメだ。あいつが他のヤツと付き合うのを認めるなんてとんでもない話だ」

「もっと想像してみろ。もしチョンがおまえではない誰かと抱き合ったり、誰かとキスしたり、誰かとセックスしたりする姿を」

「おまえたち、もういい加減にしろ！」

トンはおとなしく椅子に座ったまま、手にしていたビール入りのグラスを握りしめた。

「俺は何とも思わない。ここから動かない。絶対に……あいつを好きでないし、違うから……」

「あれ！　チョンを抱きしめているのは誰だ？　首にキスしてる！」

ガチャン！

「認めてやる。チキショウ！」

トンが手にしていたビールのグラスは床に叩きつけられ、破片が飛び散った。同時に立ち上がったトンは、その瞬間、感情が爆発してブチ切れた。その腕をアイが押さえ込む。

「俺が話をつけてくる。おまえはここで待ってろ。そんな感情的なまま行くのはよくない」

「止めるな！　俺は自分で行く。わかったよ、認める。俺はあいつを好きだ。あいつが俺以外の他のヤツのものになるのは我慢できない。あいつの面倒をしっかり見られるかわからないけど、たとえ喧嘩別れしてあいつに捨てられたとしても、俺はあいつが他のヤツのものになるのを許せない」

トンは苦しそうな顔をして固唾《かたず》を呑《の》み、アイにがっちりと押さえられている腕を見た。

「アイ、その手を放せ。おまえが怒ってナイをこらしめる時はどうやるのか教えろ」

「はあ……」

いつもやられている側のナイが大きく嘆息して両頬と耳を赤く染めた。長い舌を出しているアイとは全く違う。アイは舌をしまうとニヤリと笑った。

「俺はこれで激しく叩いている」

「舌を使って叩くって、どこが痛くなるんだ？」

トンは答えを聞くと拘束されていた腕を自ら引きはがした。アイの舌でなぜ痛くなるのか少しも意味がわからなかったが、とにかく今は、チョンラティーのいる場所に駆けつけることにしたようだ。

トンの去り際の言葉が残りの友人たちをびっくりさせた。

「トンが想像しているようにアイが本当に舌を使って俺を叩いていると思うか？」

と問うナイに対して、

「いやわからない。……だって俺たちはトンじゃないし」

アイはそう答えるしかなかった。

第16章

チョンラティーは見慣れた部屋のソファーに投げ出された。夕方出てきた自分の部屋よりも広いこの場所には、タバコの香りが漂っていた。それでトンがチョンラティーを担いで自分の部屋に連れてきたのだとわかった。

どうやらこの二日、この部屋の主はかなりタバコを吸っていたらしい。外国製のひんやりとしたメンソールタバコの香りが部屋に充満していた。

チョンラティーは細い腕でソファーのひじ掛けを摑んで体を起こそうとした。しかしトンが体の上に跨《またが》ってきた。チョンラティーは驚いて片方の足のつま先でトンの胸を押した。トンの胸には足跡がついた。チョンラティーはまだ靴を脱いでいなかったから。

「何をするつもり？」

チョンラティーは苦しそうなかすれ声を出した。息にはまだ微かにアルコールの臭いが残っている。そして自分の体が火照《ほて》っているのがわかった。意識はハッキリとしているが、今の状況は普通とは言いがたい。

「おまえにはお仕置きしてやらないと。まったく不公平だ。あり得ない」

トンは胸のところまで高く上げられたチョンラティーの足首を摑んで、そこからどけた。服についた靴の跡を見たトンは、多少頭にきているようだったが、学生服のボタンを外すと、汗でやや湿り気を帯びた肌がチョンラティーのすぐ目の前に露出した。

錨《いかり》のタトゥーが彼の褐色の胸に映えている。あまりにも距離が近過ぎたので、チョンラティーは小さな両手でトンの腕を摑み、相手と自分の体を引き離そうとした。

「何が不公平なの。意味がわからないよ」

「おまえはあの日、ここで俺が好きだと告白した」

チョンラティーはトンの鋭い眼差しと自分の視線を重ねた。彼の興奮した目つきには言い知れぬ威圧感があってチョンラティーは混乱した。けれど、それでもまだ自分の感情を冷静に保つことはできた。

「確かに僕は告白した。でもそれは、トンの人生から出ていくと決めたから告白したんだ」

「おまえが出て行ってから何か大切なものを盗まれた気分だ。俺は普通の人生を送れるはずだったよな？　なのになぜだ？　俺はおまえがあの日どこに泊まるのか気になって眠れなかった。あの夜、俺がメッセージを送ったのは、だだっ広いベッドの上で寝つけなかったからだ。気持ちを落ち着けるために酒を飲みに行かずにはいられなかった。まだだ！　まだある！　俺はまるで心がぶっ壊れたようになった。経営学部までおまえに会いに行ったのはおまえがちゃんと講義に出ているか確認するためだ。普段は行かないのに、中央食堂にも行った。他のヤツがおまえに近寄って口説いているのを見て、腹立たしくてしょうがなかった。それで待ち伏せした。おまえが朝ちゃんと寮を出たかどうか、夕方にはいつ部屋に戻ってくるかどうか、確認せずにいられなかった。そうして夜までそこにいて、おまえがもう出かけないと思ったら帰った。おまえは俺をおかしいと思わないか?」

「トン」

チョンラティーはその名前を小さな声で呟《つぶや》くと、思わず彼の腕の付け根をぎゅっと摑んでしまった。体がものすごく熱くなり、汗がじっとりと滲《にじ》む。気がつくと背中がびっしょりになっていた。

「ところがおまえときたら普通に生活している。髪を新しい色に染めて、メガネを外してコンタクトにして、楽しそうに知らない男と喋《しゃべ》っている。それに今穿《は》いているこの半ズボン。これより長いズボンはないのか? 酒は飲むし、知らないヤツと一緒に踊っているし。チクショウ、俺は嫉妬《しっと》している
……最悪の気分だ」

「……僕は」

ドキ! ドキ! ドキ! 心臓が異常な速さで脈打った。

「変だ。俺は変な気分なんだよ、チョン」

トンは体を離すと、チョンラティーの足元に座った。

「どういうこと? 変な気分って?」

「俺はおまえを好きなんだと思う。今言ってもまだ間に合うか?」

まっすぐに固く結ばれたチョンラティーの口元が徐々に緩んでいく。トンの「好きだ」という言葉に驚いて、口が半開きになってしまった。自分の顔を叩いて、正気に返りたいと思った。

でもぬか喜びする前に、自分が今思っていることが間違っていないかどうかを相手に確かめなけれ

ばならない。

「好きって、兄弟としての好きじゃないよね？」

「好きというのは夫と妻みたいな感じだ。ハッキリしたか？」

花火が上がる音がチョンラティーの頭の中で鳴り響き、とても動揺した。告白の言葉は自分が思い描いていた理想とは違い、ぶっきらぼうな感じではあったけれど。

以前は素敵なムードのあるシチュエーションの中で甘い言葉で告白されたいと願っていた。でも現実にはそんなものは全く必要なかった。だってずっと告白をしてほしいと思っていた人からの言葉だったから。

トンのことが好きだという気持ちが大きく膨らんで、胸の中ではち切れそうだった。

「でも僕は男だよ」

「別にいい。気にしてない」

「僕にもトンみたいにアレがついてるよ。本当に僕を好きなの？」

「ごちゃごちゃ言うな。俺はおまえが好きだと言ったら好きだ。ナニがついているかどうかは関係ない」

トンは自分の胸を両手で抱えてチョンラティーが寝ている方向に体の向きを変えた。

「それで結局まだ間に合うんだよな？　おまえが俺以外のヤツをまだ好きになってないといいんだが」

「なってないよ」

チョンラティーは頭をブルンブルンと振り、ピースをして急いで言った。

「僕はトンが好きだ。たった二日しか諦《あきら》められなかった。そんなに早く嫌いになれるはずないよ」

「たった二日なのか？　すごく長く感じたのに」

「うん。たったの二日だよ」

「ところでおまえ、何してる？　なぜ自分の頬をつねるんだよ？」

トンはチョンラティーが自分の頬を強くつねっているのを見て、不思議そうな顔をした。

「夢なら醒《さ》めてほしいと思って」

「なら、俺も手伝うか。俺もつねってやれば夢じゃないとわかるだろ」

トンはまたチョンラティーの体に跨ると、その大きな手で痛みを感じるほど強くチョンラティーの頬をつねってきた。

「うわっ。痛いっ！」

「もう酒を飲むなよ。これは命令だ。酔いは醒めたか？　頭はまだ痛いか？」

「もう大丈夫。でもまだ体が熱い。カクテルだったからそんなに強くないはずなのに」

そう答えながら、トンの手首を掴み、頬をつねるのをやめさせた。

チョンラティーとトンは再び接近した。しかも何かが起こりそうなほど近い距離で。

互いに見つめ合った時、トンの鼻先はチョンラティーの額から五センチも離れていなかった。

「俺と付き合えよ。そして俺の恋人になったら他のヤツに二度と体を触らせるな……もしも拒否したらおまえの骨を折ってやる」

「うん。僕がOKしたのは脅迫《きょうはく》の言葉が怖かったからってことにしておこうかな」

「ウザいな」

トンは微笑んだ。体はまだチョンラティーから離れていない。

「どのぐらい付き合えばキスできる？」

「さあ……知らない」

「じゃあ三日で十分だな。おまえはキスしたくなる唇をしている……そしてどれぐらいしたらセックスできる？」

「ストレートだね」

チョンラティーはトンに聞かれないようにもごもごとひとり言を言った。チョンラティーは「三年ぐらいかな」と答えた。

「嘘だろ。長過ぎる」

「信じないならなんで聞くの？　こういうことって、いちいち聞くこと？」

チョンラティーはトンの体を押して離れた。起き上がって座り、まだボーッとする頭を振った。

「一週間でいいか？　だって俺たちは元々長い付き合いだろ？」

「知らない。それより僕はトンに言いたいことがあるんだよ」

チョンラティーは立ち上がって体をトンの方に近づけて言った。

「今僕はとってもお腹が空《す》いてる。恋人同士になって初めてのご飯だから美味しいものを食べに連れて行って」

恋人同士になって初めてのディナーに、トンがゴージャスなお店に連れて行ってくれるなんて期待しない方がいい。実際にトンが連れて行ってくれたのは屋台のおかゆ屋だった。トンが言うにはこの店は客の要望を何でも聞いてくれて、美味しいとのことだ。

箸《はし》を持って食べようとして、チョンラティーはこっそり笑った。

ほかほかと湯気を立てている白粥のどんぶりと、目の前に並ぶたくさんの美味しそうなおかずの皿を見た。これをふたりで食べきれるのだろうか。

「何を笑ってる？」

「べつに。ただこんなにたくさん頼んだから、全部食べきれるかなと思って」

「おまえの好きそうなものを頼んだ。食べられるか？」

「食べられるよ。僕は好き嫌いないんだ」

トンがあさりのオイスターソース炒めを取り分けてくれたので、チョンラティーは朗らかに笑った。トンの表情はまだ不機嫌そうで顔をしかめていたが、それはおそらく暑くて湿っぽいからだろう。他に不機嫌になる理由がない。

「食え。腹減ってるんだろ？　どんどん食え」

「うん」

チョンラティーは俯《うつむ》いて目の前の食べ物に取り掛かった。夢中になって食べていると、トンが携帯を取り出してチョンラティーの目の前に差し出した。

「何をしているの？」

「おまえを撮るんだよ。メシを食ってる時、口の端に米つぶがくっついているのが面白い」

「うわっ、ひどい。写真を消してよ」

長い指先がチョンラティーの口元に触れた。端にくっついていた米つぶをそっと取ると、そのままそれを自分の口に入れた。

一瞬でチョンラティーの顔がカッと熱くなったが、トンはただ嬉しそうに笑っている。

「顔が赤いのも撮りたいな。いつもおまえは俺に撮られているのに気づいてない。今まで何枚も俺のインスタに載せてるぞ」

「僕の写真を載せてたの？」

「ああ……毎日。でもこの二日間は載せてない。おまえがいなくて撮れなかったからな」

「僕が悪いの？　そうだ、思い出した……トンは以前インスタに秘密があるって言ってたよね。トンの秘密って僕の写真をこっそり撮ってたくせに、強情張って僕を好きじゃないと言ってたことなの？」

チョンラティーは軽く首を傾げながら豚モツの和え物をトンに取り分けてあげた。チョンラティーが怒っていると思っていたのか、トンは一瞬食事を取り分けてもらったことに驚いた様子だったが、すぐにそれをぺろりと平らげて言った。

「おまえの写真をいろんなページに載せているヤツが気に入らなかったから、おまえが気を抜いている時に撮った写真を自分のインスタに載せた」

「それで結局トンは僕を好きなの？　嫌いなの？」

チョンラティーは笑ってズボンのポケットからスマホを取り出した。

「……好きだ。言っただろ、好きだって」

「それなら僕がトンのインスタをフォローするのを承認してよ。鍵がかかってるから」

「俺のインスタのアカウントを知ってるのか？」

「トンのことで僕が知らないことがあると思う？」

チョンラティーが普段あまり使わないインスタのアプリを開き、トンにフォロー申請を送ると、すぐにそれは承認された。

それから食事の席は静かになった。チョンラティーはゆっくり食事をしながら、トンがインスタに載せた自分の写真をスクロールして見た。

アップされていた写真のほとんどは、確かにチョンラティーが気づかないうちに撮られたものばかりだった。寝ていたり、あくびをしていたり。起きたばかりで寝ぼけている写真もあったが、いいね！やコメントの数はそんなに多くなかった。トンの親しい友達がからかうコメントをしているものがほとんどだった。

「知ってる？　高校の時、僕のファンクラブがあって、彼らはストーカーのように僕の写真を撮ってたんだ。当時僕はプライバシーを侵害された気がした。だから今でもあまりSNSをやらないんだ。だってみんなは僕の写真を今のトンみたいに載せていたから」

「どうりでおまえのフェイスブックやインスタがほとんど更新されないわけだ。でも待てよ……さっき俺のことをストーカーとディスったか?」

「僕は何も言ってないよ。トンが勝手にそう思ったんでしょ?」

トンのイラついている態度を見たチョンラティーは、面白そうに笑った。そして満腹になったので箸を置いた。

「俺はおまえのファンじゃない。俺はおまえの恋人だ。だから俺はおまえの写真を投稿できる。でも他のヤツは禁止だ」

「はいはい、恋人です。でも最初トンは僕の写真をフェイスブックに投稿したのに、どうしてインスタに変えたの?」

「フェイスブックはフォロワーが多いけど、インスタはプライベートだから」

「ああ、なるほどね。あ、……ツーショット撮る? スマホの待ち受けにするから。友達はみんな恋人ができるとそうしてるよ」

チョンラティーは自分の白い首を触ってわざと視線を外した。

恋人になると思ってもみなかった人と一緒にいちゃいちゃできるなんて……。

自分から誘ってふたりきりで食事をするだなんて、ふたりきりで部屋で過ごすよりもずっと恥ずかしくていたたまれない。

この気持ちを落ち着けるために一、二時間離れていたいくらいだ。

「どっちので撮る?」

「僕のでいいよ」

そう言って体を寄せ合い、チョンラティーはスマホを高く掲げた。その画面にはチョンラティーの顔が大きく映っていて、トンの顔はほんの少ししか見えなかった。

「おまえの隣に移動した方がいいな」

言い終わるか終わらないうちに、がっしりした腕がチョンラティーの肩に回された。トンはチョンラティーの隣の席に移って体をくっつけると、顔を寄せてチョンラティーの手からスマホを奪い、自分で撮ろうとした。

「どんなポーズにする？　頰と頰を寄せ合うか？　それとも頰にキスか？　頭にキスか？　どうしたいか言え」

「ずいぶん慣れてるんだね。もう撮るのはやめよう」

「……どうしたんだよ」

「そのポーズでアンプ先輩と撮ったことがあるのを見たよ」

チョンラティーは冷静な声でそう言って、トンの手からスマホを取り上げた。結局二、三枚しか撮らなかった。一枚目はブレていて、二枚目は口を開き過ぎていた。どの写真も使えたものじゃない。

……自分はなんでこんなにぐずってるんだろう。

「拗《す》ねてるのか？」

「そうじゃないけど、他のもっと雰囲気のいい場所で撮ろうよ。トンがアンプ先輩と行ったことのない場所で。僕は後から付き合ったから、わがままは控えた方がいいかな？　トンに飽きられたくない」

「おまえと一緒にいる時に俺が一番好きなことがひとつある。知ってるか？」

トンはチョンラティーの手首を取り席から立たせた。続きを口にしかけたけれど言わず、そのまま代金をテーブルに置くと、近くに停めてあった車に連れて行った。

「わからないよ」

「俺がおまえを好きなのは理性があるからだ。ぐずらないし、物わかりがいいから一緒にいると楽なんだ」

「でもそのうち、僕が急にわけわからない風にぐずったらどうするの？」

「ありえない。おまえはそんな人間じゃないとわかってる」

チョンラティーの髪が優しく撫《な》でられた。そのまま助手席のドアをトンに開けてもらうと、車内に入らないうちに低い声が聞こえてきて、彼を笑顔にした。

「でもおまえが本当にぐずったら、俺はおまえを一生懸命なだめるよ。でも、あんまりやるなよ？　俺はなだめるのが下手なんだ」

「トンが僕を怒らせなければ問題ないよ」

チョンラティーは手を伸ばしてトンの手首を掴み、ゆっくりと腕から指にかけて撫でてからその温かい手を放した。とても離れがたくはあったけれど。

「僕はトンに拗ねたりしないし一生懸命に尽くすよ。だって恋人としてトンの側《そば》にいられるようになるなんて思わなかったもん……だから僕のすべてをかけてトンを大切にする。付き合っている間は、僕には思いっきりわがままにしてもいいしカッとなってもいいよ。ただ僕がひとつだけお願いしたいのは、僕を裏切らないでほしいということ。もしもいつか僕への気持ちがなくなって、他の人と付き合いたくなったらちゃんと言って。僕はトンを引き留《と》めないから」

「チョン……俺はおまえがそういう性格だから惚《ほ》れてるんだ」


恋人同士って寝る前に何をするんだろう……。

恋人同士って寝る前に何をするんだろう……。

恋人同士って寝る前に何をするんだろう……。

わからない。なぜ頭の中で三回も繰り返す必要があるんだろうか？　それともこの少し前に起きた出来事のせいで頭がぼーっとしているせいだろうか。

その出来事というのはトンが車を停めてコンビニに入っていき、コンドームと潤滑ジェルを手にして戻って来たことだ。

トンは何をするつもり？　キスするまでに三日は待ってくれると言ったのに。そして×××はもう少し長く付き合ってからだって。

何を考えているか全くわからないし、聞く勇気もない。それにトンも何も説明しなかった。

チョンラティーはバスルームから出る前に薄い色の髪をタオルで拭《ふ》いた。

今夜はトンの部屋で寝ることになった。自分の部屋に着替えを取りに行くことさえ許してくれなかったので、チョンラティーはトンの寝間着を借りることにした。丸襟《まるえり》のTシャツはチョンラティーには大き過ぎて首元がずり落ちてしまう。それで結局、肩が見えてしまうのを何度も引き上げる羽目になった。短パンもチョンラティーには丈が長過ぎたが、幸いなことにウエストに付いていた紐を締めることができた。それでもだぶだぶだったが。

「シャワーは終わったか？　俺も浴びたい」

「うん。終わったよ。すぐに出るね」

脱衣所のドアを開けずに返事をした。チョンラティーには覚悟を決める時間さえ与えられなかった。今夜何が起こってもなりゆきに任せよう。

「もう午前一時だ。早く俺にシャワーさせてくれ。眠い！」

「何をぎゃあぎゃあ言ってるの？　入っていいよ」

トンにはチョンラティーの返事が届いていなかったようだ。

チョンラティーは照れ隠しのためにわざと大声を出した。トンは普段と変わらない様子で、恋人になる前と変わらなかった。

いろんな妄想をしているのは、たぶん自分だけなのだろう。

万が一迫られるようなことがあったら、一応最初は拒否しようと考えていた。

もし今夜、急に襲われたら……いや、そんなことは起きないよ。そんなそぶりもない……気にするな。もし何も無かったら、平然としていればいいんだ！

トンのシャワーは十分もかからなかった。

チョンラティーはベッドの上でバスルームのドアを見つめていた。

しばらくしてドアが音を立てて開くと、短パンを穿いただけのトンが出て来た。錨のタトゥーと割れた腹筋が視界に入るとドキドキと胸が高鳴った。

見るのはやめよう……。

チョンラティーはベッドに寝そべると、いつものようにトンに背中を向けた。顔は火照っていたし、目がランランとして頭の中ではエッチなことばかり考えていた。けれどそんな気持ちを隠すようにわざと大きな声で言った。

「部屋の電気を消して」

明かりが消されると、何も見えなくなった。目がまだ暗闇に慣れていないので、チョンラティーは相手の動きを窺《うかが》うために全神経を集中しなければならなかった。トンが近づいてきた音が聞こえ、ベッドが揺れたのがわかった。

チョンラティーがずっと黙っていたので、しばらくふたりの間には会話がなかった。コンドームと潤滑ジェルの箱のことを思い出してチョンラティーは体をこわばらせた。

今夜は何かが起こるのかな？　たぶん起こらないと思うけど……。

トンは荒い息遣いをしながら、音を立ててあちこち体の向きを変えていたが、最終的にはチョンラティーの背中の方へ身を寄せてきた。

「チョン……」

「はい？」

熱い吐息を首に感じて、チョンラティーは固く目を閉じた。ベッドの上で接近されたので、脳内でまた妄想の続きが始まった。

もしも迫られたなら、何回ぐらい拒否すれば軽い人間だと思われないだろうかと、そんなことばかり考えていた。

第17章

「チョン、俺たちはもう恋人同士になったんだよな？」

耳元でトンの低い声に囁《ささや》かれて、布団の下に隠れているチョンラティーの手足が固まった。

「そうだろ？」

「……そうだよ……」

「それなのにこんな風に俺に背を向けて寝るつもりなのか？」

「背中合わせで寝ちゃダメなら、どんな姿勢で寝ればいいの？」

チョンラティーの唇から息が漏れた。部屋があまりにも静か過ぎて、自分の鼓動が聞こえる……興奮し過ぎだ。それなのにトンの大きな手がチョンラティーの肩を押して仰向《あおむ》けに寝かせるので、ますます息が苦しくなってきた。

「俺の方を向くんだ」

トンは半身を起こした。目が合うとまゆげを上げてからかうような目で見てきた。それからチョンラティーの肩をがっしり摑んで体の向きを変えさせないようにした。

「トンの方を向けばいいんだよね？」

「俺と抱き合って寝たいと思わないのか？　恋人と抱き合って……恋人らしく」

「抱き合うだけだよね？　……すごく恥ずかしい。人と抱き合って寝たことがないから」

チョンラティーは正直に言った。トンと向き合って広い胸に飛び込むのは気軽にできることではないし、手を太い腰に回すのはさらに難しいと思った。手が震《ふる》えていたのでトンと視線を合わせないように俯《うつむ》いた。

うわっ！

これ以外の言葉は出てこない。トンの分身ともいえる熱い塊《かたまり》が……チョンラティーの足の付け根に当たった。トンに体を近づけた時、自分の足が彼のそこにがっつり当たってしまったからだ。

気づいてすぐに体を離したが、触れた感触は生々しく残っていた。実際の彼のそれは硬く、トンの分身と呼ぶに相応《ふさわ》しいくらいに大きくなっていた。

「ごめん。ぶつけるつもりはなかったんだ」

「おまえが余計なことを言わなければ、ただ抱きしめて寝るだけだったのに」

トンはかすれた声で言った。それからごくりと喉を鳴らす音が聞こえた。

暗闇に目が慣れると、何も見えなかった状態から次第にトンと周囲のものの影が見えてきた。

すると次の瞬間、トンの大きな体が向きを変えてチョンラティーに覆いかぶさってきた。両腕がチョンラティーの耳の側《そば》に置かれると、すぐ近くで彼の息遣いを感じた。それだけで、今までで一番体を密着させていることがわかった。

「何をするつもり？」

「俺にもわからない。混乱してる。チョン。おまえの体からとてもいい匂いがする」

「でも、クリームは塗っていないよ」

「それなら俺はおまえのクリームの匂いが好きなんじゃなくて、おまえ自身の匂いが好きなんだ。おまえが呼吸をしている音を聞くだけでも俺は変な気持ちになる……だんだん興奮してきた」

高い鼻がチョンラティーの鼻をつついた。暗闇の中では影だけしか見えなかったから、トンがどんな表情をしているのかまではわからなかった。

「するの？」

「怖いか？」

「うん……少し」

チョンラティーは自分の手をトンの胸に当てた。夢見るような気持ちで硬い筋肉を撫《な》でると、その手は次第に腹のシックスパックへと移動していった。

確かに怖いと言えば怖い。でもトンのものになりたいかと聞かれれば、恥ずかしげもなく言えるのだ……なりたい、と。

「俺は風呂でシてきた方がいいな」

トンが体を引いて立ち上がりバスルームへ行こうとしたそのとき、チョンラティーは思わずその手首を掴んで引き止めてしまった。

「ええっ……トン……ここでシてもいいよ」

チョンラティーは真っ赤になって照れながら、ベッドを降りようとしていたトンの顔を見つめた。

「ここでするってことは、俺がおまえにオナニーするのを見せるということか？」

「バカ！」

「それとも、俺におまえのを手伝わせるのか？」

「……」

思わずチョンラティーは黙り込んだ。

「……」

さらに沈黙が続いた。

「コンドームとジェルを持ってるんじゃないの？」

これ以上我慢できず、思わず聞いてしまった自分の口を引っぱたきたくなった。

急に耐えきれないほどの恥ずかしさに見舞われた。自分から誘うようなことを言ってしまったのだから。

なぜ自分はこんなに軽い人間なんだろう。この言い方は明らかに男をセックスに誘っている。これじゃビッチじゃないか。よくない……トンにどんな風に見られただろう。

「ああ。あれはアイに買っておいた方がいいと言われたから。でも俺はおまえに何かしようとは思ってない。早過ぎるし、第一、おまえはまだ心の準備ができてないだろ？　だから誤解するな。なあ、今自分でシてもいいか？　あそこが痛くてたまらない」

誰が準備ができてないと言った？　誰がいつ言ったって⁉

「……何て言っていいかわからない」

トンの腕から手を離すと、チョンラティーは自分の額に手を当てた。そしてトンの鈍感さを密かに笑った。

「僕のせいで興奮したの？」

「ああ」

「それならベッドに上がって。僕が手伝ってあげる……やったことはないけど」

そう言うとチョンラティーは体の向きを少し変え、照れ隠しに指で自分の鼻を掻《か》いた。

「どうやって手伝うつもりだ？」

「手でするんでしょ？」

チョンラティーが口を一文字に引き結んでトンの影を見ていると、彼はじっとして何か迷っているようだった。

けれど最終的には長い足がベッドに上がり、トンの体はチョンラティーの腰の上に乗った。

触れたズボンの股のあたりが膨らんでいる感触がした。

エアコンは全開で、とても涼しかったはずなのに、ふたりの体の熱を冷ますことはできていない。

トンがさらに体を寄せてきて、ベッドが軋《きし》む音が微かに聞こえた。トンの足の付け根に手を置いた時には、興奮し過ぎて息が荒くなった。トンの引き締まった筋肉が盛り上がっていて、足も胸も腹筋も鉄のように硬かった。

今チョンラティーの腹に当たっている熱を帯びたトンのそれも、体の他の部位の引き締まった筋肉のように硬いのか知りたかった。

チョンラティーの小さな手の片方はトンの骨盤のあたりを触っていたが、目標を変えてウエストのゴムの部分から下着の中に滑り込み、もう一方の手は太い腰を摑んでいた。トンの顔は真っ赤で息が荒かった。

ついにチョンラティーの手は相手の隠れた部分に触れた。チョンラティーはその熱いものを握りしめた。それは完全には勃起していないにもかかわらず、自分の手の中に納まらないくらいになっていた。

「ああ……」

チョンラティーが指先で熱い棒をしごくと、トンは顔を上げてうめいた。

男の興奮がわかりやすく出る部位はここだ。そしてトンの体のあらゆる場所が鉄のように固く熱く湿ってきたのでチョンラティーはやっぱりそうなんだと思った。そのことがさらにチョンラティーの欲望を刺激してきて興奮してしまう。

「手を動かしてくれ」

甘えたような声を出すトンのことをたまらなく愛《いと》おしく感じた。言われた通りにぎこちなく手を動かすと、それだけでもトンはうめき声をあげた。

相手に触られてもいないのに、チョンラティーの体の中心も少しずつ熱くなってきた。

信じられない……トンのうめき声を聞いて、彼の火照《ほて》った肌に触れただけで、自分を抑えられないくらい、一緒になって興奮してしまうなんて。

「俺が手伝ってやろうか」

チョンラティーの異変に気づいて、トンは短パンに入っているチョンラティーの手を引き出した。汗と石鹸《せっけん》の香りが部屋中に立ち込めて、ふたりの欲望を強く刺激した。

こめかみにキスされて、チョンラティーは目を閉じた。自分の体に触れると相手と変わらないぐらい汗をかいていることがわかった。トンは半身だけチョンラティーの体に寄りかかり、短パンの紐の結び目を解いて足元にずらした。

「おまえのは可愛《かわい》いな」

「そんなこと言わないで」

恥ずかしくなって、チョンラティーは体の向きを変えた。トンに自身のサイズをからかわれた気がして、顔だけ相手の方に向けて腕に嚙みつくと、トンの大きな手に自分のモノが握られた。

最初は自分がトンを気持ちよくしてあげようと思っていたのに、今は逆にトンにされている。トンは手荒なことはひとつもしなかった。優しく触り、快感に導かれたチョンラティーは体をよじらせた。

今まで自分でしたことはあるけれど、他人に自分のものを触らせたことはない。

でも自分でした時よりも、今トンにしてもらっている方がずっとよかった。チョンラティーは体を悶《もだ》えさせながらこらえきれずに部屋中に響く声で喘《あえ》いだ。

トンはチョンラティーに自分の腰を摑ませると、快感の高みへと押し上げた。手でぎゅっと摑ませたり、爪を立てさせたりした。

呼吸が荒くなり、絶頂に達すると同時に身体から力が抜けて、チョンラティーは白濁《はくだく》したしぶきを吐き出した。

「汚しちゃったね」

「俺もこれからおまえにしてやる」

「ううん……」

チョンラティーはかすれた声で返事をし、目はうつろだった。チョンラティーは息が苦しくなった。トンは自分の体についたチョンラティーの液体を手で拭《ぬぐ》い落とし、そしてチョンラティーの体を元の位置の仰向けに寝かせた。

チョンラティーは元通りに服を着せられたが、その後で足が持ち上げられ、両膝を割り広げるような姿勢になった。

微かに見えるシルエットで、トンが下着を下にずらしていたのがわかった。相手の足の間の秘部をハッキリ見たのは、チョンラティーにとってこれが初めてだった。

触った感触と変わらないぐらい、それはとても立派だった。

先ほど触れた時よりも大きく見えたとしたら、それはきっと、今思いっきり勃起しているからだろう。

……皮膚を服に擦りつける音が大きくなり、そのリズムがどんどん激しくなった。喘ぐ声が聞こえ、相手の汗の粒が自分の顔に飛んできた。

擦れる音がさらに大きく、リズムが速くなり……トンはしまいには体を震わせて傷つけられた獣のような咆哮《ほうこう》をあげた。

相手の吐き出した粘液がチョンラティーの服にかかり、肌にその熱さを感じるぐらいまでびちょびちょになった。

「俺はおまえの中に入りたくてたまらない。でも我慢する」

トンの大きな頭がチョンの首のあたりに寄りかかり、冷めない体の熱を伝えてきた。チョンラティーはただ、指で相手の濃い色の髪を撫で、トンが落ち着くように指で首をマッサージした。

……実際に愛を交わし合うひとつ手前の行為を通過したようで、お互いの体が触れ合う恥ずかしさはもうすっかり消えていた。チョンラティーはトンのことを思いきって抱きしめた。同じようにトンもまたチョンラティーのことをしっかりと腕の中に抱きしめていた。


土曜日の朝は目覚ましをセットしていなかった。おかげで深夜に寝ついたチョンラティーは翌朝いつもよりも寝過ぎてしまった。

気づけばこれまでと同じようにトンに背を向けて寝ていた。ただ今朝は、トンに後ろから全身をしっかりと抱きしめられていたけれど。

「寝坊だよ」

トンの方に寝返りをうつと、頭を強い力で撫でられたのでトンが既に起きていたことがわかった。

「だから何だ？　今日は出かけないだろ。俺はおまえを抱きしめて一日中寝ていたい」

思わず笑ってしまった。トンの腕の力が緩んだ隙に、体の向きを変えて仰向けになる。

「トンがこんなに甘えん坊だなんて知らなかったよ。でも起きて。もうお昼だよ」

「おまえの部屋に荷物を取りに行こう。戻ってきてまた俺と一緒に暮らせよ」

「それならぬいぐるみも持ってきていい？」

すぐに返事がなかったので、もう一度私物のぬいぐるみをたくさん持ってきていいかとトンに尋ねた。

「好きにしろ。それで、今日おまえは何かしたいことはあるか？」

トンはそう聞いてベッドから立ち上がった。髪は乱れていたけど、それでもイケメンには変わりない。

チョンラティーが自分の恋人にベタ惚《ぼ》れなせいだろうか。目やにを取っている姿だって素敵に見える。

「特にないよ。でも材料を買ってきて夕方何か作って食べようか？　料理には自信があるんだ。大袈《おおげ》裟《さ》に言ってるわけじゃないよ」

自画自賛すると、チョンラティーは起き上がってトンを抱きしめた。自分の顔を相手の背中に擦りつけると、そのまま抱きしめていた。

「そうしよう。……チョン、そんなにベタベタ触るな。またしたくなるだろ」

「僕は今までやりたくてもできなかったことをやってるだけだよ。今でもまだ夢を見ているんじゃないかと思う」

「なら、そのまま抱きしめてろ。今日俺たちはどこにも出かけなくていい」

「冗談でしょ？　僕は起きてシャワーを浴びるよ。お腹が空《す》いたから外に何か食べに行こう」

「朝飯は俺に任せろ」

トンが笑うと白い歯が見えた。任せろ、という言葉が印象的だったので、チョンラティーは顔を上げてトンに体を寄せ、聞いた。

「何か作ってくれるの？　本当に作れるの？　前にインスタントラーメンしか作れないって言ってたじゃない」

「おまえの恋人を見くびるなよ。まあ、楽しみにしてろ」

……ごまかすような笑い方を見て、トンの手作り料理を食べる前にお腹の薬を用意した方がいいかもしれないとチョンラティーは思った。


「本当に大丈夫？　お腹は壊さないよね？　先に言っておくけど、僕は胃が弱いんだ」

そう言ってチョンは一応念押しした。そうしたらトンに愛情を込めて思いっきりおでこにデコピンをされた。

「昨夜コンビニで買っておいた弁当がある。そんな不安そうな顔をするな。とりあえずはそれを食べて小腹を満たして、昼になったら外に食べに行こう」

「なーんだ。本当にサンドイッチでも作ってくれるのかと思ったのに。卵とベーコンをたくさん入れて、みたいな」

「作るのはおまえだろ。起きてシャワーを浴びろ。メシを温め終わるまでに出てこい」

「僕のシャワーが長いのは知っているでしょ。温めるのは一瞬で終わっちゃうから、温め終わってもきっとまだ僕は石鹸で体を洗い終わってないと思うよ」

チョンラティーはベッドから立ち上がると、伸びをしてからバスタオルを取って、だるそうにバスルームへ入った。

「俺がリビングに戻ってきた時にまだシャワーが終わってなかったら、俺が洗うのを手伝いに行ってやる。絶対にシャワーだけじゃ終わらないぞ」

「それならせめて二分ちょうだい」

トンの言葉でだるさが一気に醒《さ》めた。彼が洗うのを手伝いに来てしまわないようにさっさとバスルームに入った。


体の大きな恋人がいる利点は何だろう。まず第一に体の大きな人は力がある。だから大学の前にあるチョンラティーの寮から日用品を運び出すのに何度も往復しなくて済む。

チョンラティーがトンの部屋に運ぼうと思っているのは、洋服、ぬいぐるみ、文房具そして学部の先輩に最近もらったばかりの本棚だ。

例えばトンは本棚を片手で担げる。チョンラティーが自分で部屋に持って行った時は、階段の途中で何度も立ち止まって休憩しないといけなかったのに。

「僕の恋人はイケメンだ〜。それに年上だ……母さんの友達みたいに老けて見えるけど〜♪」

「なぜ、わざとそんな歌詞の歌を歌ってる？」

トンは階段のところで急に立ち止まり、言いがかりをつけたそうな顔で聞いてきた。彼が両手に物をたくさん持っている一方で、チョンラティーはといえば、ぬいぐるみの入った籠《かご》を持っているだけだ。

「そこしか覚えていないんだ」

「そうなのか？」

トンは間延びした言い方をして車の方へ歩いて行った。

「おまえはそのぬいぐるみたちを俺の部屋のどこに置くつもりだ？」

「ベッドの上だよ」

「全部か？」

トンは顔をしかめた。トンは荷物を車の後方に置くと、トランクを開けて持ってきた物をすべて入れた。

「うん。全部だよ。丁寧に並べてね。あ、ちゃんと並べて入れないと、車から出す時に大変だよ」

チョンラティーは手伝うために近寄り、車のトランクに入れた物をきれいに並べた。

「ベッドの上に置くのは二つだけにしてくれないか？　ベッドにすべて並べたら自分がポニーに乗る夢を見てしまいそうだ」

「ねえ……これはユニコーンだよ」

チョンラティーはポニーと勘違いされた白い馬のぬいぐるみを見て、訂正した。それは大切なものなので手に取って眺めているトンから取り上げた。

「同じだろ。俺には見分けがつかない」

「気にしないで。ベッドの上に置いていいのは二つだけなんだね？　それならマイメロディとユニコーンにする」

「泣きそうな顔をするな。おまえはこんなにぬいぐるみが好きなのか？」

「そんなことないよ。ただ、ベッドの上にたくさん物を置くのが好きなんだ。あると寂《さび》しくないから。ぬいぐるみをたくさん置いちゃダメなら、トンが僕を毎晩抱きしめてくれないと困るよ」

チョンラティーは顔をななめにして下唇を嚙み、照れたように上目遣いでトンを見上げた。

トンに甘えたい。たくさん甘えたい。

「唇を嚙むな。前に言った通り、三日付き合ったらおまえにキスしてやる」

「ああ……」

また頭をくしゃっと撫でられて、髪が乱れた。チョンラティーは首をすくめて思いきり笑った。トンに向かって叫びたかった。昨夜したことは、キスよりも、もっとすごいことじゃないのって。

「ショッピングモールに行ってメシを食ってから、夕飯の材料を買おう」

トンは車のトランクをしっかり閉めた後、今日の大まかな予定を言った。そして助手席の方に回り、ドアを開けてチョンラティーが乗るのを待った。

「唐辛子と胡椒の実で炒めたスパゲッティー《スパゲッティー・パット・キーマオ》はどう？　具はシーフードにしよう。海老とイカが好きでしょ」

「いいですよ。ダーリン」

トンはからかうような表情で歯並びのよい白い歯を見せて笑った。

「ダーリンじゃないよ。奴隷《どれい》だよ……トンの恋の奴隷」

「大袈裟に言うなよ、チョンラティー。俺は我慢強くないぞ」

「我慢しなくていいよ。我慢してなんて一度も頼んだことはない」

そう言い終わると、チョンラティーはすぐに車のドアを閉めた。そして運転中にトンにいろいろ聞かれても何も答えなかった。

我慢する必要なんて何もない。だって、いつも何をしても受け入れるから……。本当はずっと前からそうなんだけど。

第18章

ショッピングモールで前を歩くトンの後について、チョンラティーはカートを押していた。

今歩いているのは両側にチョコレートやビスケット、アメなどがあるお菓子コーナーだった。カートに入っているのは、トンが手に取ってチラッと見ただけで特に考えもせずにぽんぽん放り込んでいるものばかりだった。

「多過ぎるよ、トン。僻地《へきち》に住んでいるわけじゃないんだから、こんなにたくさんお菓子を買い占める必要はないでしょ？」

「誰のために買うと思ってるんだ？　俺がこんなの食うわけないだろ」

「僕のために買ってくれてるの？」

「ああ。おまえがこういう菓子をカバンに入れていつも持ち歩いているのを知ってるからな」

トンは言い終わると照れ隠しで首を掻《か》いた。耳を赤く染めたトンは、チョンラティーの背後にぴったりくっつくとその腕でがっしりと抱きしめてきた。

それからはトンがカートを押してくれた。振り返ってこちらを見る人たちもいたが、トンは気にしないようだ。

「トン、人が見てるよ」

「だから何だ？　おまえは恥ずかしいのか？」

「当たり前でしょ、男同士なんだから。カートを押すならひとりで押してよ。とりあえず、放して」

「ダメだ。このままでいい。みんなに見られても構わない。おまえが俺のものだとみんなわかるだろ」

「こんなにやきもちを焼くなんて知らなかったよ……それともさっき食べた刺身のせいで変になったのかな？」

　チョンラティーは笑ったが、周囲の視線に晒《さら》されてますます顔が真っ赤になってしまう。

「おまえは可愛《かわい》いから目立つだろ。だから俺のものだとはっきりしておかないと、また近づいてくる輩《やから》が出てくる。俺はめちゃくちゃやきもち焼きの嫉妬《しっと》深い人間だ。おまえを独占してもいいんだよな？　妬《や》いてもいいんだよな？　嫌じゃないよな？」

　そう言ってトンはその高い鼻を、チョンラティーの髪の毛の香りを嗅ぐように強く押し当てながら、勝手に片方の手をチョンラティーの腰に回していた。

　恥ずかしいと言えば恥ずかしいし、嬉しいと言えば嬉しい。けれど、今はどんな顔をしていいかわからない。

「いいよな？」

　トンはまた聞いた。そして頭のてっぺんにキスするようにして口をさらに強くチョンラティーの頭に押しつけた。

「うん。嫉妬されるのも悪くないね。大切にされているみたい」

「よろしい。それでおまえは何が欲しい？　カートを押してやる」

「やめてよ。歩きづらいよ」

「俺はやめない」

トンが体を近づけて耳元で囁《ささや》くので、もっと押しやすいように少し体を屈《かが》めた。

少し歩きづらいけれど、ものすごく楽しい。

スーパーでの買い物は思ったよりも長くかかってしまいそうだった。相変わらずトンはときどき立ち止まってはちょっかいをかけてくるし、レジに行くまでチョンラティーの体を離そうとしないからだ。

チョンラティーはレジ係の人が笑っているのに気がついた。それなのにトンはわざとその係の人に「僕の恋人は可愛いでしょ？」と言ったのだ。

あまりにも恥ずかしくて、チョンラティーは自分の身をよじって細くして、地面の隙間に入り込んで隠れてしまいたいと思った。

なんでそんなにからかうの？　死ぬほど恥ずかしいよ。

「チョン！　俺の荷物運びを手伝うつもりがないなら逃げるな」

「そんなに意地悪なんだからひとりで持てばいいでしょ」

「なあ、来いよ。おまえには負けたよ。俺の側《そば》に早く来い」

「もう恥ずかしいことをしないって、まず約束して」

「おまえは自分が照れてる時すごく可愛いってわかってるか？　それを見るとますますからかいたく

なる」

「それならふたりでいる時だけにしてよ……ね」

チョンラティーは足を止めてトンが追いついてくるのを待った。そしてふたりで一緒に駐車場まで歩いて行く。

トンが両腕に荷物を抱えていてすれ違う他のカップルのように手を繋ぐことができなかったので、チョンラティーはトンと腕を組むように絡めた。

「こんな風に腕を組んでくるなんておまえも俺をひとり占めしたいんだろ？」

「うん。トンはぼんやりしているからしっかり捕まえておかないと。誰かに誘拐されたりしちゃ困るでしょ？」

「俺はバカにされてるのか？」

「違うよ！」

チョンラティーは高い声を出して思いきり笑い、その後もトンといちゃいちゃしながら歩いた。からかい過ぎたせいでトンの顔はムスっとしていたが、チョンラティーが機嫌を取るように自分の顔をトンの腕に擦りつけて甘えると、やがて機嫌も元通りよくなった。

今は最高に幸せだ。

でも幸せな時間は、あっという間に過ぎる上に、悪魔がすぐに出てきてしまう……。

「なるほど……実はこういうことだったのね」

低く鋭い声が聞こえて、腕を組んでいた相手が急に立ち止まった。トンは背筋をぴんと伸ばし、急に硬い表情になって声がした方を振り返った。

「アンプ……」

「ねえ、トン。新しい恋人とお買い物？　こんなに趣味が変わってただなんて知りたくなかった……確かにトンとナイはやることが似てるよね。ナイの恋人は男だから、トンも男と付き合ってみたかったんでしょ？」

チョンラティーは動揺した。彼女の視線に晒されて、不快な気分になってくる。背の高いアンプ先輩は目がとても大きく、鼻は可愛らしい形をしていた。しかも彼女が喋《しゃべ》る時の唇がとても魅力的だった。

アンプ先輩の写真を初めて見た時、美人の彼女はトンとお似合いだと思った。でもそのときは、まさか今日みたいに面と向かって会う機会があるなんて思ってもいなかったのだ。

実物のアンプ先輩は、以前に見た写真よりも格段に美しかった。

今、チョンラティーは脇役のような立場で、過去に付き合っていたトンとアンプ先輩の視界に全く入っていないようだった。

「俺が誰と付き合おうとアンプには関係ない。俺たちは終わったんだろ？　それとも忘れたのか？」

「ふん。本当にお互いを忘れられると思ってる？　もし当てつけでやってるなら、その子を連れ回すのはやめなさいよ。あなたはチョンよね？　私に返信しなかったのも納得よ。だって実は自分がトンを狙っていたんだから」

アンプ先輩は近寄ってきて、チョンラティーだけに聞こえるように言った。

「そんなに欲しいなら、貸してあげる。でも忘れないで。絶対に返してもらうから」

チョンラティーはここにきて初めて相手に意識されたようだ。ただし今の場面においては、意識されるのはそんなにいいことではない。

「チョンに絡むな」

トンがかばってくれるのなら、ここで反論すべきではないとチョンラティーは思った。

「絡むつもりなんてないわよ。ただ先に付き合った人間として、新しい恋人に注意してあげただけ……ただそれだけよ」

「うるさい」

「そうかもね……私はもう行くわ。邪魔したくないから」

アンプ先輩は少し間をおいて言った。

「チョン君、また会おうね。それからトン。もし次会う時は、偶然じゃないから」

可愛らしい色の唇が弧を描いた。大きな目でチョンラティーの頭からつま先までじろりと見ると、踵《きびす》を返し高いヒールの音を立てて別の方向へと去っていった。

呆気《あっけ》に取られたチョンラティーとブスっとした顔のトンがその場に取り残された。

「トン……アンプ先輩と復縁するつもり?」

「ありえない」

「僕はトンを信じるよ」

チョンラティーは冷静な声で言い、隣の恋人をチラッと見上げた。

さっきアンプ先輩が言っていたことを気にするつもりはないが、トンの鋭い目がいつまでも遠くに去って行く人を追っているのが気になった。

ふたりの仲はまだ完全には切れていないようだった。恋の炎はまだくすぶっていて、再び燃え上がる日が来るのを待っているみたいだ。

こういう時、自分はどうすればいいんだろう？　くすぶっている炎にバケツで水をかけるか、それとも消防車で消火活動をすればいいのか。

「帰るぞ、チョン。アンプの言ったことは気にするな」

「そうだね……気にしないようにする」


唐辛子と胡椒の実で炒めたベーコンとシーフード入りのスパゲッティーの強烈な香りと、ベランダから漂ってくるタバコの強い香りが部屋の中で混ざり合う。

チョンラティーはその混ざり合った臭いを嗅いで目眩《めまい》がしそうだったので、鍋の中のスパゲッティーを急いで炒めることにした。

料理が出来上がりガスの火を消しても、トンはまだタバコを吸い続けていた。

チョンラティーは台所のシンクで手についた油を洗い流した後、近くに置いてあったタバコの箱とライターを持ってトンのところへ向かった。

「なぜ出てきた？　この一本を吸い終えたら部屋に入るぞ」

煙を吐き出しながら言うトンは、チョンラティーにベランダに出てきてほしくはなさそうだった。

「僕も付き合って一緒に吸うよ。勝手に一本もらっちゃった」

チョンラティーはそう言うと、さっさとタバコの先に火を点《つ》けた。それを見たトンは急いでチョンラティーに近寄り、その手の中からタバコとライターを取り上げた。

「何やってんだよ、おまえ！」

トンは声を荒らげた。

「タバコを……」

「やめろよ」

「なんでムキになってこんなにたくさん吸っているの？」

トンの怒った声に対し、チョンラティーは気持ちを抑えて冷静に言った。

「いろいろ悩んでいて」

「僕もいろいろ悩んでるよ。自分の恋人がずっとタバコを吸いながら元カノのことで頭をいっぱいにして、新しい恋人が腕によりをかけて作った食事に見向きもしないから」

「アンプのことを考えていたんじゃない」

トンは声を落とした。イライラがなりを潜《ひそ》めて、戸惑《とまど》っているように見えた。彼は手に持っていたタバコを二本とも消した。

「俺は、おまえがアンプのことで悩むんじゃないかと心配してたんだ。マジで心配してる。付き合ったばかりなのに、最初からこんな面倒なことが起きて俺は嫌なんだ」

「アンプ先輩が、さっきみたいにイライラして僕に大声で怒ったトンの姿を見ていたら喜ぶだろうね。いつも大声で怒鳴るのは悪い癖だよ。それに僕のことを無視して外でタバコ吸ってたしね」

べつにトンに対して本気で怒っているわけではなかった。チョンラティーはため息をつくと、ベランダの手すりに寄りかかった。

「悪かった。でもおまえは本当に悩んではいないんだな？」

「僕はそこまで感情的な人間じゃないから、終わったことはすぐに忘れるよ。べつに気にしてない」

「俺はおまえにいい彼氏だと思われたい」

「トンは僕にとってはいつだって最高だよ。だから心配しないで。さあ、ご飯を食べよう。過去のことを理由に今一緒にいる時間を台無しにしないで。一緒にいる時は喧嘩《けんか》したくないし、幸せでいい思い出をたくさん作りたいんだ」

「今のおまえの話を聞いて反省してる。さっきは大声を出して、本当に悪かった」

「いいんだ。僕は冷静だからね。でも悪いと思うなら、ベッドに載せるぬいぐるみをもう一つ増やして三個にしていい？」

「四個でもいいぞ」

「ベイビー・トン、今日は優しいね」

チョンラティーは笑った。ふたりの間に張り詰めていた緊張の糸が少しほぐれた。

そうして、食事のために部屋へ戻ろうとしたそのとき。

「チョン」

トンに呼ばれて、振り返ると、チョンラティーの視界にもやがかかった。コンタクトの代わりにかけていたメガネを外されたからだ。

「何？」

トンの姿はぼんやりとしか見えなかったが、逆に唇に当たる感触は鮮明で、メンソールタバコの香りがした。

タバコの苦みの残る舌先が口の中に入ってきて、チョンラティーの足から力が抜けた。崩れそうになる背中をトンの厚みのある手が支えてくれたおかげで、チョンラティーはかろうじて立っていることができた。

「三日待つって言ったのにごめん。待ちきれなかった……おまえにキスしたくて」

トンはチョンラティーの下唇を甘噛みしながらかすれた声で謝った。

しばらくそうして抵抗されないとわかると、さらにキスを深くしていった。

「ねえ……もうやめて」

「もう一回。夕飯前の最後だ」

「トン……」

チョンラティーが胸に押し当てた手は相手の片方の手で封じられた。強く吸われて、痺《しび》れた唇が腫《は》れているのがわかった。

最後のキスはとても長くて、唇が離された時には、肺の中にはほとんど酸素が残っていなかった。

トンが離れた途端にチョンラティーの体はぐったりとして、そのまま倒れそうだった。ベランダの手すりを摑んでいたおかげでかろうじて倒れずに済んだけれど、鼓動が早鐘を打ったように高鳴っていた。

そんなチョンラティーの姿を見て、トンは嬉しそうに笑った。チョンラティーは肩と膝の裏をすくい上げるように抱きかかえられ、いとも簡単にお姫様抱っこされてしまった。トンと体を密着させて思ったのは、トンの心臓も自分と変わらないぐらい速く脈打っていたことだった。

「まずおまえの手料理を食ってから、後でおまえをいただこう」

背が高く体が大きいトンが、たくさん食べるのは当然だろう。

チョンラティーはトンが最後の一口のスパゲッティーをフォークに巻き付けるのを、頰杖をついて見ていた。それからチョンラティーは鍋に残っていたスパゲッティーをトンの皿に入れ三回目のお代わりをさせてあげた。

四皿目が空《から》になると、トンはようやく満腹になったようだった。

「旨かった」

「口に合って嬉しいよ。それで今日はバスケの練習に行くの？」

時計を見ると午後六時過ぎを指していた。トンがいつもこの時間にバスケの練習に行くのを思い出した。

「友達がいつものバスケコートでサッカーをやらないかって連絡してきてる。そいつがおまえも連れて来いって。恋人ができたのに紹介してくれないってうるさいんだ。行くか？」

「トンの友達は僕たちのことを知っているの？」

「あいつらは俺がおまえをレストランから連れ出したあの日から知っている。あの日俺はおまえを見張るために友達をあの店に呼び出したんだ」

「え〜。トンも僕がそこまで好きだったんだね」

「一言余計だ。それ以上言ったらキスするぞ」

トンは親指でチョンの唇の端にそっと触れた。でも視線はわざと逸《そ》らして部屋の中を見回した。

「どうする？　行くか？」

「行ってもいいよ。特にすることもないし」


トンがチョンラティーと一緒に行くと友達に返事をしてから間もなく、チョンラティーはバスケットコートの側に座っていた。

ナイ先輩が何か言いたそうに近寄ってきてうろうろしていたが、トンが怖い顔をしているのを見て、話しかけてこずにクスクスと笑って離れていった。そしてナイ先輩が友達にひそひそと囁くと、みんながトンの方をときどき振り返るのだった。

　全くひそひそ声になっていないけれど、彼らはわかっているだろうか。

「ナーイ。おまえの友達を見ろよ。口では好きじゃないと言っていたのに、見ろ、ずっと目を離そうとしない」

「思い通りになってよかったな。俺がずっと祈ってやったおかげだな」

　答えたのはナーイ先輩だった。ナイ先輩と話しているふりをしながらも、視線はトンの方を見ていたし、きゃっきゃとうっとうしい笑い方をしていた。

「前世でトンはたくさん徳を積んだに違いない。だからあんなにバカなのにチョンみたいにいい恋人ができたんだろ」

　低い声で信心深い話をしているのは、絶対にインタ先輩だ。

「おバカなトン」

　この冷静な喋り方の低い声はアイ先輩だ。普段はあまり喋らないのに、今日は何を思ったのか噂話《うわさばなし》に加わっている。

「俺はちょっとあいつらを黙らせてくる。おまえはここで待ってろ。俺がいない時に誰かがちょっかいをかけてきたら恋人がいると言って断れ。わかったな?」

「うわっ、怖い。いちいちうるさいな」

　……これはナイ先輩がトンをからかっている声。

　チョンラティーはトンがぱちんと指を鳴らしたような気がした。トンの顔は真っ赤だったが、怒っているせいなのか照れているせいなのか、どっちかわからなかった。

「わかった。友達とサッカーしてきてよ。僕はここで待ってる」

「ああ。帰りたくなったら大声で呼べ」

「うん。気にしないで行って」

トンの背中を軽く押し、それから彼を待っている友達の姿を見て、チョンラティーはトンの膝を軽く蹴って早く行くように促した。

けれどサッカーを始める前に、トンとナイ先輩が楽しそうにプロレスごっこをし始めたのが見えた。組み合うふたりの動きはかなり激しかったが、その後、彼らは何事もなかったように仲良くサッカーを始めたのだった。

第19章

冷たい水が俯《うつむ》いた頭を伝い、汗や熱と共に洗面台に流れていった。

水しぶきが洗面台の底に当たる音がしばらくしていたが、大きな手が蛇口を閉めるとそれも止まった。

頭を振って乾かそうとした濡れた黒髪が、いつもよりさらに黒く見えた。トンは顔を上げて鏡を見ながら、濡れたままの髪の毛を後ろにかき上げた。

顔にはまだ水滴がたくさんついていたが、トンは全く気にしていなかった。

「アイ、聞きたいことがある」

「何だ?」

アイは手で水をすくって顔を洗っていた。サッカーをして体が熱くなったので、彼の白い両頬は真っ赤になっていた。

トイレにはアイとトンのふたりだけだった。なぜふたりきりかというと、アイが座って休んでいたところをトンが腕を引っ張って連れてきたからだ。

「実は知りたいことがある。ネットで調べようと思ったが、経験のあるヤツに聞く方が早いと思って」

「ごちゃごちゃ言わないで、さっさと言え。俺は喉が渇いたから何か飲みに行きたい」

「率直に聞くぞ」

トンは下唇を噛み、洗面台に寄りかかったまま体ごとアイの方を向いた。

「ああ、何でも聞けよ」

「初めての時って、どうだった？」

「何の初めてだ？」

アイは不思議そうな目をし、腕組みをして考えた。

「だから……ナイとの初めての時は……どうだった？」

「初めて出会った時のことか？　あいつが落としたあひるのおもちゃを俺が拾ってやった。それがきっかけだ。たぶんナイはこの話を百回はしてるぞ」

「違う。その話じゃない」

トンは唾を飲み込んで大きく息を吸い、首を掻《か》いて、思いきって正直に言った。

「初めてのセックスはどうやってした？」

「ああ、わかった。あの子とおまえはもうとっくに済ませたと思っていたのに。なんでまだなんだ？」

「何がまだだよ。俺は男と男がどうするか知らない……チョンに痛い思いをさせたくない」

ようやく聞きたいことを聞けたからか、トンは安堵《あんど》の表情を浮かべた。質問の答えを期待してアイの顔をじっと見る。

「最初は誰でも痛い。でもジェルをたくさん使えば何とかなる。人によってアレのサイズも違うし……

チョンを上にしてみろ」

アイはアドバイスをしてからトイレを出ようとした。

「チョンを上にするということは、チョンが俺に挿入するのか？」

唾を飲み込みながらトンの顔は青ざめた。恋人同士なら、当然セックスはする。でもトンは男と付き合うのは初めてだし、自分が挿《い》れられる姿を想像したことなんてなかった。

鳥肌が立ちそうだ！

「ナイが言った通りおまえはバカだ。俺がおまえにいちいち教えないといけないのか？」

アイはトンの方に向き直ると、もううんざりといった顔で天井を見上げた。

「最初の挿れ方だけ教えてくれれば、後のことは自分で何とかする」

「おまえから見返りをもらわないと教えたくない」

「何が欲しいんだ？　何でも持ってきてやる」

「ナイが刈り上げにしてたころの高校生時代の写真」

アイは指で自分の顎《あご》を撫《な》でた。その目はずるがしこそうに光っていた。

「俺の持っているアルバムごとやるよ」

「交渉成立だ。そこに座って俺の教えることをよく聞け。百パーセント効果があるし、お互いにとっても気持ちいい」

アイは手洗い場に腰かけると、トンに隣に座るようにと言った。

「それではベイビー・トン。アイヤレート先生がエロの知識を伝授しよう」

長い間アイ先輩と一緒にトイレに籠《こも》っていたトンが自分の方に向かって歩いてきた時、チョンラティーは組んでぶらぶらさせていた足の動きを止めた。髪の毛と太いまゆげが濡れていることで、トンの元々濃い顔立ちがさらに際立って見えた。

チョンラティーが椅子を押して勢いをつけて立ち上がった時、ちょうどトンが目の前にやってきた。

「暑かったの？　首まで真っ赤だよ」

チョンラティーは顔を傾けてトンを見つめ、細かいところまで観察した。

「大丈夫、俺は平気だ」

「心配するな、チョン。こいつは元気さ。一晩中パワー全開だよ」

「おい！　アイ！」

トンは振り返り、一緒にトイレから戻ってきたアイ先輩の言葉を脅《おど》すような口調で遮《さえぎ》った。そうしてそれ以上アイ先輩が話し続けるのを止めるように、チョンラティーの細い腕を勢いよく掴んで引き寄せた。

「余計なことを言うなよ。言ったらナイの写真を持ってきてやらないからな」

「気をつけて帰れよと言おうとしていただけだ。おまえがチョンの腕をそんな風に掴んでるということは、もう帰る気なんだろう？」

アイ先輩はニヤニヤして、意味深な目でチョンラティーのことを見た。そうしてチョンラティーを勇気づけるように肩に手を置いたのだが、その瞬間にトンに手を振り払われた。

「誰が触っていいと言った？　離せ」

「嫉妬《しっと》深いな」

「俺のものだ。帰るぞ、チョン」

トンは手を上げて髪をかき上げた。掴んでいたチョンラティーの腕を放し、そのまま手を繋ぐとアイ先輩から離れるように別の方向へと歩き始めた。

トンが少し先を歩いているけれど、チョンラティーはそこにも彼の思いやりを感じていた。長い足はさほどスピードを出して歩いていないので、無理せず彼について行くことができた。

チョンラティーはトンに手を繋がれたまま歩いた。しばらく歩くとサッカー場の音がだんだん小さくなっていき、街灯からも離れてあたりはだんだん暗くなっていった。手のぬくもりを感じながら気持ちも通じ合わせられている感じがした。

「どうしたの？　ずいぶん静かだね」

「考え事をしている」

「何のこと？　僕に教えて」

「部屋に着いたら話す。今俺は、おまえがなぜ俺を好きなのか知りたい」

駐車場に向かって歩いていた足が、ふいに止まった。普通に繋がれていたはずの手は、チョンラティーの指と組むように絡められ、いつの間にか恋人繋ぎになっていた。前にいる人は振り返りもしなかったけれど。

「ナイトだから」

「騎士のことか？」

「そう。僕がトンを好きな理由はたくさんある。ここで全部を話したら、今日中には部屋にたどり着けないくらいいっぱいあるよ。だから今は、騎士だから、だけにしておくね」

「俺が騎士か？　こんな俺が？」

トンはようやく振り返ってチョンラティーの顔をマジマジと見てきた。コートの照明の明かりがかろうじてここまで届いていたので、トンがとても不思議そうな顔をしているのが見えた。

「そう。僕にとってトンは騎士だよ」

「どんな風に？」

「トンはよく僕の先を歩くけれど、僕が追いつけるようにゆっくりと歩いてくれている。一緒に歩く時はいつもそうだ。まだ恋人じゃなかったころは手を繋ぐことはなかったけれど、トンはときどき僕を振り返って、いつも気にかけてくれて、何か問題が起きた時はいつも助けてくれた。子供のころのことを覚えてる？　僕がハチに足を刺された時、トンは僕が倒れたのを見て、駆け寄って僕をおぶってくれた。もしかしたらあのときから僕はトンを好きになっていたのかもしれない」

チョンラティーは繋がれていない方のもう片方の手でもトンの手を握った。

「それに僕が誰かにいじめられると、トンはいつも相手をやっつけてくれた。子供の時から今まで……少しも変わらない」

「話を聞いていると、俺は騎士というよりも不良だな」

「他の人にとっては不良かもしれないけれど、僕にとっては騎士なんだよ」

「The Knight and The Prince——王子様は立派過ぎるから騎士が付き合うのは変だ」

「他の人の〝立派〟の基準が何なのかはわからないけど、僕にとってトンはいつもずっと最高なんだ。そしてもしできるなら、この先もずっと最高の人でいてほしい」

「それならひとつ頼みがある。チョン、今夜……俺のものになってほしい」

チョンラティーは顔を上げてトンと見つめ合った。じっと見つめてくるトンのその目の色は真剣そのものだった。

彼は答えを求めるかのように手をさらに強く握りしめてきた。

「なぜいきなりそんな話をするの？」

「無理なら構わない。俺は急がない」

「ええっと……いいよ。なる」

ついにチョンラティーはそう答えた。


トンを夫にするにはどうすればいい？

トンを夫にするチャンスはあるかな？

チョンラティーはまた無駄な妄想をしようとしている。親友のゲムから以前言われた言葉を思い出していた。あのときはほとんど冗談で話していたけれど、まさかトンが自分の夫になるのが現実になるとは思ってもいなかった。

部屋の中は静寂《せいじゃく》に包まれていた。スプリングの効いたベッドの端にチョンラティーは座っていて、反対の端はトンが寝るスペースだった。ふたりともシャワーは済ませてある。

トンが距離を詰めてくる度にベッドのスプリングが揺れた。その揺れは次第に大きなものになってくる。トンはチョンラティーに近づき、体を寄せて座ると言った。

「ジェルとコンドームがある」

「うん」

「俺は優しくするから」

「うん」

「痛かったら言えよ。やめるから」

「うん」

「なあ……早過ぎないよな？　俺は焦《あせ》ってると思うか？」

「……」

「俺はもう少し待つべきか？　やっぱり待った方がいいよな」

トンがベッドから立ち上がろうとするのを見て、思わずチョンラティーは手を伸ばしてトンの服の裾《すそ》を摑んで引き留《と》めた。

見てよ。トンは百日でも千年でも寝間着を着て寝たことがないのに、こういうことをしようと思った時はどうしてかきっちり寝間着を着ているんだ。

……もう我慢できないよ、トン。もう待てない……。

「余計なことを考えないで、喋《しゃべ》り過ぎだよ。さっさと始めてよ」

言ってしまってから、チョンラティーは自分の口を引っぱたきたくなった。トンが欲しいという欲望を正直に口にしてしまったことが恥ずかしくて、トンの腕から手を離すとその手で自分の顔を隠した。黙ったままのトンから視線を逸《そ》らし、ベッドに寝転ぶと、チョンラティーは布団で自分の体をすっぽりとくるんだ。

「僕がさっき言ったことは忘れてもいいよ」

「俺がおまえを自分のものにしたいのと同じように、おまえも俺に自分のものになってほしいと思ってくれてるんだろ?」

「本音と理想とどっちを聞きたい? 本音を言えば、ずっと前からトンのものになりたかったよ。理想を言うなら、さっさと隣の部屋のソファーで寝てよ」

「おまえにそこまで言われて、俺がこのままこの部屋を出ると思うか?」

広いベッドの上で体を転がされ、トンは腕をベッドについてチョンラティーの上に覆いかぶさってきた。そしてチョンラティーは仰向《あおむ》けにされ、しばらく互いに見つめ合った。

「僕は初めてだよ」

「知ってる」

トンは体をベッドの頭の方にずらした。そのときは彼が何をしようとしているのかはわからなかった。しかしそれを聞く暇もないうちに、ベッドの頭の部分の引き出しが大きな音を立てて開けられ、トンが何かを取り出した。

コンドームとジェルの箱だ……。

トンの体がチョンラティーの上に戻ってきた時、再び沈黙が訪れた。

ふたりは再び見つめ合っていた。この雰囲気の中ではすべての動きが止まっているように感じる。けれど、チョンラティーとトンの体の動きは止まらなかった。

トンの膝に足を割り広げられ、腰のあたりが熱い手で撫で回される。

チョンラティーの胸は乱れたリズムで上下した。刺激を与えられて興奮しているせいかもしれない。

「ああ……」

トンが体重をかけてきた時、チョンラティーは思わず声を漏らした。トンにキスされ、唇を吸われながらチョンラティーの首のあたりが触られるとそれだけで甘美な気持ちになった。

キスから広がる火照《ほて》りが徐々に広がってきて、胸のところまできた。

チョンラティーの首や肩にはキスマークが残るだろう。キスの音が耳に響いて鳴りやまない。

最初に感じていた羞恥心と迷いは好奇心に変わった。チョンラティーは始めたころとは別人のように積極的になった。

首と胸と口に激しくキスされていたので、自分のダボダボの寝間着がいつ脱がされていたのか全く気がつかなかった。分厚い体の下で身動きもできず、チョンラティーは喘《あえ》ぐばかりだった。

「おまえの乳首はきれいなピンクだな」

「す……好き?」

ノックアウトされたみたいに、うめくような声しか出せない。チョンラティーの胸のあたりからトンが鋭い目で見上げてきた。腹のあたりがカッと熱くなり、爆発しそうになった。

「好きだ」

トンは舌を出して自分の唇を舐《な》めた。濡れて赤く光る舌がなまめかしい。ピアスを付けたままゆげを歪《ゆが》めながら、トンは舌でチョンラティーの立ち上がった乳首を交互に舐め、唇を使い吸ったり噛んだりした。

「うわあ!」

チョンラティーはいったん顔を上げて、頭を枕に押しつけた。我を忘れたようになって、トンの腕を爪で引っ掻いていた。歯型の跡《あと》が残るほど乳首を強く噛まれ、チョンラティーはさらに強く爪を立ててしまった。

今目の前にいる人はトンとは別人みたいだ。まるで獰猛《どうもう》な動物……それが、自分の体に恐ろしいほどに欲情しているのがわかる。

チョンラティーの体の真ん中を刺激した時、トンの獰猛さが増した。

「う……うう……うう……」

そのなりゆきで下着を脱がされたが、チョンラティーには恥ずかしがる暇もなかった。相手の手に導かれるままに、腰を上げて体を揺らすことしかできない。鼻は欲望の匂いを嗅ぎつけていた。耳には、体と体がぶつかる音と自分の吐息しか聞こえない。

「む、無理、トン、トン」

痛みと快感が混ざり合い、身も心も最高潮にまで達した。頭が真っ白になり、自分の体が浮いているような感覚だった。自分の温かいものを全部出しきった時に意識が戻った。

ぐったりして横になったまま、チョンラティーはハアハアと荒い息をしていた。そのときトンがそっと呟《つぶや》いた。

「きれいだ」

「ん？　何？」

チョンラティーはうつろな目でトンを見上げ、手を伸ばして裸になったトンの筋肉を撫でた。

「おまえは本当にきれいだ」

「今まで人をほめたことがないと言ってなかった？」

「だから今おまえをほめている。すごくきれいだ」

トンは微笑んでチョンラティーの腕を掴んでうつぶせにした。そして長い指を使って体の割れ目をなぞった。

「入るかどうか心配だ……とても狭いから」

「僕を恥ずかしがらせたいの？」

チョンラティーは自分の顔の熱さを冷ますかのように、大きく息を吐いた。潤滑ジェルの蓋《ふた》を開ける音が聞こえると、目を固く閉じて枕を抱きしめてその端を噛んだ。

トンはベタベタしたジェルを手に載せて、手のひらで擦って温めている。それからそのジェルをつけた指をチョンラティーの体の中へと挿入してきた。

「うう……」

「痛いか？」

「い、いや。まだ痛くない」

トンの熱い手がチョンラティーの腰に回され、ベッドから少し体を浮かせた。抵抗を減らすためにトンの指が出たり入ったりして内壁を擦って解《ほぐ》していく。

「指の数を増やすぞ」

「トン……」

中が広げられていくのを感じて、チョンラティーは呻いた。

「いちいち許可を取らないで。恥ずかしいから」

「わかった。あまり喋らない」

耳たぶにキスをし、チョンラティーの白い肌を甘噛みしてからトンは熱い舌をくぼみに挿入してきた。トンは三本の指を入れたことから生じる痛みを和らげようとしてくれているようだ。

「うう……」

「中に入れるぞ。無理だったら、言え」

「う……うん」

チョンラティーは手で鼻の先を擦った。体の中からすべての指が抜かれて、圧迫感と苦しさから解放される。

が、それもほんの少しの間だけだった。トンがコンドームの袋を手に取って、歯で破いているのがわかったからだ。

トンはうつぶせのままで避妊具を身に着けると、チョンラティーの奥まったそこへ自身を押し当てた。

次の瞬間、チョンラティーは、熱いモノがゆっくりと中に入ってくるのを感じると同時に、痛みが全身に広がった。

「あっ……あっ……」

チョンラティーは声を押し殺すために頭を柔《やわ》らかい枕に押しつけた。その手は痛みをまぎらわせるためにシーツの端を握りしめている。痛みを意識しないように、背中に落とされたキスに気持ちを集中させようとしたが、どれだけ全身にキスをされても何の役にも立たなかった。

「いいか？」

「いいよ。……でも痛い」

チョンラティーは顔を上げて答えた。瞬きをして涙のしずくを振り払おうとすると、そのしずくは頬を伝って流れていき、トンの唇がそれを吸い取った。

「全部、入った？」

「ああ。全部入った」

「じゃあ、シて。僕は大丈夫」

チョンラティーはまたさっきのようにうつぶせになり、動き始めた時に痛みをこらえるためにトンの指に自分の指を重ねた。

ゆっくりと力がかけられ、トンの動きはどんどん激しさを増していった。肉と肉がぶつかる大きな音がしばらく続いた。

トンの思うがままに突かれているうちに、チョンラティーの痛みがだんだんと引いていき、次第に違う感覚が芽生えてきた。

「トン、はあ……はあ……感じる」

「チョン、チョン」

「愛してる……トンを愛してる」

チョンラティーの小さな顎が背後から持ち上げられた。覆いかぶさってきたトンは唇でその口を塞ぎ、すべての言葉を喉に閉じこめた。動きがますます激しく強くなり、やがてふたりともが絶頂に達した。

……チョンラティーはベッドの上をべちゃべちゃに汚してしまっていた。一方、トンは体を離したと同時に、大量の精液が入ったコンドームを外した。そして流れるように新しい袋を破くとすぐにそれを身に着けて、二回戦が始まった。

第20章

「言っておくけど、僕は起き上がれないから。今日はどこへも行かないし、何もしたくない」

昼になったにもかかわらず、チョンラティーは布団で自分の体をくるんでいることしかできなかった。ベッドの側《そば》で満面の笑みを浮かべている相手に対して怒りをぶつけ、睨《にら》みつける。

トンはやり過ぎだった。コンドームの箱は二箱開けられていた。しかも一回につき一時間もかけたのだ。

チョンラティーの腰は半分壊れたような状態だった。トンを受け入れ続けた後孔にいたっては言うまでもない。ひりひりして、何の感覚もなくなっていた。

けれどこれはチョンラティー自身にも原因があるとわかっていた。というのも、トンにもう一回いいか？　と聞かれる度に一度も拒否しなかったからだ。

「どこにも行かなくていい。まずは飯だ。飯を食ったら薬を飲め。微熱があるみたいだ」

「トンは今日、どこかへ行くの？」

チョンラティーは起き上がり、ベッドの端に腰かけた。体には力が入らなかったが、自分の体をずらしてトンを隣に座らせた。部屋の状態は荒れ果てていた。電気スタンドが床に倒れ、本棚に収まっていたはずの本は床に散らばっていた。

「出かけない。部屋を片付けないと」

「僕たちはセックスというよりは戦争をしたみたいだね」

「この次はもっと激しくしたいけど、いいか？」

「無理だよ。これ以上のことをするなら僕はもっとノーマルな新しい恋人を作るよ」

チョンラティーはトンに向かって力なく笑って、わざと相手の嫉妬《しっと》心を刺激した。昨夜からトンの嫉妬が最高潮に達していることはわかっていた。

「作れるものなら、やってみろ」

トンはチョンラティーの顎《あご》を持ち上げ、お仕置きとして口の中をキスでかき回した。

「降参するよ。無理だもん。それで何を持ってきてくれたの？」

「卵とベーコンのサンドイッチ」

「自分で作ったの？」

チョンラティーは自分の体をトンの広い胸にもたせかけ、皿に二枚パンが重なって置いてあるのを見た。その間には具が挟まれていた。レタス、トマトと玉ねぎも入っているようだ。

「ああ。おまえに前に言われたからネットで調べて作ってみた。食べてみろよ。おまえの好物を挟んである」

「うん」

チョンラティーはためらいながら形の悪いサンドイッチに手を伸ばした。得意げな顔をしている彼と目を合わせると、小さく一口囓《かじ》って口に入れた。

「どうだ？」

「トンはエッチが終わったから、僕を殺すつもり？」

チョンラティーは怒った声で言い、サンドイッチを皿に戻した。

「そんなにひどいのか？」

トンはがっかりした表情でチョンラティーが皿に戻したサンドイッチを手に取ると、自分で味を確かめようとかぶりついた。

結局トンは口にしたものをすべて吐き出す羽目になった。

「ごめんね。注意するのが間に合わなかった」

「これはチョンラティーという名前の恋人ができたせいだ。海という意味の名前の恋人だからサンドイッチも塩気が多くなったんだ」

トンはサンドイッチの皿をベッドサイドの小さなテーブルの上に置き、チョンラティーを振り返って無理やり笑みを浮かべた。

「すごくまずいけど、食べるよ。トンが一生懸命に作ってくれたんだから」

「食べるな。俺の機嫌を取るために我慢するな……何が食べたい？　買ってきてやる」

「それじゃあ、おかゆを買ってきて。でもすぐに行かないで。もう少しこのままでいたい」

チョンラティーは甘えた声でそう言って、両腕をトンの首に回した。体を動かしてトンの膝の上に座り、いい匂いのするトンの首に顔を近づけた。

「僕は絶対にトンをあの人に返さない」

「何て言った？」

「トンを愛してる。タピオカミルクティーも買ってきて」

「甘えん坊だな……」

トンは高い鼻をチョンラティーの髪に埋めると、その次の瞬間に体を離した。

「寝ながら待ってろ。すぐに戻る」


トンがわざわざ車で買いに行ってくれたおかゆを食べ終えると、チョンラティーは薬を飲んで、長い時間眠った。おかげで熱も夕方には下がり、かなりぎこちなくではあるが立ち上がって室内を歩けるようになった。

「何が欲しいか言えよ。起き上がらなくていいから」

「僕は大丈夫だよ。立てるようになったし。ところでトンは何をしているの？」

「皿洗いだ」

トンは台所のシンクから体をずらし、洗い終わった大量の皿を見せた。

「サンドイッチを作るのに、どうしてこんなにたくさん皿を使ったの？」

「料理が下手だからだ。料理って難しいな」

「ちっとも難しくないよ。料理、水泳、運転。この三つを習得すれば、何でもできるって言われてるし」

そう言ってチョンラティーは皿洗いをしているトンへ近寄ると、後ろから抱きしめた。

すごく愛してる。ずっと抱きしめていたい。

「俺は泳げるし、運転もできる。でも料理は難しい。俺の料理は犬も食わないだろうな」

「教えてあげようか？　今日の夕飯から」

「いいぞ。ただしここで燃え上がっても知らないけどな」

「トン……」

チョンラティーはかすれた声でトンの名を呟《つぶや》き、自分の顎を相手の肩に載せた。

「ん？」

「俺とおまえって呼び合うのをやめようよ。もっと丁寧な言い方にして……してください」

「自分のことを、兄さんはね、とでも言えばいいのか？」

「嫌だ。自分のことはトンって言って」

「トンは皿洗いが終わったよ。こんな風に言うのか？　変な気分だ……」

「すごく可愛《かわい》いよ」

トンが歩き出そうとしたので、チョンラティーは抱きしめる腕にさらに力を込めた。

「おまえは可愛いものが好きなんだな。籠《かご》に入ってるぬいぐるみとか」

「トンが可愛くないんだよ。野蛮《やばん》で」

チョンラティーはそう言い、口を大きく開けて笑った。するとトンが振り返り、今度はチョンラティーを腕に抱きしめて顔を寄せてくる。

それから移動したトンはソファーに座り、向き合う体勢でチョンラティーを膝の上に乗せた。

「両方の目でしっかり見ろ。俺のどこが可愛くないんだ？」

「まゆげでしょ、目、鼻、口、胸のタトゥー、背の高さ、それから筋肉もだよ」

「全身じゃないか」

「でも僕はトンのそんなところが好きだよ」

チョンラティーは体の大きな恋人を強く抱きしめ、まるで猫みたいに、トンの胸にすり寄って甘えた。

「この格好で写真を撮らないか？　おまえは超可愛い。もし痛くなければ、もう一回おまえとヤリたいくらいだ」

「撮ってもいいけど、どこにも載せないで」

「載せるわけがないだろ。俺が自分ひとりで眺めるために撮るんだ」

トンはズボンのポケットからスマホを取り出し、カメラを起動して写真を撮った。

「ツーショット？」

「ああ。ダメか？」

「いいよ。でも僕にも送って」

チョンラティーはトンの首にもたれさせていた頭を上げて、撮った写真を覗き込んでから、またトンの胸に寄りかかった。

ふたりはソファーに座ってしばらく静かにしていた。体がくっついている間、会話は必要なかった。トンは携帯ゲームをしていたけれど、頬はチョンラティーの頬にくっつけたままだった。

そのとき、トンのスマホが振動したので、ふたりの頬が離れた。

「ちょっと電話してくる」

「誰から電話?」

どうしても聞かずにはいられなかった。本当はプライバシーに入り込み過ぎだろうと思ったけれど。

「高校の時の友達だ。ずっと連絡取ってなかったんだが、何の用だろう?」

「そっか」

チョンラティーはそう答えて立ち上がった。

「それなら僕は夕飯の支度をするよ。電話が終わったら来て。助手が欲しいから」

「すぐに戻る」

チョンラティーの首は厚みのある大きな手にがっちりと摑まれ、きれいな色の唇にトンの手が触れた。トンはチョンラティーに音を立ててキスをすると、電話をするためにベランダに出て行った。


クリーム色のエプロンを着けたチョンラティーは、一時間ほどかけていくつかの簡単な料理を作り終えた。けれど、電話をしに出て行ったトンが戻ってくる気配はなかった。

チョンラティーはとりあえず手を止めて、ベランダで電話をしているトンを呼びに行こうと思った。

ベランダに行くと、トンはこちらに背を向けて話をしていた。

本当は話を立ち聞きするつもりなど無かったのに、ドアを開けた途端にトンの声が聞こえてきた。

「忘れられるわけがないだろ。七年も付き合ったんだから……チョン？　うーむ。付き合ってるけど……愛してはいない」

バン！

「切るぞ」

トンはすぐに電話を切り、ズボンのポケットにしまった。そしてベランダのドアの前で膝を抱えて座っているチョンラティーのところに来た。

「ご飯ができたから呼びに来たんだ。でもうっかりしていてこの植木の鉢に足をぶつけちゃった。電話の邪魔しちゃった？」

愛してないという言葉をハッキリと聞いてしまい、目の前が真っ暗になって、床に置いてある木の鉢に気がつかなかったのだ。

「痛いか？　見せてみろ。血が出ているじゃないか」

「痛いよ。でも大丈夫」

怪我の痛みをごまかすために無理やり笑顔を作ると、トンに抱き上げられたので、相手の首に腕を回した。トンはチョンラティーをソファーに寝かせると走って救急箱を取りに行き、傷の手当てをしてくれた。

「少し沁《し》みるぞ。アルコールで拭《ふ》くから」

「うん」

チョンラティーは自分の白い足先が男らしい手に掴まれているのを見ていた。アルコールの瓶が開けられ、匂いがあたりに漂い、チョンラティーの脳を刺激した。コットンに浸《ひた》したアルコールで傷口を拭かれると、傷口がチクチクと沁みた。

木製の鉢にぶつかった時に足の親指を怪我してしまったのだ。傷は大して深くなく、約一センチ程度だった。

「絆創膏《ばんそうこう》はキャラクター柄で可愛いな。おまえに似合ってる」

「電話、ずいぶん長かったね。何の話をしていたの？」

足の先に絆創膏が貼られ、チョンラティーは膝を抱え込んだ。

心が痛みを感じていたのに、話がややこしくなってしまいそうで本当のことを問い詰める勇気が出なかった。

「いろんな話だ。久しぶりだったからな。同窓会に誘われたんだ。たぶんナイも行くだろう」

「それで？　トンも行くの？」

「たぶんな。今どうしようか考えてる」

「いつ？」

「……来月のはじめだ」

「何時から？」

「夕方じゃないか？　時間はまだ言われてない」

「アンプ先輩も行くんだろうね」

「どうして今日はそんなにいろいろ聞くんだ？」

トンは怪訝《けげん》そうな顔をして床から立ち上がり、チョンラティーの隣に座りなおした。

「いろいろ聞いてごめんね。でも僕はトンが同窓会に行って……アンプ先輩に会うのが嫌なんだ」

「何でも聞いてもいい。俺は怒らない。でも考え過ぎるな。もうアンプとは何でもない」

「もう愛してないの？」

「……ああ。愛してない」

嘘つき！

心の中でトンに反論した。トンが愛してないのは自分の方ではないのか？　昨夜は一晩中一緒にいて、あそこまでさせたのに。

……それなのに、愛してないだなんて。

「また熱が出たのか？　顔色があまりよくない」

「そんなことないよ。ご飯を食べよう。頑張って作ったから」

チョンラティーは頭を振って自分の思考を否定すると、おでこに当てられたトンの手を取って、自分の頬に軽く当てた。

「悪かった。おまえを手伝えなくて」

「気にしないで。べつに大変なことじゃないから」

「今度はちゃんと手伝う」

トンは自分の小指をチョンラティーの小指に絡めて顔中にキスをしてきた。それからチョンラティーを抱きしめたままソファーの上に横になった。

「トン」

「どうした？　そんなに俺をきつく抱きしめるなんて」

「僕はバカだ。ものすごくバカだ」

「バカって何の話だ？　どうした？」

「僕はバカだ……」

腕にさらに力を込めて相手を抱きしめる。こうすれば、トンが自分から離れてどこかへ行かないし、いつか自分を愛してくれるんじゃないかと思った。

いつか、元カノよりも自分の方がトンの心に影響を及ぼす存在になることができるだろう。もしかしたら、一年後、三年後、もしくはアンプ先輩と付き合った七年間ぐらい時間が必要かもしれないけど……。

バカだと言われてもいいからずっと我慢するつもりだった。トンが自分を捨ててアンプ先輩のところに戻らなければそれでいい。

「チョン、俺に話せ。いったいどうしたんだ？　俺が何かおまえを不安にさせたのか？」

「僕は不安なんだ。僕のすべてはトンのものになってしまった。心も体も……僕はトンに捨てられるのが怖い」

「おまえは本当にバカだ。誰がおまえを捨てるんだ？　ありえない。俺は誰かと付き合ったら簡単に捨てるような薄情な人間じゃない。おまえを愛すると決めたらとことん愛するし、精一杯大事にする」

トンは力強くそう言って高い鼻をチョンラティーの鼻先にくっつけた。

「トンが僕を愛してないんじゃないかって不安なんだ」

「おまえは心配するな、チョン。そんなことを気にしなくていい」

トンは体を屈《かが》めてチョンラティーの口に軽くキスをし、唇を軽く噛んだ。そして舌を絡めながらチョンラティーの唾液《だえき》を飲み込んだ。

相手の温もりと汗、体の匂い……すべてが混じり合い、こんなにもチョンラティーのハートを揺らすことができるのは、トンしかいない。

絡み合っていた舌が名残《なごり》惜しそうに離れていった。チョンラティーは息が荒くなり胸を上下させていた。その一方で、トンの雄の部分が熱を持って爆発しそうになっていた。もしもこれ以上触れ続けたら、チョンラティーはまたひどい目に遭《あ》ってしまうだろう。

「唇にもピアスを付けてくれない？」

細い指でトンの下唇の左端に触れた。そこにはトンが以前ピアスを付けていた穴の跡《あと》が微かに残っている。

「ピアスを付けてキスしたらどんな風に感じるんだろう」

「いいぞ。ピアスを付けたら、またおまえにキスしてやる」

そう言うとトンはチョンラティーの手首を摑んだ。トンの口に触れていたチョンラティーの指先の上を熱い舌が這《は》う。その感触にチョンラティーの全身はゾワッと総毛立った。

「おまえはきっと気に入るだろうな」

第21章

トンが唇の左側に黒のフープピアスを付けるのを、チョンラティーは隣でドキドキしながら見守っていた。口元のホールにピアスが貫通する瞬間、チョンラティーの目は色鮮やかなトンの唇に釘付けになっていた。凝視するあまり口が半開きになっていることにも気づかないほどに。

「穴を開ける時は痛かった?」

「いや」

トンは鏡に映る自分の姿から目を離さずに答えた。

ピアスが増えて、トンのワイルドさが一層増したのは確かだ。気に入ったかと聞かれれば……とても気に入った。

「僕は気に入ったよ……ね、キスしよう」

チョンラティーはトンの制服の裾《すそ》を引っ張り、キスをねだりながらも俯《うつむ》いた。

「おまえが下を向いていたら、どうやってキスするんだ?」

トンがそう言い終わらないうちにチョンラティーは背伸びをして顔をトンに近づけ、素早く唇を押しつけた。触れたガンメタのピアスの冷たさに鳥肌が立ってしまう。

「そんなキスじゃ何もわからないだろ……もっとちゃんとしたやつじゃないと」

「そういうのは、夕方家に戻ってきてからにしようよ。遅刻しちゃうよ」

トンの広い胸を手で押し返して、やや大きめの声で言った。あと数分で講義が始まってしまう。

「シャツのボタンを全部留《と》めろ。おまえの首はキスマークだらけだから」

「誰がつけたと思ってるの？」

チョンラティーは頭を振りながらトンの手を自分の首から離すと、彼の体を押しのけて鏡に自分の姿を映した。シャツの一番上のボタンはまだ留められていなかった。でも、結局はボタンをすべて留めてネクタイを締めるので、首のキスマークを見られることはない。

一年生がボタンをきっちり留め、ネクタイを締めているのは普通のことだ。校則を破るにはまだ早いから。

それでも耳の裏や唇の端を見れば、激しいセックスをしたことが誰の目にも明らかだった。

「自分の車で行かなくていいぞ。俺が迎えに行く。何時に終わる？」

「四時だよ。でもその後大学のホームページに掲載する写真を撮らないといけないから、終わるのは遅くなると思うし、自分の車で行った方がいいかも。そうすれば迎えに来てもらわなくて済むし」

「ダメだ。迎えに行く。バスケの練習をしながら待ってるから、終わったら電話しろ」

「わかった。じゃあ電話するね」

チョンラティーはそう答えながら、鏡に映る自分の姿を見て最終確認をした。きちんとネクタイを直してからメガネをかけ、トンの後を追って授業へ向かう。

写真撮影は予定通り夕方から始まった。

連続するシャッターの音が鳴り響く中、顔の向きやポーズの指示が細かく続き、満足のいく写真が撮れるまでかなり時間がかかった。

チョンラティーがホワイトスクリーンから解放されて自由になったころには、時計はまもなく夜の八時を告げようとしていた。

チョンラティーはテーブルの上に置いていた布のリュックを掴んだ。二十人以上の撮影がようやく終わったのだ。コンテストを主催している先輩たちに手を合わせて別れの挨拶《あいさつ》をすると、チョンラティーはトンに電話をかけながら、小さなスタジオと化した教室を出た。

死にそうなくらい疲れた。早くトンを抱きしめながら寝転がりたい……。

耳に当てたスマホからは、コール音がずっと聞こえていたが、相手は出なかった。チョンラティーはきれいに整った眉を思いっきり寄せた。もう一度電話して、さらに電話して……そうして建物の前まで来たが、誰も迎えに来ていなかった。

「チョン!!」

「あれ!?　ナ?」

チョンラティーは電話を切るとスマホを持った手を下ろして、声のした方に視線を向けた。相手は目をキラキラと輝かせながら満面の笑みで足早にやってきて、目の前で立ち止まった。

「チョンがこの棟で撮影してるって聞いたから、待ち伏せしようと思って来たんだ。でも本当に会えるとは思わなかった」

「さっき、終わったばかりだよ」

チョンラティーは困惑《こんわく》したような表情で首をかしげ、怪訝《けげん》そうに眉をひそめた。

「僕に会いに来たの？」

「うん。一時間前から待ってた。俺はチョンを簡単に諦《あきら》めないと前に言っただろ。このぐらい待っても平気だ。それでどこへ行こうとしていたんだ？」

「どこにも行かないよ、恋人を待ってるから」

気を落としたナから笑顔が消えていくのを見て、チョンラティーはきまり悪そうに手で首を触った。

「チョンが兄だと言っていた人のこと？」

「うん。トンだよ。付き合い始めたばかりなんだ。ごめん」

チョンラティーはなぜ謝らないといけないのか、どうして罪悪感を覚えないといけないのかと思いながらも、謝罪の言葉を口にしていた。

「それで……トン先輩はまだ迎えに来ないの？」

「うん……もうすぐ来ると思う」

「じゃあ、友達として一緒に待っててあげる。もう暗いからひとりでいるのはよくないよ」

そう言ってナはまた微笑んで、さらに友達という言葉を強調した。

「友達として一緒に待つというのは、本当に友達の意味だから」

「ありがとう」

最初は断ろうと思ったけれど、確かにあたりを見回すととても静かで、ナに一緒にいてもらう方がいいと思った。ここは公共の場所だし、実際はそんなに暗くないから誰かに襲われることもないだろうけど。

「座る場所を探そう。ずっと立って写真を撮ってたから、足が疲れちゃった」

「いいよ。ところでチョンの恋人のトン先輩は今どこにいるの？　どうしてこんなに遅いの？　ナがチョンを待っている時に、恋人を迎えに来ていた他の人たちもいたけど、その中にはいなかったよ」

「トンは選手だから、いつも夕方にバスケの練習をしているんだ」

大学構内にあるシャトルバス乗り場の椅子にふたりで腰かけた。この時間になるとバスはもう走っていない。ときどき車が通り過ぎるだけだった。

「電話しないの？」

「したけど、出なかった。たぶん忙しいんだよ」

チョンラティーはまたスマホを握りしめた。すぐにでもスマホが振動して、トンが折り返しかけてくれるといいのにと思った。

「どんなに忙しくても、恋人が電話をしてくるとわかっていたらスマホを離さないものじゃないか？　もしナなら、恋人を一番に考えるけどな。早めに迎えに来て待っていて、ご飯や飲み物も用意しておく」

ナは長い足を組み、広い肩で壁に寄りかかった。

「自分のことを名前で呼ぶ時もあるの？」

「うん。自分のことをナと言うこともしょっちゅうある。でも親しい友達同士だと、俺とおまえって言っているかな」

「恋人ができたら、ナはきっとすごくいい恋人になるんだろうね」

チョンラティーは足を揺らし、俯いてコンクリートの地面を見ていた。余計なことを考えないように。

トンの、愛してないという言葉を聞いてしまったせいだろうか。ナと会話をしていてもどこかうわの空になってしまう。

「チョンは僕の告白を断ったのに、どうしてほめてくれるの？」

「ナだって断られたのに、一緒にいてくれるでしょ」

「そんなの全然平気だよ。ハッキリと断られただけだから。告白を断られたとしても縁を切られたわけじゃないし、チョンが俺を好きでなくても構わない。でも俺はまだチョンが好きだよ。俺の気持ちは誰にも止められない」

「片思いっていいよね。相手に期待しなくて済む。ただ愛してる……それだけだ」

チョンラティーは口角を上げて笑顔を作ったが、内心は変に不安な気持ちになった。

離れたところから片思いをしていればよかったのに……無理やり相手に近づいても、結局自分が傷つくだけだ。

「人によるよ。誰かを自分のものにして支配したい人もいる。ずっと支配してきたのに、後から何かが違うと思って、最終的には自分に惚《ほ》れている相手を捨てる」

「実体験みたいな話し方をするんだね」

「その人はチョンとは正反対の性格の人だった。でもずいぶん前の話だ。今の俺は何も悩んでいない。ひどく傷ついた経験があるからこそ、チョンに断られても平気だ」

「今まで誰も口説いたことがないような態度をとっていたくせになぜ恋人がいたの？　僕にはいなかったのに」

チョンラティーは停留所の壁に寄りかかっていた体を起こして、ナの方に体の向きを変えた。

「恋人がいたのはずいぶん前だ。俺からは口説いてない。相手に口説かれたんだ」

「それで？　ナの元恋人は今どこにいるの？」

「相手にはもう新しい恋人がいる。別々の人生だ。連絡も取り合ってない」

「それはいいね。トンの元カノとは大違いだ。別れたのにまだうるさくつきまとってくる」

チョンラティーは自分の気持ちを素直にナに教えた。先に相手が聞かせてくれたからこそ、チョンラティーもまた、自分のことを話してもいいと思ったのだ。

「チョンはなぜだかわからない？」

「なぜ？」

「失って初めて、相手をとても愛していたと気づくからだ。運よく復縁できる人もいるし、できない人もいる。運命次第だ」

「トンの元カノが後者でありますように。またよりを戻さないように」

チョンラティーが笑いながらそう言うと、ナは驚いて目を大きくした。

「こんな風にチョンをほうっておくなんて、マジでバカだ」

「僕にはそんなに価値はないよ」

「口説かれた時に恋人がいるからときちんと断る人間が何人いると思う？　恋人が迎えに来るのを一時間以上待っても文句も言わない人が何人いると思う？　多くの人に注目されているのに、たったひとりしか見ていない人が何人いると思う？」

「僕たちが初めて会った時、僕はナのことをただのナルシストだと思った。こんな深い話ができるなんて思わなかったよ」

「長所は自慢しないと……チョンくらいだよ、そんなに自分を卑下《ひげ》するのは。本当のきみはとても素晴らしい人なのに」

「僕はただやっかいなことは嫌いなだけなんだ。親しい人としか打ち解けて話さない」

「まあまあ。あ、スマホが震えてる。やっと電話してきたぞ……二、三時間は拗《す》ねていいんじゃないかな？」

「なぜ拗ねるの？　幸せな時間が台無しになる」

チョンラティーはニコニコしながら指を口元に当て、電話に出る前にナに黙っているようにと仕草で伝えた。トンにナと一緒にいることを知られたくなかったし、騒ぎになるようなことはしたくなかった。

「はい」

「悪い。コーチが来たから携帯をコートに持ち込めなかった。終わったか？　今、どこにいる？」

「シャトルバスのバス停にいるよ。もう来られる？　ずっと待ってるよ」

「ああ……もう車に乗ってる。二分待ってくれ」

「うん、待ってる」

トンはチョンラティーが言い終わると電話を切った。一瞬の沈黙の後、ナが立ち上がった。

「脇役は姿を消さないとね。トン先輩と揉《も》めたくないから俺はもう行くよ。トン先輩は超やきもち焼きみたいだから。チョンは耐えられなくなったらたまには爆発するといいよ。何でも言いなりになればいいってもんでもないんだから。たまには強く出ないと」

「恋人がいたことがない僕に対するアドバイスだね」

「役に立てば嬉しい」

ナはタトゥーが入っている方の腕を上げて髪をかき上げた。車のライトが近寄ってくると自分がいた気配を跡形もなく消して、その場を立ち去った。

それからすぐに一台の車がチョンラティーの前に止まった。運転席側の窓が開いて、見慣れた精悍《せいかん》な顔が見えた。

「早く乗れ。お詫《わ》びに菓子をごちそうしてやるから」

「もう夜の十時だよ。どこの店が開いてるっていうの？」

「寮の側《そば》のコンビニだ。二十四時間開いてるぞ」

そう言ってトンはからかうように眉を上げた。

その態度はチョンラティーを待たせたことを少しも悪いと思っていないようだった。

「ずいぶん安く済ませるんだね」

「この次は奢《おご》らない。もう二度とこんな風に待たせないから……約束する」

トンはハンドルから片手を離し、助手席のチョンラティーの目の前に小指を差し出した。

「さすがトンだね」

小指を絡ませるとチョンラティーは許した。こんな些細《ささい》なことで怒って時間を無駄にする必要はない。幸せな時間を過ごそう。

第22章

部屋のドアが閉まった途端、チョンラティーの薄い体は壁に押しつけられた。突然のことに驚いて体が震《ふる》え出す。そのまま両腕を押さえつけられると、温かく湿ったものが自分の唇の上を這《は》った。トンの唇にぴったりとくっついている黒い金属は、それを身に着けた持ち主の体温が伝わり熱を帯びていた。トンの唇と同じくらいの熱をそこから感じて、目眩《めまい》がしそうだった。

息が苦しい。

チョンラティーは両手を持ち上げられ、そのままさらに壁に押しつけられた。噛まれたり、引っ張られたりした唇が痛い。

激し過ぎる……。

「俺が迎えに来るのを待っている間、誰といちゃついてたんだ？」

トンは低い声でそう言い、鋭い歯でチョンラティーの服の上から肩のあたりを噛んだ。

「え……え⁉」

わざとふざけた感じでごまかそうと思ったが、噛まれた部分が気になってそれどころではなかった。

「誰と喋《しゃべ》ってた？」

トンはもう一度聞いてきた。自分を見つめる視線の鋭さが尋常ではなかった。

「ナだよ。ナは暗かったから一緒にいてくれただけ。トン、痛いよ」

「おまえには俺がいる。おまえには俺がいるんだ」

トンに貪《むさぼ》られた肌がヒリヒリしてきて、チョンラティーは思わず目を閉じた。首も噛まれ、腫《は》れるほど、思いっきり吸われた。

「トン、もうやめて」

「……」

「トン、怖い……痛いよ」

目元が熱くなって大粒の涙が流れた。チョンラティーの声は震えていた。今この瞬間、トンが怖くなった。

どうして……どうしていつもみたいに優しくしてくれないの？　……何が問題なの？

トンにきつく掴まれていた手首が解放された。トンはチョンラティーから体を離すと、そのまま目の前に立った。一方チョンラティーは、自由になった手で涙を拭《ぬぐ》い、肩からずり落ちた服を引き上げ身なりを整えていく。

「シャワーを浴びてくるよ」

……逃げよう……逃げないと！　今トンと話したくない。

「チョン、チョン……チョン！」

チョンラティーは相手に摑まれた手を振り払い、バスルームへ逃げ込んだ。隠れるようにしてドアを閉めたが、すぐにはシャワーを浴びなかった。ドアの外でわめいているトンの声を聞きながら、静かに気持ちを落ち着けようとしていた。

「チョン、ごめん……チクショウ！　俺は嫉妬《しっと》したんだ……悪かった。なあ、頼むから出てきて話してくれ」

その言葉を聞いて、チョンラティーは大きなため息をついた。ふと自分の足元を見ると、革靴をまだ履《は》いたままだったことに気がついた。ドアを開けるべきかどうか迷いながらチョンラティーは言った。

「僕はここで話すよ。どうして僕がナと一緒にいたのがわかったの？」

「フェイスブックを見たら、誰かがおまえの写真を投稿していた……自分の恋人が他の男と喋っている姿を見た俺の気持ちがわかるか？　しかもみんなはおまえとあの若い男が付き合ってるという噂《うわさ》を流している」

「……僕はナに、恋人がいるとはっきりと言ったよ。僕たちはただの友達だ……あそこは暗かったからひとりでいたくなかったんだ」

チョンラティーは細い指先で目の端の涙を拭った。胸が苦しかったけれど、普通に振る舞った。

「トンが迎えに来るのが遅かったせいじゃないの？　言われた通りに電話をかけたのに、出なかったじゃないか」

「ごめん……」

「悲しいよ。僕は喧嘩《けんか》にならないように我慢したのに」

「わかった。悪かったよ。だからドアを開けてくれ。俺はおまえを抱きしめたい」

チョンラティーは瞬きをして残っていた涙を振り払った。そうすることで不満と怒りが混ざった気持ちを振り払おうとしたのだ。

それから手を伸ばしてバスルームの鍵を開けると、カチャンという低い音がした。けれどそのドアがすぐに開けられることはなかった。

チョンラティーはドアを開けようとした。けれど、手に力が入らずそのまま体の横にだらんと垂らしたままドアに背中を向けて俯《うつむ》いていた。そうしてバスルームの床を見つめていると、しばらくしてトンがバスルームに入ってきたのがわかった。

「俺が悪かった。怒るなよ。頼むから怒らないでくれ。ついカッとなったんだ」

チョンラティーは強い力で後ろから抱きしめられた。全身にトンのぬくもりが伝わってくる。

「うん、怒らないよ。僕も悪かったし……でも、これからはカッとなる前に落ち着いて話してくれない？」

「ああ。チョンは本当に怒っていないよな？」

高い鼻がチョンラティーの頬に当たり、慰めるように頬にキスをしてきた。やがてその鼻は顔全体にキスをしていった。

「うん。ビックリしただけ。あと、少し悲しかった」

「悲しかったなんて言うなよ。怒ったと言われる方がマシだ」

「トンは僕を愛してる？」

チョンラティーは自分の腰に回されているトンの腕を摑んできつく押した。そして答えを待った。

「……」

「答えてよ。今、感じたまま言ってよ」

……そうだ。言ってよ。

「今よりも雰囲気のいい時に言う」

チョンラティーは体を反転させられ、トンと向き合った。自分よりも背の高い恋人がその身を屈《かが》めて、額にキスを落としてくる。

「でも僕は聞きたい……」

「愛してなければ、俺はこんなに狂犬のように嫉妬しないだろ」

「中途半端な言い方しないでちゃんと言葉にしてよ。じゃないといろいろ考えちゃうでしょ」

抱き上げられて、チョンラティーはトンのがっしりとした首に腕を回した。するとトンは気をよくしたのか唇の端で怪しげに笑って、チョンラティーを抱えたままバスルームを出た。

「俺は態度で示すよ。俺がどれぐらいおまえを想っているか、わからせてやる」


トンはその言葉を証明するように、チョンラティーの体を広いベッドの上に放り投げた。不愉快な嫉妬のせいで、最初にセックスした時よりも愛撫《あいぶ》が激しくなった。

ピアスの光る唇から出てきた言葉の通り、彼のこんな態度は嫉妬のせいなのだろうとチョンラティーは思ったが、同時に背筋に怖気《おぞけ》が走った。

「覚悟しろよ。今回は前回みたいに手加減はしない」

「待って！」

長い指がチョンラティーのネクタイの結び目をほどき、外した。チョンラティーのすぐ目の前にはトンの顔があり、それ以外何も見えなかった。シルバーとガンメタのピアスに光が当たって、きらきら輝きを放っている。

電気を消していなかったので、チョンラティーにはトンの全身が真っ赤になっているのがわかった。

トンがチョンラティーのネクタイを解いたり、シャツのボタンを全部外したりしなければ、彼が足を絡めてくるのを声を出して止めたかった。できることならトンの体を引きはがしたかった。

血管の浮き上がった手がチョンラティーの手首を摑んで頭の上まで持ち上げたせいで、チョンラティーの体はベッドから浮いてしまった。

「何が『待って』だよ」

「僕は……」

「何を言えばいいかわからなければ、とりあえず一回戦が終わってから話せ」

先ほどまでとは打って変わって、ピアスを付けた口元には陽気な笑みが浮かび、白い歯が覗いていた。

「よく笑うね。さっき機嫌が悪かったのが嘘みたい……僕の体を拘束してから、とてもご機嫌だ」

「おまえの動きを封じたからじゃない。ただおまえの乳首を見たら機嫌がよくなったんだ」

「キスマークだらけだよ」

チョンラティーは自分の白い胸のあたりを見た。この間からついているキスマークが胸全体と腹に散らばっていた。

「トンは本当に絶倫だよね！」

「ちゃんと受け止めろよ」

トンの空《あ》いている方の手が下りてきて、チョンラティーの足の付け根を揉《も》んだ。その手は次第に体の上を辿って、やがて腰まで行きついた。

熱い唇がチョンラティーにキスをしかけてくる。互いに舌を絡め合い、唾液《だえき》を交わすと、トンの唇はそのままチョンラティーの顔にキスを落としながら、やがて顎《あご》を舐《な》めたり歯を立てたりした。

そのまま唇が下りていき、また胸に戻ると、乳首を噛んだり舐めたり吸ったりされて、そんなことを繰り返されているうちにチョンラティーはイッてしまった。

唇の黒いピアスのせいでトンの色気が増して見えて、今まで以上に感じてしまっている。

チョンラティーの尻を触っていたトンの手がズボンのボタンを外し、下着ごと足元に引きずり下ろしてきた。中途半端に脱がされた下着が足に引っかかって、体の自由が奪われてしまう。

チョンラティーにできたのは、ただ体の向きを変えて拘束から逃げようともがくことだけだった。

高い鼻がチョンラティーの耳の付け根にそっと触れ、愛撫していた。トンが体を離す気配は全くなく、その鼻は耳から首に沿って優しくキスを続けていた。

けれど与えられる刺激は相変わらず激しかった。

それに合わせてチョンラティーの下腹部も固くなったり、柔《やわ》らかくなったりした。

エアコンの音とトンの荒い呼吸の音が交互に聞こえた。空調が効いているはずなのに、部屋の中は嘘みたいに暑かった。

ジェルを纏《まと》った固い指が中へ入ってきた途端、チョンラティーは全身の毛穴から汗の玉が噴き出してくるのを感じた。

それはいやらしい液体が滲《にじ》んでいるチョンラティーの陰茎も例外ではなかった。トンが体を動かすリズムに合わせて、チョンラティーの体も一緒に揺れる。

行為の最中、トンは特にチョンラティーの気持ちを聞こうともしなかった。おそらくチョンラティーの体の中心の固さが、すべての気持ちを代弁しているからだろう。

「他の男に関わるな。俺のためだけに自分を大事にしてくれないか？」

「ああ……うん。そうする」

入れられる指の本数が増えた時、チョンラティーの口からため息が漏れた。小さな摩擦の感覚で、どこまで指が入っているのかがわかった。

「温かくて、すごくきつい。おかしくなりそうだ、チョン」

「入ってきて、トン……全部入れて」

トンがチョンラティーの手首を押さえていた手の力を緩めたので、すべての拘束が解かれた。体が離れたと思った途端、すぐに大きなモノが押し入ってきた。すき間なくぎっちりと埋め込まれて息が苦しい。

「きつく締めつけられて死にそうだ……」

耳元でそう囁《ささや》かれ、それから顔全体にキスされた。近い距離で繰り返されるリップ音に、チョンラティーは恥ずかしがる暇もなかった。

というのも、トンが手をチョンラティーの背中に回し、腰を浮かすようにして、何度も素早く出し入れしてきたからだ。

熱く、深く。体の奥に秘められたたまらなく感じる場所が、熱い塊《かたまり》で何度も刺激された。

ゆっくりとだんだんスピードが上がっていき、みっしりと埋め尽くされて、トンに触れていないところがないほどいっぱいになった。

「もう俺のものだ。絶対に誰にも渡さない」

「そうだよ、全部トンのものだ。トンのモノをすべて受け入れた……あっ、あっ、僕はトンのものだ……」

チョンラティーは頭を振りながら、たどたどしくそう言った。柔らかいチョンラティーの髪の毛が枕の上に散らばる。繰り返される刺激に、辛《から》い物を食べた時のようにヒイヒイと声をあげることしかできなかった。

チョンラティーはトンの大きな背中に深く爪を立てた。

トンが打ちつける腰の動きに合わせて、ベッドがギシギシと音を立てる。ベッドサイドに置いたテーブルが、それに呼応するようにカタカタと揺れていた。

チョンラティーを追い立てるトンの激しい動きはまるで悪霊につかれでもしたかのようだった。次第に腰を打ちつけるスピードが上がり、やがて限界に達した時、トンはチョンラティーの体の奥に熱い情熱を解き放った。

サイドテーブルが倒れ、上に載っていた水入りのグラスが落ちて割れた。トンが床に投げたぬいぐるみがびしょびしょになってしまった……。

「ぬいぐるみが濡れた」

「おまえの体もぬいぐるみのように濡れているぞ」

「どいて。拾ってくる」

チョンラティーが目を見開いてトンの顔を見ると、トンが奥歯を噛みしめているのが見えた。自分の上の体をどかそうとしたが、逆に体を押さえつけられてしまい、入ったままの腰を動かされた。

「うっ……ねえ……優しく……もっと優しくして」

「おまえはまだわからないのか？　俺がどれだけおまえに惚《ほ》れているのか」

トンはチョンラティーの下唇に思いっきり歯を当てるとそのまま咬《か》みつくようにきつく吸い上げた。

痛みはなく、トンの熱だけが伝わってくる。

「うん……わからない。焦《あせ》らないでよ」

「わかった……でもゆっくりだけど続けるぞ」

部屋の中は世界大戦が終わったかのようにめちゃくちゃになった。

チョンラティーは柔らかい布団の下でうつろな目をして寝転んでいた。トンはチョンラティーの体勢を整えてから、倒れたサイドテーブルを元に戻したり、濡れてしまったユニコーンのぬいぐるみを洗濯籠《かご》に入れたりしていた。

結局、トンは少しも優しくなかった。そもそも最初から優しい人ではないが、それでも今回のチョンラティーの状態はかなり悲惨だった。何度も射精して自分のモノがヒリヒリと痛かった。もう何度、自分の中でトンが達したのかもわからなくなっていた。彼はいつからこんなにセックスに飢《う》えていたんだろう。

けれど、トンがこんな風にしたのは、チョンラティーに対する気持ちがとても強いせいなのだろう。それは溢《あふ》れるほどの気持ちに違いない。

太陽が地平線を上り始めたころ、やっと部屋の電気が消された。しっかりと閉められたクリーム色のカーテン越しにオレンジ色の柔らかい光が見える。それからチョンラティーは胸に錨《いかり》のタトゥーのある人にきつく抱きしめられた。

「体が熱い。熱があるな」

「トンはド変態だ」

「そんな汚い言い方をして、おまえの口をキスで塞いでやろうか？」

トンはチョンラティーの顎を摑むと顔を寄せ、お仕置きとしてきつくキスをした。

「トンだって今までめちゃくちゃに汚い言葉を使っているじゃない。俺とかおまえとかよく言ってる」

「じゃあ、何と言えばいい？　自分のことをトンはね……とでも言うのか？　そんな言い方、俺に似合うと思うか？」

「ううん。トンは悪い男だから汚い言葉が似合うよ」

チョンラティーの唇は、またお仕置きのキスで塞がれた。きっと真っ赤になって腫れていることだろう。唇がだんだんと痛くなってきた。

トンにはロマンチックな言動は少しも似合わない、とチョンラティーは思った。こういうワイルドな言動を受け入れることに抵抗はないし、むしろどちらかと言えばこちらの方がずっと好きだ。

「もう一回キスしたら、もうおまえを寝かせられなくなる」

「まだやるの？　本当に絶倫だね」

チョンラティーは彼の胸に抱きしめられて目も開けられない。

「もっとしたい。だって俺はおまえが大好きだから」

「僕を愛してるってまだ言ってくれてないよ」

「俺に無理やり言わせるつもりか？」

「ふ……」

返事はせずに無理やり笑いながら、チョンラティーは頭の中で、愛しているという言葉にこだわるなと言い聞かせていた。言葉よりもトンがチョンラティーを独占したいという態度に満足すればいいじゃないか。

チョンラティーはそんなに面倒な人間じゃないし、どちらかと言うと忘れやすい人間だ。

……愛していると言われないことを不安に思った自分をチョンラティーは頭の片隅に追いやった。

「いいぞ、チョン、俺はおまえを愛している。でも今のを聞いたらすぐに忘れてくれ。もっとロマンチックな時にまた言ってやる」

「片思いをしているのと、愛されるのは全く違うね」

チョンラティーは体の向きを変え、自分にかかっている布団をトンにもかけて、その上から抱きついた。相手が自分に抱きしめられて熱いだろうということは気にしなかった。

「どう違う？」

「片思いの幸せはシンプルだ。でも愛されている立場だと苦しみと幸せが混じり合う。トンにわかってもらえないと心が苦しい。でもトンに愛してると言われると僕のハートはなぜか膨らむんだ」

「どっちが好きだ？」

「わからない」

「今、俺はあまりいい恋人ではないかもしれない。でも約束する。これからは今よりもよくする。おまえが俺の恋人であることを他人が嫉妬するぐらいに」

「うん。待ってる」

チョンラティーは改めて目の前にいる人の胸に飛び込んだ。トンの約束の言葉を聞いて夢の世界に入っていく。

目は閉じていたけれど、口元には笑みが浮かんでいた。

第23章

トンがチョンラティーを自分のものであると見せびらかす方法はシンプルなやり方だったが、とても効果的だった。

まず最初に、この日の午後、トンはチョンラティーを大学に送った。手を繋いで肩を組み、教室の前まで連れ立って、しかも、チョンラティーにとってはサイズの大きい自分の学部の上着をわざとチョンラティーに着せてやったのだ。

そして迎えに行かなくてもいいように、チョンラティーの手に車の鍵を握らせた。チョンラティーと同じ学部の同級生の何人かは、からかうような目でその様子を見ていた。そしてまるでゴシップ誌の記者のようにあっという間にふたりの噂《うわさ》を広めたのだった。

だがトンのアピールはそれだけでは終わらなかった……。

トンはチョンラティーとのツーショット写真をフェイスブックに載せたのだが、それらはどれも変な写真ばかりだった。おどけた表情でピースしていたり、トンの顔の半分だけが写っていたり、トンのまゆげと目だけが写っているものもあった。

一方チョンラティーだけが写っている写真は、気を抜いている時に撮られたものが多かった。自分を撮らせないように顔を手で隠している写真もあった。つまり見栄えのよい写真は一枚もなかった。

そして今チョンラティーは工学部の建物の前をうろうろしていた。トンが車を自分の学部に停めていたので、トンを迎えに来なければならなかったのだ。

「チョンの写真に『いいね！』しといたから。新しいフェイスブックのアカウントも三つ作って全部のアカウントから『いいね！』しておいた」

ナイ先輩は工学部でチョンラティーを見つけると、興奮した様子で駆け寄り大声で話しかけてきた。

「僕の写真がフェイスブックに載っていたんですか？」

ナイ先輩が言っている写真は二日前に撮ったものだった。あの夜の後、チョンラティーは高熱が出たので大学を休んだ。療養していた二日間に周囲の状況がどう変化したのかなんて、知る由もなかった。

「そうだよ。写真すごく可愛《かわい》いよね。チョンに『いいね！』するヤツが多いから、トンがめちゃくちゃ怒り狂っている」

「おまえはどうでもいいことをよく知ってるな、ナイ」

トンが突然現れてチョンラティーを抱き寄せ、熱をはかるために額に手を当てた。

「熱はもうないよ。僕は元気だから」

「本当だな？」

「うん。何でもないよ」

高い鼻が彼の髪に触れた時、チョンラティーは嬉しそうに目を細めた。周囲の人に見られて恥ずかしかったが、トンは何も気にしていないようだった。

ナイ先輩はアイ先輩の方を向いて言った。

「ああ、俺にもキスさせて。トンが羨《うらや》ましくて見てられない」

ナイ先輩みたいな人は言ったら必ず行動に移すだろう。実際、そう言い終わるや否《いな》やアイ先輩の体を摑んで屈《かが》ませると、その頭にキスをした。

そしてナイ先輩は愛《いと》しそうにアイ先輩の髪をくしゃくしゃにした。けれどアイ先輩がナイ先輩の腰を叩いたので、髪をかき回すのをやめ、今度は手で髪を整えた。柔《やわ》らかそうな髪が元通りになると、ナイ先輩はごまかすように笑った。

「可愛過ぎるから、ついちょっかいを出してしまうんだ」

「おまえら、ウザいぞ」

トンは口の端を歪《ゆが》めて言った。まゆげと口のピアスが、トンの表情を不愉快そうに見せていた。が、こういう態度の時は一見怖そうに見えても本気で怒ってはいないとチョンラティーはわかっていた。

「トンをこらしめろ、アイヤレート。こいつは俺をバカにした」

「おまえをこらしめる方が手っ取り早いな」

アイ先輩は冷静な声で言って、ナイ先輩をベンチのところへ引きずっていった。

「おまえはひどい。もう愛してやらないからな。ところで、トン、同窓会にチョンラティーを連れて行くか？　学級委員から来週の土曜にやると連絡があったから、俺はアイを連れて行く。俺が酔ったら連れて帰ってもらえるように」

……ナイ先輩は気持ちの切り替えが早いな。

「チョンは飲まないから、行ってもつまらないだろ」

とトンは答えたが、そのとき自分を見上げていたチョンラティーには気がついていないようだった。

「ええ!? そうなのか……チョンが行かなくてもおまえは行くのか?」

「行く。毎年行ってるから」

「チョンはそれでいいのか? ほうっておいて。トンは酒を飲むと暴れるぞ。一緒に行って見張った方がいいんじゃないか?」

ナイ先輩は冷静な声で言って、訝《いぶか》しげにチョンラティーとトンの顔を交互に見た。

何と返事をすればよいのだろうか。自分は行きたいが、トンは今まで誘ってくれたことはないし、チョンラティーも連れて行ってほしいと言ったこともない。そもそもが内輪の集まりだし、トンだってひとりで行きたいだろう。でもナイ先輩がアイ先輩を連れて行くと言ったので、チョンラティーにもわずかに希望が湧いた。

「俺は大人だ。自分の面倒は自分で見られる。それにチョンは俺のことをよくわかっているだろ?」

もし、違うと答えればトンに恥をかかせることになるだろう。だから返事は「うん」にしておいた。

「ほらな。チョンラティーを恋人にして最高だろ?」

「そうか?」

アイ先輩は顎《あご》に手をやった。〝そうか?〟という言葉はチョンラティーの気持ちをすべて代弁してくれたようだった。

「でもおまえを恋人にして、チョンは疲れているようだな」

「何がだ？」

「本人に聞けよ」

「おまえは疲れているのか、チョン？」

トンは振り返って聞いた。鋭い目が何か言いたげだった。

嘘をつく必要はないよね。もし疲れているなら、疲れたと正直に言うべきだ。心配するのに疲れたとか……。

「少しね」

「じゃあ、これからは回数を減らす。たくさんすると腰が痛くなるしな」

な……なんて無神経なんだ！　とチョンラティーは内心思った。

アイ先輩はこらえきれなかったのか思いきり笑った。一方ナイ先輩は笑いを噛み殺して、クールな表情を崩さないようにしていた。

「気にしないでください。トンはこんな人だから、僕は慣れてます」

「で、無理して疲れてる？」

アイ先輩が聞いた。トンは全くわけがわからないという顔をした。

「ああ、そうですね」

「おまえたちは何の話をしてるんだ？　俺にはさっぱりわからない」

「とぼけるな。おまえみたいなバカとは誰も喋《しゃべ》りたくない」

ナイ先輩が授業のメモらしき紙を丸めて、絶妙な力加減でトンの顔を引っぱたいた。その瞬間、その紙はトンにもぎ取られ、今ここで小さなバトルが始まろうとしていた。

チョンラティーはそんな状況を見てもアイ先輩が笑みを浮かべているのを見て、呆《あき》れたようにため息をついた。

「確かに面倒な恋人の相手をするのは疲れるな。でも俺には俺のやり方がある。チョンにはあるか？」

争いのきっかけになった紙は次にアイ先輩に奪われた。ブラウンの目がじっとナイ先輩の顔を見つめていた。何か二言、三言喋ると、すぐにナイ先輩が座ってトンの顔を指差した。

「覚えてろ。この最低野郎！」

「おまえなんかアイから離れられないし、仕返しもできないだろ」

アイ先輩にはナイ先輩をこらしめる方法があるようだ……でもチョンラティーにはそれが全くないどころか、トンを拒否することさえできないのだ……これは何か対策を取らないといけない。トンの言動をコントロールできるようにならないと。


クローゼットから取り出した丸首のTシャツを素肌の上に着ると、トンの胸のタトゥーはほとんど見えなくなった。ダメージジーンズとのコーディネートがよく似合っていてかっこいい。

棚から財布とスマホを取り、ジーンズの後ろのポケットに入れると、トンは車の鍵が付いたキーホルダーを手の中でくるくると回した。

トンが同窓会へ行く支度が完了した。

そのときチョンラティーはパジャマのまま、ベッドの上であぐらをかいてトンを見ていた。

「酔ったら電話して。迎えに行くから」

「いや。大丈夫だから心配するな」

「心配するでしょ。トンは僕の恋人なんだから」

チョンラティーは恋人という言葉を強調した。

普段は鈍感なトンだが、今のチョンラティーの様子が明らかに不安そうなことに気がついたようだ。

チョンラティーを抱きしめて慰めるように決意を口にした。

「アンプとは喋らないと約束する」

「……僕はトンを信じてるよ。お願いだから僕を悲しませないでね」

「ありがとう」

トンはそれだけ言った。トンの口の端の金属がチョンラティーの頬に冷たさを伝えてきた。

「何のこと?」

「俺によくしてくれてありがとう。俺を信じてくれてありがとう。俺を信用してくれてありがとう」

「だって……愛し合っていたら当然でしょ」

「俺はラッキーだな。おまえが俺を愛してくれて」

チョンラティーはさらに強い力で抱きしめられた。トンが出かけるまで、そうしてずっとぬくもりを感じていた。やがて本当に出かけないといけない時間になった。

「スピードを出し過ぎないでね。会場に着いたら電話して」

「ああ。後で連絡する」

低い声でそう答えるとトンは部屋から出て行った。

けれどチョンラティーはわかっていた。一歩部屋を出たら、トンは約束したことをすっかり忘れてしまうと。これは賭けてもいい。


チョンラティーの予想通り、トンはレストランに着いた途端、電話すると言った約束を完全に忘れていた。久しぶりの友達を前に、優先順位を一番にすべき人のことをすっかり忘れ、その重要度がどんどん下がっていった。

強いアルコールに頭が麻痺《まひ》し、友達が差し出してきたメンソールのタバコを吸ったせいもあり、チョンラティーのことを頭の中からすっかり消してしまっていたのだ。

トンの意識はどんどん薄れていき、次第に記憶も遠のいていった。

「トン。いい加減にしろ」

低い声が聞こえ、肩のあたりを叩かれた。鋭い顔が振り返ると、アイがいつのまにか背後にいて、トンの手から酒が入ったグラスを取り上げた。

「自分の限度はわかっている」

次第にイラついてきたトンは、そう言ってグラスを取り返した。

「あそこにいるきれいな女のせいでカッとなってるんじゃないか？　彼女はおまえを見ているし、おまえも彼女を見ている。あれがおまえの元カノのアンプだとナイが言っていたぞ」

「余計なことを」

トンはわざとらしく笑い、アイが椅子を持ってきて隣に座ろうとするのを見た。同じテーブルには高校時代の友達が集まっていたのだが、アイはそんなことを少しも気にしなかった。自然に振る舞って、ナイがあらかじめ紹介してくれた人だけに挨拶《あいさつ》をした。それ以外の人は無視している。

一方のナイは、今ごろは店の片隅で踊り狂っていることだろう。

姿は全く見えないけれど、そのように踊る彼の雰囲気は伝わってくる。きっとＯＩＳＨＩブランドの日本茶をグラスに注いで、酒のつもりで友達と乾杯しながら踊っているに違いない。

「チョンは怒らないのか？」

「チョンは俺をわかってくれている」

言いながら、トンはようやくチョンラティーとした電話の約束を思い出した。けれどジーンズのポケットをさぐってもそこは空《から》っぽで、意識の片隅で、スマホを車の中に忘れてきたと気がついた。

「だからおまえは何してもいいと思っているのか？」

アイは言った。

「たまには酔ってもいいだろ？　おまえがチョンの代わりになって余計な詮索をするな」

「余計なことじゃない。あの子がかわいそうだ。おまえが元カノに目が釘付けでどんどん酒を飲んでいるから。あの子がおまえを送り出したのは、おまえを信用しているからだ。その信用を裏切るなよ」

「車にスマホを忘れた……」

トンは平然と言い、アイの忠告を無視した。

「チョンに電話してくる」

「帰る時は言えよ。送ってやるから。ナイも連れて帰る」

「ああ。助かる」

トンはそれだけ言うとふらふらしながら立ち上がった。

「チョンはおまえをとても愛しているしとても忍耐強い。あの子を失望させるなよ」

「わかってる。俺もあいつを愛してる」

「愛しているなら相手の立場になって考えろと親父に教えられた。おまえがチョンに今していることを思い返してみろ。立場を入れ替えて考えてみろよ。おまえがバカじゃなければ、今おまえがあの子を傷つけていることに気がつくだろ？」

「自分が何をしているのかはわかってる」

「自覚があるならいい。愛とは一瞬でも遅れたり迷ったりしていると、めちゃくちゃに壊れてしまうからな」

最初にイラついたのはアイのせいだ。痛いところを突かれて腹が立った。けれど駐車場に向かって歩きながら、言われたことを思い返してみると、腹立たしいのはアイではなく自分自身にだと気がついた。

会場に到着したらチョンラティーに電話するという約束を忘れた。

元カノのアンプを無視するとも約束したのに、実際は離れたところからちらちらと相手を睨《にら》んでいた。

まだ愛してるだとか元サヤに戻りたいだとかといった気持ちはなかった。相手がいなくても自分は平気だと示したかっただけだ。

しかし、実際はややこしいことになりそうだった。車まで辿りつかないうちに、目の前に見慣れた華奢《きゃしゃ》なモデル体型の女が現れたからだ。……首に手を回されると、彼女と付き合っていたころの気持ちが蘇《よみがえ》ってきた。

「自分の元カレがイケメンだって初めて気がついた。唇のピアスにはムカつくけど」

「アンプ……」

「ふん、言ったでしょ。次に会う時は偶然じゃないって」

「だからどうした？」

トンは気持ちを吐き出すように言い放った。嗅ぎ慣れた刺激的な香水の匂いに惑《まど》わされそうな自分が嫌になった。

かつてはセックスする度にその香りに性欲を刺激された。だからなのか、偽りの愛に沈んでいくように、性欲を強くかきたてられた。

偽りの愛？

……なぜこの言葉が脳裏に浮かんだのだろうか。もしかしたら終わってしまった愛は単なる欲望であって、真実の愛ではなかったせいかもしれない。

「トンは私を忘れられない……否定してみなさいよ。私がこんな風に側《そば》にいても何も感じないって。あなたはすぐに発情するでしょ？　……私は誰よりもよくわかってるのよ」

「欲情はする。でもアンプに対してじゃない」

体の中心が反応してしまわないようにと、深く息を吸い込んだ。刺激されたら体がこうなるのは、自然な反応だ。

だが、実際にしたい相手は……優しい香りを纏《まと》っている彼だ。時にトンを刺激し、時に気持ちを落ち着かせ、癒やしてくれる香りの持ち主。

「チョンとしたいの？」

「自分の恋人とそうしたいと思って何が悪い？　恋人じゃないヤツとする方がよっぽどおかしい」

「そんなに愛してるわけ？」

「……最初はそんな風に思わなかった。でもおまえと会ったら、チョンをどれだけ愛してるかわかったよ……俺から離れろ。今から恋人に電話するんだ……とても愛し合っている新しい恋人にな。三日ごとに喧嘩《けんか》をしなくて済んで、とても幸せだ」

細い両腕を振り払った。トンはアンプをわざと押し返し、車にスマホと財布を取りに行こうとした。それからアイに、帰るから寮まで送ってくれと言いに行くつもりだった。

だが、考えていたことを実行に移す暇もなく、柔らかく鮮やかな色をした唇にキスをされてしまった……。

それはとても慣れた感触だった。相手を押し返し、口の端についたベタベタとした唾液《だえき》をイラつきながら拭《ぬぐ》った。偽りのキスには何も感じなかった。

「もし私を不幸にするなら、トンもそうなって」

「……そもそも愛なんてなかったんだな。今まで、お互いに相手に勝ちたいと思っていただけだ。今この瞬間も」

改めてよく考えてみると、虚《むな》しいだけだ。トンはずっと目の前にいる女性に勝とうとしていただけだったのだ。アンプが意地悪な態度を示せば、さらに意地悪になろうとした。アンプがカッとなれば、自分も相手より熱くなろうとした。相手を支配するために、自分が上の立場になろうとしただけだ。

こんな自分勝手な考え方で知らず知らずのうちにチョンラティーにも接していた……。

それでもふたりの間に問題が起きたことはなかった。

確かに……あいつは受け入れてくれていた。ごめんな。これからはマシな恋人になる。

「そうかもね」

アンプは細い体を車の側に近づけ、サイドミラーを見ながらベタベタになった口の端を拭《ふ》いた。

以前なら相手といちゃつく時にこんな風に汚れても気にしなかった。けれど今は違った。嫌悪感しかなかったし、相手の話を聞いてさらに嫌になった。

「私たちがキスしているところを動画に撮ってチョンに送ってあげたわ。新しい恋を頑張ってね。心から願っているわ」

「なぜ……そんなことしやがった？」

相手を罵《ののし》る言葉が思わず口から出た時、トンは自分の初恋が本当に終わったのだと確信した。

最悪な終わり方だ。

しかも新しい恋に大きなダメージを与えて終わるとは！

第24章

車のドアが開くと同時に、トンは運転席のスマホを手に取った。

不在着信が十三件あった。しまった！　という言葉が頭の中をぐるぐるとして、背筋がぞっとした。

チョンラティーにかけ直さなければ、と思っているうちに、相手から十四件目の着信があった。

「チョン……」

トンは今、水に溺れた犬のようにうめき、車のシートに落ち着かない様子で腰かけた。

「トンは今、どこにいるの？」

「帰るところだ。今すぐに帰る」

「来なくていい！」

チョンラティーの怒鳴り声を聞いて、トンは息を呑《の》んだ。

「動画を見たんだな？」

「見たよ。今車で向かってる……トンと直接話したい」

「……ちゃんと説明する」

「もちろん説明してもらうよ。心配しないで。僕みたいに冷静で、優しくて、トンのことをすべて理解しようとしている人間には、説明を聞くぐらいなんでもないよ……。でも、よくもやってくれたね」

「チョン……チョン！」

チョンラティーは言い終わるとすぐに電話を切った。トンはチョンラティーが気に入って車に置いていったぬいぐるみを抱きしめながら電話をかけ直した。

なんで出てくれないんだ……。

普段穏やかなチョンラティーが怒ると……こんなにも恐ろしいのだとトンは知った。


百八十センチ超えの大男なのに身が縮む思いがして、レストランに戻ってからのトンはテーブルの上で手を擦っていた。

友人たちは少しずつ帰って行き、店内にいる人の数は少なくなってきた。トンの隣にはナイが座って困惑《こんわく》したように首を掻《か》いていた。アイはナイの隣に座っている。

ふたりは何が起きたかすべて知っていた。普段アイはナイといちゃついてばかりだが、このときはトンの潔白を証明してやるとすぐに申し出てくれた。

一方、原因を作った張本人は……やっかいな問題を残して去っていった。

もしまだその場にいたとしても、トンは気にする余裕もなかっただろう。

「注意したばかりなのに」

「アイ、俺を責めるな」

「真面目に聞くけど、妻が怖いか?」

「怖いに決まってるだろ。余裕なんてない」

トンは素直に認めて、ため息をついた。

きつい眼差しで入口のドアをじっと見ながら、チョンラティーが電話してきたらすぐに出られるように手にスマホを握りしめていた。

「俺は本当にいつも気がつくのが遅い。どうして、俺はこんなにバカなんだ?」

「自分がバカだと今ごろ気づいたのか?」

「何とでも言ってくれ」

トンは広い背中を椅子の背もたれにくっつけ、それから五分ほど黙っていたが、チョンラティーの小さな体が店内へ入ってくるのを見るなり立ち上がった。

チョンラティーはクリーム色のシャツの袖を肘《ひじ》のあたりまでまくり、紺色のショートパンツを穿《は》いていた。足には高級サンダルというういで立ちは見慣れた姿だったが、今日の彼は全くの別人に見えた。

トンは自分の恋人がどれだけ素敵なのか今までしっかり見えていなかった。可愛《かわい》らしい顔、真っ赤な唇、柔《やわ》らかそうな髪……どれをとっても本当に可愛い。チョンラティーのすべての動作は、他の誰よりもずっとセックスアピールが強いように思えた。

茶色の大きな目がセクシーで謎めいていて、興味を引かれる。まっすぐに見つめられ、たまたま目が合ってしまったら、気がつかないうちに好きになってしまうだろう。

こんな目をどこかで見たことがあるな……ふと、トンは思い出した。とても魅力的だったのを覚えている。

カフェで見かけたピンクのシャツを着た少年だ……。

また別の時はきれいな夕日が見える岩場で笑いかけられた時、その目を見て癒やされた。

笑ったら細くなる彼の目。

ベッドの上で身をよじり、顔を赤らめてトンを求める時のあの目……。

その目は今、懸命に怒りを抑えようとしている。

すべて同一人物だ……正直に言うとトンはその人のすべてに恋に落ちてしまった。今、責められているこの瞬間でさえも。

「チョン」

「トンに五分あげるよ。僕も五分しか話さない」

「チョン、落ち着いて。こういうことなんだ。トンに悪気はない……アンプからトンにキスをしたんだ」

ナイはふたりの間の緊迫した雰囲気を壊そうとして割って入った。

だがそれは、何の効果もなかったようだ。

「僕は十分に冷静だと思いますよ、ナイ先輩。トン、説明して」

トンは頭が混乱して、弁解の言葉が出てこなかった。罪悪感があり、やっと絞り出したひと言は……。

「ごめん……」

「？」

「俺は……こんなことをするつもりはなかった……キス……するなんて」

トンは何気なく、舌で口の端を舐《な》めた。そのとき、相手の小さな手が自分の口の端を拭《ぬぐ》ったので体がビクッとした。

「口紅がついてるよ」

「チョン、俺が悪かった。怒らないでくれ。アンプのことは本当に何とも思っていない。悪かった」

「……」

「チョン……」

チョンラティーは失望と共に責めるような目でトンを見た。

「あと二分残ってる」

「俺が悪かった。すべては俺がバカだったせいだ。おまえがこれまでどれだけ俺に尽くしてくれたかわかってなかった。おまえにはかなり感情的に当たってきたし……許してくれないか？」

……これだけしか言えなかった。残りの一分間は沈黙したまま過ぎた。

チョンラティーが腕時計を持ち上げて眺めた。チョンラティーが言った通りの時間が経過すると、大きなため息が聞こえた。

「今度は僕が話す番だ。今まで僕はトンを好きだった。好きだったのはトンだから。トンがどれだけ鈍感で、どれだけ気づくのが遅くていつもイライラしていても、そんなことは僕にとっては大したことじゃなかった」

トンが自分にとって一番なのだとチョンラティーは言った。だから何でも受け入れてきたと。大きな目に涙が溢《あふ》れてきたが、チョンラティーは涙をこらえて話し続けた。

「僕はトンの恋人になれると思ってはいなかった。こうなったのはトンがきっかけを作ったからでしょ。僕のハートを膨らませて……トンは僕を愛していないのに。いったい、どういうことなの？　愛してないのになぜ付き合うの？　……聞きたかったけど、ずっと黙ってた。だっていつかトンが僕を愛してくれると期待していたから。僕は後から現れたから。だから遠慮するべきなんだ」

「俺がおまえを愛してないっていつ言った？　誤解だ……愛しているに決まってるだろ。俺はおまえを愛している……」

「……もう遅いよ。なぜ今ごろ言うの？　……僕が言ってほしいと頼んだ時になぜ、言ってくれなかったの？　トンは僕とナにやきもちを焼いていたけど、僕は八つ当たりされても、言い返さなかった。僕はただ、トンが元カノの話をするのを聞いていただけだ。何も感じないふりをして……僕がここまでトンに身も心も捧げているのに、僕は簡単に言いなりになり過ぎてたからいけないの？　だからトンは僕の価値を認めていないんでしょ？　そして終《しま》いにはトンが他人とキスする動画を無理やり見せられた……いや、違う。トンの元恋人だ。僕の方が他人なんだ」

「チョン……」

トンは何も言えなかった。チョンラティーを抱き寄せ、ゆっくりと説明しようとしたが、チョンラティーはその手をよけた。首を振って、トンに自分の体を触らせないように手で遮《さえぎ》ったのだ。

爆発している。熱い溶岩のようにチョンラティーは激怒している。

「トンにほうっておかれた時でさえ、僕はトンをずっと気にしていた」

「俺が悪かった。でも、まず話を聞いてくれ」

「トンの持ち時間はとっくに終わってる。五分前に」

「……」

沈黙した。チョンラティーが言った通りで、ますます罪悪感がつのってくる。

「出かける前に、僕に何と約束したか覚えてる？」

「ごめん」

「トンはアンプ先輩とは話さないと約束した。もし話さなければ……あんな事は起きなかったのに……それにトンは避けることができたはず。でも、そうしなかった。僕への裏切りだ。トンは僕を一度も大切に思ってくれたことがない。……不公平だよ。僕は今みたいに怒りで体が震《ふる》えている時だって、トンを大切に思っているのに」

「チョン、謝るよ……ごめん」

「僕を来させなかったのは、元カノと復縁したかったから？」

「ごめん、チョン。違うんだ……」

「ごめんって言うのはもうやめて」

チョンラティーは涙を飛ばすために瞬きをした。大きな目が、がっかりした表情でトンを見つめていた。

そんな目で見つめられてトンの心は痛んだ。心が押しつぶされるような気分だった。誰がこんな最悪なことをしたのだろうか。誰が彼の心を傷つけたのだろうか。

ああ……俺のせいだ、とトンは思った。

「僕はトンに裏切られること以外なら何でも許してあげる」

「おまえは誤解している」

「そうなの？　でも僕は何のためにトンを好きでい続けるのかわからなくなってきた」

「おい！　俺を捨てないでくれ。俺はアンプにキスするつもりはなかった……」

「でもキスしたでしょ。最悪の気分だ。……僕のことなんて少しも思い出さなかったくせに」

全く……俺のせいだ。責められ続けて、もう何も考えられない。

「別れよう。片方だけが頑張る恋愛なんて、少しも幸せじゃない」

チョンラティーは手の甲で涙を拭《ふ》いた。可愛い口角を上げて、無理やり笑おうとしている。

「嫌だ。俺は別れない」

「そんなの僕には関係ない。僕は終わった。もういい」

「なんで別れるんだ？　チョンは俺を愛しているし、俺もチョンを愛している」

トンは手を伸ばして細い腕を摑んだ。強く摑む勇気はなかった。チョンラティーの感情的な態度が怖くて、抱き寄せる勇気もなかった。

チョンラティーは以前とは全然違う。目つきも態度も。……トンの心はギリギリと痛みを覚えた。今が最悪の状況であることに間違いはない。

「僕はトンをずっと好きだったし、今でも愛してる。……でも、トンの愛する人になるには、僕は相応《ふさわ》しくないみたい。トンと付き合うのがこんなに疲れるなら、僕はまた以前のように片思いの立場に戻る方がいい」

「……」

……チョンラティーの言葉の一つ一つが、トンの心を切り裂くような感じだった。

「まだあの人を忘れられないなら、僕と別れて」

トンはチョンラティーの手を離さずに、視線で心に思っていることをすべて伝えようとした。行かないでくれ。そんなの耐えられない……。

「チョンの言うことは何でも聞く……別れたくない」

泣きそうだった。チョンラティーはこんなに小柄なのに、怒るとなぜこんなに怖いんだ……。

チョンラティーは大声でわめいたわけではない。ただ、彼の言ったことはすべてが事実だった。本当に心が折れる。こんな風に責められたら、本当に心が痛い……最悪だ。

「もう意味がない」

チョンラティーは自分の腕を掴んでいたトンの指を一本一本外してから一度頷《うなず》いた。その目にもう涙はなかった。決心したようだ。

……チョンラティーは出ていった。今回のことでトンはチョンラティーの性格がよくわかった。

……意思が固く、言ったことは必ず実行する。

チョンラティーが捨てると決めたら、トンが死んだようになっていたとしても気にせずに置き去りにする。トンは力なく椅子に座っていた。熱い目頭から涙がこぼれ落ちそうになった。

こんな風に終わりたくない。

「トンのバカ野郎。マジでバカだ。最悪だ。本当に最低だ」

「何とでも言え」

ナイに頭を強く叩かれていなければ、おそらく今ごろ号泣していただろう。

「ごめんしか言えないなんてめちゃくちゃウザい」

アイは腕組みをして大きくため息をついた。

「何と言っていいかわからなくて。弁解しようがない……俺が本当に悪かったんだから。もうすべて終わったんだ」

「……許しを請いに行けよ」

「あいつは、そんなこと意味がないって」

「救いようのない大馬鹿だな」

どこまで俺をけなせば、気が済むんだろう。

「あの子に誠意を見せて努力しろ。あの子はおまえのために今まで頑張ってくれた。これぐらいの努力もできないようであれば、あの子とおまえは別れる以外にない。俺もおまえの友達をやめる……。言っておくけど、本当に別れたい人間なら、いちいち文句を言いに来て、説教したりはしない」

「俺はいったいどうすれば……」

トンはうなだれていた顔を上げて、アイの顔を見た。微かな希望の光が見えた気がした。ナイが言った。

「パンティップ掲示板で妻への謝り方を検索しろ」

「……初めてエッチした後におまえがSiriに話しかけていた時みたいだな」

「ナイ。俺とエッチした後にSiriに話しかけたのか？」

アイは振り返ってナイに呆《あき》れた様子で聞いた。開いた口が塞がらなかった。

「Siriに何を聞いたんだ？」

「ずいぶん前の話だ……その話は部屋に戻ってからしよう。今はトンの話が先だ」

ナイは店の天井を見上げるふりをした。不満そうな顔をしているアイを視界に入れないようにしているようだ。

「あいつは俺を許してくれるかな」

「ここで俺たちに意見を聞くよりも、あの子のところへ行って許しを請うのが先だろ……そうすれば答えが出る。あの子がおまえを許せるのか許せないのか」

アイはいきなり会話を打ち切り、ナイを引き寄せた。ふたりだけでひそひそ話をした後、ナイを引きずってどこかへ消えた。

最低の友達だな。おまえたちは俺と喋《しゃべ》るより、Siriと喋りたいのか？

第25章

〝フリー〟

午前四時、めったにＳＮＳの更新をしないある人のステータスが〝フリー〟に変わったのを見て、トンは手の中にあるスマホを投げ捨てそうになった。

いや……トンはチョンラティーに腹を立てているのではない。その投稿に「いいね！」を押した数千人のヤツらに対してムカついているのだ。

そしてシェアをした数百人を殺したくなった。

……チョンラティーのフェイスブックのフォロワーはいったい何人いるんだ？

それにナイが書いた「頑張れ、チョン」というコメントはいったいどういう意味だ？

俺の神経を逆なでしやがって！

チョンラティーに許しを得てバンコクに戻ったら、めちゃくちゃにしてやる……マジでムカつく。

スマホを助手席に投げ、長い車体の車でガーデンハウスの敷地に入り、駐車場に停めた。太陽が地平線に顔を出してから少し経っていたので、あたりは明るくなっていた。

事件が起きた昨夜、酔いがさめてから、トンはパンティップ掲示板で謝り方を検索して、どうするべきかと考えた。

チョンラティーがもしかしたら部屋で荷造りをしているかもしれないと思い、まっすぐ自分の部屋に帰ったが、そこにチョンラティーの姿はもうなかった。

そこでトンはシャワーを浴びて身ぎれいにしてから、大学の前にあるチョンラティーの寮に行ってみた。そこにもいないことがわかると、一晩中いろいろな場所を探し回った。

天はまだそんなトンを見捨ててはいなかった。チョンラティーの母であるナームおばさんが午前三時に電話してきて、息子が突然夜中に家に戻ってきたが何かあったのかと聞いてきたのだ。

おばさんにすべてを話した……電話の向こうからおばさんのため息が聞こえてきて、自分たちで解決するようにと言われた。チョンラティーと話し合うように助言してくれたようだ。おまけにチョンラティーの寝室の位置も教えてもらうことができた。トンの家の敷地にある大きな木の向かい側に見える窓が、チョンラティーの部屋だとこっそり教えてくれた。

互いの家の間の壁はさほど高くはないので飛び越えられるだろうが、白いペンキで塗られているので足跡をつけないようにと注意された。

最後の言葉を聞くまではうまくいきそうな気がしていた。

「でも、覚悟してね。うちの息子は普段はあまり怒らないけれど、本気で怒ったら相手と縁を切ってしまう。そうでなくても一年以上怒っているかも」

そう言われて、トンの目に涙が滲《にじ》んだ。そんな残酷なことは聞きたくなかった。

大きな手がかすみ草の花束を大事そうに摑んだ。隣の家の側《そば》にある大きな木の方へと歩きながら、トンは高い鼻を花束にうずめ、香りを嗅いだ。

花束を渡して許しを請う。……これは人生で初めて人にあげる花束だ。ひと晩中パンティップを読み漁ったおかげで、恋人と仲直りをする方法が頭の中にいくつか浮かんでいた。

……神様、仏様。私に知恵をください。

トンとチョンラティーの家の間にある真っ白な壁はナームおばさんが言っていた通り、確かに高くはなかった。古くからの知り合いだし、仲がよいから壁を高くする必要がなかったのだろう。

自分の子孫が図々しくその壁を乗り越える日が来るなんて、祖先は思いもよらなかっただろうが。

でも現在の住人が許可してくれたのだから心配はいらない。

チョンラティーの部屋と思《おぼ》しき二階の部屋の室外機が動いているから、部屋には人がいるはずだ。

チョンラティーは眠っていないだろうか。木の下にある石のテーブルを足掛かりにして片手で木に登ったら、彼が寝ているかどうかはすぐにわかるはずだ。

トンが木からベランダに移った時、小さな音を立ててしまった。足を進め、寝室のカーテン越しに部屋の中を窺《うかが》おうとした。

外はものすごく暑かったが、部屋はエアコンがとても効いているようだった。

俺もエアコンに当たたって涼ませてくれ……。

ベランダのガラス戸には鍵がかかっていなかったので、すんなりと開いた。

チョンラティーは自分が部屋に入ったら驚くだろうなと思い、無意識のうちにニヤニヤした。

この花束と、一生懸命用意してきたセリフを聞けばチョンラティーは許してくれるはずだとトンは思った。

けれど、トンがカーテンを開けた途端、四角いフレームのメガネの奥で大きな目がトンを睨《にら》んでいた。

「トン。そこから動くな」

「僕だってわかるのか?」

車の中で何度も練習してきたセリフのせいで、いつもは言わない「僕」という言葉が出た。

「影を見たらわかった。その花束は……その花で僕の機嫌を取りに来たの?」

「ああ。許してもらいたくて」

トンはわざと陽気に笑った。でも、その場から動くなと言われたのでチョンラティーに近づく勇気はなかった。

妻が怖いから俺たちとの付き合いをやめるんだろ、と友達にからかわれたら、急いで付き合いをやめて、妻と一緒にいる。たとえ妻が……恐妻であっても。

「そこに適当に置いて」

華奢《きゃしゃ》な指が部屋の片隅を指した。そこを見ると、プレゼントが山になって積まれており、花束もあった。

自分が持ってきたものよりも大きな花束だ。

「これは誰からだ?」

この言葉は用意していたセリフにはなかった。しかもせっかく覚えてきたセリフも頭から飛んでしまった。

「いろんな人から。持ってきてくれた人がいるって母さんが言ってた。それは一箱目。朝の五時にメッセージカードと一緒に届いたけど、まだ読んでいない」

チョンラティーはベッドから立ち上がった。鈍感なトンは部屋中がピンクの小物で埋め尽くされていることにそこで初めて気がついた。ぬいぐるみもいっぱいある。それにチョンラティーの前髪には可愛《かわい》いキャラの髪留《ど》めが付けられていた。

な……なんて可愛いんだ。ヤりたい。でも今はそんなタイミングじゃない。

「うん。こう書いてある。ひとりで寂《さび》しかったら電話して。電話番号も書いてある」

「は？」

「こっちには……俺を覚えてる？　一緒にご飯に行こう。電話番号と写真もついている」

「チョンはよくこういうのをもらうのか？」

「ときどきね。気になる？」

「妬《や》ける……」

弱々しい声で答えた。トンはチョンラティーが興味がなさそうにプレゼントの山の中に投げた花束を見た。

「俺が持っているのは人生で初めて人にやる花束だ。そんな風に投げてほしくない……おまえがさっきやったように」

「うん。トンはなぜ妬くの？　僕たちは何の関係もないのに」

「そんなに怒らないでくれ。俺はこういうのは苦手だ」

「怒ってない。昨日の夜に気持ちは収まった」

平然とした声で、平然とした目つきで言われたが、それはトンにとってはとてもキツい言葉だった。

「俺はバカだから、どうすればおまえに機嫌を直してもらえるかわからない。教えてくれ。俺たちが別れなくて済むためなら俺は何でもやる」

「僕たちはもう別れた。僕が愛してないからじゃない、トンが僕を愛していないからだ。僕がそんなこと頼んだ？　勝手に部屋に入ってきて逆ギレしろだなんて」

責めるような目つきで非難され、怒る気力がなくなり、終《しま》いには力なく笑うしかなかった。

「教えてくれ。どうすればいいか」

「……僕を口説いて。でも僕が相手にしなかった場合は難しいよ。例えば、クッキーをくれた人は僕を中学の時から口説いてきたけど、落ちなかった」

「わかった。でもチョンも俺に振り向いてくれ……少しでいいから」

トンは素直に答えた。そしてチョンラティーに近寄って手に花束を握らせた。

そして指で小さなハートを作って自分の気持ちを伝えた。

「僕は今、恋人募集中なんだ。ナも連絡してきてチャットした。彼もそんなに悪くないし、トンに似ていて僕が好きなタイプだ」

「そんなことを言われるぐらいなら、殴られる方がよっぽどマシだ」

「でも実は僕には選択肢が多いよ。僕はゆっくり選びたい。また痛い思いをしたくないからね。元恋人がウザく絡んでくるような問題を抱えてない人で、鈍感じゃない人を選ぶ。トンはどう思う？」

「そこまで言うなら、俺も選ぶのを手伝おうか？」

薄ら笑いを浮かべているチョンラティーを見て、トンは鼻息を荒くして言った。

「トンが一緒に選びたいなら、手伝ってくれてもいいよ」

「俺は俺を選ぶ」

俺が自分以外を選ぶわけがないだろう？

「僕はトンを選ばないよ。もう出ていって。僕は寝るから……」

「傷ついた……でも今晩は一緒に寝させてくれ」

我ながら図々しい頼みとわかっていた。当然、キツい目で睨まれた。

「追い出したくないから自分で出ていってくれる？」

「チョンは意地悪だ」

「優しくしたって傷つけられる。もう嫌なんだよ」

冷静な言い方だけれども、でも明らかに非難を含んでいる言葉を聞いて、トンは首を掻《か》くことしかできなかった。

ああ、妻よ。妻よ。愛《いと》しのベイビー、どうか俺を許してくれ。

「僕がドアを開けてあげるね」

トンは追い出された。ガラス戸を開けられたためにカーテンが風で揺れた。そこでチョンラティーは片手でカーテンを摑んだ。

トンは振り返って可愛らしい顔を最後に見た。二言三言、言葉をかけたが、やがて諦《あきら》めて出ていくことにした。

「チョンを愛してる。ごめん。聞き飽きた言葉かもしれないけれど、許してくれるまで俺は言い続けるよ」


チョンラティーはベランダのガラス戸にカギをかけた。その時に二階のベランダから軽々と下に降りていくトンの影を見た。そして思わず両手で自分の頬をぺちぺちと叩いた。

わざわざベランダをよじ登ってまで、トンが謝りに来るなんて信じられない。

花束、チョンを愛しているという言葉……そして追い出された時のしょんぼりした顔。これだけで今までの嫌な気持ちは消えてなくなった。

折れる？

確かに。チョンラティーはめったに怒らないタイプの人間で、だからこそ一度怒ったら、かなり根に持つ。だが、どんなことでも例外がある。トンはそのひとりだ。本気では怒れない。それでも昨夜の事件では、チョンラティーはその場を去ることを選んだ。

大きなレクサスがガーデンハウスに入ってきたのを見た時、許しを請いに来たと言われた時、チョンラティーの心の中では既に許すつもりになっていた。彼の胸に飛び込んで抱きつきたかった。でもそんなに簡単に許したら、きっとまたひどい目に遭《あ》う。

もっと気を強く持たないとダメだ……このゲームに逆転しないと。

チョンラティーはかすみ草の花束を大切そうに抱えると、それを広いベッドの上に置き、花が枯れて散ってしまう前に記念に写真を撮った。

人生で初めて人にやる花束だ……。

信じられない。この言葉にチョンラティーはニヤニヤが止まらなかった。


午後から夕方まで嵐が来て、治まったころには夜になっていた。

チョンラティーがくつろいだ姿勢で広いベッドの上で本を読んでいると、突然、ガラス戸を叩く音が耳に入った。

誰の仕業《しわざ》なのかはすぐにわかった。チョンラティーが立ち上がってカーテンを開けて見ると、ワイルドな顔の男がガラス戸に寄りかかっていた。

ベランダをよじ登って部屋に入ることに一度成功したから、またやってきたのだ。

けれどチョンラティーがトンを部屋に入れてやることはなかった。

トンがサンリオのぬいぐるみの山の中に立ったら面白いなと以前想像したことはあった……本当に変な光景だと思う。ただ、今は部屋に入れてやる気は全く起きなかった。

チョンラティーはめったに使わないスマホを手に取り、ガラス戸の前に戻った。音声で会話する代わりにメッセージを打った。

僕はもう寝る。何か用？

豆乳を買ってきた

トンはズボンのポケットからスマホを取り出してメッセージを打ち終えると、持ってきたビニールの袋を持ち上げてチョンラティーに見せた。チョンラティーはトンの寮の前にある豆乳の店が好きでいつも買っていた。トンはそのことを思い出して気遣ってくれたんじゃないだろうか。だからチョンラティーの好物をこんな風に買ってきたんだろう。

もう歯を磨いたから

冷蔵庫に入れておいて、明日飲めばいい

トンがこんなに粘る人だなんて初めて知った。おそらくガラス戸を開けさせるための口実だ。

その辺に置いておいて。トンが帰ったら取りに行くから

意地悪だな

チョンラティーは顔を上げてトンの鋭い目を見た。スマホが振動したので俯《うつむ》いてメッセージを読み、意地悪という言葉に眉をひそめた。

もう帰って。おやすみ
雨が降ったばかりだから、滑らないように気をつけて

優しいメッセージを送ると、トンが白い歯を見せて笑うのが見えた。青ざめた顔に、少し元気が出たようだった。

トンはガラス戸を叩いて、チョンラティーに顔を上げるようにと合図した。目が合うと、トンは窓に息を吐いて曇らせ、指を使ってハートの形を描きながらウインクした。

それを見てチョンラティーは力を込めてカーテンを閉めた……。あと一週間ぐらい怒ったふりを続けようと思った。

でもトンにこんなことを続けられたら、無理かもしれないけど……。

第26章

チョンラティーは起きてからベランダに出て朝の風を浴びた。それからベランダから下を覗き込み、トンが登ってきた高さを確かめ、想像してみた。

体の大きな彼がまず家と家の間の壁を乗り越えてきて、次に大理石のテーブルの上に立つ。それからたぶん手を伸ばして木によじ登り、ベランダに到達する。とても大変だっただろう。それなら少しくらい優しくしてあげてもいいかもしれない。

いや、それはダメだ、とチョンラティーはすぐに思い直した。

この日もトンは簡単に壁を乗り越え、大理石のテーブルを踏み台にすると片手だけで木によじ登り、ベランダに飛び移った。その間たったの三十秒だった。

チョンラティーはトンとの体格差がかなりあることを忘れていた。このぐらいの高さなどトンにとってなんでもない。彼がどういうルートで登ってきたかなぜわかるのかといえば、答えは簡単だ。当人が今、目の前に満面の笑みで立っているからだ。

「眠れなかったから、走ってた。チョンに偶然会えてラッキーだ」

チョンラティーは走って来たのだと言ったトンのことを横目で流し見た。

黒いTシャツが体にピッタリ貼りついているので、逞《たくま》しい筋肉の動きまでよく見えた。下はTシャツと同じ黒色のジャージを穿《は》いていた。トンの体は汗でびっしょりと濡れていた。髪の毛の湿り具合を見ると、それなりに長い時間走っていたことがわかった。

「もう家に入るから」

「今日はどこかへ出かけないか？　夕日を見に行こう。うちで働いてるおじさんからバイクを借りたから、自転車で行かなくてもいい」

「どうして僕がトンと一緒に行かないといけないの？」

わざと腕組みをしながらそう言うと、トンはしゅんとしおれてしまった。それでも彼は無理に笑おうとしているように見えた。

そんな姿を見て、本当はすぐにでも彼の提案に乗りたかったけれど、もし拒否したらどんな反応を見せてくれるのか興味が湧いてきた。

「ひとりで行ったら道を照らしてくれる人がいない」

「オートバイにはヘッドライトが付いていないの？」

「そうだった。……今のは気にするな。俺は明日にはバンコクに戻らないといけない。小テストがあるんだ」

「うん」

「それは俺が帰ることがわかったという意味か？　それとも一緒に行くということか？」

トンはぎこちなく頭を掻《か》いた。

トンからは危険な男の気配が全くなくなってしまった。まるで飼い主に餌《えさ》を忘れられたかわいそうな大型犬のようだ。

「わかるでしょ」

「それなら……夕方に家の前で」

「誰の家？　僕の家？　それともトンの？」

チョンラティーは言いながら、部屋に入ろうとした。

「俺の家にしよう。渡すものもあるし」

「うん」

チョンラティーは振り返って答えた。チョンラティーの冷たい態度に、トンが小声で何度も意地悪だともごもご言っているのを聞いて、密かに笑ってしまった。

ああ。いい気味だ！


チョンラティーの家にあるバイクはそれなりに高級なものだったので、トンがあんなに古くてボロボロのバイクで来るなんて思ってもいなかった。

少し高くなっている座席はボロボロで、ホイールの一部は錆《さ》びていた。チョンラティーは驚きのあまり、思わずまゆげをピクリとさせてしまったほどだ。

惚《ほ》れた弱みというやつなんだろう。どんなに怒っていたとしても、彼を愛していることに変わりはない。

彼にならら命を預けても構わないとは思う。思うけれど、それにしてもこのバイクの状態には不安しか感じない。

「僕は行かないと言いに来たんだ」

「なぜだ？」

「用事があるから」

嘘をついた。本当はボロボロなオートバイに乗るのが怖いからだ。

「意味がわからない。だが、おまえと一緒に過ごす権利がもうなくなったということを、理解しようとはしている」

「……」

演技がうまいな、とチョンラティーは思った。たった一日でトンの演技はこんなに上達したんだろうか？　この間、混乱して弁解もできずチョンラティーを引き留《と》めようとする力もなかった人とは別人のようだ。

それとも、あの日トンは酔っていたせいで、どうすればいいのかわからなくなっていただけなのだろうか。

悲しそうなトンを見たら、許さないわけにはいかなくなるじゃないか。あまりにもチョロい自分が嫌になる。

「あんまり飛ばさないでね、酔っちゃうから」

そんなにスピードを出さなければ、たぶん大丈夫だと思うけど……。

「飛ばさないから乗れよ、チョン」

トンの様子はまるで、犬がしっぽを振っているみたいになった。

トンがバイクのレバーを足で二、三回踏むと、エンジンがかかった。もしも非力なチョンラティーがエンジンをかけていたら、今日このボロボロのバイクは動かせなかっただろう。エンジンがかかると同時に大きなエンジン音がして、マフラーから黒煙が上がった。

それを見て、チョンラティーは後部座席に座った。するとその瞬間、何かがいつもと違うと感じた……。

「タバコの臭いがしないね」

「チョンが嫌がるから、吸わなかったんだ。タバコはもうやめた」

大したことじゃないかのようにトンは言ったが、それを聞いたチョンラティーは激しく動揺してしまった。

トンは些細《ささい》なことは大袈裟《おおげさ》に騒ぐくせに、大事なことほどあまり話してくれない。

「僕のために？」

すぐに舞い上がる自分に確信を持たせたくて、念のためチョンラティーは確認してみた。

「ああ。言っただろ、何でもすると。してほしいこともそうでないことも、何でも言ってくれ」

「それなら、何回も急ブレーキをかけないでね」

「でも、これだけがチョンにくっつける唯一の方法なんだ」

トンは怒ったような様子で言った。ブレーキがかかると、チョンラティーの額と鼻がときどきトンの背中に当たった。それに加え、体がトンに密着する度にいつもの匂いが鼻腔《びこう》をくすぐった。

「座席が離れてるせいで、ブレーキをかけるとお互いがぶつかるからこのバイクにした」

変態、とチョンラティーは内心叫んでしまった。

「僕は鼻が痛いんだけど……」

「しっかりしがみついていろ。これもおまえと密着する言い訳だと思ってくれて構わない」

「トンはズルい」

アドバイス通り広い背中にしがみついた。トンがわざとブレーキをかけてからかうのをやめても、チョンラティーはトンの背中から顔を離さなかった。

「目が回りそうだし、酔っちゃったから……少しこのままでいさせて。都合のいい言い訳と思ってくれてもいいよ」

「……俺は大歓迎だ」

モンスーン直前の海風は前回一緒に来た時よりも強かった。さっきまで空が明るくてとても暑かったのに、急に暗くなってしまった。もうすぐ雨が降りそうだ。

だが今回は前に来た時とはいろいろなことが違った。

例えば岩の間を歩く時にトンがチョンラティーの腕を支えてくれたこともそうだ。

互いに何を言っていいかわからず黙ったまま歩いていると、以前一緒に座った場所に辿り着いた。

前と同じ場所、同じ相手だったがふたりの関係はあのときとは違う。

カシャッ！

「僕の写真を撮ったの？」

「キャプションにはこう書くよ。チョンはフリーじゃない。トンと複雑な関係」

「勝手に決めないで！」

チョンラティーは怒ったが、トンは全く気にしていないようだった。彼は思う存分チョンラティーを撮ってから、座って話を続けた。

「お互いが愛し合って初めて恋人として付き合うことができる。だから別れる時も両方が別れたいと思わないと不公平じゃないか？」

「不公平だとやっとわかったんだね……付き合っている時、僕はトンを愛していたけれど、トンは僕を愛していなかった」

「誰がそんなことを言った？」

「僕が植木鉢につまずいて怪我をした日、トンが友達と話していたのを聞いたんだ」

「どうしてあの日に言わなかったんだ？　なぜずっと黙っていた？　おまえは誤解している……愛していないと俺が友達に言ったのは、アンプを愛していないという意味だ。おまえのことは……愛している」

「僕が悪いの？」

チョンラティーは怒った目をして責めるような口調で言った。そんなのわかるわけがない。だってトンはわざわざベランダでこそこそ喋《しゃべ》っていたんだから。

「いや、俺が悪い。俺は口が悪いんだ……チョンをものすごく愛してるのに。もしかしたら、カフェで見かけた時から好きになっていたのかも。ショッキングピンクのTシャツに、何かキャラクターの髪留《ど》めを付けていた人を。しばらく一緒に過ごして、ずっと一緒にいたいと思った。チョンラティー中毒になったんだ」

「マイメロディの髪留めだよ。覚えていたなら、なぜ僕に教えてくれなかったの？」

「俺が悪いのか？」

トンはチョンラティーと全く同じ口調で聞き返してきた。そしてからかうように眉を上げたので、思わず座っていた崖から海に突き落としたくなった。

「そうだよ、トンが悪い。僕を覚えていたのに、僕が男の人を好きなのを知らないふりしてたなんて。騙《だま》して自分のことを好きにさせて、傷つけたんだよ？」

「いつから俺のことをそんな風に複雑な人間だと思ってたんだ？　……違う、俺って言っちゃダメだった」

「なんか不自然だね」

チョンラティーは声を出して笑った。トンが自分を俺と称することに関しては、べつに怒っていなかった。もう慣れたし……。

涼しい風に吹かれていると、気持ちがリラックスして自分らしくいられるような気がした。チョンラティーはいつしか、怒ったふりをするのを忘れてしまっていた。トンと話しているうちに、いつものような態度に戻っていた。

「おまえには丁寧な言葉で話したい。おまえをとても愛していると気づいたから。俺は鈍感だ……どんなことに対しても。おまえを思い出せなかったことも、おまえのことを愛してないだとか好きじゃないだとか言って、何度もおまえを傷つけたことも本当にひどいと思っている。だからもっとちゃんとしたいんだ」

「トンと一緒にいたのはそんなに嫌じゃなかった。元カノのこと以外はね。トンは好きなように自分のことを呼べばいい。僕は、俺やおまえっていう呼び方にも慣れたよ。でも、たまには丁寧な言葉を使ってほしい……もしトンがそうしたいなら」

「アンプにはもう二度と関わらないと約束する。誓ってもいい」

「本当に僕を愛してるの？　僕に謝りに来たのは僕がエロいからじゃないよね？」

そう言ってチョンラティーは座り直した。トンの方を見ると、ピアスを付けたまゆげを訝《いぶか》しげに動かしたので、さっき勢いで自分をエロいと言ったことを思い出した。

せっかくのいい雰囲気を自分から台無しにしてしまった。

「わからない……でも俺がおまえのことをどれほど愛しているか、おまえはきっと感じてくれると思う。おまえが俺を愛した時に俺が感じたように……ごめん」

「またごめんって言った。もうやめて。その言葉を口にする代わりにＡ４の紙五百枚分にごめんって書いてよ。そうしたら許してあげてもいい」

チョンラティーは冗談を言った。風が涼しくて、眠気を誘われる。

「雲があたり一面を覆ってて太陽が見えないよ。夕日が沈むのを見るつもりだったのに」

「おまえと一緒に座っているだけで俺は満足だ」

「そうなの？」

「チョン、愛してる……」

「うん、わかってる」

地平線を見ながら答えた。

その後の雰囲気は周りの静けさに支配された。何も起こらないまま、ただ時間だけが過ぎていった。

隣に座るトンを横目で見ると、腕を組んで船を漕《こ》いでいる。

……おそらく最近はあまり寝ていないのだろう。

チョンラティーは不自由な姿勢で寝ているトンに身を寄せると、手でその肩を押して体の向きを変え、頭を支えて自分の膝の上に乗せた。少しでも気持ちよく寝られる姿勢にしてあげたかった。

「もう少し頑張って。トンが僕を愛していて、本当に大切に思っているという態度をもう少し見せてね」

チョンラティーは頭を下げて相手の広い額に自分の鼻をつけ、匂いを嗅いだ。しばらくそうしていると、トンが窮屈そうに膝の上で体を動かしたので、そっと顔を離した。

寝ている時までイラついたような態度を見せるなんて、なんて人だ。……ベイビー・トンってば。

夜明けに自室のガラス戸が音を立てたので、既に目が覚めていたチョンラティーは体を起こした。嵐のせいでガラスが揺れたのか、それともトンが今日も来たのだろうか。

ベッドから下りると足先が冷たい床に触れた。眠い目を擦りながら、ガラス戸のもとまで確かめに行く。

揺れの原因は嵐ではなく、手に書類の入ったファイルを持ったトンだった。

「バンコクに帰るの？」

トンが今日バンコクへ帰り学部の小テストを受けてから、夕方にはまたこっちへ戻ってくると話していたことを思い出した。

トンに車でバンコクとの間を何往復もさせるなんて、ひど過ぎるだろうか？

「戻ってくるのは明日でもいいよ。こんな風に車で行き来するのは疲れない？　それか、また来週会おう。僕も大学に戻るから」

「嫌だ。毎日顔が見たい」

「ちゃんと、睡眠取ってる？」

「多少は。俺がひとりで寝るのが嫌で、おまえと一緒に寝るのが好きなのは知ってるだろ？」

トンの切れ長の目の下にはくまができていた。精悍《せいかん》な顔は少し瘦《や》せたようだった。

「うん、知ってるけどそれも慣れないと。ところで何しに来たの？」

トンが顔を近づけてきたので、チョンラティーは後ずさりした。熱い息が顔にかかり、その距離の近さに思わずドキッとした。

「とりあえず十枚持ってきた。残りの四百九十枚は少しずつ持ってくる」

トンが透明のファイルを差し出してきたので、チョンラティーはそれを受け取った。チョンラティーは今目の前で起きたことに対して、驚きのあまり目を丸くした。

ごめんなさいという文字がＡ４の紙を埋め尽くしていた。手書きの文字は上手とも下手とも言えなかったが、いちおう読めるし、ちゃんと書かれている。

「あんなの冗談だったのに」

「俺は本気だ……もう行く。また夕方な」

「うん」

チョンラティーはただ頷《うなず》くことしかできなかった。紙に書かれたメッセージに、まだ驚きが収まらなかったからだ。

……トンはベランダから飛び降りていった。やがて、車のエンジンがかかり、離れていく音が聞こえた。

次の瞬間、チョンラティーは自分の顔が熱くなるのがわかった。なぜならその紙の裏にはもっと驚くことが書かれていたのだ。

表のように、ごめんとは書いていなかった。ただ「チョンラティーを愛している」という文字がそこにはびっしりと書かれていた。

負けたよ、愛《いと》しい人。完全に降伏だ。

第27章

今の自分の顔を見てごらんよ。

強情な顔つきだろ?

これは目の前に立っているトンに対して言いたい言葉だ。しゅっと尖《とが》った顎《あご》、すっと通った鼻梁《びりょう》、眉と、唇と、耳にもピアス。獰猛《どうもう》な真っ黒な瞳。そんな人がユニコーン柄の白いTシャツを着てウサ耳のカチューシャをしているが、全く似合っていなかった。

「そんな恰好をして、僕をからかっているの?」

チョンラティーは、ベランダにやってきたトンのTシャツの柄と同じユニコーンが付いたゴムの髪留《ど》めを手で触った。体の大きな彼の無理した服装に違和感を覚えて仕方ない。

「いや……違う。チョンがこういうのが好きだから着てみた。おまえに気に入ってもらえるかと思って」

「へえ……それで?」

「気に入らないなら脱ぐ」

トンはがっかりした顔をした。夕方のオレンジ色の日の光に照らされて端整な顔が寂《さび》しそうに見えた。

「脱がなくていいよ。中に入る？　立って喋《しゃべ》ってると疲れる」

「入っていいのか？」

そう言うトンはまるで大きな犬のようだ。部屋に誘われたら、しっぽを振って喜んでいる。

「じゃあ、入らなくていいよ」

「……」

つれなく言うと、すぐにまたしゅんとしてしまった。本当に寂しそうだった。

「五分後にトンの家の前で会おう。気分転換に砂浜を散歩したくなったよ」

チョンラティーは根負けしてそう言った。疲労感からか、それとも同情したからなのか。

「渡すものがあるんだ。昨日から渡そうと思って渡せてなかった。帰ってきたらおまえがさっさと家に入ってしまったから」

「そう……じゃあ持ってきてよ」

そう言って頷《うなず》き、踵《きびす》を返して部屋に戻った。服を着替えるのに、約束の五分以内に間に合うよう急ぐ必要はない。

時間には余裕がある。家はすぐ隣なのだから。

チョンラティーの愛車であるパステルピンク色のフォルクスワーゲン ニュービートルのルーフを開けると、風に乗って運ばれてきた潮の香りを肌に感じて、チョンラティーは目を閉じた。涼しい風を浴びてとても気分がいい。

今日のドライバーはトンだった。チョンラティーの車を選んだのは、トンの着ている服の柄の色に合っているからだ。

これはトンのアイディアだった。彼は自分の服をチョンラティーに対して目いっぱいアピールしていた。

ふたりの関係は未だに曖昧《あいまい》なままだった。車に乗っている間、気づけば互いに沈黙したまま時が流れていた。けれどその間もチョンラティーの手はトンの大きな手にがっしりと摑まれていた。トンの親指がチョンラティーの手の甲を慰めるように撫《な》でている。

チョンラティーは今の関係が自分の中ではある程度はっきりしたと思っているが、トンは気づいていないようだった。

「パンティップ掲示板を読んだ。口説きたいなら、タイミングを待たないといけない。そしてそのときに恋人になってくれと申し込む。でも俺は先におまえを抱きしめたい……元に戻りたいんだ」

「僕を口説くためにわざわざパンティップを読まないといけないの？」

「ああ、俺はバカだから……仲直りを考えた時から検索してた。おまえに口説けと言われた時も検索した」

トンは、そう白状した。情けない彼の姿に、チョンラティーは思わず笑ってしまった。

「それは単なる方法論でしょ。仲直りも口説くのも気持ちを込めないと。それにトンはバカじゃないよ。鈍感っていうんだ」

「鈍感なヤツが付き合ってくれと今申し込んだら、ＯＫしてくれるか？」

「トンは自分が僕にとって十分に相応《ふさわ》しいと思う？」

「相応しいかどうかの基準は人によって違うとおまえが言っただろ」

トンはチョンラティーから言われた言葉を言い返し、少し黙ってからまた話を続けた。

「俺はこれまでよりもまともになる。でもおまえが俺にチャンスをくれなければ、見てもらうこともできない」

「どうして僕がトンにチャンスをあげないといけないの？」

「しくじった者にはやり直すチャンスを与えるべきだ。一回でもいいから」

「トンは図々しいね」

「愛しているからだ」

パステルカラーの車は突然脇道に入り、少し走ってから完全に停まった。

「もしおまえがＹＥＳならそこにある箱の中身を付けてついて来てくれ」

「もしＮＯだったら？　トンはどうするの？」

「わからない。もう一回計画を練り直させてくれ。もし今日もまだおまえがＮＯだったら、その車を自分で運転して帰ってくれるか？　俺はゆっくり考えてからもう一度出直すから」

「今日とかいつか僕がＹＥＳって言うって、なぜ強気でいられるの？」

チョンラティーはそう聞くと、ドアを飛び越えて車外に出た彼を見た。せっかくドアがあるのに、なぜ開けないのだろう。でも、飛び越える動きがかっこよかったから、許してあげる……。

「おまえの目を見ればわかる。以前と変わらない」

そう言うとトンは浜辺の方へ歩いていった。暗くなり始めたばかりだったので、背の高い姿がまだかろうじて見えた。

ユニコーンの柄が目立つTシャツを脱ぎ捨てると、トンは靴も浜辺に脱ぎ捨てた。厚みのある大きな体が藍色《あいいろ》の波の中へどんどん入っていく。

チョンラティーはトンから目を離した。この辺の海はそんなに深くないし、彼は泳ぎがとても上手だからだ。海に入ったのは、気持ちを落ち着かせたいからだろうと思った。

トンの後を追って行こうとした時、運転席の上に置いてあるビロードの箱が目に留《と》まった。開けてみると、シルバーのシンプルな二つの指輪が光っている。指輪には、

〝これを付けて降りてこい〟

というメッセージカードが添えられていた。

「トンはなぜ先に付けなかったの？　僕が持って行ってあげないといけないじゃないか」

チョンラティーは口元に笑みを浮かべメガネを外すと、そっとコンソールの上に置いた。

静かで誰もいないいい場所に車を停めたねと、トンをほめてあげないといけないな。

小さい方の指輪を自分の左手の薬指に嵌《は》めてみたら、サイズがぴったりだった。チョンラティーは

もうひとつの指輪をしっかりと握りしめ、車のドアを開けて飛び出した。そして靴をトンの靴の近くで脱ぎ捨てた。

裸足で柔《やわ》らかい砂を踏みしめたので、足の裏がくすぐったかった。そのまま海に入っていくと、一日中太陽の光を浴びた生ぬるい海水に胸まで浸《つ》かった。

「それ以上深いところに行かないで。僕は足が届かない」

こちらを振り返り笑顔を見せているトンに向かってチョンラティーは叫んだ。トンは両腕を広げてチョンラティーの体を受け止めるような仕草をした。空はどんどん暗くなっているのに、彼のその所作が眩《まぶ》しく見えた。

互いの指が重なり、次の瞬間チョンラティーは体ごと抱きしめられていた。

「僕がトンに抱きついているのは足が届かないからだよ。べつにトンを好きだからじゃない。言っておくけど、これからはトンに優しくしないからね」

本当は足先が海底の砂についているのに、チョンラティーは足が届かないことを言い訳にした。腕を相手の首にしっかりと回したので、チョンラティーの体が押しつけられてふたりはさらに密着した。

「冷たくされても構わない……一緒にいてくれるだけで、すごく嬉しい」

「もしまた元カノに会いに行ったり、新しい恋人を探そうとしたりしたら、僕は絶対にトンに咬《か》みつくよ……僕はとても嫉妬《しっと》深いんだ。覚えておいて。それに今度僕を大切にしないでほったらかしにするようなことをしたら、僕はトンを切り刻んで海に捨てるからね」

トンは首を噛まれて痛いのに笑っていた。何度もトンに咬みついて歯形をつけたせいで、チョンラティーの口の中には海水が入ってしまった。苦くてしょっぱい。

「俺はチョンを愛している。俺はチョンを愛している」

体の大きな人が耳元で繰り返し囁《ささや》いた。熱い息を吹きかけられてチョンラティーの体から力が抜けてしまう。

恋しかった。本当はベランダの前で見た時からずっと抱きしめたかった。

よく言われるけれど……傷つけられた相手に慰められるだけで、痛みなどいとも簡単に消えてしまうものだ。

「僕はトンを愛している」

「恋しかった……抱きしめたかった。触れたかった。愛したかった」

「ダ……ダメだよ。ここでしちゃ」

大声をあげて、トンの体を離そうとした。でもあまりにも恋しかったせいだろうか。チョンラティーを抱きしめている力が緩められることはなかった。

「なぜだ？」

「僕は指輪を嵌めたから」

チョンラティーが話題を変え、もうひとつの指輪を摑んでいる手をトンの目の前に出すと、抱きしめる力が少し緩んだ。

「トンもまず指輪を嵌めて」

「ああ」

トンは不機嫌そうに答えると、シンプルな指輪を受け取り薬指に嵌めた。

彼自身は指輪には興味が無さそうだったが、チョンラティーは違った。彼の指に指輪が嵌められたのを見て、ふたりの関係がより深く結ばれたような気がした。

ペアリング……相手が自分のものになった証拠だ。でも今は逃げなければならない。今のトンはとても危険な状態だ。

「なぜ逃げる？」

「トンが発情しているから」

チョンラティーは真っ赤な顔で叫んで慌《あわ》てたために、何度も海の水を飲んでしまった。

「自分の妻に発情することのどこが悪いんだ？　……ちょっとでいいから、キスしたら放してやる」

「本当に？」

チョンラティーは暴れるのをやめた。トンの手がチョンラティーの体を自分の方に向ける。トンは何かを企《たくら》んでいるような表情で、黒いピアスをした唇を近づけてくると、そのままチョンラティーの唇に重ねた。

「したことないけど、俺たちは水の中でもヤってみたいな」

塩気と苦みと甘さが混じった唇が離れていくと、チョンラティーは自分の目がキスの余韻で潤んでいることに気がついた。両足が海の中でトンに触れた時、トンの熱いものが固くなっていたのがわかった。

「お……俺たちって？」

「俺たちっていうのは、俺とチョンのことだ」

「僕は試したくない！」

チョンラティーは声を荒らげて拒絶したものの、濃い色の海の中でふたりの体は絡み合っていた。

「やってみないと……こんな機会はめったにないんだし」

「僕としたい時ばっかり口がうまいんだね。怒られた時は何も言い返せないくせに」

チョンラティーはトンを睨《にら》んだ。けれど、トンに激しく愛撫《あいぶ》され、諦《あきら》めろというような目つきで見られているうちに、チョンラティーの体からは力が抜けて、次第に体の奥から情欲の炎が立ち上ってきた。

「怒られた時わざと悲しそうにしていると、チョンに同情してもらえる」

「しょんぼりしたのは演技だったの？」

「違う。あのことは俺が本当にバカだった。これは親譲りかもしれない。家では親父が母さんにいつも怒鳴られてた。でもふたりはとても愛し合っていた。俺とチョンみたいに」

「なぜトンと僕のように、なの？」

「愛し合ってるからだろ」

トンの話は止まらなかった。

呆気《あっけ》に取られている隙にトンに体を沖合の方に引っ張られたので、チョンラティーは足が海底に届かなくなってしまった。

このやり方はずるい。自分だけ足が海底についているなんて。

「気に入ったか?」

「何が?」

チョンラティーはトンの肩を押して体を上に浮かそうとした。

すると水で濡れた頬にキスをされた。ふたりの体がこれ以上ないほどに密着した。離れている部分が少しもないほどに。

「指輪だ」

「気に入ったよ。トンが自分で選んだの? なんで僕のサイズがわかったの?」

「寝ている間にこっそり測った」

「いつごろ?」

チョンラティーは不審そうに眉を上げた。その間にもトンの手は海の中で腰を撫で回してきたので、チョンラティーは顔をしかめた。

意志を持った恋人の触れ方に、むず痒《がゆ》いような痛いような複雑な感覚を覚えて、チョンラティーはトンを睨みつけた。

「この間チョンが熟睡していた時に。俺はおまえを誰にも渡したくないと思っているのを知っているか? もうこの指はおまえが俺のものであることを表している。だから絶対に外すなよ」

「わかったよ……トンって意外とロマンチストなんだね」

「誰かを愛したら、その人の愛し方は自然と思いつくものだ……これが俺の、チョンへの愛し方だ。これからもっともっと愛してやる」

チョンラティーの小さな顎は力強い手に掴まれ、持ち上げられた。海の色と同じ色の彼の目と視線が交わる。

見つめられて、チョンラティーは目の前の彼に夢中になった。トンの柔らかい唇で自分の唇を吸われ、さらに唇の端のピアスで擦られた。

海水を飲んでしまったので舌先が塩辛《しおから》い気がしたけれど、そんなこと少しも気にならなかった。舌を吸われ絡められると、やがて口の中に唾液《だえき》の甘さが広がる。

いつものニコチンの臭いはしなかった。そして海水に浸かったせいでお互いの匂いがハッキリとした。

「あっ！　ふ！」

チョンラティーの口から思わず声が漏れた。

鮮やかな色の大きな口の中に隠れている白くて鋭い歯がチョンラティーの下唇を噛んでいた。その間も休むことなくチョンラティーの体は水面下で激しくまさぐられている。

トンの指先がチョンラティーの下着の中に潜《もぐ》り込み、後ろの割れ目の中に入ってきた。いつもは無かった指輪の感触に刺激されて、余計に興奮してしまう。

「トン……」

チョンラティーは喘《あえ》ぐようにトンの名を呼んだ。トンの指先が秘部に触れた瞬間、頬が燃えるように熱くなった。

鼓動の速さがトンと同じだった。波が岩にぶつかる音でさえもう聞こえない。聞こえるのはただ互いの心臓の音だけだ。

「ここでヤるのはまずいな」

「トンもわかってるでしょ」

「ここで終わりにしてもいい。でも今夜は俺の家で寝ろよ」

「……うん」

チョンラティーは照れたように頷いた。

後孔から手が離れていくのがわかった。トンが自分を眩しそうに見ている視線を感じる。海から上がるとトンに背負われ、そのままふたりは車のところまで戻った。


洋服がぐっしょりと濡れて、体に当たる度に嫌な音を立てた。トンのガーデンハウスの部屋にふたりきりになった瞬間、気持ち悪い濡れた服はあっという間に脱がされ、肌があらわになった。

バスルームまで移動する間にも、ふたりは互いの体を激しく愛撫し合っていた。

トンの唇はチョンラティーの白い肌の上を首から肩、そして胸へと這《は》っていった。濡れた音がバスルームに鳴り響く。洗面台に腰かけているチョンラティーの肌の上では、あちこちに赤いうっ血の跡が散っていた。荒い息遣いが聞こえ、チョンラティーはトンの頭を自分の足の間から引きはがそうとしていた。

肌の上には唾液や粘着質な残滓《ざんし》が残っていた。けれど、少しも嫌ではなかった。

シャワーが出しっぱなしにされ、体についた海水の跡と愛撫の名残はお互いの体から洗い流されていく。

「トン……そこは……そ……そこ」

唇の端のピアスがチョンラティーの敏感な部分に触れた。

チョンラティーの陰茎がゆっくりと呑《の》み込まれてゆく。下の二つの玉が楽しそうに手の中で擦られていた。

これはさすがにやり過ぎだとチョンラティーは感じていた。このままでは、息ができなくなってしまうかもしれない。

トンの口の動きが大胆になると、チョンラティーはすすり泣くように喘ぎ声をあげた。もう相手の名前を呼ぶ余裕もなかった。頭の中は真っ白になり、唇で擦られる度に息をするだけで精一杯だった。もう体が持たない。

そしてついにチョンラティーは絶頂に達した。擦られながら温かいそれを恋人の口に吐き出してしまう。

口の中いっぱいに溢《あふ》れたそれを、トンは嫌がる様子もなくすべて飲み込んでしまった。

それを見てチョンラティーは全身が熱くなった。開いたままの足を閉じて、達したばかりのそれを隠そうとする。

「何を照れてる?」

「見ないでよ」

チョンラティーはイッたままの姿が恥ずかしくて手で顔を覆い、体を丸めた。そんなことをしても意味が無いことはわかっていたけれど。

トンは飢《う》えていたようだった。舐《な》めるような視線を向けられてチョンラティーは少し怯《おび》えた。

「照れるなよ」

「僕を見過ぎだよ」

とりあえず反論し、相手を睨むと、足首を拘束された。膝を折り曲げられ、足が胸につきそうになると、奥まった場所がトンの目の前に晒《さら》されてしまう。

そうして水で濡れたトンの指が中に入ってきた。

「つっ……ひりひりする……」

それはとてもきつく感じた。トンが潤滑ジェルを使わなかったからだ。

痛みと快感とが混じり合う中で、チョンラティーの目から大粒の涙がこぼれ落ちた。その様子を見て、トンは用意してきたジェルを残りの指に纏《まと》わせ、ゆっくりと中へ沈めていった。ジェルをたっぷり使ったからか、今度はさしたる抵抗もなく奥へと指が呑み込まれてゆく。

今回は初めての時のように言葉での説明はなかった。だからチョンラティーは二本目、三本目の指が入ってきていることがわからず、ただ中がきつくなったということだけを感じていた。

指輪の感触がする。ぼんやりしかかっていた意識が、指輪の刺激に覚醒させられた。

「入れるぞ……」

トンがきっぱりと言った。それまでは口数が少なく、むしろ体の動きの方が激しかったのに。

「ハッキリ言うんだね……はあ……ゆっくり……ゆっくり」

小さな手がトンを押した。足に力が入る。トンの腰は洗面台よりも少し高い位置にあったので、腰を少し落とさないといけなかった。

やがてトンは固くて熱いものを押し入れてきた。

ゆっくりと体を押し進めながらも、あまりのきつさにトンは息をするのを忘れているようだった。

「うわっ！」

トンの屹立《きつりつ》が入ってくると、中が圧迫されたように感じて、チョンラティーは声をあげた。それからトンに真正面で顔を見合わせるように抱き上げられると、その動きはもっと激しくなった。

トンはチョンラティーを抱き上げたまま、シャワーのところへ行き、蛇口を閉めた。バスルームを出てから階段へ向かう間も、抱かれたままのチョンラティーからは、時折甲高《かんだか》い喘ぎ声が漏れていた。

声が収まったのは、チョンラティーがベッドに降ろされた時だった。

休ませてくれるのかと期待したが……違った。トンはチョンラティーをベッドに寝かせると、すぐに腰を動かし始めたのだ。

そうして第一ラウンドが終わると、トンはすぐに第二ラウンドに取り掛かった。チョンラティーの体勢を変え、ベッドにうつぶせにする。

けれどまだ立て続けにトンを受け入れる準備ができていなかったチョンラティーは、そこで半身を起こした。体の中にはまだ先ほどまでのぬくもりが残っていて、身を起こした拍子に、自分の柔らかい部分がひりひりしているのを感じた。腰にも力が入らない。

「やり過ぎだよ。ふうう……」

「そんなはずがない」

トンはかすれた声で反論した。そしてさらに体重をかけてきた。先ほどジェルを使ったので中は十分に潤っていた。だからトンのモノが一度にすべて入った。

トンがチョンラティーの手に自分の手を重ね合わせ、指を絡めた。背中は撫でられ、キスされ、吸われ、嚙まれた。全身あますところなく愛撫され、体の大きな恋人は好き勝手にチョンラティーの体中に跡をつけながら自分のモノを深く突き立てた。入れて、かき混ぜ、快感を覚えさせようとしてくる。

激し……す……ぎ……る。

そのとき——。

バタン！

木製だったばっかりに、ベッドヘッドがトンの激しさに耐えきれず壊れてしまった。

まさに破壊王だ……。

「今のが証拠だよ。トンはやり過ぎだ」

「どこが？　新しいベッドに取り換えたいと思っていたところだからちょうどいい」

チョンラティーは尻を突き出したままの姿勢でショックを受けていた。あっという間にトンの手によって、ベッドの上に寝かされてしまう。

トンはベッドを破壊したことなど全く気にしていなかった。体の大きな彼が唯一興味があるのは……チョンラティーだけだから。

あまりに激しい愛を受け止めて、チョンラティーは死んでしまいそうだった……。

第28章

兄貴は俺に思いっきりやった……いろんなことを試し過ぎだ。

この破壊された部屋と起き上がることもできないほど消耗した状態を説明するために、あえてこんな汚い言葉遣いをしてみた。そんな状態ではあったが、チョンラティーはベッドから半身を起こした。起きた勢いで体をくるんでいた柔《やわ》らかい掛け布団が落ちてしまうと、何も身に着けていない体があらわになった。寝る前にシャワーを浴びたが、着ていた服がびしょびしょになったので、トンはそれを言い訳にして寝る時にチョンラティーに服を着させていなかったのだ。

トンの服を貸してくれればいいのに、トンは貸さないと言い張った。

落とした掛け布団を摑んで、チョンラティーはもう一度体をくるんだ。目を擦りながら時計を見ると、午後一時を回っていた。そういえば二十分前に部屋を出ていった破壊魔は、おかゆを作って食べさせてやるなどと信じられないようなことを言っていた。

料理を作って食べさせたいだなんて、トンは新しい恋人が欲しいのではないだろうかとチョンラティーは思ってしまった。

良き妻として、トンのもとへ行って食事の作り方を教えた方がいいのではないかと思いつき、疲れきった体を掛け布団でくるんだまま、階下へ向かう。

階段を下りるとスープのいい匂いが漂ってきた。上半身裸の彼が眉間《みけん》にしわを寄せながらガス台の前に立っているのが見えた。腰に手を当てて、真剣な顔つきをしている。

「トンは鍋と喧嘩《けんか》でもしてるの？」

「おまえはちゃんと服を着てから来ないのか？」

そうは言ったが、トンは不機嫌なわけではなさそうだった。だって、嬉しそうな目をしていたから。それどころか、あろうことか彼は、

「台所でヤるか？」

などとからかいながら、鍋の前を空《あ》けて、チョンラティーに鍋の中身を見せてくれた。だがその間もトンの手はじっとしていなかった。近寄るチョンラティーの腰をすぐに抱き寄せて、撫《な》で回してきたのだ。

「年末に『エッチをする場所を探すのが上手で賞』をトンにあげるね」

「……すごいだろ」

……トンは見てごらん、と言ってはいたが、腰を撫で回す手を止めようとしなかった。

「いい匂いだ」

チョンラティーは話題を変え、おたまを使って透き通ったスープを味見した。

「美味しい……」

「人間は誰だって進歩しないと。一回失敗したら、経験と呼ぶ。失敗を繰り返したら、大馬鹿と呼ぶ。

おまえの服を洗濯に出した。もう少ししたら出来上がるだろう……とりあえず俺の服を着てろ。こんな風に掛け布団を巻きつけてたら、転ぶぞ」

トンはチョンラティーが鍋の前に立ったのを見ると、脱ぎ捨てた自分のTシャツを取りに行き、チョンラティーの頭の上に載せた。

「下は?」

「服が大きいから、穿《は》かなくてもいいだろ」

「?」

「着ろ」

「?」

「着ろよ。見てみたい。絶対にエロいから」

「ふ」

思わず笑い声をあげた。思った通りの反応だったから。

「トンは僕のことをいつからエロいと思ってたの?」

服を頭から被り、体をくるんでいた掛け布団を腰のあたりまでずらしながら、チョンラティーはわざとセクシーに動いてみる。胸だけは隠していたが、それ以外の肌の上には、あちこちに歯形とキスマークがついている。

トンは大きな音を立ててつばを飲み込んだ。喉ぼとけがあからさまに上下した。

「いつから?」

しまいには掛け布団をすべて床に落とした。そしてTシャツの裾《すそ》を引っ張り、太ももを隠そうとした。この部分にも歯形がついていた。

これだからトンは破壊王なんだ。でも、この狂おしい情熱にチョンラティーは心を囚《とら》われているのだ。

「さっき……今もだ」

「おかゆは僕が作るよ。トンは掛け布団を部屋に置いたら戻ってきて。そのころにはご飯できてるから」

自分で魅力的だなと思う笑顔を目の前の相手に見せると、振り向いて、慣れた手つきで料理に取り掛かった。

「うん……うん」

トンは低い声で答え、身を屈《かが》めて床に落ちた掛け布団を拾い上げた。彼はそのまま二階へ行くのかと思っていたが、違った。トンは返事をした後にチョンラティーの腕を掴んでふたりで掛け布団にくるまったのだ。ふたりの体が触れ合ったところが次第に熱を帯びてきた。

「そんなに誘惑するなよ、チョンラティー」

「僕はトンが興奮するのを見るのが好きだよ……今みたいに」

「おまえは大変な目に遭《あ》うぞ」

「僕のことを心配してるの？」

チョンラティーが挑発するような目で相手を見上げると、抱きしめられ、熱いキスをされた。

そうしてしばらくの間、甘いしずくを交わすと、お互いに唇を離した。

「今はまだやらない。でも逃げられたと思って安心するなよ」

「息をする暇があって嬉しいよ。ところで、トンはいつ寮に戻るの？」

トンの腕の筋肉を撫でながら、急に思い出して聞いた。

「今夜かな。明日の午前中に授業がある。チョンはいつ戻る？」

「トンと一緒に。自分で運転するのは面倒くさいから」

「おばさんに話をしようと思う……俺たちのこと。実は少し話してはいるけど。俺がおまえを愛しているって」

「僕がトンを好きなことを母さんはずっと前から知ってるよ……」

「俺はハッキリさせたいんだ。真剣だから。おばさんがわざわざ、おまえが家に戻ったから追いかけてくるようにと電話をしてきてくれた……しかもベランダに登ることも許してくれた」

トンは真剣な顔で言った。普段の倍ぐらい真剣だった。

「……僕が母さんに電話するように言ったんだ。ナイ先輩がラインしてきて、トンが狂ったように僕を探しているって書いてあったから。でもベランダの話は全く知らなかった」

「チョンラティー……」

「目を覚まして。僕はトンが思うようなおとなしい性格じゃない。トンは僕から逃げられないよ。それから掛け布団を取って。熱いよ」

チョンラティーは両手を上げて、くるまれている掛け布団を払いのけた。そうしてトンに微笑みかけてから、背後の鍋の中で沸騰しているスープを覗き込んだ。

不意に、柔らかい尻を強く叩かれ、チョンラティーの体が跳ねる。それからチョンラティーは背後を振り返り、叩いた人を睨《にら》みつけた。

「なぜ僕をぶつの?」

「ひど過ぎる」

「これぐらいしないと、トンを引き留《と》められない」

チョンラティーは抱きしめてきたトンにしかめっ面をして、錨《いかり》のタトゥーが入った胸に咬《か》みつき、相手の茶色の乳首を甘噛みした。

「このままじゃ朝メシを食べ損ねるな」

「それなら鍋の火を消しておこう……」

チョンラティーは手を伸ばして火を消した後で、眉を上げて挑発するような目でトンを見た……ふたりのうちどちらがエッチが好きなのか、ここでハッキリさせよう。


トンが洗濯に出したチョンラティーの服は、その一時間後に家のドアノブにかけてあった。トンはそれを手に取ってチョンラティーに渡した。

バンコクへ戻るための支度を終えたトンは、出発の前にチョンラティーと共にチョンラティーの家の広いリビングに並んで腰かけていた。そんなふたりをチョンラティーの母が両手で顎《あご》を支えながらまじまじと見ている。

「つまりチョンが先に告白したけど、付き合ってと言ったのはトンなのね」

「はい」

トンはそう答えた。トンの手はテーブルの下でしっかりとチョンラティーの手を握っていた。

「そして今は一緒に住んでいるの？」

そのことを聞く時、母の声は険しくなった。チョンラティーの手を握るトンの手の力がさらに強くなる。

「はい……僕にこの子の面倒を見させてください」

この子って呼ばれた……。

「面倒見るとか見ないとか、私は全く気にしていないのよ。チョンはトンのことがずっと前から好きだったから、両想いになって私も嬉しい……もうこれからは喧嘩はしないわよね？」

「僕は約束します。もう二度とチョンを悲しませないと……でもたまに喧嘩することはあると思います。チョンは可愛《かわい》いから人気があるし、僕はとても嫉妬《しっと》深いからです」

母は頷《うなず》いた。トンに見られないように手で口元を隠し、唇を動かしてチョンラティーに話しかけてきた。

「やきもちはすごい？」

……チョンラティーは勢いよく頷いた。

トンは本当に嫉妬深かった。

この話し合いの前にチョンラティーの部屋を訪れたトンは、チョンラティーが他人からもらった花束やプレゼントをかき集めると、大きな袋に入れた。そしてそれを誰かにあげるようにと袋ごと使用人に渡したのだ。残ったのは花瓶に生けてあるトンがプレゼントしたかすみ草の花束だけだった。

「おばさんは、許してくれるんですよね？」

ニコニコするだけで何も言わない母を見て、トンは冷静な声で聞いた。トンは平然とした顔をしていたが、もしチョンラティーの母がふたりの関係を許さなければ、首の骨を折りかねないような雰囲気を纏《まと》ってもいた。ただし、じっとりと汗の浮かんだ手のひらから判断すると、トンは単に緊張しているだけだとチョンラティーにはわかっていたけれど。

「もし許していなかったら、ベランダのことも教えてあげなかったでしょ。トンは自分のお母さんにチョンのことを話した？」

「まだです。でも母さんは何も言わないと思います。来週の日曜日にチョンを僕の家に連れて行ってもいいですか？　今、両親は外国にいるので。事前に電話して伝えます」

「好きにしてちょうだい。それからお母さんに伝えて。最新モデルのバッグが手に入ってよかったわねって」

「？」

「あなたのお母さんはお父さんと賭けをしていたの。トンがチョンを好きになるかどうか」

「？」

「誰がどちらに賭けたのか、そしてどっちが賭けに勝ったのかは言わなくてもわかるでしょ？」

トンはチョンラティーの手を握っていた力を緩めた。目をパチパチさせて今までのことを振り返っていた。

「母さんと父さんはもう知っているんですか？」

「まだよ。あの人たちは将来のことを賭けていたの。でもトンがチョンを好きなのはバレバレでしょ。だってトンのお父さんも間違いないと言っていたもの。でも、お母さんに、好きじゃない方に無理やり賭けさせられたのよ」

「僕が気づくのが一番遅かったのか……」

トンは神妙な面持ちでそう言った。明らかに落ち込んだ顔だった。

「遅いとか早いとかはどうでもいいの。結果として一緒にいるでしょ。大事なのは、これから先のことよ。私はチョンをあなたに託すから、この子を大事にしてね」

「はい。約束します。僕はチョンを愛して大切にします」

トンは堅苦しい声で返事をしながらも、鋭い視線でチョンラティーの母のことを見据《みす》え、決して逸《そ》らすことはなかった。その態度からは真剣さが見て取れた。

そして今このとき、誰より一番嬉しそうな顔をしているのはチョンラティーだった……。

「母さんが前に言ってたんだけど、僕のおじいさんは自分の子供とトンの家の子供を結婚させたかったらしい。でも僕の母さんもトンの母さんも両方とも女だったから諦《あきら》めたんだって」

チョンラティーは嬉しそうに話を続けながら、チョコレートバーを食べていた。トンがレクサスを運転していると、やがて自然豊かな風景は遠ざかり、周囲は真っ暗になった。車のヘッドライトだけを頼りに前に進む。

「チョンのおじいさんの願いは叶ったな」

「そうだろうね」

チョンラティーはトンの言葉を否定せず、自分で食べていたチョコレートバーをトンの口元に差し出した。チョコが口元のピアスに当たると、それはバリバリと音を立てて食べられた。

「甘いな。菓子ばかり食べているからおまえは大きくならないんだ」

「この体格のどこが悪いの？　みんな僕をほめてくれるのに。トンだけだよ……僕をあまりほめないのは」

「俺はお世辞がうまくない……でもおまえは可愛いし、きれいだし、可愛いし、きれいできれいで、そして可愛い」

「嫌味を言ってるの？」

言いながら、チョンラティーは思わず笑ってしまった。

「いや、本気で言ってる」

「ねえ。来週のコンテストでトンは僕に花を何本くれる？」

「一本もやらない」

「えー……なんで？」

がっかりした声を出し、トンの横顔を見ると、イケメンはまだ笑っていることがわかった。

「他のヤツと同じことはしたくない。前に言っただろ？　俺はおまえのファンじゃない。恋人だ。イベントの投票用の花を買っても、本人の手には渡らないだろ」

「トンは見に来てくれる？」

「もちろん。おまえの代わりに花束を受け取るブースを作ろうと思っている。女が持ってきたらおまえに手渡しさせる。でも男が持ってきたら、俺が代わりに受け取る。どうだ？　いい計画だろ？」

トンは得意げに舌を鳴らした。自分の計画に自信満々のようだ。最初は花をくれないと言われていじけたけれど、この冗談を聞いて……笑ってしまった。

「トンったら……」

「おまえを誰にも渡したくないからだ」

「わかったよ。ねえ……トン。明日の夜、僕はゲムのところに泊まるね。前から約束してたんだ。あ、言っておくけどゲムは僕の親友だからね。この間トンの部屋を飛び出した時も彼女の部屋に泊まったんだ」

「俺をほったらかしてひとりで寝させるのか？」

「一晩だけだよ……ね？」

チョンラティーは何度も瞬きしながら、甘えるようにその顔を相手の逞《たくま》しい肩に擦りつけた。

「そうしたら、俺はご褒美に何をもらえる？」

「トンは僕のすべてを手に入れたよ。僕にはもう何も残っていない。体もあげた。心もあげた。もう、あげるものは無いよ」

言いながら自分でも照れてしまった。一方トンはというと、彼もまた暗闇の中で顔を真っ赤にしていた。

「そこまで言われたら、嫌とは言えないな。でもスマホは持ち歩けよ。電話するかもしれないから」

「うん。ベイビー・トンはすごく優しいね……トンのことをベイブって呼んでもいい？」

「ベイブ？　心は天使の小さな子豚のことか？」

本当に知らないのか、それとも、とぼけているつもりなのか、トンはみなしごの子豚の映画のタイトルを口にした。

「ベイブはベイビーの略だよ。ナイ先輩がアイ先輩を可愛らしくハップと呼んでいるみたいに」

「ベイブ……」

「そうだよ」

チョンラティーはわざと声を伸ばして言った。

「チョンラティーのベイビーだよ」

「顔が熱い」

トンは片手をハンドルから離し、チョンラティーの指輪を嵌《は》めている方の手を握った。そして親指でチョンラティーの手を軽く撫でた。

「俺はチョンを愛している」

「しょっちゅう言ってるよね」

チョンラティーは甘えた声でからかったけれど、その手はしっかりとトンに握られていた。ふたりの指輪が重なるように並んでいるのを見て、チョンラティーはスマホを取り出して写真を撮った。

街灯のオレンジ色の光を受けて、ソフトフォーカスのかかった優しい感じの写真が撮れた。

「もう二度と俺に愛されていないという理由で逃げるなよ。死ぬほど愛してる。おまえを食えるなら、とっくに食ってる」

「すごく愛してくれてるって知ってるよ……ツーショット写真を載せるね」

「さっき撮った手の写真か？」

「うん。タグ付けするけど、キャプションはなんて書こうか？」

「トンをとっても愛しているの。トンは最高にかっこいいわ」

トンがわざと女性の声真似をして言ったので、ロマンチックな雰囲気がブチ壊しになった。

「そんなこと書けないよ。『トンホンとの関係』の最後にハートをつけるね。本当にやるよ？」

トンは握っていたチョンラティーの手を放すと、コンソールに置いてあった自分のスマホを手に取ってチョンラティーに渡した。

「パスワードは学籍番号と同じだ。ステータスを変更してくれ」

「できないよ。特定の人との交際ステータスなんて表示したことないし」

スマホのロックを解除するパスワードを教えてくれるなんてとても驚いた。恋人が付き合っている相手にスマホのパスワードを教えるということは、それだけ相手が真剣で、恋人に対して隠しごとがないということだ。

つまりトンがそれだけチョンラティーに対して真剣だと思っていい。

本当に愛《いと》おしいよね、トンは。

「じゃあ、先に写真を載せろ。今夜俺はベイベとのステータスを設定する」

「相手を照れさせるのはいったいどっち？　トンはすぐに甘いことを言うね。気づいてないかもしれないけど」

「おまえは逃げられないぞ」

……口がうまい。

「どこにも逃げないよ。ずっと一緒にいる」

一度離れた手が再び重なった。チョンラティーは空いている方の手でさっき撮った手のツーショット写真をアップロードした。

〝マイ・ベイベと関係あり〟

この投稿にはセレブがよくやるように、わざとタグ付けをしなかった。

おかげでその写真は周囲の注目を集めた。みんな写真の真実を知りたがっていたし、その秘密はあっという間に明らかにされた。

その日の夜、ある人物が自分のステータスを更新し、誰がチョンラティーとペアリングをしている手の持ち主なのかを明かしたからだ。

第29章

「トンの手だなんて全くわからなかった。自分の友達の手だったとはね」

ナイ先輩は学部の地下で隣にいるアイ先輩に寄りかかりながらあぐらをかいて、チョンラティーが前日投稿した写真を見ていた。

ナイ先輩は人を正面から堂々とからかっても憎まれないタイプの人間で、実際今もアイ先輩といちゃいちゃしながらトンをからかっていた。

ナイ先輩みたいに振る舞えば堂々としていられるのかもしれない。自分も夫といちゃいちゃしたいけれど、恥ずかしい……。

「俺はトンをからかったんだ。チョンは関係ないよ」

近寄ってくるチョンラティーにナイ先輩は手を振って否定はしたが、その視線は楽しげに光っていた。

「新しい恋人なんて写真一枚で大学中が大騒ぎだ」

ナイ先輩の隣に座っていたナーイ先輩が、暇つぶし用の本を手に、冷静な声で言った。

チョンラティーは照れ隠しのために首を掻《か》いた。そしてトンのもとへ行くと車の鍵を返した。トンはチョンラティーの学部に車を停めて、講義後に迎えに来させるようにしたのだ。同じ車を使っているのは、昨夜トンのフェイスブックのステータスを更新したことを強調するためだ。

「ここに座れ」

「トンは膝を叩いたよ、チョン。床を叩いてはいないよ。座る場所を間違えないように」

ナイ先輩がいつもの調子で言ったので、終《しま》いにはアイ先輩に手で口を塞がれた。

「チョンの顔が真っ赤じゃないか。からかうなよ」

「俺はからかうのが好きなんだ。おまえは俺の気持ちがわかってないな、アイ」

「何がわかってないんだ？」

「大学三年の俺の学生生活で楽しめることなんていくつもない。一つ目は、おまえが俺の機嫌を取ってくれること。二つ目はトンに意地悪することと、トンがアホ面をすること。三つ目はナーイの宿題をコピーすること。そして最後の四つ目にして俺がとても感動していることは、妻に怒られた時、インタさんがお経を唱えてくれることだ」

チョンラティーはトンの隣に腰を下ろした。そうしてインタ先輩の方を見ながら、笑いを噛み殺そうとした。トンの友人のルックスは一見すると男性歌手グループのようにカッコよく見えるが、中身をよく知るとテレタビーズのように愉快な仲間たちばかりだった。

「チクショウ！　だって俺の妻はチョンみたいに優しくない」

インタ先輩は汚い言葉で愚痴をこぼし、チョンラティーに笑いかけた。そして俯《うつむ》いてスマホゲームの続きに戻った。

「やっぱりゲムの寮まで送ってもらうと渋滞にはまりそうだ」

「本当に駅まで送るだけでいいのか？」

「うん」

「本当にいいのか……？」

トンは念押しした。その目を見れば、本当はトンがチョンラティーのことをゲムの寮まで送りたいと思っていることくらいすぐにわかった。けれど寮までの道の渋滞状況を考えると、車で行けば深夜になっても到着できないだろうことも容易に想像できた。

「本当に大丈夫だよ、トン。部屋に着いたらビデオ通話するね」

「好きにしろ」

トンは頷《うなず》いた。これで百回目だ。ふたりはこの件でひとしきり揉《も》めたが、最終的にはトンが折れた。チョンラティーを寮まで送るために立ち上がろうとしたトンを、チョンラティーが引き留《と》めた。

「ちょっとトイレに行ってくる……ひとりで行けるから一緒に来なくていいよ」

ガーデンハウスから戻って以降、トンがかなり過保護になっていたので、チョンラティーは先回りしてそう言った。

どんなことでも感動するぐらい面倒見がいいのだ。

「急いで行ってこい」

トンはそう言っただけだった。それからはチョンラティーの姿が柱の陰に隠れるまで、ずっと見送っていた。

トイレのドアをしっかりと閉めると狭いトイレの個室でチョンラティーはひとりになり、ようやく落ち着くことができた。チョンラティーはトイレの蓋《ふた》を閉めてその上に腰かけた。そしてある人とチャットをするためにスマホを取り出した。

……最後の会話履歴は世間を騒がせたアンプ先輩とトンのキス動画だった。改めて見ると、胸が苦しくなってくる。

アンプ先輩……あの、くそババア。

今夜ちょっと会えませんか？

ドキドキしながらメッセージを送った。こういうやり方をするのは好きではなかったけれど、きちんと話をつけないと、今後も気持ちがすっきりしないから。

話があります。トンのことで

どこで？

トンの名を出すとアンプ先輩から待ち合わせ場所について聞かれた。ということは来るつもりなのだろう。

×××の店で

トンも来るの?

いえ、僕と先輩だけです

そういえばゲムも一緒だった。でも親友の名前はあえて書かなかった。
明るくて気のいいゲムを一緒に連れていったとしても、こちらが不利になることは絶対にない。

わかった。行くわ

では二十時ちょうどに、お店で

後でね

最後のメッセージを読み終えると、チョンラティーはこれまでのメッセージのやり取りを削除した。そうしていつものようにスマホをズボンのポケットにしまうと、待ち合わせの二十時までカウントダウンを始めた。

「ねえトン。今、ゲムとご飯に来てるんだけど、僕のスマホは充電が切れちゃったから、何かあったらこの番号にかけて。ゲムの部屋に戻ったらすぐに充電して電話するから」

アンプ先輩と約束したレストランに入った時、チョンラティーは初めてトンに大きな嘘をついた。隣には鮮やかな色のリップグロスをつけた、ヒロイン気取りのゲムがいる。

今までのすべての経緯を話した時、彼女はチョンラティーよりも憤慨《ふんがい》していた。そしてチョンラティーに向かって、あんたは優し過ぎると言ったのだ。アンプ先輩みたいな女は、こてんぱんにやっつけてやらないと懲《こ》りないと言って怒るので、平和的な話し合いをするつもりでいたのにできないかもしれない。

ゲムは相手を本気で引っぱたきでもしなければ終わらないと言っていた……最近の女性を甘く見てはいけない。

……ダーダーだけは例外だけど。

「ああ、そうか……部屋に戻ったらすぐに電話しろよ」

チョンラティーはぼんやりと、いろいろなことを考えていたが、トンの寂《さび》しそうな声が聞こえると我に返った。

「うん……トンが大好きだよ」

「ああ、俺もだ」

「トンを愛してる」

「俺もチョンを愛してる。友達とゆっくり過ごせ。後で電話するのを忘れるなよ」

「うん。わかってる」

つまらなそうな顔をしているゲムを見て、チョンラティーは電話を切った。彼女にスマホを返すと、すぐに甲高《かんだか》い声で言われた。

「愛がぷんぷん匂ってる」

「お願いだから、からかわないで」

「でも、あんたはすごいわ、チョン。だって結局手に入れたんだもの」

「何を？」

「トンを自分の夫にしたってこと」

「……当たり前でしょ？　だって、あたしはきれいだもん」

そう言ってチョンラティーは指で前髪をかき上げると、得意げな顔を見せた。

ふたりは事前に予約をしていたレストランでテーブルについた。そろそろアンプ先輩が来るころだろう。約束の時間が刻々と近づいてきていた。

それからさほど待たないうちに、背の高いモデル体型の女性が現れた。特徴的なハイヒールの音が近づいてくる。実際に見ると確かに目立つ美人だ……。

「あの人がトン先輩の元カノ？　実物は写真ほどきれいじゃないね」

「きれいだよ……」

「化粧がめちゃくちゃ濃いじゃない。威圧感があるしね。本当の美人は私たちみたいな感じだよ。ノーメイクだけど肌がぴちぴちで見飽きない」

「どうしてそんなに自信満々なの？」

アンプ先輩が近づいてくると、チョンラティーは身構えて声を落とした。相手にこんなくだらない会話を聞かれたくなかった。

「コラーゲン注射をしたばかりだから、自信あるのよね。それとも何？　あんたは私がきれいでないだとか、肌がぴちぴちでないだとか言うつもり？」

「そんなことないわよ、きれいだしどこから見てもぴちぴち」

仕方なく小さな声で賛成した。言い終えると、ゲムは満足そうな顔をして、来たばかりの人を振り返った。

大きな音を立てて椅子を引き、アンプ先輩は腰かけた。

「まだ別れてないの？」

……彼女の第一声は、本当にムカつくものだった。顔を引っぱたかないと簡単には終わらないと言ったゲムの言葉に初めて納得した。

「トンを返してと言ったでしょ。ああいう男はチョンには似合わないわよ」

「僕はトンを自由にしたけど、彼が僕から離れないいんです」

相手を煽《あお》るように、チョンラティーはわざと腕組みをして話を続けた。

「そもそも似合うとか似合わないとか、何を根拠にして決めているんですか?」

「私はトンと七年付き合ったのよ。性格もよく知ってる。チョンみたいなおとなしい人間はトンみたいなカッとなりやすい人間に耐えられないでしょ?」

「べつに耐えてなんかいません。僕たちはごく普通に過ごしているだけです。それに僕がこういう性格だから、トンもだいぶ落ち着いてきたし」

「トンみたいな人間が……落ち着くわけ!」

アンプ先輩は高い声を出したので、ゲムは我慢できなくて怒りで手を震《ふる》わせていた。

「トンはかなり落ち着きました。ところでアンプ先輩は、トンを捨てたのになぜ取り戻したいんですか?」

「……」

そう言うとアンプ先輩は黙ってしまった。大きな美しい目がチョンラティーを睨《にら》みつける。

「本当はアンプ先輩はもうトンを愛していないんですよね? 先輩はただ勝ちたいだけだ。それならトンを自由にしてあげて、先輩も楽になってください。こんな風に勝ちたいと思っていたら、いつまでも幸せになれない」

「説教しないで！」

「説教なんかじゃない。僕は本当のことを言っただけです」

「付き合ったばかりだから、今はそんな風にラブラブなのよ。ラブラブな時期が過ぎたら、どうなるかしらね？」

「ああ、そうですね……アンプ先輩。知ってますか？　トンは紅茶とコーヒーのどっちが好きか」

チョンラティーは口を尖《とが》らせ、今にも怒り出しそうな態度のアンプ先輩を見た。彼女は忍耐力が無さそうだった。こういうタイプの人間は少しも怖くない。

「コーヒー」

「違います。どっちも好きじゃない。一番好きなのはダークチョコレートだ」

「なぜわかるの……」

「相手を観察したり、直接聞いたりしたからですよ。僕はいつだって彼を気にかけている。トンのことを大切にしているから。でも先輩はトンのことを忘れてしまった……何年も付き合っていたのに、こんな簡単なことも答えられないなんて」

「チョンラティー！」

相手を挑発した効果はあった。アンプ先輩が大きな音を立てて手でテーブルを叩き、大声でチョンラティーの名前を叫んだから。

「ウイスキーとビールだとトンはどっちが好きだと思いますか？」

「……」

アンプ先輩は唇を固く結んで、黙りこくった。

「知らないんですか？」

「……」

煽っても沈黙が続いた。

「先輩は何も答えられないのに、トンを取り戻せると自信満々だなんておかしくないですか？」

「私たちはベッドでの相性がいいもの」

アンプ先輩はやっと口を開いた。口元には相手をバカにするような冷笑が浮かぶ。それを見てチョンラティーは膝の上に置いていた自分の手をぎゅっと握りしめた。

「チョンみたいなひ弱な人間に彼の相手をするのは無理でしょ？」

「どうでしょうね。でもトンは僕の名前を朝まで呼び続けてますけど……この店は熱いなあ」

首元まできっちり留めていたボタンを外し、風を受けるようにシャツの胸元を開いて、チョンラティーはわざと首筋に散っているバラ色のキスマークを見せつけた。

彼女は何の根拠があってチョンラティーにトンの相手ができないと思っているんだろうか。毎晩、どれほど激しくヤッてるか知らないくせに。

「うわあ……トン先輩は激しいね。歯形までついてる。すごおおおおおおい」

ゲムは大声で叫んだ。クールに振る舞うと言っていたのをすっかり忘れているようだ……思わずといった様子で口を手で押さえはしたが、興奮するあまり、チョンラティーのことをバシバシと何度も叩いた。

アンプ先輩を叩くと言っていたくせに、僕を叩いてるじゃないか……。

「ゲム」

「すごいんでしょ？　体の大きさを考えても、すごそうだよね」

「ゲム……」

「きゃああっ、トン先輩のシックスパックを想像するだけでメロメロになっちゃうよ。あんたはいい夫を選んだね。私もベッドの下に忍び込みたい」

　バシッ！

　アンプ先輩はカバンをテーブルに叩きつけ、勢いよく立ち上がった。ヒールが高過ぎたせいか、細い体のバランスが崩れて転びそうになったが、運よくテーブルの端を摑めたので、レストランの真ん中で恥をかかずに済んだようだ。

「もう帰る」

「僕はまだ話が終わってません」

「これ以上何を話すの？」

「ハッキリ言います。トンにつきまとわないで」

「私が嫌だと言ったらどうする？」

「どうもしません。そんなことをしても意味がないと言いたいんですよ。先輩も疲れるだけです」

「ふん！」

　アンプ先輩は無理やり声を出して笑い、机の上からカバンを摑んで店を出ていった。

彼女の姿が見えなくなると、チョンラティーはゲムの方へ向き直り、残された謎について聞いてみた。

「あの人はもうつきまとわないと思う？」

「わからないけど、あんたがあそこまで言ったから、元カノも第二、三、四のライバルがいたとしても何もできないだろうね。そんなに歯の跡がついているんだから」

「本当は話している間ずっと不安だった」

「そうだよね。でもあんたがあそこまで言うなんて……あんなこと誰に教えてもらったの？」

ゲムはチョンラティーの顔を見て手をテーブルの上に置くと、同時に店員にメニュー表を頼んだ。

「母さんだよ。母さんは、お互いに信じ合っていてとても愛し合っていれば、誰も入り込めないと教えてくれた」

「その通りだね」

「でも、初めてトンに嘘をついた」

チョンラティーは柔《やわ》らかいクッションにもたれかかった。自分が大きな嘘をついたことを思い出し、下唇を噛んだ。

「気が重いなら、相手に罪を告白したら？」

「怒られないかな？」

「怒られたら、後で許してもらえばいい」

「許しを請いても怒りが収まらなければ？」

「そのときはお仕置きしてもらえばいいんじゃない？　……ドラマみたいにさ。相手の膝の上に乗ってお尻を叩かれればいい。想像すると、ドキドキするね」

ゲムは恥ずかしそうに手で顔を覆ったが、その手の下で目を閉じながら、変な顔をしていた。

「すごく激しそうだね、チョン……。私はあんたの夫を気に入ったよ。歯形が芸術的だし、刺激的だよね」

どこまで歯形にこだわるんだ……。

「ゲム？」

「何？」

「あたしたち友達でしょ？　友達はドラマの主人公じゃないし、お尻を叩かれるのを勧められたくないよ」

文句を言いながらゲムを捕まえて、妄想から覚めるようにゲムの両頬を両手で摑んで、引っ張った。

「うん、わかってるって。寮まで送るよ。でもまだ八時過ぎだから、先にご飯を食べよう」

「うん」

チョンラティーは頷いた。ため息をついてから、メニュー表をひっくり返しているゲムの方を見た。

チョンラティーはトンにあえて言わなかったことがふたつあった。

ひとつ目はアンプ先輩に会うこと。そしてふたつ目は……ゲムのところに泊まるつもりは最初からなかったこと。

別々に眠るなんてありえない。チョンラティーだってトンの匂いから離れては寝られないのだ。

ゲムがチョンラティーを寮まで送ってきた時には十時近くになっていた。チョンラティーは手にいくつも袋を持っていた。運転手に買い物に付き合わされなければ、こんなには遅くならなかったのに。結果的には買い物に誘った本人は何も買わないで、付き合わされた方が両手いっぱいに買い物をしていた……。

「今夜は軽めにね。明日は授業があるんでしょ」

「何もしないよ」

チョンラティーは手を上げて、妖しい目つきでそうからかうゲムの頭を押した。本当に最近の女子は遠慮がない。

「もう行くね」

「頑張って。いっぱいお仕置きされるんだよ」

「バカ」

最後にゲムに文句を言って、チョンラティーは車から降りた。

夜風が気持ちよかった。街灯が明る過ぎて、星は見えなかった。

チョンラティーはいつもの見慣れたエレベーターに乗った。ドアが閉まると、持っていた袋を全部片方の手に持ち替えて、空《あ》いた方の手でズボンのポケットからスマホを取り出した。

電源を入れ、お揃いの指輪を持つ相手に電話をかける。

「友達の寮に着いたのか?」

トンが電話に出るのはとても早かった。チョンラティーからの電話を待っていたのか、それともまたまスマホをいじっていたのかもしれない。

「うん。買い物に付き合わされたから、遅くなっちゃった」

「心配してたんだぞ」

「トンは何をしてるの?」

エレベーターを五階で降りると、チョンラティーは通路を右に曲がり、部屋の前で立ち止まった。

「ベランダでタバコを吸っている……妻に捨てられたからやけを起こしてるんだ」

その拗《す》ねたような声を聞いてチョンラティーは少し笑った。大きな男がかすれた声でこんな風に拗ねているのは……可愛《かわい》い。

「おまえが恋しくてたまらない……友達のところに泊まりになんか行かせるんじゃなかった」

「そんなに?」

「ああ」

「ねえ、トン……実は、トンに打ち明けたいことがあるんだ。でも、先に怒らないって約束して」

チョンラティーの手には部屋のカードキーが握られていたが、まだ差し込んではいなかった。相手の返事を待っていたから。

「叱《しか》ってもいいけど、怒らないで」

「チョン……」

すぐに悩ましい声が聞こえてきた。

「わかった。怒らない。ただし、他の男のことでなければだが……」

「それなら安心した」

チョンラティーは口元に笑みを浮かべた。けれど肝心の告白はこれからなのだ。そう思うと鼓動が激しく脈打った。

「話せよ、チョン。知りたくてたまらない」

「僕は今、部屋の前にいるから……入るね」

チョンラティーは相手の返事を聞かずに電話を切った。カードキーを差し込むと、ロックが開くカチッという音がした。

部屋は静まり返り、ニコチンの臭いがあたり一面に漂っていた。部屋の電気は消えていて、ベランダからの光が微かに差し込んでいるだけだった。

外の明かりが背の高い人の影を浮かび上がらせていた。その影が指を立ててチョンラティーを手招きしている。

「おいで。ベイブ……」

呼ばれたからといってチョンラティーはすぐに相手に駆け寄ったりはしない。ゆっくりと靴を脱ぎ、持ってきた袋をテーブルに置いてからベランダに出た。

チョンラティーが何をするのにもゆっくりなのはトンも知っている。だからトンは急《せ》かすような表情はせず、じっと待っていた。

トンに手が届きそうな位置まで近づくと、チョンラティーの細い腰が引き寄せられた。思わず驚いて叫ぶと、あっという間にベランダの手すりの上に座らされてしまった。チョンラティーの背中に強い風が当たる。

「さっさと全部吐け。言わないと下に落とすぞ」

「トンが僕を下に落とすなら、僕はトンを引っ張って一緒に落ちるよ」

手でしっかりと摑まれていたので、トンがチョンラティーを下に落とすつもりがないことはわかっていた。

「さっさと話せ」

「僕はトンに嘘をついた」

「？」

「僕のスマホのバッテリーは切れていない。電源を切っていたんだ。それに最初からゲムのところに泊まりに行くつもりはなかった」

「なぜだ？」

「アンプ先輩に会ってきた」

言うなり強く抱きしめられ、その腕の強さは息が苦しくなるぐらいだった。鋭い歯で服の上から胸を嚙まれ、チョンラティーは顔をしかめた。

「なぜ会いに行った？」

チョンラティーが俯いて胸のあたりを見ると、服が唾液《だえき》でベタベタになっていた。痛痒《いたがゆ》さを感じ、体が熱くなる。

「トンは僕のものだから、アンプ先輩のもとには絶対に戻らないと言いに行ったんだ」

「俺はそのことについて何て言えばいいんだ？」

「トンは何も言わなくていい。ただ、僕がアンプ先輩に言った通りにしてくれればいい。怒ってる？」

「当然だろ」

「……ごめんなさい」

チョンラティーの声はだんだんと小さくなった。次第に赤くなってきたトンの顔を見て、相当怒っているのだと思った。

「俺がもう二度とアンプに関わらないと言ったのに、おまえは俺を信用していないのか？　元カノなんていなきゃよかった。でも過去は消せない」

「トンを信用していないいんじゃない。ただ相手に、トンに対して好き勝手やるのは許さないと言いたかっただけ……トンを独り占めしたいから」

「なぜ俺に話した？　俺は知らなくてもよかったのに」

トンは抱きしめていた腕の力を緩め、チョンラティーをベランダに下ろすと、本人は振り返り、部屋に入ろうとした。

たぶん怒ったんだ、とチョンラティーは思った。けれどトンは、感情を爆発させないように我慢しているようだった。

「トン……」

「ひとりで考えさせてくれ」

トンは後ろから抱きついたチョンラティーの手を外して、そのまま部屋の中に入った。チョンラティーもその後に続く。

「僕がトンに打ち明けたのは、お互いに秘密を持ちたくないからだよ……どうすれば機嫌を直してくれる？」

「……」

「お仕置きに、僕を叩いて」

ソファーに寝転んだトンの上にチョンラティーは蛇のように乗っかった。膝の上に乗ってお尻を叩いてもらうような姿勢を取った。〝フィフティ・シェイズ・オブ・トン〟だ。

「何を叩く？」

「お尻だよ。僕がトンの膝の上に寝て、トンが僕のお尻を叩く。とてもエロティックだよね」

「おまえってヤツは本当にエロいのが好きだな！」

トンは大きな声で言いながらチョンラティーをソファーに寝かせると、自分は起き上がり、その大きな体をチョンラティーの上に重ねた。

「本気で言ってるのか？　チョン……」

「だってトンに許してほしいから。僕は謝ってるんだ……怒ってばかりいたら、幸せな時間が少なくなるよ」

「だが俺は叩かないぞ」

仲直りのつもりで差し出されたチョンラティーの小指がトンに振り払われた。トンの鋭い目はまだ怒っているようだし、まだ不機嫌な表情だ。

「おまえだって何日も俺に怒っていただろう?」

「そうだね」

「だが機嫌を直してやってもいい。俺がヤる時にもうやめてと言わなければ」

そしてトンは何かを企《たくら》むような笑みを浮かべた。

これはヤバいことになるかも……。

「そんな風に言われるなら、お尻を叩かれる方がまだマシかも」

第30章

何も起きなかった……。

トンはチョンラティーの腕を押さえて体の上に乗ったままで、腰に力を入れなかった。いつものようにキスもしてこなかった。

「なぜ、じっとしているの？」

「俺のモノを勃たせろ」

なぜトンがじっとしているのかやっとわかった。こういう時のトンはストレートなのだ。

トンはそう言うだけでなく、自分はソファーに寝そべって、チョンラティーの体を自分の上に乗せた。

「トン、怖い」

「お仕置きだろ、ベイブ。……しごけよ。さっさと動け」

「コンドームとジェルを取ってくる」

チョンラティーは震《ふる》えた声で言った。トンの体の上から降りようとしたが、トンの大きな手に足を引っ張られて行かせてもらえなかった。

トンが口を開けて笑うと、唇に付いている黒いピアスがコントラストとなり歯の白さが目立った。

「お仕置きだと言ったろ……」

「ええっ、泣くよ」

「さっさとしろ、ベイビー……」

トンは足の付け根を軽く叩いて、チョンラティーに催促をした。こんな恥ずかしいことはない。

「覚えておいてよね。今度仕返しするから」

「俺はチョンのために朝まで勃たせてやったの知ってるだろ」

「こういう時はいつもずるいよね」

チョンラティーは文句を言いながら、手でトンの固い腹に触れた。トンは服を着ていなかったので、見慣れた逞《たくま》しい筋肉があらわになっていた。

「そんなことない。他のことではおまえの言いなりだろ……だからこういう時だけは俺の言うことを聞いてくれ」

「何をすればいいの？」

「チョンが上で動いてくれ」

トンのかっこいい顔を思いっきり引っぱたきたくなった。けれど実際にはため息をつくことしかできなかった。冗談を言っている間に、チョンラティーの体に触れている部分が固く、熱くなってきているようだったから。

チョンラティーは腰を少し動かして、相手の固いものにぴったり合わせるようにした。

ふたりが話すのをやめると、部屋の中で聞こえるのは吐息の音だけになる。

エアコンはつけていなかった。大きく開け放ったベランダから入ってくる風は、ソファーの上にいる体の熱を冷ますのに少しも役に立たなかった。

チョンラティーはボタンを上からひとつずつ外し、肌をあらわにした。服は腕まで引き下ろされ、袖が肘《ひじ》に引っかかっている。

恋人の上に乗っているのに、チョンラティーは相手に体をがっちり掴まれ、素肌をまさぐられた。服の下から現れた白い肌にはまだ情事の跡《あと》が残っていた。窓から入ってくる外からの光で、丸いキスマークと歯形が浮かび上がる。

体をまさぐられる度に、汗のせいだろう、濡れたような音が聞こえた。

長い指にボトムスのボタンが外され、ファスナーが下ろされたので、盛り上がったチョンラティーの欲望が見えてしまった。下着から取り出された自分のそれと腹に触れている相手の雄とでは、いったいどちらの方がより熱いかわからない。

「あ……」

トンの手でしごかれると恥ずかしくて、チョンラティーは思わず小さな声を漏らしていた。恋人の手の中にある昂《たか》ぶりはその手の動きに合わせてどんどん固くなっていく。

恥ずかしい……恥ずかしいよ。

部屋にはチョンラティーの喘《あえ》ぎ声が響いていた。さっきまで漂っていたタバコの臭いはもう感じない。互いの汗と昂ぶる欲望の生々しい臭いがあたりに充満している。頑丈な体の上で、チョンラティーが快感に身を震わせながら、気持ちを昂ぶらせていた。

トンの大きな手に放ってしまった自分の情欲の残滓《ざんし》を見て、チョンラティーは恥ずかしさのあまり消え入りたくなった。その液体はトンの胸まで飛んで、汚していた。

「汚しちゃった……また」

「体を上げろ」

トンはチョンラティーが汚した部分については何も言わなかったが、チョンラティーと自分の穿《は》いているボトムスから足を抜くために体を上げるようにと言った。

チョンラティーが汚した場所はトンの手ですべてきれいに拭《ふ》き取られたが、トンはそれをそのままチョンラティーの後ろへ擦りつけた。潤滑ジェルの代わりにするつもりなのだろう。

なんだか気持ち悪いと思うのに、意に反して体は熱くなった。押さえられている足がガタガタと震えていた。

「今度はチョンがやれ」

さっき液体を擦りつけられた柔《やわ》らかい部分が再び熱い指によって広げられた。入り口は相手の熱い部分と接触し始めた。

自分から体を押しつけなければ、相手のモノは入ってこないようだ。

でも無理やり押しつけて入れるのは、よくない。

「おい……俺を殺す気か、チョン」

「ど……どういうこと?」

「死にそうなぐらい、いい」

トンは自身がチョンラティーに呑《の》み込まれそうになる度に、固く目をつぶった。後孔に触れたトンの欲望に浮いた血管が彼の昂ぶり具合を表すように激しく収縮するのを感じた。

とうとう待ちきれずに、チョンラティーが押しつけてくる前にトンの方から入っていってしまう。

……全部入った。

「トン……きついよ」

体が後ろに反《そ》ったせいでチョンラティーはトンの前に胸を突き出す形になった。大粒の汗が流れ、目に涙が浮かぶ。

「きれいだ……どこもかしこも全部……とてもきれいだ。もっと激しくしたい」

「そんなこと言って……トンって本当に変態なんじゃない？」

「ああ。おまえに夢中だから」

トンはチョンラティーが動かないのを見て、甘い言葉を囁《ささや》きながら腰を動かした。チョンラティーの熱いしこりがある部分に当たると、中の感覚が変わったのがわかった。

あまりに強烈な快感に怯《おび》えながら、チョンラティーはうめいた。相手の動きに煽《あお》られたまま、絶頂に達する感覚を和らげたくて、緩やかに腰を動かす。

このお仕置きは最初は優しく始まり、だんだんと激しさを増していった。

とても苦しいお仕置きのせいで、体が死ぬほど熱くなる。

「トン……イキそうだ」

「うん」

トンはそう答えながら腰を振るリズムを速めた。強く叩きつけてくるせいでチョンラティーは体が震えて倒れそうになり、息をするのも忘れるほどに喘いだ。

「一緒にイクぞ」

トンは最後にそう言い、大声で喘いだ。一方チョンラティーは頭が真っ白になり、大声を出しながらトンにしっかりとしがみついた。そのときチョンラティーは自分の中に熱いものがどっと放出されるのを感じた。

ふたりはしばらくの間横になったまま、荒い呼吸を繰り返していた。何も話せずにいると、慰めるように背中を撫《な》でられ、顔じゅうにキスされた。

「トンが続けたいのはわかるけれど、ちょっと休ませて……」

「ああ」

トンの大きな手がチョンラティーの髪の毛をかき分け、優しく撫でた。この仕草だけが唯一、この夜のトンのチョンラティーに対する優しさだったのかもしれない。この後、日が昇るまで長い間、トンのお仕置きが続いた。


俺の兄貴は俺をめちゃくちゃにした……まただよ！

チョンラティーはソファーの上で腕をだらりと垂らした。昨夜はトンもチョンラティーも広いベッドの上で寝ることはなかった。いつの間にかソファーの上で眠っていたのだ。

今朝もあのときと同じだった。ふたりは抱き合って寝ていたが、トンが先に起き上がり、台所に食事の支度をしに消えた。今回チョンラティーは手伝わず、寝そべったまま相手の姿を目で追った。起き上がる気力も無かったからだ。

「ツナサラダってこんなに簡単に作れるんだな。ずっと作るのが難しいと思っていた」

トンはユーチューブで作り方を見ながら楽しそうに料理をしていた。チョンラティーは今朝のメニューを聞くと、顔を隠すようにして布団に潜《もぐ》り込み、寝ようとした。

サラダを作るだけなら、火は使わない。部屋が火事になる心配がないので安心だ。

「チョン、他に何が食べたい？」

「痛み止めの薬」

チョンラティーはうめくように答えた。トンは心配になったのだろう。近寄ってきて手をチョンラティーのおでこに当てた。

「具合が悪いんじゃない。ただ腰が痛いだけ。折れているかも」

「大袈裟《おおげさ》だな……昨夜はキスマークを増やしてないだろ」

トンが指で背中を触ってきたので、くすぐったくてチョンラティーはトンを睨《にら》みつけた。

「よかった。だって今の僕の肌はヤモリみたいにぼこぼこだから」

「全くそんなことはない。こんなにきれいじゃないか」

「そうやってほめて、そんな目で見ないでよ。やり過ぎだ」

口を噛もうとする相手を、手を上げて止めた。チョンラティーはもうぼろぼろだった。

「キスするだけだ」

「そう言ってキスだけで終わったことがない」

「よくわかってるな」

「早くサラダを作って食べさせて」

「はい。ベイブ」

油断した隙を見て、トンはチョンラティーの唇を奪った。口腔《こうこう》にトンの熱い呼気を感じた。結局、チョンラティーは自然と相手のキスに応《こた》えてしまった。

チョンラティーの舌先が黒いピアスに触れると、トンの唇から離れることがますます難しくなる。ふたりは長い時間をかけてお互いの唇を貪《むさぼ》った。トンは満足そうな笑みを浮かべながら自らの欲望に手を添えしごいていた。

いつの間にか、驚くほど大きくなっている。

「ちょっと待てよ、ベイブ……」

怒張した自身の熱に気づき、トンは立ち上がった。いたずらっぽい笑みを浮かべてチョンラティーを見ながら、思わせぶりなウインクをしてみせる。

「知ってる？　僕はトンにベイブと言われるのが本当に嫌だ」

いつの間にかそこにあったユニコーンのぬいぐるみを手に取ってトンの背中に投げつけた。トンは大声で笑うだけだった。

「うわっ、痛いだろ。昨夜おまえが抱きしめて寝るために、わざわざドラゴンのぬいぐるみを取ってきてやったのに」

ユニコーンでしょ！　さっき投げたのは、ユニコーンって言うんだよ!!!


チョンラティーが立ち上がってシャワーを浴びてから制服を着るのに、時間はそんなにかからなかった。いつもであればチョンラティーはシャワーにも時間をかけるのだが、今日は十分もかけずにバスルームから飛び出した。

なぜかというと、トンが三十秒おきに浴室のドアを叩いて呼びに来たからだ。自分の手料理を食べて感想を言ってほしいそうだ。出来によほど自信があるのだろう。

チョンラティーはネクタイを持ってきたが、まだ結ばず、とりあえず椅子に座った。トンがシャワーを浴びている間に、トンが朝食に用意したツナサラダ、トースト、ホットミルクなどとなんだかわからないものまで合わせて写真に撮った。見た目はよさそうだった。味の方はこれから確かめる。けれど食べる前にゲムの真似をしよう。そう思い立ち、チョンラティーはキャプションをつけて写真をSNSに投稿することにした。

トン先輩作

……やめた。先輩という言葉は削除しよう。「トン作」にした方が親しい感じがしていい。

写真のアップロードを終えると、テーブルの上にあったカトラリーケースからフォークを取り出し、トンを急《せ》かすためにテーブルを軽く叩いた。

「トン、トンホン。支度は終わった？　僕ばかり急かして、自分はのろのろしてるんだから」

「文句を言うな。探し物をしてるんだ。ところでどうして、そんな言い方をする？」

トンは部屋の中から低い声で叫んだ。がちゃがちゃする音から判断すると、本当に探し物をしているようだった。

「丁寧な言い方なんて使わない。何を探しているの？」

自分で言いながら矛盾していた。ついつい丁寧な言い方がところどころ出てしまったから。

「ぬいぐるみだ。昨日見かけて可愛《かわい》いと思ったからおまえに買ったんだ」

「トンが僕にぬいぐるみを買ってくれたの？　……今日は絶対に雨が降るよ」

「豚のベイブ人形で、パステルピンクだ……これだ、あった！」

トンは、あった、と大声で叫んだ。それからスリッパで歩いてくる音が聞こえた。

「ベイブのぬいぐるみなんてあったんだ。知らなかった」

「ある。ほら、これだ」

トンは手に大きなぬいぐるみを持って現れた……こんなに大きいものなのになぜ見つからなかった

のだろう。でもそんなことはどうでもいいのだ。トンの手の中にあるぬいぐるみを見て、チョンはさらに聞いた……。

「ベイブのアニメを見たことある？」

「子供のころに」

「それじゃあペッパピッグというアニメを見たことある？」

「？」

「トンが手に持っているのはペッパピッグだよ」

驚いて目を見開いているトンの間違いを訂正した。トンはチョンラティーの顔と手に持っているぬいぐるみを見比べると、いつものように大袈裟《おおげさ》に言った。

「間違えた」

「でも僕は好きだよ。このアニメも可愛い。ぬいぐるみも気に入った」

「がっかりだ」

「自分の勘違いにがっかりしたの？」

「自分のバカさに」

チョンラティーはしょんぼりしているトンをこっそりと笑い、相手にフォークを差し出して席について食事をするように促した。

「今日はなぜメガネをかけているんだ？」

「昨夜コンタクトを外すのを忘れたから、目が乾燥してるんだ。だからメガネをかけた方がいいんだよ。サラダ、美味しいよ」

ロメインレタスを食べながら、味をほめた。……野菜の味がとても美味しい。

「昨夜はおまえがコンタクトをつけているのを忘れていた。何ラウンドもして、最後におまえは気絶してしまったから」

「トンホン……すぐにそういうことを口にしないで」

チョンラティーは顔を真っ赤にして相手を責めた。確かに何ラウンドもしたせいで、コンタクトレンズを外すのを忘れていたのは事実だけれど……。

「ずっとメガネをかけていた方がいい。可愛いぞ。その顔をもっとよく見せろ。目は赤くなったか？」

「ううん。乾燥しているだけ」

椅子の背もたれに寄りかかっていると、トンに顎《あご》を摑まれそのまま持ち上げられて、顔を上向きにされた。トンはゆっくりとチョンラティーのメガネを外して、テーブルの上に置いた。

「確か目薬があったな。さすか？　俺がさしてやる」

「うん、お願い」

チョンラティーは頷《うなず》いた。視界が少しぼやけていた。トンが目薬を取ってきて点眼すると次第に見えるようになってきた。

「顔を上げろ」

言われた通りに顔を上げ、ドキドキしながら瞬きをした。チョンラティーが、足を広げて椅子に座っていたところへ、その足の間にトンが体を入れてきて、腰を摑まれたので制服がしわになった。

目薬がいつ入ってくるのかドキドキしながら、チョンラティーは構えていた。

「俺はおまえをドキドキさせるのが好きみたいだな」

「……どうしてすぐにエッチなことばかり考えるの？」

「俺は普通に喋《しゃべ》ってるだけだ。おまえの方が勝手に変なことを考え過ぎだ……目薬をさしたご褒美をくれ」

そう言い終わった途端、高い鼻がチョンラティーの頬にぶつかってきて頬を舐《な》め回し……頬がべちゃべちゃになった。

「俺は嬉しい」

「朝ご飯のご褒美もあげるよ」

そう言い終わるとチョンラティーはトンの首を押さえた。相手の唇のピアスを一回舐めてから口にキスをした。

うーん……楽しい〜！

第31章

レストランで向かい合わせに座るトンの顔を見つめながら、チョンラティーはその美しい眉をひそめた。

トンの好きな焼肉はコンロの火が消え、炭のほとんどは灰になっていたが、そのうちのいくつかはまだ火がくすぶっていた。

「トンは僕を見に来られないんだね」

チョンラティーはそう言ってため息をついた。炭酸飲料が入っていたグラスには氷しか残っておらず、手の中でガチャガチャと嫌な音を立てていた。トンはそれを見て、チョンラティーのグラスにおかわりの水を注ごうとしたが、そのときチョンラティーがちょうどグラスをテーブルに置いたのでタイミングがずれた。

「ああ」

トンは頷《うなず》いてそう言っただけだった……チョンラティーはその返事を聞いて目を吊り上げた。

「それなら仕方がないね。どうしようもない。決勝戦だし」

チョンラティーは諦《あきら》めたように大きくため息をついた。事の発端は、チョンラティーがポピュラーアワードに参加する日にトンのバスケの決勝戦が重なってしまったことだった。

トンが見に来ないからといって怒りはしない。けれど本音の部分では恋人に見に来てほしかった。恋人の応援が欲しいのだ。それにできることなら自分も恋人の試合を観に行きたかった。

「予選で負けるかもしれない」

「ナイ先輩が、うちの大学は毎年優勝してるって言ってたよ……トンがいるから。とにかくトンは決勝戦には必ず出るんでしょ？」

「拗《す》ねてるのか？」

そう言ってチョンラティーの手を握るトンの眼差しはとても優しかった。

「ポピュラーアワードのエントリーは気にしないで。僕の方はどうでもいいんだ。それよりも僕はトンがバスケの試合に出る姿を見たい。コートにいる時はいつもの何倍もかっこいいから。もし、女子にキャーキャー言われたらトンはどうする？　トンホンは誘惑に弱いからなぁ……」

「なんだか怒られているみたいだな」

「がっかりだ」

チョンラティーは小さな声で言って、不機嫌な顔をした。

「友達に頼んで俺の試合の動画を撮らせる。それから俺の友達におまえを見張りに行かせる」

「何を見張るの？」

「男と握手させないためだ」

トンは銀色のピアスを付けている方の眉を上げた。そしてテーブルの下で足を伸ばし、チョンラティーの太ももを撫《な》でた。

「心配なんだ」

「心配してくれてるのはわかってる。でも動画を撮るのを忘れないでね」

トンはもう約束を忘れないと思いたいが、念を押した。もし忘れたりしたら……怒るよ。

「絶対忘れない。俺は友達をアワードの会場に行かせるけど、花は渡さないと思う。代理で花を買わせておまえに渡したことにしたとしても、自分で直接渡すのとは全然違うから」

「カップを持ってきて」

「え？」

「花の代わりに優勝カップを持ってきてくれない？」

お返しに相手の太ももを足に力を入れて蹴った。あまり嬉しい状況ではないけれど、チョンラティーは笑った。

「僕はトンの応援に行けないけど、心ではいつもトンと一緒にいるよ。わかるよね？」

そう言いながらチョンラティーは箸《はし》を持ち上げ、トンの左胸を指し示した。そこには錨《いかり》のタトゥーが制服のシャツから透けて薄く見えていた。

「俺は絶対に優勝する」

「なんで手で顔を隠すの？　……もしかして照れてる？　まさかね。何を考えているの？　言ってよ」

チョンラティーは相手が何か企《たくら》んでいるのではと訝《いぶか》しみながら、トンを睨《にら》んだ。顔から手を離したトンの両頬は真っ赤になっていた。それからまたトンが手で顔を隠してしまったので、チョンラティーの視線の先にはトンの黒い腕時計があった。

「おまえは知らなくていい」

「ベイブ……言いなさい」

急《せ》かすようにテーブルの下でトンの足を蹴った。それからしばらくしてトンがやっと打ち明けた。

「おまえがチアリーダーの衣装を着た姿を想像した」

「？」

「すごく可愛《かわい》いだろうな……短いスカートに真っ白な足」

「トン……」

チョンラティーの顔がカッと熱くなった。箸を握っていた手が少し震《ふる》えた。

「そして今はおまえが看護師の服を着ている姿、医者、高校生……それから客室乗務員の制服もいいな……ふふっ、すげえ」

トンは親指を立てて見せ、下唇を噛んだ。目が輝いていた。

一方チョンラティーは恥ずかしさと怒りで体が熱くなったが、持っていた箸をトンに投げつけることしかできなかった……。


とうとう、ポピュラーアワードコンテストの当日がやってきた。

チョンラティーは午後三時から控室に入り、そこで他の人が化粧をしているのを黙って見ていた。ジーンとダーダーが来てくれなかったら退屈するところだった。ジーンは控室の中と外を行ったり来たりして、外の様子をチョンラティーに教えてくれた。

ジーンによるとポピュラーアワードの会場になっている会議室にはまだほとんど人がいないそうだ。みんな大学の競技場の方に行ってしまっているらしい。ちょうど時を同じくして各大学対抗のスポーツ競技会が行われていて、今日は複数の競技で決勝戦があるようだ。トンの出場するバスケの決勝戦もあるが、試合開始は午後七時だ。

一方、チョンラティーがステージに上がるのが夜の八時過ぎ。だから彼は試合が終わったら急いで駆けつけると言ったのだ。

「応援が来たよ、チョン……」

ジーンが肘《ひじ》でチョンラティーの脇腹をつついて、顔を上げるように合図した。ドアの方を見るとトンが歩いてくるところで、多くの人の注目を集めていた。

また険しい顔つきをしている。あれで威厳があるとでも思っているのだろうか？

チョンラティーが、自分がここにいると伝えるために手を上げて合図をすると、それを見つけたトンのしかめっ面が笑顔になった。

「じゃあ、私とダーダーは食べ物を買いに行くね。チョンは何が欲しい？」

「何でもいいよ」

と席を立ったふたりの女友達にチョンラティーは言った。

ジーンとダーダーがからかうような視線を送ってきたけれど、それには何も言わなかった。みんなチョンラティーとトンの関係を知っているからだ。

それにしても……からかわれるとやっぱり照れてしまう。

「ずいぶん早くから控室にいるんだな。おまえの学部に行ったら、ここにいると言われた」

トンはプラスチックの椅子を引き寄せて、チョンラティーの正面に腰かけた。

「僕もなんでなのかよくわからない」

「おまえも化粧しないといけないのか？」

「たぶんね。でも僕は面倒くさいから、まだ何もしてない」

「化粧なんかしなくても可愛いぞ」

トンは指を立てて、チョンラティーの頬に触れて優しく撫でた。それから座ったまま椅子を引きずって、チョンラティーにさらに近寄った。

「俺がメイクしてやろうか？」

「できるの？」

チョンラティーは怪訝《けげん》な顔をして聞いた。なぜかトンは目を輝かせていたのだが、こういう目つきをしながら笑っている時はいつもよからぬことを考えているのだ。

そしてそんな時チョンラティーは……いつも相手の要求を呑《の》んでしまうのだから恐ろしい。

「メイクはできない。でもやってみたい」

言いながら立ち上がるとトンは、真剣な表情でメイクに集中している人に近づいた。相手と二言三言話すと、大きな手にチークとブラシを持って戻ってきた。

「ああ……口紅も一本持ってきたぞ」

トンが再びチョンラティーの正面の椅子に座ってそう言った。

「僕は口紅を塗らないよ。カバンにリップバームが入ってる」

「じゃあこれは置いておいて、後で返す」

「うん」

「どこだ？　おまえのリップは」

トンは大きな手をチョンラティーの目の前で広げた。その様子を見るとトンは本気でメイクしたいようだったので、チョンラティーはトンに好きにさせることにした。リュックを手に取り、リップバームを探し始める。

「色つきか？」

「色はついていないよ。ツヤを出すためにつけるだけだから」

「なるほど。おまえにキスすると唇がものすごく柔《やわ》らかいのはそれのせいか。なあ、俺も塗っていいか？　そうしたら唇が柔らかくなる」

「色っぽくなりたいの？」

「そうかもな」

意味深な笑みを浮かべて答えたトンは、銀色のケースを開けて無頓着にたっぷりとリップバームを指ですくった。……高いやつなのに。

「トンがそんなに塗ったら、トンの口はパットシーユを食べたみたいに脂《あぶら》っぽくなるよ」

「リアルな喩《たと》えだな」

「僕は喩え話が得意なんだ。じゃあ、リップを僕にも分けて。ふたりで使ってもまだ余るよね」

「嫌だね」

「じゃあどうするつもり？　言っとくけど捨てないでよね。それ高かったんだから」

「分けてはやらないが、塗ってやろう。メイクしてやると言っただろ？」

トンは面倒くさそうにチョンラティーを軽く睨むと、ドスの利いた声で言った。

「そう。じゃあ、好きにして」

「まず俺の唇に全部リップを塗ってからおまえの口にキスをする。口移しで塗ってやるよ」

「人がたくさんいるのに？」

はっきり拒否しなかったのが我ながら不思議だった。そんなチョンラティーの気持ちに気づいたようで、トンは黒いピアスを付けた唇を歪《ゆが》めた。

「信じられない……ところで本当にキスするつもり？」

「洋服で隠せばいい」

トンは持ってきた黒いジャケットでふたりの頭を覆った。そうして指ですくったリップバームを自分の口にたっぷりと塗りつけた。

一瞬、視界が暗くなったかと思うと、相手の柔らかい唇とひんやりとしたピアスが唇に触れて、離れていった。

「トン！」

囁《ささや》くような声でトンの名前を呼ぶ。黒いジャケットが元通りに机の上に置かれると、チョンラティーは周囲を見渡した。

最悪だ……たくさんの人に見られた。

「唇が本当に柔らかいな。おまえの唇で、俺のじゃないけど」

言い終わると、トンは手の甲でリップバームでベタベタの自分の唇を拭《ぬぐ》った。

本当に信じられない。恥ずかしくて死にそうだ。

「最低だよ」

「おまえが可愛い過ぎるからいけないんだ」

「それでトンは？　試合の準備をしないでこんなところにいてもいいの？」

チョンラティーは気になっていたことを聞き、トンの足を手で強く叩いた。

トンは少し驚いただけだった。そして叩かれた箇所を手で触った。

「六時に行けばいいからまずはおまえに会いに来た。会いたくてたまらなかったから」

「お昼に別れたばかりでしょ？」

「だって……十分離れただけでもう会いたくなる」

トンはチョンラティーの髪を撫でてから立ち上がると、知り合いの女の先輩のところへ話をしに行った。この状況で女の人と話しに行くなんて……僕の目の前で。どういうつもり？

けれどそれ以上いろいろ想像する前に、かすれ声でチョンラティーの名前が呼ばれた。

「マイベイビー、何か食べに行かないか？　許可を取ったぞ……でもマイベイビーを六時前にはここに戻さないといけないがな」

トンは声のボリュームを落とさず、しかも〝マイベイビー〟という言葉を強調して言った。

近くにいた男の先輩が叫んだ。

「トンのバカ野郎。チョンが照れてるじゃないか」

「素敵な恋人がいるなら自慢するのは当然だろ」

「さっさと消えろ。図体がでかくて邪魔だ……六時前には必ず戻ってこいよ」

「わかりました。マイベイビー、遅いぞ……」

トンが言い終わる前に黒いジャケットが投げつけられたので、その続きを言えなくなっていたけれど、その顔は幸せそうだった。

「トンってば本当に……」

……トンは僕をしょっちゅう照れさせる。


六時近くになって、トンはチョンラティーを再び会場まで車で送ってくれた。

控室がだんだんと騒がしくなってきた。入室するとすぐにメイクの担当さんがチョンラティーを見つけ、ヘアメイクをするために部屋の奥へと引きずっていった。チョンラティーは大衆芸能の主人公のように、真っ白なファンデーションを使ってド派手なメイクをされた。

信じられない。肌が白くてよかった。そうでなければ、顔と首の色に差が出てしまうところだった。

「チョンは顔に何の美容クリームを塗っているの？　肌がとてもきれいね」

メイクさんはチークをはたきながら聞いてきた。

「顔の肌が特に敏感なので、美容クリームは使ってません」

「じゃあ生まれつき肌がきれいなのね」

「シャワーした後に顔にココナッツオイルを塗っています。僕の肌は弱いから、美容クリームを塗るとにきびができちゃうんです。だから今日メイクしたら絶対にきびになる」

口を動かし、ハイライトを入れないでくれと伝えた時、埃《ほこり》が口に入ってしまった。メイクをしたせいで徐々に顔がチクチクしてきた。明日はおそらく顔面にきびだらけになるだろう。

「私はココナッツオイルを髪につけるのが好きよ。何にでも合うよね」

「そうですね。料理にも使えますよ」

「私も顔に塗ってみようかな。そうしたらチョンみたいに肌がきれいになるかもしれないから。それで？　体には何を塗っているの？　お手入れの秘訣を教えて」

「体もシャワーの後にココナッツオイルを。ときどきは香りつきのローションを塗ったり」

「なるほど。香りつきのローションね。だからこんなにキスマークがついてるのね……からかってもいいよね？　気にしないでしょ？　だって普通のことだから」

メイクさんはきゃっきゃっと笑って、櫛《くし》でチョンラティーの髪を梳《す》いた。

「どこにですか？」

「首の後ろよ。キスマークだってはっきりわかるけど……でも心配しないで。ファンデーションで隠しておいたから」

そう言われてすぐに自分の首の後ろを手で触った。そして誰がつけたのか思い出すと……トンのヤツじゃないか！　さっき食事に行った時レストランでトンは首の後ろに唇を押しつけていた。今日はやらないでって言ったのに……。

部屋に戻ったらただじゃおかないから。

べつに、トンと殴り合いの喧嘩《けんか》をしようってわけじゃない。ただ今夜、お返しに咬《か》みついてやるだけだ……。


コンテストは大学の大会議室で行われるのだが、まずはミスキャンパスとミスターキャンパスの選考から始まった。ちなみにポピュラーアワードはイベントの最後に行われる。

チョンラティーは舞台に接している観客席の上の方の席に座った。

最初は緊張しないと思っていたが、あまりの人の多さにだんだんと緊張してきて、手が冷たくなった。

チョンラティーファンクラブ

自分の名前が書かれた電光掲示板が舞台下に見えた。さすがに目立っていたのですぐに気がついた。アイ先輩がその電光掲示板を持っている人の隣に立っていた。電光掲示板が下に下ろされると、それを持っていたのがナイ先輩だとわかった。

「チョン、おいで……トンから預かっているものがある」

ナイ先輩は手招きしてチョンラティーを呼んだ。

「はい」

呼ばれてチョンラティーは近づいたが、大会議室は既に音楽と歓声で騒々しくなっており、大きな声で話さないといけなかった。

「ドキドキしてる？」

「ちょっとだけ。トンの試合は始まりましたか？」

「始まった。早めに始まったからチョンの出番には間に合うと思う。でもトンからこれを預かってきた」

ナイ先輩は一枚のカードをチョンラティーに差し出した。ふたりの間はそこそこ距離があったので、チョンラティーはそれを受け取るために手を伸ばさなければならなかった。

「俺はミスターのコンテストを見に行くけど、優勝の花をもらう準備をしておけよ」

「はい」

ナイ先輩の仕草を見てチョンラティーは頷いた。そしてステージの方へふたりが歩いて行くのを見送った。

なぜわざわざ最前列で見ないといけないのだろう。でもイベント好きなナイ先輩なら……そんなことをしてもおかしくない。一方、アイ先輩はナイ先輩に従っていた。こんなことを言うのはなんだけど、ステージにいるスター《ミスター》候補はアイ先輩やナイ先輩のかっこよさの足元にも及ばない。

けれどその中でもトンがダントツだ……これだけは確かだ。そんなことを考えながら、内心、トン以外の人を素敵だと一瞬でも思ったことを顔に出してしまわないように気を引き締めた。まずい、気をつけないと。

自分の席に戻ると、スポットライトがステージに当たった。チョンラティーが座っている場所はかなり暗かったので、ステージから漏れる光を頼りに、カードに書かれている文字を一文字ずつ読んだ。

頑張れよ、ベイブ。約束通り優勝カップを持ち帰るから

カードを制服の胸のポケットにしまうと、チョンラティーはポケットの上から手でそっと撫でた……。張り詰めていた緊張が少し解けた気がした。

「それでは、今年のミスとミスターキャンパスの結果を待っている間に、みなさんお待ちかねのポピュラーアワードを始めます！」

マイクを通じて司会者のアナウンスが聞こえると、その次にキャーという歓声が聞こえた。

今チョンラティーはステージの袖に立ちながら、自分の名前が呼ばれるのを待っていた。

司会者が発表するまで、応募者が何人いるのかさえチョンラティーは知らなかった。

「時間をムダにしないために、今年は当日に予選投票を行う代わりにＷＥＢページで先行投票してもらいました。そして今夜は最終投票を行います！　最後に残った五人の候補者が誰なのか気になりますよね？　知りたいでしょう？　はたして、最終選考に残ったのは誰なのか……」

司会者は間を空《あ》けた。ステージを歩き回りながらあんなに喋《しゃべ》っていたら、きっと疲れているだろう。

「それでは、発表する前にルールをおさらいしましょう……今年も例年と同じです。投票はバラの花の数で決まります。花は係から買えますよ。一本たったの三十バーツで下で売ってますから……って、何だって？　バラの花が売り切れ？　買い占めた人がいる……と……ああ……わかった」

司会者はバラの花が売り切れたと伝えに来た係と話していた。

それにしても、こんなに小さなバラなのにとても高い。

「それから、候補者の前に置いてある籠《かご》にバラの花を入れてください。今晩バラの花を一番多くもらえた人……つまりその人が大学で一番人気があるポピュラーアワードを受賞します」

司会者が話し終わると、会場の明かりが消えた。会場内には音楽が鳴り響き、この場にいる大勢が盛り上がっていた。一方チョンラティーが立っているステージ裏は、ステージ側とは違った意味でとても騒がしかった。

一列に並ぶように号令がかかった……ステージ裏はかなりバタバタしている。

「それではお待たせしました。候補者を紹介しましょう。一人目は医学部のミーナーさん」

大袈裟《おおげさ》な登場ＢＧＭが鳴り響く。ゆっくりとステージに上がる医学部のミーナーの雰囲気とは全く合っていなかった。

しかし、チョンラティーもしできるなら、ミーナーの歩き方を真似したいと思った。ゆったりと歩く彼女の姿は自信ありげな感じに見える。というのも、今のチョンラティーは、緊張し過ぎて体がすっかり冷たくなってしまっていたのだ。

「次は経営学部のチョンラティーさん……コンテストに出場してもらうのはなかなか大変でした。なぜなら彼の恋人が怖いからです」

ステージに続く階段を上ろうとしていた足が急に止まった……恋人が怖いだって？　とんでもない。トンはものすごく優しいんだから。

「チョンさん、早く上がってきてください」

「はい」

と返事をしてからチョンラティーはステージに上がった。正直に言うと、ステージの中央に立った瞬間、ライトが眩《まぶ》し過ぎて周りが何も見えなくなった。周囲は騒がしかったが、司会者が自分をからかっている声だけが聞こえた。

「新しい歴史を作りましたね。応援の電光掲示板までありますよ」

それはどこにあるのだろう？

ライトの眩しさに目を細めながら、チョンラティーは自分の名前が書かれた電光掲示板を探した。

最初はナイ先輩が持っているのだと思っていたが、よく見ると人が列をなしており、その持ち手たちには見覚えがあった。母さんの部下たちだ……。

コンテストに出るなんて母さんに言わなきゃよかった……やられたよ!!!

第32章

結果は圧勝だった！

ポピュラーアワードは当然のことのようにチョンラティーに決定した。籠《かご》に入れられたバラの数は、いざ数えると他の参加者の倍以上あった。

チョンラティーの母の部下たちが花を全部買い占めたわけではなかったようだ。ただ電光掲示板を持って立ち、チョンラティーに触れようとして近づく男たちからガードしてくれていた。

母さんは自分の子供をトン以外の人にやりたくないのかな……。

昨年の受賞者からチョンラティーにたすきがかけられた。盛大な拍手が沸き起こり、スポットライトがチョンラティーひとりにだけ当てられた。

コンタクトレンズが外れてしまったのだろうか。周囲がぼやけて見えた。そしてチョンラティーが一番嫌いな時間がとうとうやってきてしまった。

受賞後の短いインタビューに答えないといけないのだ！

「チョン君、ポピュラーアワードに選ばれた今の気持ちは？」

受賞者インタビューが始まり、手のひらに汗がじっとりと滲《にじ》んだ。緊張し過ぎて心臓が異常な速さで脈打っていた。

緊張し過ぎると、人は言葉につまってしまうものだ……チョンラティーも例外ではなかった。

「ええっと……ああ……僕は子供が好きです」

……嘘つけ！

「は……はは。顔がいいだけじゃなく、ユーモアもあるんですね。それではこれからみなさんが知りたがっている質問をしましょう。フェイスブックの特設ページに投稿された質問があります……二つか三つ質問しますね。チョン君はプライベートについての質問に答えてくれますか？」

「ええっと、身長とか体重についてなら」

「そんなことじゃないですよ！　……聞きたいのは恋愛について」

「ええっと……あー……ああ……」

何と答えればいいかわからずチョンラティーは黙ってしまった。いつの間にかズボンからはみ出していた制服のシャツの裾を握りしめていた。

「それでは聞いてみましょう。まず最初の質問です。トン先輩とは、どうやって知り合ったんですか？

……非常に不思議ですね。チョン君とトン先輩はあまり接点がなさそうですよね」

「ええっと……トン先輩は隣の家に住んでいました」

ステージの下から口笛が聞こえたので顔を上げてあたりを見回した。トン先輩が何とかと囁《ささや》く声が聞こえた。

トンが会場に到着したようだ。チョンラティーの予想が外れていなければ、だけれど……。ただスポットライトが明る過ぎて、ステージの上からでは何も見えなかった。

「この人だとピンときたんですね。……それでトン先輩のどこが一番好きで愛し合うようになったんですか？」

チョンラティーは質問を集中して聞くために手で頭を掻《か》いた。会場の会議室中に聞こえるようにマイクが口に近づけられた。

野性的で心を奪われる。

めっちゃ、鈍感。

予測不可能なことをする。

いや、違うことを答えよう。本当のことを言ったらトンのイメージが悪くなる。

「ええっと……その……トン先輩を好きになったのは……トン先輩が優しそうだったから」

ステージの下からブーイングが上がった。

チョンラティー自身、こんな風に答えてしまった自分の口を引っぱたきたい。タトゥー、体のあちこちに付けているピアス、野性味のある顔。こんな人のことを誰が優しそうだと言うのだろう！

「それと……トン先輩は子供が好きです」

違う……トンは子供が大嫌いだ。

「ええっと……頭がよくて、料理がとても上手です。あと、大人で、冷静です。ええっと……あー、以上です」

最高に嘘つきだ。嘘つき、嘘つき、そして嘘つき。

トンのイメージを悪くしないようにしたかったはずなのにすべてが逆効果だ。幼稚園児にだってこのぐらいのことはわかる。

「チョン君から見たトン先輩は……私たちがいつも見ている姿と違いますね」

司会者はがっかりした様子で、力なく笑いながらからかってきた。観客は司会者の言葉に喜んで拍手喝采だった。

その間もチョンラティーはきょろきょろと観客席を見回してトンを探した。蛍光色の電光掲示板を掲げているナイ先輩の隣に背の高い彼の立つ姿を見つけるのは、難しいことではなかった。

トンは腕組みをして立っていた。制服は汗でびっしょりと濡れ、髪の毛もびしょびしょでオールバックになっていた。チョンラティーのさっきの答えは……。

全部嘘だ。

体にかけられたたすきに書いてある通りチョンラティーが大学で一番人気なら、トンに新しくプラカードを作らせて本当のことを書かせるだろう。


トンホンはとても凶暴だ。トンはゴッドファーザーだ

「トン先輩に何か言いたいことは？　あそこで優しそうな顔で立ってますよ」

司会者は無理やりに彼を優しいとほめた。

ふう。この人も自分と同じで嘘つきだなと思った。

「ああ……」

うまく喋《しゃべ》れない自分にもうんざりだ。けれど相変わらず強面《こわもて》なトンと目が合うと、緊張が少し和らいだ。

「一言でいいから……何か言って」

司会者に催促され、何か言わなければと思った。

「トン先輩……お金を返して」

その結果、会場はしーんと静まり返った。チョンラティーの人生史上最高の嘘だった。


「俺がいつおまえに金を借りた？」

トンは寮の駐車場に車を入れた後にチョンラティーに聞いてきた。チョンラティーは体を小さくして座り、赤くなった顔を隠した。

「いくらだ？」

トンが追い打ちをかけるように聞いてきたので、知らないと正直に答えた。

そして、こう続けた。

「あのとき僕は追い詰められて、何と答えたらいいかわからなかったんだ。トンは僕にお金を借りてなんかない……この話はもうやめよう、恥ずかしいから」

「その話を続けさせたくないなら、さっさと降りろ。寮に着いたぞ」

トンはシートベルトを外して、車を降りようとした。

「トン……僕は優勝したよ」

「大学ではみんな知ってる」

「ほめてくれないの？」

「最初からわかっていただろ」

大したことでもないようなトンの答えにムカついたが、暗闇で文句を言うのが精一杯だった。

「それで？　僕にくれる優勝カップはどこ？」

「トランクに入ってる……俺はシャワーを浴びたいから先に部屋に行くぞ。カップはおまえが持ってきてくれ。車のロックも忘れるなよ」

トンはチョンラティーの膝に車のキーを投げて、車を降りた。

……いったいどういうこと？　ほめ言葉のひとつもないの？　ラブラブで優勝カップを渡してくれるのを期待してたのに、こんなのってない！

トンの広い背中が建物に消えていくのを見ながら、チョンラティーは無理やり声に出して笑った。全然、可愛《かわい》くもなんともない。優勝のたすきと花束も運んでくれないし、それどころか、優勝カップもチョンラティーに運べと言った。

本当に可愛くない……。

トンの冷たい態度にひとりでぶつぶつ文句しか言えない自分が嫌になる。それでも仕方なく後部座席から荷物を取り出して、トランクを開けに行った。その間もずっと文句を言い続けていた。ところが、視界に予想外の物が入った途端、チョンラティーは急に文句を言うのをやめた。

「トン……トン！」

再びこっちに戻ってきた人に叫んだ。トンは満面の笑みを浮かべながら大声をあげたので、チョンラティーは意地悪だなと思った。

「サプライズだ。気に入ったか？」

「笑わないでよ。さっきトンにがっかりさせられたと思ったのに」

自分に向かって近づき抱きついてきた人の胸を叩いた。それから体の向きを変えてもう一度車のトランクを見た。そこには、赤と白のバラの花の山があった。

花でできた大きな山だった。くれた人と同じようにビッグサイズだ。

「ごめんな。気に入ってくれたか？」

「気に入った。こんなのもらえると思ってなかったから」

言い終えると涙が溢《あふ》れてきた。悲しみの涙じゃない。感動の涙だ。

「なぜ泣くんだ？　おいで。よしよし、もう泣くな」

トンはチョンの髪に顔をうずめた。抱きしめてくる腕の力が強くなり、息が苦しくなった。

「大袈裟《おおげさ》だよ。僕はちょっとしか泣いてない。離して……こんな風に抱きしめられたら、息が苦しくて死にそうだ」

「俺がおまえに金を借りたと嘘をついた罰だ」

「言ったでしょ……あのときは何も考えられなかったんだって」

「それに、優しくて子供が好き。賢くて料理が上手。これのどこが俺だ？」

絶対にそれも言われると思った。本人だって自分がどんな人間なのかは自覚しているだろう。

「じゃあ、トンは僕に何て答えてほしかった？　とても野性的なところ、心をめちゃくちゃにされるところ、顔に似合わず鈍感なところ、感情が激しくて……そしてベッドの上でも激しいところが好き。こんな風に答えるの？」

チョンラティーはもごもごとトンに反論した。泣きそうになって鼻をすすると、その顔をトンの胸にきつく押し当てられた。

汗とほのかなコロンの混ざった匂いを鼻に吸い込むと、とても気分がよくなった。この人は誰の恋人かな？　体からすごくいい香りがする。

「僕はトンがトンらしいところが好きなんだ。これはふたりだけの秘密だよ」

「ああ、わかってる」

トンは笑いながら頷《うなず》いて腕の力を緩め、チョンラティーがたくさん抱えていた荷物を持ってくれた。

「それで？　僕に持ってきてくれると言った優勝カップはどこ？」

「花の下にある」

「全部で何本あるの？　多いね」

「三百六十五……つまり毎日チョンを愛してる。今日や特別な時だけじゃない。毎日愛してる」

トンは花の山から茎の長い赤いバラを一本だけ手に取ると、それをチョンラティーに差し出した。近くで見ると花はさらに大きく、鮮やかな色に見えた。イベントで使われていた傷んだバラとは違い、とても大切に持ってこられたようだった。

「今日僕はバラをたくさんもらったよ」

「おまえは人気者だ」

口元の黒いピアスが赤い唇と白い歯に映えた。

トンはチョンラティーがもらった優勝者のたすきを自分の首にかけて言った。

「トンホンも大学の人気者だから、おまえに似合ってる」

「よく言うよ」

「俺にも投票用のバラをくれ」

「何本欲しいの？」

バラを取り出そうとしながらトンに聞いた。

「四本。俺たちは離れられないという花言葉がある。朝までだな」

「……」

「なんで俺はおまえのことになるとこんな人間になってしまうんだ？　普段はこんなにエロいことばかり考えてるわけじゃないのに」

「ナイ先輩と仲がいい理由がなんとなくわかったよ」

言い返したけれど、チョンラティーはトンから目を逸《そ》らした。トンの言葉に怒ったわけじゃない。ただ……ちょっと恥ずかしかっただけだ。

朝まで……と言っていたけれど、トンはまたチョンラティーと激しくヤるつもりなのだろうか。

「俺をナイと一緒にするな。今日あいつはおまえに何本バラをやった？　俺の方が絶対に多いし、花もあんな投票用のやつよりきれいだし、金もかかってる」

「ナイ先輩が何本投票してくれたかはわからない。投票で使った花は全部、没収されるし。トンが僕にくれたのとは全然違うよ。大事にするね」

「俺はおまえに投票したくなかった」

「どうして？」

「だって俺はおまえのファンじゃないから」

トンは間を空《あ》けて、何か言おうとしたが、チョンラティーがその瞬間に言葉を継いだ。

「だってトンは僕の恋人だから」

「お利口さん……」

「それは僕のセリフだよ」

「おまえは前に、それは犬に対して言うほめ言葉だと言ったな。つまり俺を犬みたいだと思ってるんだろ？」

そう言いながらトンはチョンラティーの腕を摑んで、甘噛みした。歯形が残るまで噛まれたし、唾《だ》液《えき》でベトベトになった。

「先に言ったのはどっち？　ほら、また僕を噛んだ。犬みたいだ」

「犬を飼おう」

「……」

「そして自分たちの子供みたいに可愛がろう」

トンは言いながら車のトランクを閉めた。それからチョンラティーに渡していたキーを取り上げ、車をロックした。ふたりはまた顔を見合わせたが、その間にあった甘い雰囲気はもう感じられなくなっていた。トンは目を輝かせて、強い腕でチョンラティーを抱え上げ、お姫様抱っこをした。

「トンが何を言おうとしてるかわかるよ」

「何……？」

「……子供を持つ前に子供を作らないと」

「その通りだ。俺の気持ちがよくわかるな」

トンはチョンラティーに笑いかけた。そして、さっさと歩き出してしまった……。

こんなに子作りに熱心なら、年初にひとり、年末にひとりできるだろう。


トンが犬を飼おうと言ったのはあの場での冗談だと思っていた。まさか本気で飼うだなんて思ってもみなかった！　そのまん丸胴体でグレーのふさふさした毛の子犬は、チョンラティーがトンの家の玄関を入るなり、足を舐《な》めてきた。

今日はトンの母親に挨拶《あいさつ》するために、チョンラティーはトンの実家を訪れていた。トンの家族とも昔からの付き合いだったから、彼の実家を訪ねることに今さら違和感もないし、緊張するということもなかった。ただ、驚いたのは、四本足でふわふわの毛を持つ生き物がトンに抱かれて、頬やお腹や頭にキスされていたことだ。しかもさらに、トンはその体をあやすように手で揺らしていた。

「ねえ……この間犬を飼おうって言ってたの、本気だったの？」

確かめようと思って聞きながら、チョンラティーはトンの抱く犬に手を伸ばし指を舐めさせた。

「俺が冗談好きだと思っているのか？」

「そうじゃないよ。でも、この間言ったばかりなのに、こんなにすぐに買ってくるとは思わなかったから」

「おまえは飼いたくないのか？　めちゃくちゃ可愛いじゃないか。こいつと遊んでやれよ。シベリアンハスキーだ。あっという間に子犬じゃなくなるぞ」

「は？」

思わず大きな声で聞き返してしまった。チョンラティーはシベリアンハスキーだと言われた犬をトンの手から奪い取って確かめた。

ペットを飼うことは何の問題もない。チョンラティーはふわふわしたものが好きだから、むしろ嬉しい。

「でも……」

「何か問題あるか？　おまえが飼いたくなければ、ナイにやるが」

トンの表情が次第に不機嫌そうになっていった。すぐに説明しなければ面倒なことになりそうだ。

「僕は何の問題もないよ。飼ってもいい。可愛いし、犬は好きだし。でも……この犬はポンスキーだと思う。それに子犬じゃない」

「は⁉」

今度は逆にトンの方が大声をあげた。戸惑《とまど》ったような顔で近づき、チョンラティーの腕の中にいる丸い動物をまじまじと見た。

「ポンスキーはポメラニアンとシベリアンハスキーのミックスだよ。顔はハスキーに似るけど体はあんなに大きくならなくて、ポメラニアンより大きい中型犬サイズになる子が多いんだよ。買った時の値段で気づかなかった？　かなり値段が違うはずだよ？」

「特に何も考えなかった。店に買いに行った時にこいつが気に入ったから買った……」

トンはそう言って口を噤《つぐ》んだ。そして腰を低くして、チョンラティーが抱いている犬を撫《な》でた。

「こいつにはまだ名前がない」

「オスなの？　メスなの？　似合う名前を考えてあげなきゃ」

「オスだ。チンチンがついてる」

トンは照れ臭いことを言って笑うと同時に、ポンスキーの体をひっくり返してそこを見せた。

「それならカッコいい名前にしないとね。トントンはどう？」

「やめろ。俺の名前を犬につけるのは」

髪の毛をかき回され、チョンラティーの髪はぼさぼさになった。そしてトンはまだ名前のない犬をチョンラティーの腕から取り上げて遊んだ。

「ＴＣは？　俺とおまえの名前の頭文字のアルファベットだ」

「ＴＣはいい名前だね」

チョンラティーは微笑んだ。トンはＴＣを家の前の芝生の上に下ろして走らせた。午後の日差しはトンの気持ちを明るくはしなかったようだ。逆にその大きな体は熱くなり、汗が流れ落ちて全身がびちょびちょになった。

「家に入ろう。熱い……」

「うん。それでトンはＴＣを寮に連れて行くつもり？」

チョンラティーが頷くとそのままトンに手を取られ、一緒に立派な家の中へ入った。ここは住人の個性が感じられるような家だった。町の中心にあるにもかかわらず、木々に囲まれていて涼しげだ。

「いや、この家で飼う。母さんに取られたからな。父さんが家にあまりいないから、母さんは寂《さび》しいらしい。ペットを飼いたいと言っていた。おまえがこいつと遊びたければ、俺の家に泊まれ」

「選択の余地がないね」

「その通りだ」

トンは図々しく認めた。そしてムカつくくらい、いい笑顔を見せた。

「毎日一緒に寝ているでしょ。実家でも僕と一緒に寝たいの？」

「おまえのせいだ。俺の人生に入ってきて、チョンラティー中毒にさせた。今さら離れろと言われても無理だ」

「また僕が悪いの？」

眉根を思いっきり寄せて、わざとらしく不機嫌そうな顔を作った。

「おまえは悪くない。おまえが俺を愛したのは正しい」

外はとても暑かったけれど、家の中は冷房が効いていて涼しかった。

客間からときどきテレビの音が聞こえてきたので、チョンラティーはトンの母がソファーに座っているのだろうと思ったが、何の番組を観ているかまではわからなかった。さっきのトンの言葉のせいでチョンラティーの顔は熱くなっていた。

トンにさりげなく自分の想いを肯定されて、めちゃくちゃ恥ずかしくなってしまったのだ。


トンの家は温かい雰囲気に包まれていた。トンの母のターイおばさんはチョンラティーを歓迎してくれたが、トンとチョンラティーを訝《いぶか》しげな目で交互に見ていた。

そうして終《しま》いには、手を口に当てて笑った。チョンラティーは途端に恥ずかしくなり、指で自分の鼻を擦った。

「母さんは何を笑ってるんだ？」

トンが言い出して、ＴＣをおばさんの膝に乗せた。ポンスキーは既にこの家の者になついているようだった。おばさんの匂いを嗅ぐと、自分の頭を擦りつけて甘えた声を出した。それを見てチョンラティーはＴＣを寮に連れて帰るのを完全に諦《あきら》めた。

ここに来てＴＣと遊べばいいんだ……恋人の家だから。

「自分の息子を見て笑っているのよ」

「なぜ？」

「結局、チョンの魅力に負けたんでしょ。おいで、ここに座って」

おばさんは笑みを湛《たた》えたままソファーの隣を叩いて、トンに座るようにと言った。

トンは母親と顔が全然似ていない。けれどチョンラティーが顔を上げて壁にかかっていた家族写真を見ると、トンはこの家の子だと確信した。お父さんにそっくりだったからだ。

「チョンがあまりにも可愛いから」

ああ、トン。おばさんの前でこんな風にほめられたら、恥ずかしくなるじゃないか。

「今日はふたりともこの家に泊まる？」

「いや」

「どうして？　めったに帰ってこないのに。父さんも留守だし、一緒にいてくれてもいいじゃない。でも、トンはひとりで寮に帰ってもいいわよ。チョンだけは残って私と一緒にいてくれない？　どう？　チョン」

最後の一言はチョンラティーの方を振り返って言った。不機嫌な顔をしているトンを無視した。

「トンはなぜ泊まらないの？　おばさんと一緒にいてあげればいいのに……それとも今夜どこかに出かけるの？」

おばさんにはまだ返事をしないで、ここに連れてきてくれた彼に聞いた。

トンは腕組みをしている。大きくため息をついたので大きな声が客間に響いた。

「おまえの着替えを持ってこなかったから」

トンは理由を言った。その答えを聞いた母親も腕組みをしてこう言った。

「今の服を着て帰ればいいでしょ。洗濯させればすぐに乾くし。それか新しい服を買ってもいいじゃない」

「寝巻きはどうするんだ？」

「トンのを貸せばいいでしょ」

「俺のはチョンにはサイズが大き過ぎる。ズボンも穿《は》けないし。それに母さん、わかるか？　チョンが俺の寝巻きを着たらセクシー過ぎる……母さんはうちでこいつに手を出すなって言うけど、チョンは普通にしていてもエロいんだ」

うぎゃあ……。

チョンラティーの顔が火を噴きそうだった。

「そんなの知らないわよ！　とにかくチョンはここに泊まるのよ。寝巻きのことは使用人に新しいのを買いに行かせるわ」

おばさんは真っ赤な顔をして大きな声でそう言った。そしてチョンラティーの肩を摑んだ。

チョンラティーの顔もおばさんと同じぐらい赤かっただろう。

「はい。ターイおばさん」

「おばさんと呼ばないで。トンみたいに母さんと呼んで」

「はい、母さん」

チョンラティーはおばさん、もとい、ターイ母さんの顔を見て微笑みながら、同じようにニコニコしているトンの顔を盗み見た。

……今日はチョンラティーにとって最高の日になった。

第33章

チョンラティーがトンの実家の中で一番見たい場所はどこだろう？

それは寝室に決まっている。ガーデンハウスでも、一緒に暮らしている寮の部屋でも、トンの寝室を見たことがあるが、実家の寝室はこれまで見た二か所とは違う雰囲気だった。

もっと広く整然としていて、一番トンらしい部屋だった。

その部屋の真ん中にはキングサイズのベッドが堂々と置かれていた。壁際にはマンガの棚と日本の少年マンガのフィギュアが置かれている棚があった。そして部屋のスペースの大部分を占めているのは、今まで出場してきたバスケの試合でもらった、優勝カップや金メダルと、表彰されている時に撮られた写真が飾られている棚だった。

「この写真のトンは歯が抜けているね」

チョンラティーは棚のガラス戸を手で触り、中の写真の一枚を指差しながら、後ろから黙ってついてきたトンに満面の笑みを向けた。それは汗びっしょりの男の子が優勝カップを掲げ、嬉しさのあまり大口を開けて笑い、歯が抜けているのが見える写真だった。

「人生で初めての優勝カップだ。七歳の時だな」

「トンが七歳なら、僕は五歳だ……ずいぶん前だね。写真が色褪《あ》せている」

「うーん」

トンが唸《うな》った。トンはチョンラティーに近寄り、顎《あご》を頭の上に載せた。

「初めての人間だ」

「え？」

「おまえは俺の寝室に入った初めての人間だ」

「？」

「この部屋には誰も入ったことがない。友達が家に泊まりに来た時でさえも、この部屋にだけは入れなかった」

「どうして？」

チョンラティーが体の向きを変え、トンと真正面に向き合うと、そのままトンに軽く抱きしめられた。

「この部屋を大事にしているからだ。見ろよ。この部屋は子供のころの写真だらけだ」

トンが抱き合ったまま少しずつ動き出したので、チョンラティーもぎこちない動きになってしまう。けれどチョンラティーは、トンが支えてくれているからふたりが転ぶことはないと思っていた。

「トンは子供の時の写真が恥ずかしいの？」

「違う。素の自分が出ているから……」

「どういう意味？」

「おまえにはそういうことはないか？　ひとりでいる時は素の自分、友達といる時はまた別の自分。家族といる時はまたもうひとりの自分。寝室はプライベートで、秘密の素の自分の場所だと思っている……だから人にはあまり見せたくない」

「それなら、なぜ僕を部屋に入れたの？」

「おまえは俺のすべてを見たから……」

「？」

「おまえは素の俺をすべて見たから。強い時も弱い時も、バカな時もおまえはすべてを見てきた」

「確かに」

チョンラティーは頷《うなず》いた。そして、恋人の尖《とが》った顎を見るために顔を上げた。

「僕は全部好きだよ」

「それで俺はおまえのすべてを見たか？」

「……ううん、わからない。たぶん全部見たんじゃない？」

「信じられないな。だから今から確かめさせてくれ。素のおまえの深い部分を、俺に触らせてくれ」

トンは屈《かが》んで耳元で囁《ささや》くと、部屋の中心に向かって移動した。そしてチョンラティーと一緒にベッドに倒れ込んだ。

柔《やわ》らかいベッドにふたりの体が深く沈み込む。トンの重さで、チョンラティーは動くことができなかった。

「トンホン。僕はまだ夕飯を食べていない」

「夕飯までまだ三十分もある。急いで動かせば十分もあればできる」

「トンが急いで動かすとかはどうでもいい。お母さんに、家で僕に手を出したらダメだと言われたんでしょ！」

「おまえのソックスを見たら、興奮してきた」

「ソックスを見て興奮するなんておかしいんじゃないの？」

非難しながら、チョンラティーはトンの胸を押して体を引き離そうとした。けれど、ふたりの体格があまりにも違い過ぎるので、いくら押しても無駄だった。それどころか、逆に手を振り払われてベッドに押しつけられてしまったのだ。

勝ち目が全く無い……。

「本当はソックスじゃなくて、おまえの足のせいだ」

片方の足が高く持ち上げられた。黒と赤のボーダーのハイソックスの上から太ももまで手で撫《な》でられた。

特に興奮した目で足を凝視され、思わず鳥肌が立つ。

チョンラティーとトンはまるで油と火のようなものだった。近寄ればいつもすぐ簡単に火が点《つ》いてしまう。

「コンドームはある？　汚したくない」

「ある……」

「十分だね。時間を計るよ」

「大声を出すなよ」

トンの警告は、チョンラティーを不安にさせた。言い終わるなり、チョンラティーの体は向きを変えられ、うつぶせにさせられた。トンはチョンラティーの背後から手を回し、胸を持ち上げる。すべての動きが素早かった。トンの手と口がそれぞれ別の意志を持っているかのようにばらばらに動いていた。

手でチョンラティーのズボンのボタンを外しながら、口ではシャツの裾《すそ》を咥《くわ》えて肩まで引き上げた。あらわになった下半身に冷房の冷たい風を感じる。

「ソックスしか履《は》いてないのは最高にセクシーだな、チョン。おまえは体中がピンク色だ」

「トン……恥ずかしいよ」

チョンラティーは消え入りそうな声で言って、体を起こした。そうして腕で自分の体を支えながら後ろを振り向くと、トンが自分のジーンズと下着を足元まで下ろしているのが見えた。

その瞬間、体の中で血が騒ぎ始めたのがわかった。

全身がカーッと熱くなる。

腰のあたりに軽くキスをされると、柔らかい部分に唇の端のピアスが当たる。その感触はどんどん下がっていき、ふくらはぎをなぞった。やがてソックスが脱がされ、唇は足の甲までなぞっていった。

足を軽く嚙まれた時、チョンラティーの体に電流が走った。妙な感覚が脳に伝わって……頭が真っ白になった。

自分の体がどのように攻められたのか全くわからなくなってしまった。

チョンラティーはただ震《ふる》えていることしかできなかった。喉の奥で唸ると、それはＴＣが撫でられた時に出すような声と変わらなかった。

「跡《あと》をつけないでね」

「うーん……」

トンはかすれた声でうめいた。ジェルの蓋《ふた》を開け、チョンラティーの丸い双丘《そうきゅう》に大量にかけると同時に、狭間に指を這《は》わせてその奥まった場所へと塗り込んだ。残り数分のためにすべてを準備した。時間との戦いだった。

「キスして」

「ああ」

大きな手を胸の周囲に回し、体を持ち上げた。手で隠された乳首が太く骨ばった指で刺激され、それから摘《つま》まれ、いじられた……。

「キスして……キスしてよ」

チョンラティーはおねだりを繰り返した。

けれどトンは胸への執拗《しつよう》な攻撃をやめようとしなかった。耳を甘噛みした唇は顔の方に移動していく。トンの鼻先がチョンラティーの頬に触れ、それから長い時間の後に熱い唇が重ねられた。

すごい力だ。……大きなモノが柔らかい部分に侵入したのと同じぐらいの衝撃だった。

「すぐに終わる。大声を出すなよ」

「わかってる」

自分の声が漏れないように、チョンラティーは体をベッドに横たえ、顔を枕に押しつけた。

一分一秒を争うトンは、絶対に時間を無駄にしないとわかっていた。

熱い塊《かたまり》を埋め込まれたチョンラティーの中が馴染んでくると、強く動かされて、息をすることもままならなくなる。

限られた時間の中で屹立《きつりつ》を完全に収め、トンは我を忘れたかのように激しい抽挿《ちゅうそう》を繰り返した。

「あ……ゆっくり……」

先に絶頂に達してしまったチョンラティーは、トンがそのまま行為を続けるので、痛みのあまり涙が溢《あふ》れてきてしまった。だというのに、本人の意に反して、チョンラティーのペニスには再び熱が集まり始めていた。

自分で慰めようと思っていたのに、それに気づいた恋人の動きの方が早かった。

自分の手が昂《たか》ぶった性器に伸びる前に分厚い手のひらに握られて、トンの動きに合わせて上下に動かされた。

時間を巻き戻して十分間の条件を話した時に戻りたい……その条件を呑《の》む前に部屋からさっさと出ていけばよかったのに。

だって僕の兄貴は毎回、時間を追うごとに激しくなるんだから。

ただの十分……けれどその中のどの瞬間もふたりにとっては濃密な時間だ。

夕食の後、TCはトンに片手で抱きかかえられ、寝室に連れてこられた。

彼に言わせると、母親がポンスキーをいくら好きでも、彼女の寝室には連れていけないのだそうだ。だからふわふわの毛の持ち主はトンの部屋にやってきた。ターイおばさんがこの子がポンスキーであることを知っていたのは意外だった。トンがシベリアンハスキーだと勘違いしていた話をすると、ターイおばさんは声をあげて笑いながらトンに聞いた。

「子供の時にあんたに魚をあまり食べさせなかったから、頭が悪いのかな？」

そのせいでトンは不機嫌な顔になった。それを見たチョンラティーまで陽気な大声で笑ったので、トンは今にもTCとチョンラティーを殺したそうな顔をした。

「俺はおまえに怒っている」

「仲直りしよう」

チョンラティーは小指をトンの顔の前に差し出したが、それでもトンがまだ不機嫌な顔をしているので、歩いて近寄り背後からトンを抱きしめた。

「しない」

「トンはいい匂いだね」

「……」

「僕はトンが大好きだ」

「甘えるな。甘えるの禁止」

「どうして？」

「おまえはそうやっていつも俺を誘惑する。やめてくれ。また今日の夕方みたいになるぞ」

「もう無理だよ、トン。それにTCにも恥ずかしい。この子の目を見てよ。僕たちが抱き合っているのを不思議そうに見てる」

「こいつを食ってしまおうか？」

トンはわざと声を低くした。そしてチョンラティーをベッドの上に投げ、その腹の上にTCを置いた。

「バカじゃないの？　可愛い子にそんなこと言わないで。先にシャワーする？　それとも僕が先に浴びる？」

「おまえでもいいぞ。バスルームの中に着替えをかけておいた」

「うん。ありがとう」

チョンラティーは顔を舐《な》め始めたTCを抱き上げて体から離し、身を起こしてベッドに座った。するとTCはチョンラティーの腕をすり抜け、トンの方へ走って行った。

「TCを食べないでね」

「おまえが出てきてTCがいなかったらTCは俺の腹の中に入ったということだからな。だからさっさとシャワーを浴びろ」

「絶対にそんなことしないでしょ。僕はゆっくりシャワーしてくるよ。シャワーを浴びるのが好きだから」

チョンラティーはトンの方へ笑顔を向けると、彼の頬をつねってからベッドを降りた。

「シャワーが長いのはよくない」

「?」

「寂《さび》しい」

「……そう言うなら、急いでシャワーしてくるよ」

大きなベッドから降りた足は引き戻され、額にキスをされた。

「早くしろ。おまえに見せたいものがある」

チョンラティーが気になるようなことを言ってから、トンはその体を解放したのだった。


この夜のシャワーにはあまり時間をかけなかった。

「見せたいものがある」

というトンの言葉が気になって仕方なかったからだ。

けれどバスルームを出て寝室に入ると、広い部屋にはＴＣしかいなかった。くりくりした目の犬が部屋の片隅で丸まっている。

チョンラティーは濡れた髪を拭《ふ》くために被っていた柔らかいタオルを頭から外した。それ以上濡れた髪を乾かそうとはせずに、チョンラティーはTCに近づいてしゃがみ込み、まん丸な犬に話しかけた。

「お父さんはどこ？　TC」

クーンクーン。

「お父さんに見捨てられたの？」

クーン。

「本当にかわいそうに。でも食べられなくてよかった」

クーン……カシャ！

そのとき背後からカシャ、という音が聞こえた。もちろんTCの声じゃない。しゃがんだままの姿勢で振り返るとすぐそこにトンがいた。スマホからデータを送り、写真をプリントアウトしようとしていた。

「不思議なヤツだな。しゃがんで犬と話をしているなんて」

トンはからかって、机の上にあるスマホ用のプリンターから写真を取り出した。

「どこに行ってたの？」

「プリンターを取ってきた。ほら見ろよ。おまえがしゃがんでTCと話している写真だ」

写真を見ようと立ち上がると、エアコンの冷気に当たってしまい、シャワーしたばかりの肌に鳥肌が立った。

「寒いのか？」

「シャワーを浴びたばかりだから」

「それなら抱きしめてやる。風邪を引かないように」

トンはチョンラティーの片方の腕を引っ張り、自分の体に引き寄せた。そしてチョンラティーを背中から抱きしめる。肌同士が触れ合って温かくなった。

トンと触れ合うと温かいな。

「写真はどこ？」

「これだ。アルバムに入れよう」

2×3インチのカラー写真が差し出された。それは背後から撮られたチョンラティーとTCの写真だった。

「ツーショットを撮ろう。記念になる」

チョンラティーが言い終わる前にトンはスマホのカメラを立ち上げ、写真を撮った。

そのときの顔は相当まぬけな顔だったに違いない。それは印刷された写真を見れば、明らかだった。

「チョンラティーの一番醜《みにく》い角度を探しているんだ」

「そんなの無いよ。僕はとても美しいからね。なんたってポピュラーアワード受賞者だし」

「そうだな」

「それでさっき言ってた見せたいものっていうのはどこ？」

「ベッドの上に座って待ってろ」

そう言ってトンは離れる前にチョンラティーの髪にキスを落としてから、荒っぽく撫でてくしゃくしゃにした。

チョンラティーは言われた通りベッドの上に座りながら、トンが屈んでベッドサイドにある棚の一番下の引き出しを開けるのを見ていた。

アルバムだ……。

「子供のころのおまえとのツーショット写真がたくさんある。母さんが撮った」

「僕の家にもあるよ」

チョンラティーは体をずらしてトンがベッドの上にアルバムを置けるようにした。その中から一冊を取り出し、開いた。

「うわ。トンは子供の時こっそり僕の頬にチューしてたんだね」

ふたりの男の子の姿を見ると、当時の思い出が蘇《よみがえ》ってきた。

「俺はおまえに自転車の乗り方を教えた。この写真でおまえは、俺を後ろに乗せて漕《こ》いでる」

「僕の顔はまん丸だね」

「可愛《かわい》いな」

「子供の時？」

「いつでも」

気がついたら息遣いが聞こえるほど、トンがすぐ側《そば》にいた。チョンラティーは近づかれても気にならなかった。嬉しくなり破顔すると、そのままトンの幅の広い胸に寄りかかった。

「両親は僕たちの未来がわかっているような名前をつけてくれたんだね」

「トンホンチョンラティーのことか？」

「航海士《トンホン》と海《チョンラティー》は運命共同体だ。絶対に離れられない。僕から逃げられないのは、嬉しい？　それともがっかりした？」

「俺はおまえを抱きしめているだろ」

「うん、抱きしめてる」

「抱き合っている者同士は愛し合っているはずだ。愛し合っているということはもちろん嬉しいだろ？……つまり俺はおまえと一緒にいられて嬉しい。おまえはどうだ？　俺と一緒にいて嬉しいか？」

「僕が喜ばないわけがないでしょ。だって名前の通り、僕は航海士のトンを包み込む海みたいな存在だから」

「俺はおまえと行くすべての場所でツーショットを撮って思い出として保存する。俺の部屋で撮った写真を一枚目にするんだ」

「だからスマホ用のプリンターを持ってきたんだね」

「そうだ」

やっと話が見えてきて、チョンラティーは安堵《あんど》した。チョンラティーは自分の腰に回されているトンの手をさらに強く握りしめ、顔を上げてトンの顎の先に軽くキスをした。

「僕をどれぐらい愛しているか、今、教えてくれる？」

「無理だ」

「え？」

「たくさんあり過ぎる」

「少しずつ教えてよ」

「俺は甘いことは言えないから態度で示す」

チョンラティーの小さな顎が摑まれ、上を向かされると、熱い唇がその上に重ねられた。口の中の甘さが脳にまで浸透してきて、ふわふわとした気持ちになる。

「つまり、おまえが俺を愛しているより、俺の方がずっとおまえを愛しているということだ」

「まさか！　トンが僕を愛するよりも僕の方がずっとトンを愛してるよ」

チョンラティーは強い口調で言い返すと、トンの胸を強く押して広いベッドの上に押し倒した。体を起こしたチョンラティーがトンの体を跨《また》ぐようにしてその上に乗り、逆にトンからキスを奪った。

お互いの口が離れるまでに長い時間がかかった。けれどチョンラティーはまだ体を離さず、トンの上に乗ったままだった。

「それなら、俺たちの愛はおあいこだ」

「理想的だね。でもそう考えると……いいかもね」

髪の毛をがっしりとした手にぐしゃぐしゃにされてはいたけれど、チョンラティーは満面の笑みを浮かべたままだった。そしてまた唇を重ねた。


やっと目的を達した。そしてまた最初から始めよう。出発点を振り返ってみよう。

始まりは……。

チョンラティーがトンホンに片思いした。

チョンラティーはただ、トンホンの側にいたかった。

チョンラティーは自分の気持ちを抑えられなくなった。

チョンラティーはとても深くトンホンを愛している。

……そしてついにトンホンもチョンラティーの愛を受け入れた。

トンホンはチョンラティーと一緒に暮らす。

トンホンはチョンラティーのものになった。

トンホンはチョンラティーを愛している。

そして〝トンホンチョンラティー〟というカップルになった。


チョンラティーは広い胸に顔をうずめた。その位置はちょうど海と航海士を繋ぐ錨《いかり》が描かれたタトゥーの場所だ。

胸の中で心臓の動く音が、今も囁きかけてくるようにリズムを刻んでいる。

〝愛してる　愛してる　愛してる　愛してる……ただそれだけだ〟

エピローグ

ガーデンハウスの周囲に、チョンラティーのシャンプーの微かな匂いと庭の花の匂いが漂っていた。この時間は深夜で静まり返っている。夜露《よつゆ》がひどいので家の外は出歩かない方がいいだろう。そもそもチョンラティーは、出掛けようなどとは思っていなかった。なぜならチョンラティーとこの家の主は三十分前にここに到着したばかりだからだ。ここはふたりの関係の出発点だ。

海と航海士が出会った場所。

クリーム色のシャツに黒いスラックスを穿《は》いた彼が現れると、チョンラティーはすぐにその人を抱きしめた。トンの体形はさほど変わってはいなかったが、以前から変わったところもあった……耳の上、まゆげの端、そして口元に付けていたピアスがすべて取り外されてしまっていた。大手の国際物流会社の跡取り息子に相応《ふさわ》しい風貌になっていた。

大学卒業後、トンの人生は百八十度変わった。

仕事が忙し過ぎて、ほとんどプライベートの時間がなくなってしまった。それでも、トンはほぼ毎晩こっそり寮へ来て、チョンラティーを抱きしめながら眠るのだ。

今回プライベートの時間ができたのは、チョンラティーが大学を卒業したからだ。トンの父親がお祝いのつもりでトンに一か月の休暇をくれたのだ。

学年総代だったからね……本当は三か月休暇をくれてもおかしくないくらいだよ。

「何をしているの？」

「昔の写真を探している。覚えてるか？　キャンプでランタンを飛ばした時、立ったままキスをしただろ？　ナイが自分もランタンを飛ばしたくていきなり現れたから、あいつに写真を撮らせたんだ」

トンは一枚の写真を大切そうに指で撫《な》でた。そのときのことを思い出して、チョンラティーも自然と笑顔になった。

あの日撮った写真は、確か初めて人に撮ってもらったツーショット写真だった。トンとキスしているのを人に見られたせいで、チョンラティーの顔は赤かった。一方、トンの方はキスを邪魔されて不機嫌そうな目をしていたが、堂々とした態度だった。

「トンはこの写真の時よりもずいぶん落ち着いたね」

「ああ、大人になった。年を取ったよ。働いて苦労したから、実年齢よりも十歳年を取った気がする」

「相変わらず、イケメンだよ。ところであのふたりの先輩は最近どう？　この間写真で見たけど、ふたり一緒に外国にオーロラを見に行ってたね」

「元気にしてるよ。ナイはアイの住んでいるカナダに永住するらしいぞ」

「前から一緒に暮らしてたんじゃなかったの？」

「そうだが、オーロラを見に行って戻ってきてから事情が変わったみたいだ」

「？」

「結婚するらしい。アイは本気だぞ？　あいつはずっと前から、ナイと結婚すると言ってたからな。ふたりは本当に結婚する」

「それでナイ先輩は、イエスと答えたの？」

「いや。ナイは国際電話で、結婚式を挙げるなら結婚はしないと言って泣いていた。胸がないからウェディングドレスを着るのが嫌だと大騒ぎして、しばらく情緒不安定だった。仕方なくアイは妥協して、簡単な披露宴だけをすることにした。親戚や友達に夫婦として暮らしていくと宣言するためだ」

トンは少し声に出して笑った。鋭い目は、まだ昔の写真を見ていた。

「ところで俺たちはどうする？　俺が結婚を申し込んだら……ウェディングドレスを着てくれるか？」

「わかんない。女装したことないから」

チョンラティーは薄い色の髪をタオルで拭《ふ》きながらベッドの上に座った。トンの外見は相当変わったし、話し方も以前に比べるととても丁寧になった。

親しくなればなるほど、話し方が乱雑になるカップルもいるかもしれない。けれどチョンラティーとトンの関係性はそれとは真逆だった。付き合いが長くなればなるほど、話す時には相手への思いやりが増していった。

少しずつ相手に合わせるようになり、終《しま》いにはふたりの性格が合うようになった。

「それにトンは僕にプロポーズしたことが一度もないじゃない。なのに手順を飛ばしてウェディングドレスのことを聞くのはダメだよ」

「確かにそうだが……必ずプロポーズする。わかってるよな？」

「あと二年待ってくれる？　僕は大学院へ行きたい」

「友達より結婚が遅くなるな。でも、待てるよ」

トンはアルバムの写真から顔を上げてチョンラティーの顔を見つめた。それから唇の端を上げて、話し始めた。

「過去……俺の過去はチョンそのものだ」

「は⁉」

「でも今、チョンは俺の現在だ。そしてチョンは俺の未来でもある」

トンが伝えたいことをすべて理解すると、トンに手を引かれるがままにしてベッドの上にある柔《やわ》らかいグレーの掛け布団にくるまれた。けれど数分後には、その掛け布団はおそらくベッドの下に落ちるだろう。

「トンはこんなことを聞いたことある？　過去に囚《とら》われると不幸になり、未来ばかり考えると不幸になる。だからこそ今を精一杯生きるべきだ」

「わかった。……今は仕事を精一杯頑張るし、今夜も思いきり頑張る」

「すごいね。僕が言いたいことがわかったんだ」

チョンラティーは続けて言った。

「人間は成長しないとね。それで結局どっちを頑張るの？」

「後者だろ、ベイブ……よくわかってる」

「うん……明日点数をつけて評価してあげる」

チョンラティーはベッドのヘッドボードに手を伸ばし、電気を消した。部屋が真っ暗になる。

この数年の間に数えきれないほどの変化があった。未来もおそらく海の波のように、いろいろなことが起こるだろう。

それでも航海士が海の自然の摂理を理解すれば、どちらの方向に進めても船は絶対に沈まない。

今チョンラティーの体を攻めているトンホンは、海であるチョンラティーのことをよく知っているだろうか。

うーん……明日の部屋の状況から判断しよう。

けれどハッキリ言えることがひとつある。このトンホンという人は大したものだ :)

THE END

スペシャル　第1章　トンの視点から

「おめでとうございます。大学に在籍する男性の半分以上が、もっとも一緒にデートしたいと思っている経営学部のチョン君の恋人になったトンホンさん。今年のボランティアキャンプのリーダーは投票の結果、あなたに決まりました」

「そんなのが理由でいいのか？」

僕はカバンが置かれている教室の椅子に寄りかかった。

腕時計を見ると午後の四時過ぎになっていた。最後の試験科目が終わり、教室を出たのは僕が最後だった。

こんな風に僕がリーダーに決められるのはおかしいだろ。

「いいに決まってる。だって俺はおまえにムカついているから、おまえを推薦しておいたんだよ。この任務がきつくてなりたいヤツがほとんどいないのは、おまえもわかってるだろ。それにおまえが俺を新入生指導会のリーダーに推薦したからその仕返しだ。この、とかげ野郎」

可愛《かわい》い爬虫類であるとかげがいつから僕のあだ名になったかはわからない。ナイのヤツと知り合ったころからだろうか……あいつは機嫌が悪い時はとかげだけでなく、様々な動物の名前で僕をディスる。

「でもおまえがリーダーをしたのは一日だけだろ？」

「俺の顔をよく見ろ、トン。俺がリーダーに向いてるような威厳のある顔をしているか？」

わざとらしく濃いまゆげを思いっきり寄せた怖そうな顔を、ナイは自分で指差した。こんなお笑い芸人みたいな顔をしているから、会議室でリーダーとして登場した時に新入生たちに笑われたのだ。

新入生たちだけを責めるのは酷だ。友達だって笑ってしまうのだから……結局ナイはレクリエーション係になった。面白いことが好きな彼にぴったりな役割だ。

「みなさん！　トンはキャンプのリーダーになることを了承しました。あたしは確認したわ！」

ナイのあざとい態度を見て、僕は飲みかけの水でむせた。ナイは試験期間中からずっと、今回のように変なテンションで喋《しゃべ》っていた。

……アイに自分を可愛らしい女のように見せたかったのだろうが、僕が思うに、全く可愛くないしどことなく品もない。

「俺がいつオーケーした？」

「学部のためにやるんだ。あくまでも学部のため。おまえの初仕事はキャンプの場所を探しに行くことだ」

ナーイが割り込んできて持っていたｉＰａｄを机に置くと、インタも顔を上げて同意するように頷《うなず》いた。

「物知りなら、なぜおまえがやらないんだ」

「俺は学部のリーダーだ。これ以上仕事をさせるつもりか？　俺に仕事を押しつけるな」

「ああ。それならインタはどうだ？」

「俺はミスター・キャンパスだ。でもおまえは心配するな。キャンプ中はおまじないでレモングラスを地面に刺してやるから。そうすれば、雨が降らない」

ミスター・キャンパスになったことは、キャンプのリーダーにならない理由になってない。

「おまえみたいな胡散臭《うさんくさ》いヤツがやっても、世界中が洪水になるだけだ」

僕は間髪《かんはつ》を容《い》れずに言った。信心深いふりをしているけれども、一番ひどいヤツは他でもないインタだ。

「ナイ。俺のことが好きか？」

「俺の夫はアイひとりで十分だ。俺を愛さないでくれ。怖い」

言った通り本当に怖がっているようにナイは足を震《ふる》わせた。もし今ここにアイがいたら、噂《うわさ》の夫に思いっきり甘えるナイの姿が見られただろう。

だがアイはナイにペプシを買いに行かされてこの場にいない。

これはまさによく言われている、妻選びを間違えたら一生後悔する、ということだ。ナイはチョンラティーの半分もいい妻じゃない。

「その目は俺とチョンを比べてるな」

「鋭いな。おまえを妻にしなくて、俺はアイよりもラッキーだと思っただけだ」

「俺もおまえを夫にしなくてチョンよりラッキーだ」

やれやれ……。ナイの言葉は鋭くて、心が抉《えぐ》られる。

「とりあえず、停戦しよう」

僕は握手をしようとナイに手を差し出した。あいつもためらいもせず手を出して、僕の手を握ったのだった。

「よくわかってるな、友よ。さっきの話はアイにもチョンにも絶対に言うなよ。つまり僕たちふたりは恋人選びに成功した幸せな人間だよな」

「了解」

握手した手を離した瞬間に、何も知らないアイがちょうど戻ってきた。

その後にすぐ、試験が終わった数十人の同じ学部の学生たちの声が聞こえた。

結局の結局の結局……僕は毎年恒例の夏休み中のキャンプのリーダーになることは避けられなかった。校舎を建てるための募金活動とか、地方の学校が希望するボランティア活動をするためだ。ボランティア活動は結構楽しいと思っている。毎年参加しているし、キャンプを担当するのは、大した問題じゃないだろう。（そうだろうか？）

「チョンも一緒に行くのか？」

アイは肘《ひじ》で僕の腕をつついた。鮮やかな色の唇から紡《つむ》がれるアイの落ち着いた声に問いかけられ、僕は答えた。

「地方は大変だからあいつを行かせたくない」

「ちゃんとチョンに聞けよ。でないと、同窓会の時のような問題が起きる」

「そうだな。チョンは怒ると怖い。あんなことになるのは俺はもう嫌だ」

僕はアイに頷いてそう言った。こいつには僕とチョンラティーの仲を支えてもらった恩がある。ナイも、パンティップ掲示板で妻への謝り方を探すようにアドバイスしてくれた。おかげで、僕とチョンラティーの仲は今日に至るまで順調だ。

友達を信じたおかげか？

いや。自分で何とか切り抜けたのだから、これがトンホンのスタイルだ！

「妻が怖いなら、さっさと悪い仲間から抜けろ」

ナイが大声で叫んだので、集会のために集まった会議室にいる人たちが一斉に振り向いた。僕がまだ何も言わないうちにインタが話し出した。

「俺が最初に仲間を抜ける」

「おい、インタ。俺はおまえに嫌味を言ったんじゃない。俺はトンをからかったんだ。それで妻を一番怖がっているのは誰なのか今わかった。俺たちとの付き合いをやめるなよ。わかったか？　……今仲間割れしたら、誰もおまえと付き合わないぞ。このクソ野郎！」

最後の言葉にはピー音を入れたくなった。口に出すには汚過ぎる言葉だ……。

僕は大きくため息をついて周りの友達の顔をひとりずつこっそり見た。仲間割れしたら、自分と付き合ってくれる人は誰もいないだろう。

僕は友達をとても愛してる。特にキャンプでのｔｏｄｏリストを送ってきたナイのヤツを。

さて！　今年のボランティアキャンプをなんとか乗りきらないと！

「もちろん行くよ。休みの間、僕は何もすることがないから」

僕がキャンプに誘ったら、チョンラティーはそう答えたのだった。

そのときチョンラティーの着ていたオーバーサイズの白い服は僕のものだった。ぱっつんに切った前髪をひとつにまとめて縛っていたチョンラティーの答えは即答だった。

前髪を縛ってメガネをかけている姿は本当に可愛くて愛《いと》おしい……。

「トン……髪を縛るゴムを取って。付け替えたい」

「ポニーにするか？　それともユニコーン？」

僕はチョンラティーのドレッサーの前で立ち止まり、小さな引き出しを開けた。でもチョンラティーがどれが欲しいのかわからないので、まだ取り出さなかった。

「トンはどっちかわかるの？　見分けがつく？」

「俺をバカにするな。だいぶわかるようになった」

ピアスを付けている方の眉を上げて、自信ありげに笑った。

……忘れていた。チョンラティーは人をからかうのが好きだ。大好きなんだ。平然とした顔でからかう。

「キキとララがいい」

「……それはどれだ？」

汚い言葉が出そうなのを唇を噛んでこらえた。机で本を読んでいるのはチョンラティーであってナイではない。僕はひどく汚い言葉は使わないのだ。

「ふふ！　どれか一本持ってきて。僕はどれでも構わないから」

僕は恋人に微笑んだ。そしてドレッサーの方に向き直り、手を伸ばしてヘアゴムを手に取った。でも口だけもごもごと動かしていた。

「ねえ。そこは鏡だからトンが唇を動かしているのが映っているよ」

「インタみたいに経を唱えているんだ」

「へえ……」

チョンラティーは笑いながらそう言った。そしてその後は何も言わなかった。チョンラティーはこんな人間だ。どんなことにもあまりイライラしない。

可愛い……僕は何度この子をほめただろうか。

チョンラティーに前髪を縛るためのユニコーンの付いたヘアゴムを差し出した。僕が虹色の馬の付いたゴムを選んだのは、見慣れたキャラクターだったからだ。

チョンラティーはまだ試験が終わっていないので、ゴムを受け取り髪を縛り直すと、また俯《うつむ》いて教科書を読み続けた。

「試験はあと何科目残ってる？」

「二科目だよ。明後日には終わる。どうして？」

「俺はキャンプ場として使う学校に下見に行かないといけない。泊まりになるかもしれないから……おまえに一緒に来てほしい」

「わかった。試験が終わるまで待ってね」

「キャンプする場所は不便かもしれないし、携帯の電波が届かないかもしれないからな」

「うん」

「募金箱も開設しないといけないし」

「うん」

「おまえは大丈夫か？　おまえに不便な思いをさせたくない」

チョンラティーは指でペンを回していたのを急にやめた。小さな顔が僕と目を合わせるように振り向いた。この子の目が好きだと前に言ったことがあるだろうか？　今、まん丸な目に射貫《いぬ》かれて、僕は動けなくなった。

「僕が行くと邪魔かな？」

「そんなことない。ただおまえに大変な思いをさせたくない」

「大勢で行くから、大変なのは僕だけじゃないよ。トンは僕のことを心配し過ぎないで。それに大学生活は一度だけだから充実させたい。トンに誘われなかったら、僕はたぶん他のキャンプに参加してたと思う。必修科目にキャンプがあるから」

「それなら、俺と一緒に行こう」

「うん」

「こっちにおいで。本も持ってきて」

僕はベッドの頭の部分に背中をつけて座った。そして自分の足を叩いて、チョンラティーに足の上に座るようにと合図をした。

「トンはいつもナイ先輩はアイ先輩にべったりだと文句を言ってるのに、トンも僕に同じことをしてるよ」

「最近はあいつにそんな文句を言ってない。だって俺はチョンを愛しているからな。……いつまでも一緒にいたい。ダメか？」

「僕は文句を言ってないよ。こうやってトンのところに来たでしょ？」

チョンラティーはベッドに上がってきた。小さな足を数回動かしただけで、体を僕の胸につけたので、すぐに抱きしめた。チョンラティーはとても可愛い。額にキスをしようと思った……ユニコーンちょっとどいてくれ。僕は恋人にキスしたい。

「俺のベイビーは最高に可愛い」

「少しの間静かにしていて。教科書を読んでるんだから」

腕の中にいるチョンラティーが振り返って睨《にら》んできたので、何か言おうと思ったがやめておいた。試験勉強をしているから気を遣わないと……。ただ遠慮しているだけだ。妻を怖がっているわけじゃない。


僕の友達の中に地図を読むのが得意な人がいる。しかも完璧な旅行プランまで考える。でも不思議なことに、その人はなぜかよく道に迷う。

僕はナイの悪口を言っている。でも正直、あいつが一緒にキャンプ場を探してくれなければ、自分だけではかなりの時間がかかっただろう。

レクサスES350は走っていた。その前にはアイのBMW X5が走っていた。一方、後方にはナーイと一緒に来たインタのいすゞMU7が走っていた。

この状況に最も合わない車を選んだのは誰だと思う？

僕は泣きたくなった。母さんにSUVのカッコいいファミリーカーを買ってもらいたいと思うほどだった。

隣でぐっすり寝ていたチョンラティーが体の向きを変えたので、僕は視線をそちらに向けた。外から入ってくる日差しがチョンラティーに当たり、その肌を温かみのあるオレンジ色に染めていた。

「着いた？」

「まだだ。チョンは寝てていいぞ。もうしばらくかかりそうだ」

手を伸ばしてチョンラティーに毛布をかけてやると、彼は大きな目をゆっくり開けて窓の外を見ていた。

「ナイ先輩はよくこんなところを見つけたね」

「そうだな」

その意見には僕も同意した。キャンプをするためにナイがリストアップしてきた学校は、すべて辺《へん》鄙《ぴ》な場所にあった。リストには十か所あったが、最終的には今から行く場所が選ばれたのだった。

「本当に国境ギリギリだ。ナイが携帯は圏外だと言っていた。考えてみたらチョンが一緒に来てくれてよかった。そうでなければ、恋しくて死にそうになってた」

「トンと連絡が取れなかったら僕も心配だよ。僕はトンとどこへでも一緒に行きたいんだよ。でもトンが一緒に行きたいかどうかはわからないけど」

チョンラティーは、かすれた声で言いながら用意してきた菓子の袋を開けて食べようとしている。

よく寝るし、よく食べる……でも文句を言いたいとは思わない。

「食べさせてくれ。腹が減ったが俺は運転で手が空《あ》いてない」

「キャンプが終わったらそのまま遊びに行く？」

大きなポテトチップスが口元に差し出された。僕がリズミカルに咀嚼《そしゃく》する音が車内に響いた。

「俺と友達は毎年休みには旅行するんだが、今期はキャンプをしないといけないから、旅行と仕事を一緒にすることにした」

「トンと友達はどこへでも一緒に行くんだね。僕は友達と出かける約束をすると、いつも計画がダメになる」

「なぜダメになる？」

「友達は夫にべったりだし、僕もそうだ」

チョンラティーの口から出た〝夫〟という言葉にびっくりした。チョンラティーはめったに耳にこそばゆいことは言わないから。

でも、嬉しい……。

「断る理由は、恋人と遊びに行くからだろ？」

「なぜいきなり冷静に話すようになったの？　トンホン。いつもなら、僕にめちゃくちゃ乱暴な言葉を使うのに……少しずつ慣れさせられたけど」

「それは俺のせいか？」

　ハンドルから手を離し、人差し指で自分の胸のあたりを指差した。

「そうだよ。僕も喋ってみようか？　何だよ、トン。俺に何か用か？」

「失礼な言い方ですよ」

　僕は渋滞の合間に運転して疲れた体を少し伸ばした。そして手を伸ばして子犬のＴＣの毛のように柔《やわ》らかいチョンラティーの髪の毛をかき回した……。

「こうしよう。お互いに丁寧な言葉で話そう。先に乱暴な言葉遣いをした場合は、一単語につき百バーツの罰金だ」

「いいよ。全く問題ない。でもトンは本気なの？　インタ先輩がトンが何かの霊に取りつかれたと思わないかな？」

「チクショウ」

「ほら……もう言った。百バーツ」

「え？　いきなり始めるなよ」

　僕は思わず声をあげた。チョンラティーが目の前に手を出してきたからだ。このゲームでは僕の方が不利だ。

「始まってますよ。一人称も気をつけてね」

「はい」

はいという言葉を最後に、走行中の車内は静かになった。もしかしたら黙っていたのは僕だけかもしれない。乱暴な言葉がつい出てしまうのが心配だから、喋らないのが一番だ。だが、チョンラティーの方は積極的に話しかけてきた。

「トンホン。スピードの出し過ぎだよ」

「はい。スピードを落とします」

「トンホン。今夜は友達みんなと一緒に寝るんだよね？」

「はい……」

「トンホン。ナイ先輩は僕と一緒に寝るかな？」

「俺はあいつをめちゃくちゃにしてやる。もしあいつがおまえと一緒に寝たら」

「俺とあいつ、単語二つで二百バーツです」

チョンラティーの笑い声を聞いて僕はカッと頭に血が上りそうになった。でも彼の顔を見ると可愛らしい表情で笑っていたので、怒りも自然に収まった。

「二百バーツぐらい大したことない。ベイブのおやつ代なら一万でも十万でも出すぞ」

「トンはいつも大袈裟《おおげさ》だよ」

「愛してる」

僕が手でチョンラティーの柔らかい頬を引っ張ると、チョンラティーはその手を振り払った。たぶん痛かったんだろうが、僕は笑った。

「可愛過ぎるんだよ。車の中でヤりたい。試してみるか？　今夜友達が寝たら、俺たちはこっそり抜け出して車で会うんだ。自然の中で山と星に俺とおまえの愛の営みの証人になってもらうんだ」

「トンホン……いつも変態なことを言うのが好きだね」


それから一時間ぐらい進むと、あたりが寂《さび》しくなってきて家も店もまばらになってきた。けれど道路の状態はそんなに悪くはなかった。ナイから勧められた学校名の標識は木だったけれども。

広い駐車場でエンジンを完全に切り、車から足を出した瞬間に服を脱ぎ捨てたくなった。めちゃくちゃ暑い。地獄に落ちたような暑さだ。

「チョン、帽子を被れ。日差しがとても強い」

「うん」

チョンラティーは素直に返事をして、体の向きを変えると、日よけの付いた帽子を取って被った。チョンラティーは可愛いから、何を身に着けても素敵に見える。

「トン、校長先生だ」

僕はナイと話している温厚そうな男性に手を合わせて挨拶《あいさつ》した。チョンラティーの姿を最後に確認してから、話の輪に加わった。

「このグループのリーダーか？」

「はい。ここでキャンプをしたいんです。校長先生、よろしいでしょうか？」

僕は周囲を見渡しながら話を始めた。

「事前の連絡をありがとう。そんなに気を遣わなくても。むしろバンコクから来てくれて嬉しいよ……この学校にはもう一つ校舎が必要だと思っていた。今は一棟しかない。ほら、あそこに」

校長先生は木を使って建てられた簡易的な校舎を指差した。長方形で屋根だけがかかっており、壁は無かった。

「運転してきて疲れただろう。何か飲みながら休みなさい」

校長先生について歩きながら、集まってきた子供たちの顔を見た。

「子供たちがたくさんいますね」

「この辺の農家の子供たちだ。学校ができたから勉強に来ているんだが教師が足りない。辺鄙な土地だから教師が来たがらないんだ」

僕は校長先生の話に頷いた。突然、あることが頭に浮かんだ。

「来月にキャンプを始めるとしたら、学校はまだ休みではありませんよね？」

「まだだ。でも勉強の邪魔にはならないから心配しなくていい」

「はい……教師が足りないならキャンプの期間中にボランティアで子供たちに教えてあげてもいいですか？　本を集めて校舎と小さな図書室を作るんです。キャンプは二週間ぐらいになるかもしれませんが」

校長先生はしばらく黙っていたが、頷いてこう言った。

「いいだろう。ところで君の名前は？」

「はい。トンです。トンホンです」

自己紹介をするのを忘れていたことを思い出し、僕は礼儀正しく名乗った。

「真面目だな。君は顔もいいし。私には娘がひとりいるんだが……残念だ、まだ小さくて。そうでなければ君の結婚相手にどうかと紹介できたのに」

校長先生は笑いながら言った。だがそのとき、僕の背筋が冷たくなったのはなぜだろう？　しかもつねられているような痛みを腰に感じて……。

その痛みは思い違いではなかった。チョンラティーが俺の体を思いきりつねっていたのだ。これは間違いなく痣《あざ》になるだろう。

「僕には恋人がいます。とても怖い人なんです」

そう言いながら、さらにつねろうとする小さな指から逃げた。チョンラティーの顔は明らかに不機嫌だった。校長先生が次の言葉を言ってくれなかったら大事になるところだった。

「冗談だよ、私の娘はまだ五歳だ」

「ああ。大騒ぎになるところでした」

力なく笑って校長先生の後ろを見るとナーイがいて、会話を引き継いでくれた。

僕は振り返ってチョンラティーと向き合い、嫉妬《しっと》している彼の髪を手でくしゃくしゃにした。

「刑務所に入るよ……五歳と変なことをしたら」

「おまえがいるから、他の人には興味ない」

「気にしないで……ところでトンがこんな風に真面目なところを初めて見た。かっこいいね」

「何が？」

「僕のベイビーは素敵だ。僕のベイビーは最高だ」

チョンラティーが言わんとしていたことがわかると、心臓がドキドキして変な気持ちになってきた。恋人にほめられることほど嬉しいことはない。でも当の恋人は照れているようで、車の方へと逃げて行ってしまった。

「チョン。最高の恋人へのご褒美は？　ご褒美をください」

「無いよ」

「くれないとダメだ。なんならチョンにリボンをかけてくれてもいい」

「トンが最高だなんて取り消す……だってトンは最高にエロに貪欲だから」

照れて体の向きを変えて去っていくチョンラティーを見たら楽しくなってしまい、僕は笑った。エッチな意味で言ったのではなかったが、チョンラティーが赤くなっているのを見ると、からかいたくてたまらなくなった。

でも僕がエロに貪欲というのは……誰にも内緒だ。僕とチョンラティーふたりだけの秘密だ。

トンホンという名前は航海士を意味するから、本当は状況説明は得意なはずだ。なのに今夜泊まる場所をどう説明したらいいのか言葉が見当たらない。ナイに任せると、いつもこんな風にひどい目に遭《あ》う。

「ボロボロだな……体重をかけて歩いたら床が抜けるかもしれない」

アイが目の前で僕の気持ちをすべて代弁してくれた。

木造二階建てのこの家はトイレが屋外にあった。ナイはいったいどうやってこんな宿泊場所を探してきたのだろうか。

「おまえの家も同じ木の家じゃないか。お坊ちゃんみたいに文句を言うな」

ナイが言い返した。

「俺の家はチーク材でできてる。それに俺はお坊ちゃんのつもりはないが、そう言って持ち上げるくせに、こんなところに泊まらせて、こんな苦労をさせるなんて、ナーンにいる親父に言いつけるぞ」

とアイが言った。

「おい……言いつけるな。やめてくれ」

と言うなり、ナイは手を上げてアイの唇を塞ぐと背伸びするようにしてアイに甘えた。

きっとアイはそんなナイのことを可愛いと思っているのだろう。その証拠にさっきまで不機嫌そうなしかめっ面をしていたのに、今は笑みを浮かべていた。父親に言いつけるというのは、口先だけの脅《おど》しだろう。

「ふふ……！」

アイはリラックスしたように小さく笑い、最初に階段を上った。階段を踏むと、軋《きし》む音が響く。僕のように木造の家で寝たことがない者は不安な気持ちに襲われた。

木は折れないか、柱から油が漏れてこないか、お化けが出ないか心配で……。

「チョンはここで眠れるか?」

隣に立ってあたりを大きな目で見渡している恋人に尋ねた。華奢《きゃしゃ》な体つきでふわふわして可愛いものが好きでも、べつにチョンラティーが弱い人間であるというわけではない。

「気になることは特にないでしょ。さっさとシャワーを浴びて二階へ上がって寝ようよ」

チョンラティーがこんなにしっかりしているとは思わなかった。ヤモリの鳴く声に驚いて、自分の胸に飛び込んでくるかと思っていたのに。

チョンラティーがいつも自分は可愛いと言うから、よくナイが真似しようとしているのだが……。でも実はチョンラティーはとても肝が据《す》わっているのだ。僕の方がずっと臆病なんじゃないだろうか。きっとヤモリの声がやかましかったせいだ。

ここはかつて大家族が住んでいたような構造の家だった。大きな家に父と母、祖父、祖母そして孫も住んでいただろう……鳴いてもいいけど、急に出てくるなよ。僕は心の中でそう念じていた。さもないと……絶叫するぞ。

「トン。そこに突っ立って何してるの?　早く上がってきて」

「あ、ああ。今すぐに行く」

ヤモリの鳴き声で動揺した気持ちを落ち着かせると、僕は歩く度に大きな音を立てる階段を上った。

「キャンプの不便さに慣れるために、ここに連れてきたんだ」

「おまえの説明は説得力があるな、ナイ」

「ナーイ。俺をそんなに責めるな。俺だって悪いと思ってる」

「どうやって寝るんだ？」

布団が並べてあり、それぞれに掛け布団と枕が置いてあるのを見て、僕はナイに聞いた。

ここは夜と昼の気温が全く違った。こんなに薄い布団で寒くないのだろうか。

「並んで寝る。ナーイは壁際で寝るのが好きだから、おまえはここで寝ろ。その横にアイ、俺、チョン、トンそして一番端はインタだ」

「なんでおまえはチョンの隣で寝るんだ？」

不満に思う僕の口調はトゲトゲしくなってしまった。それと時を同じくしてアイがナイの首を引き寄せ、抱え込むようにして首を絞めた。

「だって寝たいから」

とナイが答えた。

「新しい並び順を考えろ」

「ううう。俺に対して厳しいな。それならこうしよう。ナーイさんはさっき言った通り壁際、その隣からインタさん、アイさん、俺、トンホンさん。そして最後はチョンラティーさんだ。これでいいだろ？」

「イェーイ」

誰かが歓声をあげた。

アイが特に何も言わなかったので、寝る場所の位置決めは問題なく終わった。チョンラティーが自分の寝床に行き、着替えを手にこちらを振り返って僕にウインクしてくれた。

「シャワーを浴びたい」

「いいぞ。俺も一緒に行く」

下にある浴室は小さな電球が一つだけ点《つ》いていて、とても暗かった。かろうじて見えるのは足元だけだった。

「トンも着替えを持っていってシャワーしたら？　今より遅くなるともっと寒くなるよ」

「そうする」

僕はチョンラティーの言葉に従うことにして、自分の着替えを取り出した。

チョンラティーが言った通り、次第に寒くなってきた。

家が広いせいで、体感温度も低く感じた。本当のところ、この家は歩く時に足音が響く以外はそれほど悪くなかった。清潔で必要な物はすべて揃っていたから。

用意ができたと、僕はチョンラティーに合図した。小柄な彼が立ち上がったので、僕は彼が通れるように少し体をよけた。そうしてその後をついて行こうとした瞬間、インタに呼び止められた。

「トン」

「何だ？」

「俺がさっきトイレに行ってきた時、一階の柱から油が染み出ていた」

そこまで言うと、あいつは突然途中で話をやめて立ち去った。それを聞いて僕は足がこわばった。ヤモリが騒いでいるだけでも嫌なのに、柱から油が染み出ているなんて……最悪だ。

「トン。まだ突っ立ってるの？　それなら僕は先に行くね」

「チョン、待てよ」

チョンラティーの声を聞いて我に返った僕は、思わずそう叫んでいた。その間にチョンラティーは階段を下りてしまった！　しかもチョンラティーは柱から油が染み出ている話を全く気にしていないようだ。僕が心配すべきなのは、チョンラティーが不便を感じていないかどうかや、ここにいられるかどうかについてではなくて、むしろ今の自分の状況についてではないだろうか。なぜなら、トイレのドアが閉まった瞬間、あたりはシーンと静まり返り僕ひとりだけがとり残されていたのだ。

二階から言い争っている声が時折聞こえてきた。

それにしてもトイレ前の寒さは尋常ではない。今僕の目の前には一本の木でできた柱があった。けれどインタが言ったように本当に油が染み出ているのかどうか、今の僕には確認する勇気がなかった。

僕が先にあいつらをからかうせいで、僕もまた頻繁に友人たちから、からかわれるからだ……。

トゥッケー!!!

「くそっ！」

全身がビクッとしたと同時に声が漏れた。喉の渇きを感じる。つばを飲み込むために、ごくりと喉を鳴らした。

「トン、どうしたの？」

バスルームのドアが開きチョンラティーの大きな目が僕を見つめた。服を脱いだチョンラティーの白い肌の上には、僕のつけた跡《あと》がまだ残っていた。

「ヤモリの鳴き声に驚いたんだ」

「インタ先輩から聞いた、柱から油が染み出ることもでしょ？」

「それもだ」

照れながら潔くそう認めた。けれどチョンラティーはそれ以上からかってこなかった。体をタオルでくるみ、僕がさっき見つめていた柱に近づいた。

「トンはインタ先輩に騙《だま》されたんだよ。油なんて出てないよ」

「……最低の友達だ」

「僕はシャワーを浴びていい？」

チョンラティーはバスルームを指差しながら眉をひそめて俺の了承を取ろうとした。

「一緒に浴びていいか？」

「？」

「何もしないから。約束する……俺は外でひとりぼっちで待ちたくないだけだ。お願いだ、ベイベ。トンに同情してよ。トンは怖がりなんだ」

指でチョンラティーの柔らかい頬をつつきながら、彼の顔を見た。チョンラティーは少し口を尖《とが》らせていたが、やがて頷いて言った。

「手を出すのは禁止だよ」

「わかった」

大口を開けて笑ったので、口に付けた黒のピアスが引っ張られるようにして動いた。僕はチョンラティーの後についてバスルームに入った。

……ふたりっきりだし、やっぱりちょっと触ったらダメだろうか？

ふ！　ふ！　ふ！

僕は妖しく笑ってしまった。


バスルームの中でこそこそとチョンラティーにいたずらするのはあまりよくなかった。なぜなら僕の背中をチョンラティーが叩いて指の跡をつけた以外に、チョンラティーはインタが僕にしたのと同じ方法で仕返ししてきたからだ。

それはつまり……お化けの話をすることだ。

どれだけ恐ろしかったかというと、ナイのヤツが毛布を頭からすっぽり被りアイの背中に隠れてしまったくらいだ。あいつは僕よりもお化けを怖がっている。

「あの日僕は葬式から家に帰るところだった。夜の十一時ごろ。母さんが眠いから、僕が代わりに運転してたんだ。その出来事は交差点の赤信号で起こった。道路には僕の車しかいなかった」

「話すのをやめてくれないか？」

僕はチョンラティーに近づいて言った。肩にキスをして、チョンラティーが話すのをやめてくれるよう願った。

「話を続けろ。もっと聞きたい」

お化けの話が大好きなインタは、チョンラティーの足をゆすって話の続きを催促した。

インタは神秘的な話が大好きで、あらゆる方法を試してお化けを見たがったほどだ。だが実際に見たことがあるかと聞けば無いのだという。一方ナーイは文句を言って、自分の恋人に電話をするために一階に降りていった。

理数系を勉強した僕にそういう話をするのは遠慮しろ。迷信を信じることはないが、そんな僕でも怖いんだから。どうしろって言うんだ！

「早く、チョン。続きを話して」

静かに座っていたアイが急《せ》かした。こいつは怖がっているのか怖がってないのかはっきりわからなかったが、ナイが自分にくっついているので、喜んでいるのは間違いない。

「しばらく運転したところで長い赤信号に引っかかったから、疲れていた僕はシートにもたれかかって休んだんだ……それからしばらくすると、窓ガラスを叩く音がした。振り返ってみると、花輪売りの子供だった」

「夜の十一時に？」

「うん。僕からは花輪は見えたけど、窓を叩いた人の顔は見えなかった。体を起こして、窓を叩くのをやめない売り子の顔を見ようとした時、後ろの車にクラクションを鳴らされたんだ。青信号になっていたから」

「結局お化けだったのか？」

「わからない。でも翌朝この車の運転席側の窓には手の跡がついていた……血の跡が」

「寝よう！　もう聞きたくない」

僕は片腕だけでチョンラティーの腰を引き寄せ、その細い体を持ち上げた。でも家や寮でやるように布団に押し倒すことはできなかった。薄い布団の上では怪我してしまうかもしれない。

だから僕はチョンラティーを布団の上にそっと下ろした。そしてふたりで一つの掛け布団を被った。

チョンラティーの体を引いて抱き寄せると、僕は彼の頭を自分の胸に押し付けた。

「そうだ！　寝よう。俺も聞きたくない。インタ、電気を消せ。寒いから抱き合おう」

ナイがインタに向かって叫んだ後に、電気が消された。それからすぐに、ナーイが階段を上ってくる足音が聞こえた。やがて部屋は静かになった。

チョンラティーの親指が僕の手の甲をなぞった。まだ彼が寝ていないとわかった。目が暗闇に慣れると、チョンラティーが笑顔で僕を見上げていることに気がついた。

チョンラティーは、もう僕に怒ってはいないみたいだ。顎《あご》にキスされた感触でわかった。僕は何も言わなかった。みんなが寝たと思ったので僕は恋人の小さな顎を摑んでその口にキスをした。

「小便がしたい」

ナイの声が聞こえた。

「ひとりで行けよ……」

アイが答えた。

「ついてきてくれよ」

低い囁《ささや》き声が続いた。声の主は他の人に迷惑をかけたくないようだった。

「What will I get in return?（ご褒美に何をくれる？）」

「……Whatever you want.（欲しいものなら何でも）」

「Are you sure?（マジで？）」

「うーむ」

最後に聞こえたのは、ナイの返事だった。それから、階下へ向かって階段を軋ませて歩く足音が聞こえた。

「僕がまるでナイ先輩を大変な目に遭わせたみたいだ」

「アイは何をすると思う？」

「ナイ先輩を食べる……」

「もう寝ろ」

「ふたりはどのぐらいしたら戻ってくるかな？」

チョンラティーはかすれた声で囁いてきた。興味津々《きょうみしんしん》な様子だったが、僕はチョンラティーをたしなめた。

「もう寝ろよ、ベイベ。今寝ないなら、ナイみたいに寝させせないぞ」

「……うん。愛してるよ」

チョンラティーの小さな舌が僕の唇を舐《な》め、やや強引に口を開けさせると、舌を絡めてきた。頭が痺《しび》れてきた……さっきの脅しじゃないが、本当に寝かせたくなくなってきた。

「少しじゃ済まないぞ」

「脅したって僕はトンが怖くないよ」

スペシャル　第2章　チョンラティーの視点から

大きな汗の粒が顔の上に滝のように流れてきた。その汗が顎《あご》を伝い落ちた時、長い指がそれを拭《ふ》いてくれた。僕は目の前に立つ彼を見上げた。

その人の目は夜空と同じ色をしていた。まゆげと唇に付けたピアスのせいで、顔がいかつく見えた。

「朝から立ちっぱなしだから、少し休んだ方がいい……目標の金額には十分達したから、もう立ってなくていいぞ」

両手を腰に当てて、トンは真剣な表情で言ってきた。彼が僕に休むように言ってきたのはこれが三回目だった。もし今回も断ったら、しばらく喧嘩《けんか》になるところだった。

「本当に僕は疲れてないんだけど」

言いながら僕は持っていた募金箱を机の上に置いた。トンの後をついていくとニコチンの香りが微かにした。

「タバコを吸ったの？」

「ああ。眠気覚ましに」

「じゃあ、寝た方がいいんじゃない？」

「仕事が終わらないし、昨夜は遅くまでミーティングだったんだ」

トンはそう言いながら首を掻《か》いた。その目の下にできているくまと少しやつれた顔を見て、僕はため息をついた。

「僕には休めとうるさく言うくせに……トンの方こそ休まなきゃダメだよ。キャンプは明日から始まるんだから、今倒れたりしたら台無しになっちゃうよ？」

キャンプのリーダーを務めるトンが、他の人よりも仕事が多いのはわかる。今まであまりやる気の無かったトンが、急に仕事熱心になった姿を見て感動したのは本当だ。

確かにかっこいい。トンの新たな一面にまた惚《ほ》れ直しちゃった……。

「それなら膝枕してくれ」

「最近トンは甘えん坊だね」

「甘えさせてくれる人がいるから、しょっちゅう甘えたいんだ」

僕の腕は引っ張られ、学内のベンチに座らされた。背中をテーブルにつけて座り、足を外側に投げ出すと、次の瞬間、自分の膝にトンが頭を載せて寝転んだ。

彼はすぐに寝る気満々だった。近くを通る人の視線も気にせず僕の腹に顔をつけて目を閉じた。

「TCみたいに甘えるんだね」

「TCは俺の真似をしてるんだ」

「寝るんだよね？」

「三十分したら起こしてくれ」

「うん……」

僕は優しく言って、柔《やわ》らかい髪を梳《す》くようにしてトンの頭を撫《な》でた。

「ありがとうな」

「何のこと?」

「仕事を手伝ってくれて。しかも文句も言わないで」

俯《うつむ》いてずり落ちたメガネを元の位置に戻すと、僕は眉間《みけん》にしわを寄せた。内心、文句を言いたいことなんてひとつも無いのだから、そんなこと言わなくてもいいのにと思っていた。

「僕は疲れてないよ。トンこそ、僕よりもずっと疲れてるでしょ」

「最近、おまえと一緒にいる時間がほとんどないが、いじけるなよ」

「心配してるの?」

「うーん」

確かに最近トンはあまり部屋に帰ってこれていない。朝方に帰ってくることもある。先週なんて、ほとんど会話もできなかったくらいだ。

「僕は暇だからトンの仕事を手伝っているだけだよ。募金箱を持って立ったり、看板に色を塗ったりしてるだけだもん。トンは走り回って働いてる。こっちこそ聞きたいよ。僕は邪魔になってない?」

「いや、邪魔ではないが仕事にならない」

「どうして?」

「気になっておまえばかり見てしまう。おまえを誰にも取られたくないから」

「どうしてすぐに嫉妬《しっと》するの？　僕の心はトンのものだって、よくわかってるでしょ」

「わかってる。でも心配せずにはいられないんだ」

トンの声は最後の方は力がなくなってきた。しかめっ面がだんだんとリラックスした顔になってきた。それからまもなくして、トンは胸を上下させながら一定のリズムで寝息を立てていた。熟睡しているみたいだ。

僕は腕時計で時刻を確認した。あと三十分したら、起こさないと……トンが今僕に時間をくれないことはそんなに気にしていない。だってキャンプが終わったらトンの時間を独占するつもりだから。


僕は今十八歳で、あと数か月で十九歳になる。けれど大型バスに乗るのは初めての経験だからテンションが上がってワクワクしていた。

キャンプに出発する日は、日の出前から忙しかった。昨夜トンは寮に寝に戻らなかったし、僕も工学部で彼を手伝って徹夜していた。

それなのに、初めて大型バスに乗った興奮から僕は移動中も眠れなかった。一方トンは、頭を僕の膝に預けてぐっすり眠っていた。

キャンプには予想していたよりもたくさんの人が参加していたので僕は不思議に思った。ナイ先輩は僕がいるからだと言うけれど本当だろうか。

ナイ先輩とアイ先輩はめちゃくちゃタフだった。昨夜はこのふたりも徹夜したのに、無理やり自分の車を運転して現地までやってきた。ふたりが言うには、緊急の時に車があれば便利だからだそうだ。そういうところ、ナイ先輩は思っていたよりもとても慎重だなと思った。

「チョン君」

窓の外を見ていた僕は、優しく名を呼ばれて、声のした方を振り返った。僕を呼んだのはどこかの学部の女の先輩だった。確か大学の何かのフェイスブックページを作っている人だ……。

「はい？」

「写真を撮ってもいい？　ページに載せるから」

「ああ……このままでいいですか？」

いちおう確認したのはトンが膝の上に頭を載せ、顔を腹にくっつけて寝ているからだ。

「いいわよ。トン先輩とツーショットを撮りましょう」

「でも、寝てますよ」

「あ、そういえば、トン先輩はお金を返してくれた？」

「ああ……ちゃんと返してくれました」

僕は力なく笑った。コンテストの日のインタビューを思い出して、恥ずかしくなった。しばらくの間、からかわれたし……でもトンはそのことに対して口では文句を言っていたけれど、特に気にしていないようなので、僕も忘れることにした。

「じゃあ撮るわね。可愛《かわい》く笑って」

僕はにっこり笑って、自分が一番よく見えると思う角度で顔を傾けた。でもシャッター音が鳴る前に、寝ていたはずの人の大きな手が僕の顔を遮《さえぎ》った。

「おまえひとりだけいい顔するな。俺が涎《よだれ》を垂らしながら寝てるんだから。撮るなよ」

「トンの顔は写ってなかったよ」

「ちゃんと俺の顔を撮らないとダメだ。ページに載せる時に、相手がいるとちゃんとわからせるために」

トンは手で自分の顔を撫でた。まだ寝ぼけているようだった。

「ねえ、トン先輩。そのぐらいのこと、大学中の誰もが知ってますよ。チョン君はトン先輩の恋人だって。それにトン先輩がこんなに怖いのに、誰もチョン君にはちょっかいを出せませんよ」

「ダメだ……心配だ」

「それで今、私は写真を撮ってもいいんですか？」

バスが走っているので、女の先輩は体を支えるために座席を摑んだ。トンがなかなか許可をくれないので少しイライラしているように見える。

「少し待て。目やにがついているから」

「気にしなくても大丈夫だよ。トンは超イケメンだから……それにバスが揺れてるせいで僕は目眩《めまい》がする」

「おまえはキャンプに参加しに来たのか？　それともチョンの写真を撮るために来たのか？」

「もちろん後者です。はっきり言って大学ではチョン君がなかなか見つからないから」

「確かにな……」

トンは同意するように頷《うなず》いた。そして僕を引き寄せて頬と頬をくっつけた。

「ほら、撮れ」

「羨《うらや》ましいわ」

「当然だ」

トンは恥ずかしげもなく認め、みんなに見せつけるように思いっきり顔をほころばせた。

「これでいいです。ありがとうございます」

「キャプションはトンホンチョンラティーだ。これだけは外せない」

トンはそう言った後、その場から離れようとしている女の先輩の服の裾《すそ》を摑んだ。そしてさっき自分が言ったキャプションを必ずつけるように念押しした。先輩はすぐに言い返してきた。

「トン先輩にはうんざりね……」

「なぜだ?」

「恋人に夢中過ぎる」

「だって俺のベイブは最高に可愛いからな」

そう言い終えると、周りを少しも気にせずに、トンは僕を抱き寄せ頭にキスをしたのだった。

「トンホン、人が見てる」

「ハグしただけだ」

「先輩、教えてください。僕を大学でなかなか見つけられないってどういうことですか?」

「俺がおまえを隠して独占しているからだ」

僕はトンの言ってる意味がよくわからなかった。むくれている僕を見てトンは笑っていた。

「そんなに考え過ぎるな。俺はかくれんぼが得意だから。隠れるのも見つけるのもうまいんだ」

その言葉を聞いても……僕にはどういうことなのかさっぱりわからなかった。


かくれんぼが得意という言葉の謎は、トンをよく観察していたら、だんだんとわかってきた。

トンのような人はかくれんぼが得意とは言わない。こういう人は、一瞬で観察し、決断が早く、足が長いので他人よりいろいろと有利なだけだ。

例えば、僕が女性の先輩たちを手伝おうと思って木の看板を持ち上げようとすると、腕を引っ張られて、死角になっている壁の隅に連れていかれた。その感触でトンの仕業《しわざ》だとすぐにわかった。

トンはいつも服を脱いで筋肉をあらわにしていた。校舎の上に登り、屋根を取り付ける作業をするからだ。

トンの肌は日焼けして少し黒くなっていた……胸の錨《いかり》のタトゥーが相変わらず、人目を引いていた。

キャンプに参加している多くの女性がこっそりトンを見ているのに僕は気づいていたし、このことをトンと話し合わなければと思っていた。

「トンはいつも僕を人のいないところに連れ込むね」

「これはお喋《しゃべ》りをするために連れてきたと言うんだ」

「違う。トンは僕をわざと隠そうとしてる。トンのお喋りというのは僕を人から見えない場所に無理やり連れてくることを言うんだね」

僕は冷静に言った。トンは僕が言ったようなことをいつもしていた。キャンプでだけじゃなく、大学でもよくやっていた。

「とうとうバレたか」

ほらね、笑顔で認めた。

ふたりの距離が近過ぎるせいでトンの汗が肌に触れたけれど、ちっとも嫌だとは思わなかった。午後になりすっかり暑くなってしまったけれど、いつものようにコロンの香りに誘惑された。

「僕を他人の目から隠そうとするなんて、トンはよっぽど暇なんだね。いつもは猿のように屋根の上にいるのに」

「暇じゃない。でも今日のおまえは目立ち過ぎているから、隠さないと」

「服を脱いで筋肉を見せびらかして立っている人ほど目立ってないと思うけど。そういうのやめてよ」

「あれ？　なんで機嫌が悪いんだ？」

「違うよ！」

自分の気持ちを抑えられなくて高い声を出した。トンがたくさんの人に注目されているのを見るのは、本当にイライラする。

それなのに、なぜ咄嗟《とっさ》に違うと否定してしまったのか自分でもわからない。

「不公平だ。僕が人に見られるとトンは僕を隠すくせに、トンが人に注目された時、僕には何もできない」

「わかった。他人に見られるのを恋人が嫌がるなら、俺は今すぐに服を着る」

「なに、その笑い方」

「だって、嬉しくてたまらない。ついにおまえも俺を独り占めしたいと思うようになってくれたんだから、嬉しいよ」

僕は黙って、わざとトンを睨《にら》みつけた。

「いつもやきもきしているけど、言いたくないだけ。でも最近特に妬《や》いているのは、トンが僕をあまり気にしてくれなくて、話もしてくれないから」

「気にしないわけがない。確かに最近はあまり話せてはいない。でも俺はおまえのことをずっと見ている」

「そんなの知らないよ。キャンプが終わったらトンを三日三晩独り占めするからね」

「キャンプが終わるまであと何日もあるじゃないか」

トンは残りの日数を指で数え、俯いて僕の耳元で低い声で囁《ささや》いた。

「そんなに我慢できない。抱きたくてたまらないのに」

「人が見てるよ」

「ふたりでかくれんぼをしないか？　他の人に見つからないように逃げて……ふたりきりで人目のつかないところに隠れよう」

ざらついた親指が僕の頬に触れた。建設作業をしているせいで、トンの手は以前よりも荒れたようだった。

「いくら断っても、無理やり連れていくつもりでしょ？」

「散歩に誘うだけだ」

「いいよ。僕がトンの誘いを断らないのはわかってるでしょ」

そう言うとトンはまた笑顔になった。

頬に優しいキスをされて僕も自然と笑顔になる。

人目を避けてのかくれんぼならいつでもできるとわかった時に、僕は大好きな人の優しさと愛情を強く感じた。

「約束するから、今度にしよう。もう作業に戻らないと。俺はさぼっていたからナーイにまた怒られる」

「トン」

「ん？」

「僕も約束してあげる」

僕は背伸びをしてトンの顎にキスをし、両方の腕でトンの首に手をかけて自分に引き寄せ口づけた。

僕たちはそれからかなり長い時間キスをしていた。

「今夜会おう。ベイブ」


日暮れまでの時間が待ち遠しかった。任された壁塗りの仕事に一生懸命に集中しようとしてるのに、つい顔を上げて、新しく建てられた校舎の屋根の上に視線を向けてしまう。

新校舎は旧校舎とほとんど造りが変わらなかった。しかし新校舎には四角い簡易的な壁が取り付けられ、出入り口だけが開いている。そして日差しと雨除けのために屋根が付けられた。

トンは梁《はり》の上にまっすぐに立っていた。それほど大きくない金槌《かなづち》を手に持ち、口には釘を咥《くわ》えていた。右耳の上にタバコを挟んでいる。眠気覚ましに一日三本までなら吸っていいと僕の許可を得ていた……。

トンの隣にはナーイ先輩がいた。今までに見てきたナーイ先輩のガリ勉のイメージはすっかり消えていた。

午後の日差しがとても暑くて、屋根の上で作業している先輩たちの服は汗でびしょびしょに濡れていた。でもどんなに暑くても不機嫌になる者は誰もいなかった。たまに言い争うような声が聞こえたが、最後は笑い声に変わった。

暑い日差しがだんだんと和らいでいった。次第に薄暗くなり、風が時折吹いてきてさらに暑さを和らげてくれた。するとみんながやっと作業の手を止めた。

僕は立ち上がり、塗りかけの壁板を片隅に立てかけた。そして飲み物を片手に手招きをしている人のもとへとゆっくりと歩いて行った。

はしごの前でトンがいつものように降りてくるのを待っていたが、今日に限って彼はなかなか降りてこなかった。

「上がってこいよ」と僕を誘ったからだ。

「待て。俺が先に降りる」

僕が登ろうとするとナイ先輩が手で制してきた。日除け帽が上がる時に邪魔になりそうだった。そして信じられないことに、ナイ先輩は服を脱いでいた。その体は均整の取れたいい筋肉のつき方をしていた。それはトンと同じぐらいの体格のアイ先輩とは違っていた。

キャンプ参加は大変なこともあるけれど、トンと一緒に来てよかった。ナイ先輩のセクシーな足と、アイ先輩の胸の筋肉は眼福で、僕はもうこのまま死んでもいいと思った。

「さっさと降りろ。それとも俺に落とされたいか？」

「こいつめ！　ハップ見ろよ。トンが俺をいじめている。俺は今まで父親に騙《だま》されてた。それに親友たちにもいじめられている」

「おまえは親父に何のことで騙された？」

今まで黙っていたアイ先輩が聞いた。日差しが強過ぎるせいか、彼の白い肌は赤くなってしまっていた。

「親父は、一生懸命に勉強すれば楽になり、肉体労働も屋外で働くこともしなくて済むと言った。それを信じて一生懸命に勉強したんだ。だけど見ろよ、今俺は肉体労働をしてるし、一日中日差しを浴びている。ああ、倒れそうだ」

話しながら降りてきたナイ先輩はジェスチャーをして見せ、一回くるっと回ってから地面に足をつけた。

「ヤードムいる？」

「ありがとう、美人さん。それにしても日差しを浴びてもなぜチョンは黒くならないんだ？　俺を見ろよ。肌が荒れまくってる。泣きたいよ」

「ナイ、チョンにちょっかいをかけるな。おまえの顔には釣り合わない」

トンは上から叫んだ。やかましいナイ先輩を見て、トンは笑みを浮かべた。トンにからかわれると、今までふざけていたナイ先輩が腰に手を当てて厳しい顔になった。

「きれいでも若くなくても、夫が愛してくれるもん。ね、アイ」

アイ先輩は黙っているか、頭を振って笑うだけだと思っていた。でも今日は変だった。だって、笑わないだけでなく、ナイ先輩の手首をしっかりと摑んで指先から腕までキスしたからだ。さらにときどき、上目遣いでナイ先輩の顔を見た。

すごく激しい。その執着心丸出しの態度に僕は恐怖すら覚えた。

「服を着ろ。そうしないと、どうなっても知らないぞ」

とアイ先輩が言った。

「OK……服はどこかな～。洋服さん、どこにいますか～。洋服さん、出ておいで。服を着ないとナイは殺されちゃう」

「ここだ。着ろ」

「うー。ここにいたんだ」

ナイ先輩はアイ先輩の方に歩いて行った。

弱々しく笑いながらTシャツを手に取ると、頭から被る。

ナイ先輩の裸が見られなくなるのは残念だけど……普段はおとなしいアイ先輩の雰囲気がピリピリしている。

「チョン、早く上がってこい。プリングルズがある」

呼ばれた僕は、恋人のもとへ向かった。僕の恋人は怖そうに見えるけれど本当は優しい。人間を顔で判断してはいけないのだ。

「トンは最高だよ」

「は？」

「お菓子が」

大きな手が僕の手を引いてくれたので、上がって梁を歩くことはさほど大変ではなかった。

トンは足を投げ出して梁の上に座っていた。僕はトンを見て隣に座り、渡されたプリングルズを食べた。

僕たちの間にあるのは、風の音と近くにいる人たちの話し声だけだった。ふたりだけの静かな時間は心を落ち着けてくれた。自分が愛している人の側《そば》にいられることに、とても安心した。

「疲れた？」

僕が質問をして沈黙を打ち破ると、腰を抱かれて相手に引き寄せられた。

「疲れた。でも楽しい。去年もキャンプはしたが今年はリーダーだから、余計に疲れた」

「疲れているのになぜ笑っているの？」

「おまえの真似をして笑っているんだ」

「僕、笑ってる?」

「気づいてないのか?　おまえはいつもニコニコしている」

「笑っているのは、トンを見つめているからかも」

僕は何の異論もなく認めた。元々、明るい性格だから笑ってしまうというのもあるかもしれないけど。

「楽しいか?」

「楽しいよ」

「来年もまた来よう」

「トンが来るなら僕も来る」

トンが濃いグレーのズボンからスマホを取り出した。写真を撮られるのがわかっていたので、僕は指で小さなハートの形を作った。

それから何枚も写真を撮られた。そして公平にするために僕もスマホを取り出し、トンの写真を撮った。お互いにいろんなポーズで撮るうちに、空の色が濃い紺色に変わっていった。

霧が少し出ていた。空に星が輝き始めるころになると、次第に気温も下がり冷え込んできたので、僕たちは屋根から降りて食事をとり、シャワーを浴びた。

この数日間、いつも同じように僕が眠る時には布団の片側には誰もいなかった。僕はトンの隣で寝ていた。いつもトンは僕が眠りについた後にベッドに入ってきていたが、今日はいつもとは違った。

僕はこれからトンと一緒に外出して、夜遅くに一緒に戻ってきてから寝るからだ。

布団の上からパステルピンクのパーカーを手に取り着替えると、頭からフードを被った。夜露《よつゆ》を防ぐためだ。部屋の外に出るとトンが待っている場所へ移動した。

この夜、トンは白い木綿のシャツと真っ黒な半ズボンを穿《は》いていた。

このあたりの地面は砂が多いので、足元はサンダルだ。

「寒くないの?」

「少し寒い。手を貸せ……」

僕は言われた通りに手を差し出した。指と指が絡み合った瞬間、トンは笑った。トンはもう片方の手に大きな紙袋を持っていた。あまりにも大きいので、思わず聞いた。

「その袋の中には何が入っているの?」

「雰囲気を盛り上げる道具だ」

「僕にサプライズ?」

「そんな感じだな」

トンが曖昧《あいまい》な返事をしたので、それ以上質問するのは我慢した。

僕は促されるまま素直にトンに手を引かれ、細長い道を歩いた。あたりに人が住んでいるので、そんなに寂《さび》しい場所ではなかった。それに道に沿って簡単な街灯が点《つ》いていたので、周囲は十分に明るかった。

トンは僕を宿泊場所からかなり離れたところに連れてきた。さすがにその場所はそこまで明るくなかったけれど、月明かりでお互いの顔が見られるぐらいの明るさはあった。

「チョンはランタンに火を点けて空に飛ばしたことはあるか？」

「その袋の中身はまさかランタン？」

「よくわかったな」

トンは地面にしゃがみ込んだ。

袋をがさがさと探る音がして、折りたたまれた白くて丸い形をしたランタンが現れた。

「バンコクから用意してきたの？」

「ああ。静かなところで一緒に飛ばしたいと思って」

「いつも秘密にするんだね」

「？」

「トンはかくれんぼが好きで、それにサプライズも好きだ」

「できるだけチョンに喜んでほしい。ありがとうの言葉の代わりだ」

トンは立ち上がってから姿勢を正し、僕たちはお互いに向き合った。それからトンは僕に紙のランタンの一部を摑ませると、やがて火が点けられた。そのおかげであたりは一瞬で明るくなった。

「愛をくれてありがとう。忍耐強くいてくれてありがとう。いつもよく面倒を見てくれてありがとう」

オレンジ色の炎がトンの瞳に反射して、彼の真剣さを伝えてきた。不思議なくらい心臓がドキドキした。初めての気持ちではないが、まだ慣れない。

それが愛という名の感情だ。

「僕も……僕の愛を受け止めてくれてありがとう。僕の面倒を見てくれてありがとう。約束した通りに素敵な恋人になってくれてありがとう」

「俺はチョンを愛してる」

「僕もトンを愛してる」

温かな炎越しに僕たちは見つめ合った。そうしてしっかり見つめ合いながら、お互いの気持ちをすべて伝え合った。

そのうち手の中のランタンが動き出した。手の中から離れて、空に上がっていこうとしている。

「ランタンは離さないといけない……でも約束しろ。この手を離さないと」

「うん、約束する」

僕はトンと同じタイミングでランタンを手から離した。ランタンは少しずつ空に向かって上がっていった。

ゆらゆらとゆっくり時間をかけて空中を漂い、やがて火が消えた。

ランタンがゆったりと漂う光景は、キスをした後の温かな余韻に似ていた。

甘く、心臓のリズムに合わせるかのように……。

著者／Nottakorn（ノッタコーン）
1993年バンコク出身。大学卒業後、執筆活動を始める。動機は読書が好きだから。これまでに20作品以上の著作がある。『Tonhon Chonlatee』は、タイでベストセラーとなり、2020年にドラマ化された。

訳者／ファー
フリーランスのタイ語通訳・翻訳者。東京外国語大学外国語学部でタイ語を専攻した。卒業後、バンコクの日系企業に現地採用され5年間勤務した経験がある。

この物語はフィクションであり、実在する人物・団体等とは一切関係ありません。

Tonhon Chonlatee
2023年8月1日 初版第1刷発行

著　者　Nottakorn
訳　者　ファー
編集協力　七嶋杏
発行者　マイケル・ステイリー
発行所　株式会社Ｕ－ＮＥＸＴ
〒141-0021
東京都品川区上大崎3-1-1
目黒セントラルスクエア
電　話　03-6741-4422（編集部）
048-487-9878（受注専用）
印刷所　シナノ印刷株式会社

© Satapornbooks Co., Ltd., 2019
Japanese translation © U-NEXT Co., Ltd., 2023
Printed in Japan ISBN 978-4-910207-46-9 C0097

落丁・乱丁本はお取り替えいたします。
小社の受注専用の電話番号までおかけください。
なお、この本についてのお問い合わせは、編集部宛にお願いいたします。
本書の全部または一部を無断で複写・複製・録音・転載・改ざん・公衆送信することを禁じます（著作権法上の例外を除く）。

大好評
発売中

「Lovely Writer」

Wankling 著　宇戸優美子 訳

不動の人気タイBLドラマの原作小説
待望の日本語翻訳版が上下巻で登場！

U-NEXTオリジナル書籍
四六判並製　各巻の定価（本体1500円＋税）